日本沈没(上)

小松左京

角川文庫
22123

目次

第一章　日本海溝

1

東京駅八重洲《やえす》口構内は、相変わらずひどく混んでいた。――エアカーテンはあちこちにつけて、構内全体を冷房していたが、そんなものは、海や山へ出かけて行く若者たちや、お盆前の帰省をいそぐ人たちの、汗だらけの皮膚から発散するじめじめした熱気を、いくらもやわらげはしなかった。

小野寺俊夫《おのでらとしお》は、顎《あご》のところにしたたる汗を、手の甲でぬぐいながら、口をゆがめてあたりを見まわした。

梅雨の時は、三月に逆もどりしたかと思われるほど、寒い季候がつづいて、気象庁は冷夏を予報していたのに、梅雨あけ前後から急に猛烈に暑くなりはじめ、このところ連日、三十五度を越す異常な暑さだった。東京、大阪《おおさか》では暑さで病気になるものや、死ぬものさえ出ていた。――それに、例によって、夏の水不足はいっこうに解決されそうにない。

列車のはいってくる時刻まで、あと七、八分あった。

湯気のたつシチュー鍋《なべ》みたいに、混みあっている喫茶店にはいる気もせず、小野寺は、ただうろうろと、雑踏をかきわけて歩いた。すれちがう時にふれあう人の体は、どれもこれも、行火《あんか》のようにほてって、汗でべたついている。――セミスリーブのサラリーマン、横幅のひろいずんぐりむっくりした体に、一張羅《いっちょうら》のスーツを着て、踵《かかと》のつぶれた靴をはき、でかい荷物をさげて、ヨチヨチ歩いている田舎の中年女、ゆでだこのような上気した顔に気持ちわるいぐらいむくむくもり上がった胸と臀《しり》を、荒い横縞《よこじま》のシャツとひざきりのデニムズボンで暑くるしくつつみ、頭には、はでなリボンをつけたカンカン帽をかぶって、まるい鼻の頭に汗をかいているハイティーンの娘――彼女のわきをすりぬける時、汗くさい髪のにおいと、猛烈な腋臭《わきが》のにおいがした。

そういった連中をかきわけながら、おれもきっと、みんなと同じように、べたついてほてった体をして、汗のにおいをプンプンさせてるんだな、ひょっとしたら、汗の中に、ゆうべ眠れぬままにがぶ飲みした、ジンのあまったるい臭気もまじってるんだろう――そう思って、いささかうんざりしながら歩いていくと、いつのまにか、壁際のウオータークーラーの前に来ていた。――するとなんとなく、自分が冷たい水を飲むために、そこへやってきたような気がして、水飲み口の上にかがみこんだ。ペダルをふむと、冷たい水がチョロチョロとふき出した。

だが、彼は、水を飲まなかった。――飲もうとかがみこんだ顔は、口を半分あけたまま、ウオータークーラーのすぐ後ろの壁に、くぎづけになった。

壁には、縦に、細い亀裂《きれつ》が走っていた。――細くてほとんど気がつかないが、わずかにジグザグしながら、はるか上のほうまで走っている。下のほうは、クーラーのボックスにかくれていた。その亀裂の右と左では、壁のむらが、はっきりくいちがっていた。一センチ以上――一センチ五ミリぐらい。

「いいんですか？」

後ろで、少しとがった声がした。――テンガロンハットみたいな、やたらにフリルのひろい帽子をかぶった、背の高い、肩幅のひろい男が背後に立っていた。

小野寺は、あわてて、水をガブリと一口飲むと、クーラーから身をひいた。

「すみません。――どうぞ」

そういって、背後の男といれかわろうとすると、男は彼の行く手に立ちふさがるように、体を動かした。

彼は、ちょっとおどろいて、首一つ大きい、相手の顔を見上げた。

「やい！」

と、その男はいって、そのでっかい、グローブのような手で、がっしりと彼の肩をつかんだ。――そりかえった幅ひろいつばのかげで、まっ黒に陽やけした顔が、ニヤッと白い歯をむき出した。

「なんだ……」小野寺は、一瞬どぎもをぬかれ、ついで笑い出した。「君だったのか……」

「宿酔《ふつかよ》いだな」と男――郷六郎《ごうろくろう》は、鼻をクンクンいわせた。「どうりで、鯉《こい》みたいにガブガブ水を飲むと思った」

「そうじゃないんだ」と小野寺はいった。「宿酔いはたしかだが」

郷は、彼の言葉などきかず、その見上げるような体を二つに折って、クーラーの上にかがみこんだ。彼が水を飲んでいると、クーラーのタンクいっぱいの水を、ガバッと一息で飲んでしまいそうな印象をあたえた。

「どこへ行くんだ？」

口のまわりの雫《しずく》を、でかい、すじばった手の甲で、横なぐりにふきながら、郷は彼のほうをふりかえって聞いた。

「清水《しみず》……」と彼は答えた。

「またこれか？」と郷は、右手の指をそらして、急降下をしめすような格好をして見せた。

「まあそうだ。――君は？」

「浜松《はままつ》――次の列車か？」

「同じらしいな」と、小野寺は、切符を見せた。

「もう、はいってくるぜ」と郷は、時計を見ていった。「ところで――何が、そうじゃないんだね？」

「え？」小野寺は、なんのことかわからずにぽかんとした。

「宿酔いで水をがぶ飲みしてた、といったら、そうじゃない、といったろ？」

「ああ、あれか――」小野寺は笑い出した。「水なんか、一口しか飲んでない。君におどかされてね」

「じゃ、何をしてたんだ？」と郷はいった。「ずいぶん長いこと、クーラーにかがみこんでたぜ。けつを蹴《け》っとばしてやろうか、と思ったくらいだ」

「これだよ」と小野寺は壁を指さした。「これを見てたんだ。――こいつは君の領分らしいが」

「ふん――」郷は、太い、骨ばった指をのばして、亀裂をさした。「これか。――まだ、大したことはない」

「そうかね？」小野寺はいった。「門外漢にはよくわからんが、地震のせいか？」

「いや――」郷は眉《まゆ》をひそめた。「これなんか、大したことはない、といってるだけだ。――行こうぜ。列車が着く」

「浜松は？――仕事か？」

冷房のきいたビュッフェにおちついて、やっと人心地のついた小野寺は、ビールを飲みながら聞いた。

「例の工事さ」と郷はたてつづけに二本のビールを空にしながら、そのなめし革みたいにやけた顔の皮膚を、大げさにしかめた。

「〝リニアモーター超特急〟かい？」

「そうだ。――次から次へと問題が起こって、基礎工事がすすまんのだ」

「どんな問題？」

列車が動きだし、窓外の景色がついと流れた。――小野寺は、ちょっとの間、窓の外に気をとられていた。

動きだした瞬間――そのほんの一瞬の間――あのほこりっぽい、雑然としたプラットホームの情景が、暑くるしい人々の顔が、なんと美しく見えることだろう！

「どんな問題だって？」

小野寺は、郷のほうをふりかえった。――郷は、どういうわけか、今の今まで、グイグイあおりつづけていたビールのコップを、手にギュッとにぎったまま、消えかかっていた泡を見つめていた。

「いろいろと――あるのさ」と彼は、ビールをのぞきこみながらいった。「まだ、あまりいってもらっちゃこまるんだが――新聞なんかにかぎつけられるとうるさいから――とにかく、いろいろとあるんだよ」

小野寺は、それ以上聞かず、自分のコップにビールをついだ。

「当初の測量に、あんなにたくさん、ミスがあったとは思えんのだ」郷は、口の中でいうように、ぶつぶついった。「あの工区は、ほとんど全部、再測量しなきゃなるまいな。――ほかの所もあるんだが、ひどい所では、工事をすすめている最中に、くるいがくるんだ」

「ということはつまり……」

「大したことはないがね。――おれにいわせれば君――どうも、最近の日本は、身ぶるいしてるみたいだぜ。コンニャクみたいにな……」

「ああそうか――」と小野寺はうなずいた。

「君は、あの共振なんとかって、精密測量装置をつくった、ご当人だったな」

「もう一本飲むかね？　それとも席へ帰るか？」たてこみだしたビュッフェの中を見まわしながら、郷はいった。「ところで、あんたは？――清水で沈没船でもあったのかい？　暑い時には、まったくうらやましい仕事だな」

「あまりうらやましがられるほどのことじゃないよ」小野寺は苦笑した。「保安庁の船にゆられて、南に行くんだ。――その間、ほら、〝わだつみ号〟って、深海潜水艇の調整にかかりっきりさ」

「どこまで行くんだ？」と郷は立ち上がりながら聞いた。「南のほうか？」

「鳥島《とりしま》の南東、小笠原《おがさわら》のちょいと北のほうさ」と、小野寺はいった。「島が一つ、消えちまったんでね」

「噴火？」郷は、戸口のところでふりかえって聞いた。

「噴火じゃない」小野寺は、郷のだだっぴろい背中を押しながら首をふった。「ただなんということなしに、いきなり沈んじまったんだ」

2

静岡《しずおか》で郷にわかれて、旧東海道線に乗りかえた。——かつお漁船の出はらった清水港に着くと、海上保安庁の巡視船〝ほくと〟の後甲板には、すでにカンバスをかけた、深海潜水艇が積みこまれていた。

「やあ……」とM大海洋地質学の、幸長《ゆきなが》助教授が、小野寺の姿を見つけて手をふった。

「すまなかった。休暇だったんだって？」

「もう出航ですか？」

小野寺は、ウインチドラムのやかましい音や、鎖《くさり》のガラガラ鳴る音、呼子笛のひびきなど、あわただしい船上の様子に、ちょっとびっくりして、時計を見た。

「出航予定が早くなるはずだ」と幸長助教授は、波止場をながめながらいった。「〝わだつみ〟が行く、ということを新聞社にかぎつけられると、うるさいからね」

「気象観測船のほうへは、もう行っているでしょう」小野寺は、クスッと笑った。「A紙が、こういうことに、えらく熱心でね。——民間航空に飛行艇をチャーターしたらしいですよ」

「大げさだな」と幸長助教授は肩をすくめた。――海洋地質学をやっていて、しょっちゅう船に乗っているのに、ちっとも陽やけしない妙な体質だった。「そんなにまでして、さわぐことはないと思うがな。――現地へ行ったって、まだ何もわかりゃしないよ」

「なにしろ、ニュースのほうも、夏枯れですからね」と小野寺はいった。「連日の猛暑に、海山の人出に、水不足ばかりじゃ、読者もあきちまいますよ」

「それじゃ……」幸長助教授は、つよい陽ざしに、ちょっと眼をほそめながらつぶやいた。「第二新幹線の工事難航のことなんか、かぎつけたら大さわぎになるな」

「おや？」小野寺は、ちょっとおどろいて、白皙《はくせき》という感じの、助教授の顔を見た。「知ってるんですか？」

「情報がはいってるよ」と助教授は低くいった。「地質学教室の友人が、内密に調査を依頼されたらしい。――地盤の特殊性、ということで、工事現場の技術処理の範囲で、すめばいいけどね。あの問題を契機に、話がひろがると……」

「そうだな――」と小野寺はうなずいた。「例の、天城《あまぎ》噴火の徴候なんかひっかけられたら、とうぶん大さわぎですね」

その時、幸長助教授が、手をあげた。――波止場の、金バエがわんわん飛ぶコンクリートの上を、幅のひろい小肥《こぶと》りの人物が、汗をかきながら走ってきた。――手にさげた荷物を、網かけ用の柱にぶつけたり、コンクリートの上におちている魚をふんづけて、すべりそうになりながら、その人物は、やっと船の所まできた。

「早くしてください」と幸長助教授は笑いながらいった。「船が出ちまいますよ」

「おれをおいてか？」と、その肥った人物はどなった。「行くなら行ってみろ。泳いであとを追いかけてやる」

「まあまあ……」と、助教授は、踏み板をわたってくる人物の手から、荷物をうけとりながらいった。「小野寺君――田所《たどころ》先生」

「ああ、海底火山の……」と小野寺はうなずいた。「海底開発KKの小野寺です」

「いっとくが、おれの専門は、地球物理だ」と田所博士はいった。「あまり何にでも手を出すんで、妙なものが有名になったが……」

田所博士は、荷物を甲板にほうり出すと、すぐカンバスの所に行って、めくって下をのぞき、潜水艦そっくりの形をしたフロートの鋼板をバンバンと手でたたいた。

「これか――君ん所の山城《やましろ》専務に、何度も乗せろ乗せろといっとるのに、いっこう乗せてくれん」

「なにしろお座敷が多くて……」と小野寺は苦笑しながらいった。「もうじき、〝わだつみ2号〟が竣工《しゅんこう》します。そうしたら、もう少しローテーションがらくに組めますよ」

「〝アルキメデス〟と同じ設計だから、一万はもぐれるだろう。ええ？」田所博士は、ひげそりあとの青い顎《あご》をしゃくって、するどい眼で小野寺を見た。「こんなのを、海流や魚礁調査に使っているのはもったいない。――鶏を裂くに牛刀をもってするたぐいだ」

「妙な船で、潜水深度と潜水時間が相関してましてね」と、小野寺は船体をなでながらいった。「五百メートル以内だと、一日ぐらい、平気でもぐっていられるんです。――二千メートルを越えると、ぐっと潜水時間がおちます。バラスト機構などが、妙にあちこち具合がわるくなってね。調査が完全にすむまで、あまり深海にもぐるな、といわれているんです。――2号のほうは、そんなことはないと思いますが……」

「深海底には、何度ぐらいもぐった？」

「九千まで四回、一万を越えるのは二回。――べつに危険はありませんでしたが……」

「ビチャージ海淵《かいえん》（注・マリアナ海溝南部にある、世界最深の海淵、一九五七年ソ連観測船ビチャージ号により発見。深さ一万一〇三四メートル）の底までもぐっても大丈夫かな？」

教授はニヤリと笑った。

「2号なら……」と小野寺はいった。「あれには、コア・サンプラーがとりつけられるはずですし……」

「幸長君――」田所博士は、急に思いついたように、〝わだつみ〟のそばをはなれた。「ちょっと話があるんだ」

博士は、幸長助教授の肩を抱くようにして、船室のほうへはいって行き、小野寺は〝わだつみ〟のそばに、一人のこされた。――士官がまわってきて、乗船者の確認が終わると、〝ほくと〟は出航のサイレンを鳴らした。縄がはずされ、船尾にまっ白な泡がむくむくともりあがると、明るい灰青色にぬられた、見るからに軽快そうな九百五十トンの巡視船は、岸壁をはなれた。——数人の見送りが、手をふっているだけの、あっさりした出発だった。

甲板にとりのこされた小野寺は、カバンの中から、本社のファクシミリにはいった、〝わだつみ〟に関する申し送り事項を出して、ちょっと読みかえした。——大したことはなさそうだ。調整は、沖に出てから、あるいは夕方、涼しくなってからしよう。

その時、前甲板のほうから、火の消えたコーンパイプをくわえた小男がやってきた。

「なんだ!」と小野寺はびっくりしていった。

「君も乗ったのか?」

「申し送りだけじゃ、気になってな——」と、小男——前回の〝わだつみ〟操艇者の結《ゆう》城《き》は、神経質そうに笑った。「どうせ、陸へあがっても、暑くるしいばかりだ。修理を手つだうよ」

「八丈島《はちじょう》までになんとか目鼻がつくだろう」と、小野寺は、〝わだつみ〟を見上げていった。「あそこから、飛行機で帰ったらどうだ?——疲れたろう?」

「さて、どうかな」と結城は、コーンパイプを船べりでたたきながら、唾《つば》をペッと吐いた。「この船は、船足が速いから、八丈まですぐだぜ。——それに、第二スクリューのピッチ変更装置をばらしてみなくちゃなるまい。逆転《リバース》がうまくゆかないんだ」

「ゴンドラの腹をすった、とかいってたが、そいつは大丈夫か?」と小野寺は、艇の下をのぞきこみながら聞いた。——潜水艦型のフロートの下に、ハイ・モリブデンの超高張力鋼製で、回転楕円《だえん》形をした重そうな耐圧ゴンドラがついている。

「すったのは、横っ腹さ。大したことはない。側面の窓にすこし傷がはいったが、あのプレキシガラスは、スペアを持ってきている」

〝わだつみ〟は、静岡の漁業組合の依頼で、駿河《するが》湾の沖合にある石花海《せのうみ》の海底調査をやったのだった。――そのため、都合よく大型トロール船に積まれて、清水港にはいっていた。

そこへ南のほうから、島の沈んだニュースがはいり、気象庁を中心にした調査隊の本隊は、一足先に、気象観測船で現場へむかった。――〝わだつみ〟を派遣してほしい、という依頼は、本隊に加わった、科学技術庁に顔のきく、ある海洋学者から出たものらしい、と結城はいった。

「その後のニュースは、何か聞いてるか？」小野寺は、潮風に吹かれながら、小柄な結城をのぞきこんだ。「このごろ役所のほうは、少し富士《ふじ》火山帯に神経質になってるみたいだな。たかが無人島の一つが沈んだぐらいで……」

「完全な無人島じゃなかったらしいぜ」と結城は、疲労の色のこい顔をしかめながらいった。「カナカの漁民がいたんだそうだ。――ちょいちょい、風よけなんかに使ってたらしい」

「とすると、その連中は――目撃者というより体験者か？」小野寺は、ちょっとおどろいて聞きかえした。「島にいて、すくわれたのかい？」

「うん。——その晩は、島かげに、日本の漁船も停泊してたんださ……」結城は、ロープの束に、腰をおろしながらいった。「すくいあげて、今、観測船のほうにうつされた、とかいってたが……」

「顔色がよくないぞ……」と小野寺は、結城の肩に手をおいた。「船室で、休んだらどうだ？——修理はどうせ夕方からはじめる」

「もっと早くはじめたほうがいいな」と、結城はいった。「おまえ、知らんだろうが、この船は、平均二十五ノットでつっぱしるぜ。——まるで駆逐艦《くちくかん》なみさ」

「いずれにしたって、本式にもぐるのは、明日だろう」小野寺は結城の腕をとって、そっとそのかるい体を立たせた。「休めよ」

「ちくしょう——アクアラングをつかったんで、ヘリウム中毒らしいや」と、結城はよろめきながら顔をしかめて冗談をいった。「まあいい。船上連絡は、おれがとってやるよ」

3

〝ほくと〟は快速で南下をつづけ、結城の言をいれて、直射日光をおしてはじめられた〝わだつみ〟の修理も、まず順調にすすんだ。ピッチ変更装置の部品をかえ、シールドモーターの点検をすまし、円錐《えんすい》台形のプレキシガラスの窓をとりかえ——さらに、深海でいつも具合がわるくなるバラスト放出用の、マグネットスイッチを入念に点検して、結城と相談のうえ、あやしいバラストタンクの鋼球量をへらし、そのかわり、船底の補助バラスト用のガイドチェーンを、二本つなぐことにした。これでフロートにいれるガソリンの量を調節すれば、万が一、海底に着く前に、バラストのどれかの蓋《ふた》があいて、鋼球の放出が起こっても、ある程度の沈下力はつく。

——結城は、バラスト用鋼球量とガソリンの量とを決める、ややこしい計算を、例によって、ちっぽけな計算尺一本で、あっというまにやってのけた。

午後、八丈島の近くまできたとき、そこでおちあうことになっていた本社の作業母船、巽丸《たつみまる》が、一足先に現場へむかった、という通信がはいったので、〝ほくと〟は八丈島に寄港せず、そのまま航行をつづけることにした。

「ちょっと強行軍ですが、いいですか？」とまだ童顔ののこる船長はいった。「熱低《ねってい》はいいあんばいに、東へ抜けてくれたらしいが、うねりはつよくなります。——修理にさしつかえありませんか？」

「大丈夫です」と、小野寺は答えた。「あとは海にいれて、二、三テストしてみるだけです」

「大丈夫じゃなさそうだぜ」と結城は、五キロほど先に黒々と浮かぶ、八丈島に手をかざしていった。

「ありゃあ何だい？」

「通信です」と通信士が、首を出していった。「八丈から、A新聞社のヘリがきます。——一人便乗させてくれといってます」

「やれやれ——」と船長は肩をすくめて、小野寺のほうをふりかえった。「かぎつけられたらしいですよ」

「それにしたって、はでなもんだ」と、もう上空にきてバリバリやかましい音をたてて飛びまわっているヘリコプターを見あげながら、結城はつぶやいた。「伝馬船《てんません》でもこいでくればいいものを……」

船長は停船を命じた。——ヘリは、後甲板の上にとまり、中からケーブルにつりさげられた男がおりてきた。後甲板におりる前に、男の帽子が、ヘリのローターのまきおこす風でとばされ、肩のジレットケースが、甲板の上におっこちた。

「強引ですな」と、船長は、むすっとした顔でいった。

「たのんでちゃ、逃げられちゃうでしょう」頰骨の高い、若い記者は、屈託なく笑いながらいった。「人が死んだそうですな。——それで、〝わだつみ〟を持って行くんですか？ 死体収容用ですか？」

「死んではいないようです」船長は背をむけた。「〝わだつみ〟のことは、われわれは知りません。この船は、あれを現場にはこぶだけです」

「あなたたち、〝わだつみ〟の艇員ですか？」と記者は、今度は小野寺と結城のほうをむいた。「何か教えてくださいよ、ねえ。——何か知ってるんでしょ？ いったい島が沈んだ原因は、なんですか？」

「知りませんな」と小野寺は、肩をすくめた。

「そいつを、これから調べに行くんでしょう。——私たちは、こいつの操作をやるだけでしてね。必要深度にもぐらせれば、あとは専門の学者が調べます」

「どうでもいいけど……」結城が、甲板の隅から、おっこちたジレットケースをとりあげながらいった。「こいつの中身は大丈夫かい？　見たところ、五メートルぐらいの高さから、おっこちたぜ」

「あっ！」と若い記者はあわてたように叫んで、そのケースにとびついた。

「しまった！——カメラが……」中をあけた彼は、うんざりしたような顔で、鏡胴のひんまがったカメラをとり出した。

「ばかだな——」と結城はいった。「ヘリからおりるのに望遠レンズをつけたまま、しまうやつもないもんだ」

「まあいいや……」と記者は、また、若者特有の屈託のない笑いをうかべていった。

「どうせ会社の品物だ」

4

〝ほくと〟は、ふたたび二十五ノットのスピードで、進路をほとんど真南にとって、すすんで行った。

八丈島は、すでに北の水平線、長く白くひく航跡のかなたにしずみ、行く手の水平線には、島影も見えず、今はただ一面の、まるい、かすかに湾曲した、巨大な水盆の中心を、この軽快でスマートな船は、ひたすら水をかき、水を押しやりながら、時速五十キロたらずのささやかなスピードで、南をさして泳ぎつづけているのだった。――気ばらしに、見張り台にのぼって、四方を見まわしてみた小野寺は、たしかに、水面が凸面にゆるく湾曲しているのを感じた。すると、〝ぼくと〟が、巨大な水の球の上にとまって、一生懸命水をかいて、自分の体長の十数万倍もの直径をもつ、とほうもない水のボールを、少しずつころがしている、小さなみずすましみたいに思えてくるのだった。

猛烈な湿気をふくんだ潮風が耳もとでビュウビュウ鳴り、うねりが出てきて、〝ぼくと〟はすこしがぶりはじめた。――南南東の方角に、島でもあるのか、ほんのわずかの雲の団塊があり、南西の水平線には、南から北東の方角へむかって流れる、長い雲があった。――あとはただ、頭の真上の、目くるめくように明るい、真っ青な空だけだった。その中心に、太陽がぐらぐらと煮えたぎり、空は溶けた青ガラスのように熱気を吐き、天からなだれおちてくる。船首に砕ける波の音、耳もとの風のうなり、そして足の下、船の腹の底で、ゴンゴンとうなりつづけるガスタービンの音は、ぎらつく水面の照りかえしと、空のまぶしさといっしょになって、いつしか、はげしい銀色の叫びにみちた眠りに、彼をひきこもうとした。

誰かの叫びを、聞いたように思って、ふと見おろすと、幸長助教授が見上げていた。

「そんなところにいたのか？」と助教授は、潮風と波音に負けまいと、大声で叫んだ。

「なにか見えるかね？」

「トビウオが飛んでます」と彼はどなりかえした。「そこからも見えるでしょう？」

青黒い波間に、キラッ、キラッと、銀色の小さな、エクスクラメーション・マークのようなものが、つづけざまに飛び上がり、風にのったゆっくりしたスピードで、波を背景に飛び、また波間に消えた。いくつもいくつも銀箭《ぎんせん》のように、ゆるいアーチ形を描いて飛び出しては消えるそのさまは、波頭の吹く息のようにも見え、またその華奢《きやしや》な体に似合わぬむきになったスピードで走りつづける船影を見て、海が、声のない、小さなおどろきをくりかえしているようにも見えた。――銀色の吹き針のように、ピラピラかがやいて飛ぶ小魚の列が、ひとしきり切れると、今度はその何十倍もありそうな、赤と青にきらめくものが、たけだけしく海面上にまいあがり、思いがけないなめらかさで、さして水しぶきもあげず、スポリと波間に飛びこんだ。

「シイラだ……」と彼はいった。

「何だって？」幸長助教授は、耳を上にむけた。

「シイラです。――トビウオを追ってる」

「イルカかい？」

彼は首をふった。――しかし、肩ごしにふりかえると、北西のはるか遠方に、波間から輪を描いておどりあがり、おどりこみ、たのしげにたわむれているとしか見えぬ、黒い、ピカピカ光る、敏捷《びんしょう》なナメクジのような生物の一群があった。北のほうには、ゆっくりと潮をふいて、水脈《みお》を横切っていく巨大な鯨《くじら》の、なめらかに光る背中も見えた。

北緯三十三度は遠く背後にすぎ、ここはすでに、亜熱帯の領域が、海流とともに北にむかって遠くおし出してきているあたりなのだ。――今、このささやかな、しかしどこかひどく毅然《きぜん》としたところのある船が、舳《へさき》をむけてすすんで行く水平線のかなたには、マリアナ、カロリンの、常夏《とこなつ》の島々、そしてさらに地球をとりまく灼熱《しゃくねつ》の帯、赤道直下の島々がある。さらに南東の方角は――。

南極の流氷圏の張り出すはるか南米の南端ケープ・ホーンまで、大空に吹きちらされた一握りの塵《ちり》のような小さな島々をのぞいて、ただ一望の水また水におおわれた球面―総面積一億六千五百万平方キロ、平均水深四千三百メートルの世界最大の大洋がひろがっているのだった。赤道部において、東西約百八十度、地球のほぼ半周にわたり、北極圏より南極圏にいたるまで、南北百十度の緯度にまたがるこの巨大な海は、それ一つで世界全海洋面積の半分近くをしめ、地球全表面積の三分の一、地球上の全大陸をしきつめても、なお二千万平方キロをあますほどの水圏を形づくっている。

「おりてこないかね?」と、幸長助教授は、缶《かん》入りビールをふって叫んだ。「冷えてる。いっぱいやろう」

小野寺は、鼻先でクルクルまわっているレーダーアンテナを、ちょっと見つめてから、見張り台からおりた。——幸長は、デッキの手すりにもたれて、ビールの缶を口にあてていた。冷えて、汗をかいている缶に穴をあけると、白くねばっこい泡が吹き出して、たちまち風に吹きとばされ、波しぶきにまじった。

「結城はどうしました？」と小野寺は、一口飲んで、泡を横なぐりにふきながら聞いた。

「船室で寝ている」と幸長はいった。「さっき来た、ブンヤさんもいっしょだ。気分がわるいらしい」

「田所先生は？」

「無線室にもぐりこんで、オペレーターをいじめてるよ。——本隊が、現地に着いたんで、むこうの情報を知りたがってるんだ」

「フロッグマンが、もうもぐってるんでしょう？」

「まだらしい。——まず海域調査をやって、いったん鳥島にひきかえすそうだ」

「鳥島といえば——」小野寺は、一気に飲みほしたあとの空缶を、矢のように飛びさる青白い波頭にむけて投げすてながらいった。「気象観測員がいるんですね」

「あれは、青ケ島《あおがしま》かな？」幸長助教授は、東の水平線の雲の団塊に小手をかざした。

「らしいな。——早いね、このぶんだと、日没前に、鳥島に着くぞ」

「あれは？」と、小野寺は、舳の方角を指さした。「なんでしょう？　船かな？」

ほとんど真南の方角の水平線に、うすい、黒っぽい煙がまっすぐあがっていた。上のほうは、風に吹きちらされて、北東のほうにたなびいている。

「船じゃない」幸長助教授は、眼をほそめていった。「火山の噴煙だな。――ベヨネーズ列岩のあたりだ」

「明神礁《みょうじんしょう》ですか？」

「いや、明神礁は、このところおさまっているはずだが。かわって、スミス礁に半世紀ぶりにちょっと爆発の徴候が出ているな。――もっとも、ベヨネーズ列岩の中で、この間から噴煙をあげ出してるのがある。まもなくあそこらへんに、大きな島ができるかもしれん」

小野寺は、ふと、彼がまだ子供のころ、ニュースで知った、明神礁の爆発のことを思い出した。あれは――あれはたしか、昭和二十七年のことだから――一九五二年か、（もう、そんな昔のことになるのか！）なめらかな水面におおわれた大洋の底から、いきなり火と煙と溶岩がふき出し、火は海中で燃え、煙は海面からじかに吐き出された。――あの写真の印象の、なんとも強烈だったこと！――そして、その大爆発は、観測船第五海洋丸を吹きとばし、三十一名の乗組員が死んだ。この見わたすかぎり島影もない、冷たいなめらかな海――「平穏の海《マーレ・パシフィコ》」の水面の一点が、突如、濛々《もうもう》と熱い煙と灰をふき上げはじめる。

今もって、そのふしぎさ、異様さは、彼の胸をつよくしめつける。――なんてこったろう！　と彼は、そのことを思い出すたびに、少年の日の動悸《どうき》がよみがえってきて、思わずつぶやく。――まったく、自然というやつはなんて奇妙なんだろう？　人間なんて、ほとんど、何も実感的に、わかっちゃいないんだ。

「鳥島か――」幸長助教授は、ほんのり赤くなった頬を風になぶらせてつぶやいた。「あそこもひどかった。明治十九年に、大爆発を起こして、島の真ん中の山が吹きとんじまったんだ。あっというまに、全島百二十五人が死んで、島の形がすっかり変わった」

「このごろまた――」と、小野寺はつぶやいた。「火山帯の活動が活発になってきているようですね」

「伊豆《いず》の大島《おおしま》、三宅島《みやけ》、青ケ島……」幸長助教授はつぶやいた。「それに、天城噴火の噂か？――現在わかってるところでは、これらの火山の活動は、相互には、なんの関連もないとされてるんだがね。しかし……」

「しかし――なんです？」

「とにかく、造山帯や構造線にそって、火山帯ができるんだから、構造線全体としての変動と関係ないとはいえんよ」

二人は、しばらくだまって、海面を見つめていた。

船は今、日本中央部から、南方へむかって、太平洋海底を走る、富士火山帯の真上を、まっすぐたどっているのだった。本州中央山岳地帯北辺の白馬《はくば》、飛騨《ひだ》、乗鞍《のりくら》にはじまり、浅間《あさま》、富士をへて、箱根《はこね》、天城、伊豆諸島、青ケ島、ベヨネーズ列岩、鳥島、さらにくだって、硫黄《いおう》列島、ほとんど北回帰線のあたりまで、延々千六、七百キロにわたって延びる火の帯――その帯の上には、洋上に点々と、四千メートルの海底からもり上がる海底火山の頂きを浮かべ、その小さな、こぼれた真砂《まさご》のような島々の、火山性の岩石の根を、青黒く澄んだ暖かい潮の流れが、速いスピードで、南から北へと洗っていく。——黒潮の流れは、はるか南の暖かい海から、珊瑚《さんご》を、南の魚類や海草を、鳥を、また植物の種をはこんできて、これらの島々においていった。——赤道のもと、目くるめく熱帯《トロピカル》洋《シー》からあふれ出て、東にまげられ、扇形にひろがり、大きく日本列島の下腹をなであげつつ、北太平洋を、対岸北米大陸にまで滔々《とうとう》と流れていく「大洋の中の黒い大河」北赤道海流の、そこは北向分枝の最東端にあたっているのだった。

そして、それはまた——

それら、点々と、赤道より太平洋最北端の陸地、火を噴《ふ》く花綵《かさい》列島にいたる、微細な飛び石を形づくる島々は、学者によっては、「これこそ、太平洋の、ほんとうの西の岸辺」とさえ呼ばれる、巨大な海底山脈の上にのっているのだった。——それは、はるか北方、シベリアの北東の端よりたれ下がるカムチャツカ半島からはじまり、千島《ちしま》、北海道、本州東北、中央部にいたる大褶曲《だいしゅうきょく》のつづきとして、富士火山列島、小笠原諸島、マリアナ群島、パラオ諸島にいたる、長大な褶曲構造を、その黒々した千尋《ちひろ》の水の底に、かくしているのである。さらにその先は、ジャワ＝マトラ褶曲弧にまでもつづいていく。一方、海底の褶曲構造は、南半球のトンガ＝ケルマデック諸島からニュージーランドへかけての褶曲弧にまでおよぶ。——それは、大西洋中央部を南北にはしからはしまで走る大西洋海嶺《かいれい》にならって、太平洋海嶺と呼ぶべきであろうか、それとも「沈める岸」

と呼ぶべきだろうか？

この海底山脈の西と東とでは、海底の構造がちがう。

また、奇妙なことに、もっと大陸よりの褶曲弧をふくめて、その弧の外側は、つねに深い海溝によって、くまどられている。――千島＝カムチャツカ海溝、日本海溝、伊豆＝小笠原海溝、マリアナ海溝、ジャワ海溝、トンガ＝ケルマデック海溝、そして大陸よりでは、琉球《りゅうきゅう》弧に対する琉球海溝、フィリピン褶曲弧に対するフィリピン海溝……。その奇妙な海底の山脈の上を、さらにさまざまなものが通る。――「太平洋の火の環《わ》」と呼ばれる、環太平洋地震帯も、環太平洋火山帯も、この「沈める岸」の上を、まっすぐ通過し、そして、時には台風までが、この南にのびる回廊を通って、日本へとやってくるのだった。

「ふしぎなものだな……」小野寺は、はげしく走る、黒々とした水を見つめながら、思わずつぶやいた。

「なにが？」幸長助教授は、風の中で、煙草の火をつけようと苦心しながら聞きかえした。

「いや……考えてみると、このコースを、実にいろんなものが通ってるんですな」

「ああ……」とうとうしぶきにぬれてしまった煙草を、くしゃくしゃにして投げすてながら、幸長はうなずいた。「ほんとだ。ぼくも今、それを考えてたところだ」

「柳田国男《やなぎたくにお》氏の〝海上の道〟みたいに――」小野寺は、幸長のくわえた二本目の煙草に、上手に火をつけてやりながらいった。「ここにも、火山帯ハイウェイみたいなものが、できてるんですね。――上古の記録に、伊豆諸島にいる〝鬼〟としるされた人たちは、おそらく黒潮の流れにのって、南の風におくられてきた、ミクロネシアの原住民のことでしょう」

「そうだな」幸長助教授は、一服、二服とうまそうに煙を吐き出しながらいった。「太平洋海底山脈スカイラインってとこかね」

二人は笑った。

「笑いごとじゃないぞ」

突然二人の横で、野太い声がした。――いつのまに船室から出てきたのか、田所博士が太い、毛むくじゃらの腕を組んで、立っていた。

「わしにいわせれば――人間も植物も珊瑚《さんご》も、みんな同じようなものだな。とにかく突起があれば、それにまといつく。原始生命だって、おそらくただ単に、漫然と水中ででき あがったわけじゃなくて、分子的尺度の粗面の上に、高分子コロイドがひっかかり、定着することによって、はじめて複雑なタンパク分子ができあがっていったにちがいない」

「先生一流の理論がはじまった……」と幸長助教授は、クスクス笑った。

「笑うことはない。なあ君――小野寺君とかいったな。君はどう思うね？　炭酸カルシウムを定着させて、共同骨格をつくるという点で、造礁珊瑚と、コンクリートの近代都市をつくる人間と、どれほどちがうか？」

「なるほど……」と小野寺は、まじめにうなずいた。「そういう見方をすれば、人類の進化のパターンと、未来の運命は、すでに地球生命四十億年の歴史の中に書かれている、ということでしょうかね」

「それだけじゃないぞ、わしにいわせれば、素粒子の進化から、宇宙の進化にいたるまで、段階はちがうが、非常に似かよった、なにか共通のパターンがかくされている。——ところで、幸長、君の今いっていた、〝太平洋の火の道〟だが——この大洋底褶曲構造は、すでにすぎさった造山運動の痕跡《こんせき》か、それとも逆に、これからはじまろうとしている造山運動の前兆と思うか？」

「よくわかりません——」幸長助教授は、閉口したように首をふった。「はっきりいって、データ不足なんです。——まあ、直線的に考えて、小笠原＝マリアナ弧あたりは、新しい造山運動が、これから起こる、と考えたいところですね。新生代中新世（注・二千五百万年前）の造山運動は、大陸周辺部に起こっていますからね」

「つまり、造山運動東進説か？」田所博士は、からかうようにいった。「そんなこと、君の所の主任教授にいったら、いっぺんに、冷や飯をくわされるぞ」

「冗談ですよ。——思いつきにもなりません」幸長助教授は、妙にあわてた声でいった。「忘れてください。——とにかく、太平洋西部の、海底地質調査が、完全にすまないことには、なんともいえません」

「すると、今のところ、太平洋海底の褶曲弧自体が、グリーンタフ造山期（注・前出新生代中新世の造山運動）の、大洋底における産物ということにしておいたほうが無難かな」田所博士は意地わるげにいった。「一つ、賭《か》けをせんかね？――これから先、小笠原＝マリアナ列島に、大造山運動が起こって、ここに、巨大な列島ができ、フィリピン海盆が内海化する。オホーツク海、日本海、南シナ海は、湖沼《こしょう》化して、あるいは一部平野化し、華中《かちゅう》平野は内陸性気候になって砂漠化する」

「そんな賭けをして、結果は、誰が判定するんです？」

「一千万年後の人間さ。――造山運動のテンポが速くなっているとすれば、一千万年あれば十分だろう」博士は、カラカラと笑った。「もっとも一千万年後に、人類がいればの話だがね」

「ですが、その前に……」

幸長助教授が何かいいかけたとき、船底に、ドン！　とにぶいショックが起こった。

「おや？」と田所博士は、水中をのぞきこんだ。「何かにぶつかったかな？」

「まさかこのあたりで、暗礁でもないでしょう」と幸長助教授はいった。

その時、空気が音もなく、顔をうった。――つづいてドウンと、遠い、砲声のようなひびきが、海面をわたってきた。

船橋に叫びが聞こえ、甲板やラッタルを人が走った。

「噴火だ！」と、いつのまに起き出したのか、三人の上の甲板で、結城が叫んでいた。

――辰野《たつの》というあの若い新聞記者が、走り出してきて、

「どこです？――大丈夫ですか？」と聞いた。「ええ、ちくしょう。カメラがこわれてなきゃな」

「ぼくのやつを使いたまえ」と、小野寺はいった。「寝棚《バンク》の上の、バッグにはいっている。――ただし、ハーフサイズだ」

その時すでに上下甲板は、かなりの人だかりだった。――乗組員たちは、てんでに東北東の水平線をさして、何か叫んでいた。

たった今、その横を通過した、ベヨネーズ列岩が、音高く、灰褐色の煙をふき上げていた。――煙と水の境目には、赤い炎も見えた。そのあたりの海面は、噴出物の落下で白くけばだっているように見えた。

「田所先生！」と、ブリッジから船長が叫んだ。「どうでしょう、大丈夫でしょうか？」

「あの程度のものなら、大したことはない」と、いつのまにか、双眼鏡を眼にあてて、田所博士はいった。「距離もはなれている。――付近の船舶に注意して、こちらは目的地へ急いだほうがいい」

「おや、明神礁のあたりも、水蒸気をふいてるぞ」田所博士から双眼鏡を借りてのぞきながら、幸長助教授はつぶやいた。「ほんとうに、大した噴火じゃなさそうだ。――まだ新しい島ができるところまで、いきませんね」

「さっきの衝撃は、津波ですか？」と小野寺は聞いた。

「そうだな。——だが、あれも大したことはないよ。青ヶ島あたりで、すこしがぶる程度じゃないかな」と田所博士はいった。

小野寺は、幸長助教授から双眼鏡を借りて、眼にあてた。海の中から、オレンジ色の炎が、いくつも列をつくってふき出していた。――岩の頂きが吹きとばされるのが見える。

まもなく、あたりの水面がむくむくと煮えくりかえり、茶色の煙と、白い水蒸気が、炎をかき消した。――噴煙は高く高く上空にたちのぼり、一部は海面を重たく這《は》い、灼《しゃく》熱《ねっ》した火山弾や軽石が、スコールのようにふりそそぎ、煙の這うあたりを泡だたせていた。にぶい爆発音は、なおいくつかつづけて、海面をふるわせていた。

「ほんとうに、大したことはない」と、田所博士はくりかえした。「ほら、もうそろそろ下火だ」

実際、博士のいうように、煙は下のほうでうすれてきた。しかし、もう一度双眼鏡で見なおすと、岩の間に浅瀬のようなものができ、そこではまださかんに、刷毛先《はけさき》のような形の炎がふき出していた。

その時、船体が、ぐぐっとかたむいたような気がした。――気がつくと、〝ほくと〟は、さらにスピードをあげたらしく、船首の波は、前甲板の舷側《げんそく》を越えるぐらいに高くなり、波の飛沫《しぶき》は痛いほど顔にあたり、船体は大きなピッチングとともに、こまかい振動をはじめた。――乗組員たちの姿は、知らぬまに甲板上から消え、地底の風洞のような、ガスタービンのうなりは、いっそう高くなっていた。

「観測船からの連絡によって、会合予定時刻をくりあげました」ブリッジからおりてきた、船長はいった。「会合予定地点も、変更されて、島の沈下した現場付近になります。——ひきつぎ後、本船は、鳥島気象観測員の収容にあたります」

「鳥島が？」幸長助教授は、少し上ずった声で聞きかえした。「あそこも、噴火の徴候があらわれたんですか？」

「われわれにはよくわかりません。しかし、いちおう警戒態勢で島外退去したい、という観測所長の要請が出ているそうです。——ぬれますよ。船首がぶるかもしれませんから、船室へはいってください」船長は、船橋へのタラップに足をかけながら、ふりむいた。「ああ、それから——さっきの津波は、あの海底噴火とは関係ないようです。小笠原海溝の東部で、海底地震が起こったためらしい、と、さっき警報がはいりました」

田所博士は、それを聞くと、なぜか猛烈に眉《まゆ》をひそめた。

「小野寺さん……」その時、船尾のほうから、体の前面がびしょぬれになり、顎《あご》から海水の雫《しずく》をしたたらせた辰野が、情けない顔をしてやってきた。「すいません。——ローリングした拍子に、波がワッときて、あなたのカメラを持ってっちゃった……」

小野寺は、キャビンへおりる戸口に立って、ぬれた猫みたいな辰野の姿をじっと見た。

——それから、クスリと笑って、

「弁償しろよ」

といった。

5

夕刻七時――

〝ほくと〟は、鳥島東北東約三十キロの会合地点に到着した。

太陽は、北緯三十度の海面を、そのものぐるおしい残照で、燃え上がるように照らし出していたが、海は、ほんのかすかな南南東の微風をのぞいて、とろりと油のように凪《な》いでいた。

深海潜水艇〝わだつみ〟は、デリックで甲板取付台ごと海面におろされ、ついで曳綱《ひきづな》で気象庁観測船第三大東丸に引き寄せられ、またデリックで大東丸の後甲板に積みこまれた。――海底開発KK所属のタンカーは、いつのまにか、〝ほくと〟が追いこしてしまったらしく、到着は、夜中になる、ということだった。

作業は、おだやかな海面にたそがれがせまり、中天に南海の星がおどろくほどつよくかがやきはじめるころ終わった。――〝ほくと〟は、すぐさま別れのサイレンを鳴らし、船首を西南西にむけて、鳥島の観測員を収容するため、フルスピードで去っていった。

「鳥島の情況はどうなんだ?」と、大東丸後甲板のうすくらがりの中で、田所博士が、誰かに聞いているのが聞こえた。

「はっきりせんが、地温上昇に噴煙増加とか――とにかく噴火性異常現象が見られたらしい」と、誰か、年配らしい人物の声が答えていた。「ベヨネーズ列岩が、噴火したのを見たそうだな。――だいぶにぎやかなことになってきたな」

「例の、小笠原海溝の東で起こったという地震は、どうなんだ？」

「大したことはない。――本土への影響も、あまりなかったらしい」

甲板に明かりがあふれ、大ぜいの人声がした。――田所博士と、幸長助教授の姿が、明かりの中にちらと浮かび、にぎやかなあいさつにむかえられながら、キャビンのほうへ消えた。

小野寺は、〝わだつみ〟据えつけの指揮を結城にまかせて、後甲板から船内にはいっていった。――千八百トンの大東丸は、長期観測を目的につくられた船だけあって、中は客船なみの居住性をもち、清潔でひろびろとしていた。――通路をあるいていくと、士官室《ガンルーム》のドアがあいて、幸長助教授が顔を出して、

「小野寺君」

と呼んだ。「君も来たまえ。今、みんなで、会議をやってる」

はいっていくと、十名内外の学者や調査員たちが集まって、士官室《ガンルーム》のテーブルの上に、海図や書類をひろげ、ガヤガヤ話しあっていた。――中には、かなり年配の、大学教授らしい人物もいた。

「海底開発の小野寺君です」と、幸長助教授が紹介した。「〝わだつみ〟の操艇責任者で

す」

みんなは、ちょっと黙礼しただけで、すぐまた話にかかった。

「沈下の時、島にいた、というカナカの漁師たちはどうした？」と田所博士は、大きな声で聞いた。「この船にいるのか？」

「今呼びにやった」と、年配の人物がいった。「明日、アメリカ軍の便船でおくりかえすことになっている」

ああ、あれが——と小野寺は思った——今度の調査に〝わだつみ〟をチャーターすることをいいだした、海洋学関係の〝権威〟だな。

「しかし、ここまで来て、気がついたが、ちっぽけな島一つが、太平洋の真ん中で沈んだにしちゃ、ばかに大げさな調査だね」と田所博士は、大目玉をグリグリまわしながらいった。「気象庁と水産庁と、科学技術庁が、わざわざ観測船まで仕立てて出てくるとは……」

「なにしろ夏休みでしてね」と、若い秀才らしい顔をした技官が、ものおじしない調子でクスクス笑った。「東京は連日あの暑さでしょう。——大人数がくり出したのはそのせいもあるんじゃないかな」

「実をいうと——」と、気象庁の調査員がいった。「あの島は、四、五年前に発見されて、領土権の確定は、三年前に行なわれたばかりなんです。——正式の名前もまだ決まっていません」

「これだけ交通頻繁の時代に、どうして四、五年前まで見つからなかったんだ？」

「島が、なかったからなんです」と調査官は答えた。「暗礁みたいなものとしては、一部漁民に知られていたらしいですが、航路からはずれてるし、ほとんど誰も注意しませんでした。——五、六年前、日本の気象観測船が発見したときは、南北一・五キロ、東西八百メートル、最頂部の高さ七十メートルぐらいの、ちょっとした島が出現していました。もう、かなりの草がはえ、おまけに、この島には、相当量の清水の湧く泉があったんです」

「そんな小さな島に……」と田所博士はいった。「ふしぎだな。——それも、こんな大洋の真ん中で……」

「火山性の島で、まれにそういうことがあるんですよ」と幸長助教授。「どういうわけかわかりません。——地下に、一種の蒸溜《じょうりゅう》装置ができているためだ、ともいいますが……」

「それで？」と田所博士は、先をうながした。

「おかしなことですが——その島のことは、総理府直轄になっていたんです。領土権が確定してからも、べつに何ということなしに、ほうってあったんです。気象庁と水産庁で、この島を利用しようという話がもちあがったのは、一年半ほど前です。——というのは、何に使うのか知りませんが、極東米軍が、この島を爆撃演習に使わしてくれ、と申しいれ、アメリカ政府からも、よければ買いとりたい、といってきたからです」

「それで――」と別の調査官がひきとった。「その当時から、調査がはじまり、水産庁のほうでは、遠洋漁船の退避港に使い、気象庁のほうでは、鳥島の観測所をこちらに移す、という計画がもち上がりました。――なにしろ活火山で、ぶっそうな鳥島とちがって、こちらはもう数万年前から活動してないようでしたからね。――火口性らしいかなりな入江もあって、船着場にも格好だし、清水も湧きます。船着場もない鳥島より、だいぶ条件がいい」

「すでに施設をやりかけてたのかね？」

「去年の補正予算でバタバタ決まって、いちおう基礎打ちだけは、やってあったんです。――今年も、本計画は通りました。来年度から、本格的な建設にかかるところだったんです」

ドアがあいて、肩幅のやたらにひろい、そのかわり背のずんぐりした、まっ黒に陽やけした五十前後の男がはいってきた。Tシャツから出た腕は、太くたくましく、鼻の下にふぞろいなチョビひげをはやし、眼蓋《まぶた》は強い陽ざしばかり見つめているためであろうか、赤くただれて、まつ毛が一本もないように見える。

体じゅうから、魚のにおいと、機械油のにおいを発散させている、いかにも漁師らしいその男のあとから、ひょろひょろと背の高い、まっ黒な皮膚の、眼のギョロリとした三人づれがつづいてきた。二人は、陽にさらされた、ゴワゴワの、アロハのような麻のシャツを着ていたが、もう一人は、茶色になったランニングシャツの、それも網みたいに穴だらけになったやつを着ている。唇はあつく、頭髪は、まるでカンムリヅルのカンムリのように、タンポポの綿毛のように、あるいは後光のように、フワフワと四方にひろがって、そのほそ長い頭部をつつんでいる。――最年長と見える、ひげに銀のような白毛のまじった男は、顔と上膊《じょうはく》と胸に、青く浮き上がって見える入れ墨《ずみ》をしている。――先頭のずんぐりした男は、油じみた作業帽をとって、お辞儀をし、居心地わるそうにもじもじした。三人のカナカ人は、ニヤニヤ笑いながら、細長い手足をあつかいかねているようにぶらつかせた。

「こちらが、カナカの漁師をたすけた、漁船第九水天丸の山本《やまもと》さん。――カナカ語が少しできるので、連中につきそって、残ってもらいました。むこうが、沈んだとき、島にいた人たちで――ウラカス島の漁師だそうです」

「話してください」と田所博士は、四人に椅子をすすめながらいった。「もう、ほかの方に、お話しになったでしょうが、もう一度聞かせていただきたい」

「ええ――」山本と呼ばれた男は、すすめられた椅子にすわろうとせず、うつむいてしゃがれ声で答えた。「カナカ語って、そんなにできるわけじゃないです。わたし、戦前、親父の仕事で、サイパン、パラオ、ヤップ、アンガウルなんて所を、しばらくまわっていたんで――なにしろ、餓鬼《がき》の時分のことで、大したことはないんですが――こいつら、片ことの英語と、それからそのじいさんは、日本語もすこし、しゃべります」

「コンチハ……」入れ墨のカナカ人は、しわだらけの顔をおごそかにうなずかせていった。

「やあ……」といって、田所博士は、意外に如才ない態度で、三人のカナカ人に煙草をすすめた。――彼らが相好《そうごう》をくずして、紫煙を吐き出すと、まるで呼吸をはかっていたように、博士は船員にいった。「どうぞ――おねがいします」

「あの前の日、わしらの船は、小笠原の西北にある、孀婦岩《やもめいわ》の北北東のあたりで、漁をしてました」山本という漁船員は話しだした。

「午《ひる》すぎ、熱低が来るって天気予報があったんで、早めに切りあげようとしていると、エンジンの調子がわるくなったんです。――動くことは動くが、スピードが出ねえ。熱低は大したことなさそうだが、もろにくったら、舵《かじ》がきかねえ。こりゃ、おえねえことになったてんで、どこかの島に退避しようと思ったんですが、聟島《むこじま》からはもうだいぶ北へ流されちまっている。鳥島へ行くかっていっていたら、運転士が〝鳥島は、あまり風よけになんねえ。それより、鳥島の北東に、新しくできた島がある。そこなら、ちょうど崖《がけ》が屏風《びょうぶ》みたいになってるから、風よけにするのにつごうがいい〟っていうんです。――で、北へ――って、追い風と潮にのって、なんとかかんとかその〝名無し島〟に着いたのが、もう日暮れでした。島の北っ側は、ほんとうに風よけにいい具合で、海底も錨泊《びょうはく》につごうよさそうだ。うす闇の中で、入江の入口らしいものも見えました。船長が、〝どうだ、あの中にいれたら、もっと安全だっぺ〟といったんですが、運転士は島のあることは知ってたが、まだ島の入江に乗入れたことはねえ。奥のようすも、水道の水深もわからねえし、エンジンの調子がよくねえのに、こんな闇夜に乗入れるのは反対だって、いったんです。――くもってて、星一つねえ、まっくらな夜でした。それもそうだ。熱低ぐらいなら、ここでいいだろ、てんで、島から四百メートルほど沖合で、アンカーいれて、その夜は機関士をのぞいて、寝ちまいました」

「錨泊点の水深は？」と幸長助教授が聞いた。

「十五メートルぐらいだった、と思います。夜中にちょっと風が吹いたけど、大したことはなし、熱低もどうやら、かすっただけで東へぬけたってラジオを聞いて、みんな安心して、ぐっすり寝たんです。そしたら――ええと、たしか、明け方三時前でした。舳《へさき》のほうで、なんかググッと底へひっぱられたような気がしたんです。わしは、ちょうど便所に行くのに眼をさまして、帰ってきたところだったんで、わかったんですが、ほかの連中は、寝たまま気もつかないようでした。船長が上で〝どうした？〟ってどなってました。すると当直《ワッチ》が〝べつに異状ありません〟って、どなりかえしてました。――わしはそのまま寝ちまって、その次、起こされたのは、四時すぎでした。当直《ワッチ》が何かどなってる。ほかにも上甲板でどなりかえしているやつがいる。ねぼけ眼《まなこ》をこすって、甲板へ出てみると、みんな〝大変だ。島が消えちまった！〟とわめいてるんです。雲が切れて、もう海の上はうす明るくなってました。その海の上を見まわしてみると、たしかにゆうべ、鼻っ先に、黒々とそびえてたはずの島が、かげも形もありません。――船は、見わたすかぎりの大海原の中に、ぽつんと浮かんで、エンジンもかけずにただよってるんです。〝錨索《びょうさく》が切れたんだろ〟と誰かがいいました。しかし、錨《いかり》は、海ん中にぶらぶらしています。〝ゆうべ、ショックがあった時に、錨がはずれて流されたんだ〟というものもあったけど、航海士にいわせると、はずれたにしろ、この潮流で、一時間ほどの間に、こんなに流されるはずはない、とがんばるんです。——そのうち、島が消えたのは、自分の責任みたいに思って、見張りマストにのぼって、血眼《ちまなこ》になって、海を見ていた当直《ワッチ》が、〝誰か泳いでる〟ってどなりました。見ると船のすぐ近くを、何かわめきながら泳いでる人間がいました。——すぐたすけあげてみると、この連中だったんです」

「なるほど……」田所博士はふとい息をついた。「この連中は、その晩、島にいたんだな」

「そうらしいです。——だけど、救けあげたときは、おびえちまって、興奮して、わけがわかりませんでした。でも、連中が、小笠原の聟島に寄って、もうちょい魚をとって、と思っているうちに、突風にボロ帆をやられて、北よりに流され、前の日の昼、あの島の入江にこぎいれて、帆の修理をやり、島の高い所で泊まっていた、ということはわかりました。——寝ているうちに、島が沈んだってことは、連中の口からわかりました。渦がまいて——やっぱりあれだけの島が沈んだんですからね——まきこまれ、カヌーは闇の海に流されちまって、方角がわからなくなり、夜明けまで、連中の何とかって神さまの名をわめきながら、泳いでたんです」

「何度も聞くようだが——」幸長助教授がいった。「その時、水深を計りましたか？」

「計りました。――直下七百メートルありました。だけど、あとでわかったんですが、その時はやっぱり、錨泊地点から二キロほど北へ、流されてたんです」

それから山本という船員は、おずおずとした調子で聞いた。

「あのう――かけてもいいですか？」

「どうぞ――」と若い技官がいった。「その後ろの黒い人もかけたまえ」

山本が、カナカ語で何かわめいた。――所在なさそうに、ボサッとつっ立っていた三人のカナカ人は、細長い手足を、ぎごちなく動かして、ベンチに腰をおろし、それから、若い二人は長い吸いさしでいっぱいになった灰皿を、まばたきもせず、じっと見つめた。

小野寺は、煙草の袋を出して、そっとすすめた。――若い二人は、歯をむき出して、ニヤッと笑うと、煙草をとった。彼らの、黒光りする、なめし革みたいな皮膚からは、潮と陽と、なまぐさい魚のにおいがし、その口からはかすかに奇妙な――檳榔樹《びんろうじゅ》か何かのにおいがした。小野寺は、ロングピースの、フィルターのほうに火をつけようとする二人に、あわてて注意してやらなければならなかった。

「それから……」山本は、自分もシャツの胸ポケットから、くしゃくしゃになった新生を出してくわえながら、語りつづけた。テーブルの上の、徳用マッチをひきよせようとした彼に、若い技官が、ガスライターの火を差し出した。

「ありがとうございます。――それから、船長も、こんなこたァ聞きはじめだっていうし、運転士がえらくむきになっちまって、エンジンもなおってたんで、音響測深やりながら、やみくもにまっすぐ南へむかったんです。――十五分もたたねえうちに、運転士が〝船長！〟ってどなりました。〝ありましたぜ――海がどんどん浅くなってます。今水深五十メートルです〟〝そのくらいの瀬は、ここらだってたまにあるわさ〟って、船長はいいました。〝こっちへきて、測深儀のチャートを見りゃ、わかります〟って、運転士はいいました。それから運転士は、針路を十度ばかり、西へふって、四分の一速《クオータースピード》、つぎに微速《スロー》で、えらく慎重に、船をすすめていきました。船長は、舳につっ立って――あの人ァ、パイロットの経験もあるんです――ようやく明けわたった、海面をにらんでました。海水をのぞきこんで、〝――島なんて、あるわけァねえ〟って、ぶつぶついってました。だけど、突然、わしみたいなもんの眼にも、はっきり海の色がかわりはじめました。船長は、〝水深注意！〟とどなりました。運転士は、操舵室《そうだ》から首を出して、〝船長！　今、島の上を通過中です〟と叫ぶんです。〝もし、ほんとだったら、気をつけろ〟と船長はどなりかえしました。〝急に浅くなったぞ〟〝大丈夫です〟と運転士はいいました。〝もうほとんど、島の上を、横断しちまいました。さっき深かったのは、火口でできた入江の上を通ったからでしょう――一カ所、百メートル近くもある所がありました。今は、島の南側の峰の上を通ってます。それでも、水深十メートルはあります〟……」

山本は、ちょっと口をつぐんだ。――士官室《ガンルーム》の中は、しんとして、しわぶき一つ聞こえなかった。みんなは、いつしか、このしゃがれ声で、訥弁《とつべん》の漁夫の、意外にいきいきとした描写にひきこまれていた。

「その時の測深の記録は？」と幸長助教授が聞いた。

「へえ……」と山本は、二本目の新生を、前の吸いさしで吸いつけながらうなずいた。

「この船にわたしました。――ちょうど太陽が出てくれたんで、天測やって、位置もたしかめました。運転士が知っていた島の位置とぴったりでした。二、三人、海へとびこんでもぐって、たしかに見おぼえのある島の頂きが、水の下にあるのもたしかめました。

――それからすぐ、鳥島へ打電したんです。そしたら、鳥島から、すぐ本土へ打電し、折り返し、そのカナカ人と、誰か目撃者が、鳥島にいてくれっていう通信がきたんで――

――第九水天丸は、魚積んでますし、もう航期いっぱいで、帰らなきゃなりません。冷凍機がボロなんで、へたすると、まる損ですから――それで、わたしに、カナカの言葉ができるんだから残れっていわれたんです」

「鳥島の連中は、このところ神経質になってるんで、だいぶつよく、調査船の至急派遣を要望してきた」と、海洋学の権威は、落ちついた声でいった。「また具合よく、われわれは、大東丸を、南方海洋観測に出発させる準備をしていたところだったんでね。――出航予定を三日はやめ、かきあつめられるだけの人間をかきあつめて、かけつけたわけだ。――無名島の海底沈下と前後して、三十キロはなれた鳥島でも、約一メートルの沈下が起こっている」

「今度は、そちらの、ウラカス島の人に聞こう」田所博士は、体を三人のカナカ人のほうにふりむけた。「うまく通訳できるかね？」

山本が頭をかきかき、通訳にたった。――彼のカナカ語も、最年長のカナカ人の日本語も、若い男の英語も、こまかな質問には、あまり役にたたなかった。むしろ、三人の自然児の、たくみな身ぶりや擬声音が、沈下の状況を雄弁に語っていた。

彼らは、午後、島に着いた。――こわれたカヌーと、帆の修理を、夕方までやった。島の入江は深く、岩壁は高く、わずかながら植物もはえ、いい島だった。入江の正面の崖《がけ》の中腹に、清水の湧く泉を見つけ、溶岩洞か、単に火山岩のころげおちたあとのくぼみか、とにかく、あまり深くない洞穴を見つけた。つい最近、人間のつくったらしい、崖道も見つけ、小屋を見つけたが、彼らは鍵《かぎ》をこわして小屋で寝るより、入江とカヌーを見おろせる洞穴で寝るほうをえらんだ。――夜中、風が吹いた。だが、洞穴の中は、暗くおだやかだった。――木をこすっておこした火は消えた。三人は眠った。

突然、暗がりのまぢかに、波の音がした。老人が眼をさまし、二人を起こした。水はもう、洞穴の前まできていた。暗くて、ひきあげておいたカヌーはわからなかった。海は、少しさわぎ、少し渦まいていたが、ほとんど静かで、島は音もなく沈んでいた。

震動や、鳴動《めいどう》は？

なかった。――少し、あったかもしれないが、おどろいている時には感じられなかった。

沈んだ速度は？

このくらい――と、若い男は、長い脚をおりまげて、床に掌《て》をつけ、それからジリジリと胸の高さまでもちあげてみせた。

「昔の潜水艦の、注水潜航ぐらいのスピードだ」と、誰かがつぶやいた。「かなり速い」

三人は、岸をつたって、島の頂きへ逃げた。水は、踵《かかと》にくいつきそうに、迫ってきた。頂きに、石でつくった台があった。三人はそこへのぼった――だが、もう、そこは頂きではなかった。島は、ほとんど海の下に沈んで、頂きは暗い水面に、点々と浮かんだ岩礁になり、波が白くかんでいた。――しかし、その岩も沈んで行き、水は、もう三人の足の甲を洗い出した。三人は抱きあって、ウラカスのカナカのまもり神、海の神、祖先の神の名を呼んだ。まっ暗、星はない。水は、腹にきた。足もとの石が、グウッと逃げていくようだった。波が胸にきて、首にきた。足もとの石が、すうっと深い所へ逃げていった。――もう、水の上に、岩をかむ白い波頭は見えなかった。あっちこっちに、大きな、中くらいな、たくさんの渦がまいていた。三人は、何度か、まきこまれそうになった。――もう、島はなかった。足でさぐっても水ばかり、足にさわるものはない。まっ暗な海と波ばかり、それに首の上に、暗い空。三人は、カヌーをさがそうと泳いだ。――見つからない。鱶《ふか》がこないか、と、生きた心地がしなかった。暗いし、あまりのことに恐怖が心臓をつかんでいた。疲れて、おぼれそうになった。木のきれはし一本にかわるがわるつかまった。――海のはずれが白くなり、遠くに船が見えた。助かった。叫んで、泳いだ。あせってまたおぼれかけた。助けられた。――ほんとうにこわかった。

島が沈んだ話、先祖の伝説にある。しかし、こんなこと、はじめてだ。早くウラカスへ帰りたい。帰って、全部の神さまに、うんとお礼をしたい。島の連中、おどろくだろう。酋長《しゅうちょう》は、祭りをするだろう。女たち、話を聞きたがるだろう。──この話と私たちのこと、長くウラカスと、カナカの勇敢な漁師たちの間に残るだろう。

「タバコ、ください」

語り終わった老人は、意外にはっきりした日本語でいった。──小野寺のロングピースをくわえ、火をつけてもらうと、長い、ふしぎな冒険談を語り終わった、海の長老の威厳を見せて、紫色の煙を、そのみごとに胡坐《あぐら》をかいた鼻の穴から、長く長く吐き出した。

「島の沈んだ話は、じつにたくさんある……」田所博士は腕を組んだ。「噴火や爆発でなく──これといった火山現象なしで、沈んだ例も、かなり確実なやつが、いくつか報告されている。海面上にあらわれたり、ひっこんだり、そんなことを数回くりかえしたやつもある。──しかし、こんなにはっきり目撃者と体験者がいるのと、こんな大きな島が、こんなにすみやかに沈んでしまった例は、めずらしいんじゃないかな」

「それだけじゃない……」と、半白の髪をした海洋学者は、相変わらず、冷静な声でいった。「第九水天丸は、島の頂上部の位置に目標ブイをなげこんだ。──だが、われわれが行ったとき、ブイは流れてしまっていた。──君たちが到着する前に、われわれは、いちおうここと思う地点を音波測深してみた」

「島は見つかったか？」

「見つかった――」と海洋学者はうなずいた。「測深チャートの上に、第九水天丸のチャートに描かれたものとはっきりおなじ、海底図形が描かれ、われわれは島の位置を確認した。しかし――その頂上部は、現在、水面下九十メートルの所にあるんだ。どう思うね、田所君、ここら付近一帯の海底は、かつての島の最高点の海抜を考えると、わずか二日半の間に、百六十メートルも沈下しているんだ……」

6

わりあてられた居住区に行ってみると――すみません、えらい人がたくさん来ちまって、ルームがないんです、と案内してくれた、まだ子供のような船員はいった。つっこみでがまんしてください。

寝棚《バンク》に結城が横になっていた。

「まだ気分がわるいのか？」と小野寺は聞いた。

「いや――」と結城は、寝たまままいった。「ちょっと疲れただけだ。――整備をすっかりすませた。明日は朝からでも、もぐれる」

「すまん」と小野寺は、荷物を自分の寝棚にほうりあげながらいった。

辰野が、原稿用紙《ペラ》を片手にわしづかみにして、騒々しくはいってきた。

「すごい、すごいよ、小野寺さん、〝わだつみ〟出動をつかんで現場に乗りこんでるのは、わが社だけだ。第一報打電したけど、ほかの社は、ベヨネーズ列岩の噴火でさわいでるところだ。第九水天丸の話と、カナカ人の話、スクープになるな。あしたもぐるんですか？――ぼくも〝わだつみ〟に乗せてくれませんか？」

「まずむりだな」と小野寺は首をふった。「われこそは、と乗りこみたがってる、学者や役人が、あんなにたくさんいるんだ。ゴンドラは三人しか乗れないし、天候によって、何回もぐれるかわからない」

「スクープもどうかな」結城はせまいバンクに寝て、天井を見上げたままいった。「島が噴火して、人が死んだっていうなら、はでな記事になるけど、こんな南のはての、海の真ん中で、名無し島が、だまって沈んだぐらいで、そんな大きなあつかいになるかね？――それに、さっきラジオで本土の短波放送を聞いてたら、東名《とうめい》高速道路で、どえらい事故があったっていうぜ」

「どんな？」辰野は、眼をまるくして聞いた。

「なんでも、愛知《あいち》県の東のどこかで橋がおちたそうだ」結城は、じっと動かずにいった。「それで谷間に、ガソリン積んだタンクローリーがおちてな、えらいさわぎだよ。山火事になりかけてるし、死者もだいぶ出たらしい。自衛隊が出動したり、えらいさわぎだぜ」

「ほんとですか？――そんなさわぎがあったんですか？」辰野は、がっくりしたようにいった。「それじゃ、わるくすると、ベタ記事だな」

「社会面じゃなくて、学芸でじっくり読ます記事にしたらいい」と結城はいった。

「くる途中であった、津波はどうだった？」と小野寺は聞いた。

「ああ——房総《ぼうそう》のほうに、少し被害があったらしいが、大したことはないらしい」

「運がわるかったな……」辰野は、意気沮喪《そそう》して、ガクンとベンチに腰をおろした。

「せっかく噴火を撮ったカメラは、海に落としちまうし——これじゃ、どうしても〝わだつみ〟にでも乗りこまなきゃ、かっこうがつかない」

「そうなげくな」と小野寺は、辰野の肩をたたいていった。「〝ほくと〟の荻野《おぎの》って航海士が、写真と八ミリを撮っていた。腕はたしかだから、無電連絡で、フィルムを貸してもらったらどうだ？　ぼくから聞いた、といえばいい」

「ほんとですか？」辰野は眼をかがやかせた。「そいつはありがたい！」

「〝ほくと〟には、ファクシミリもあるから……」と結城が口をそえた。「やろうと思えば、太平洋の上の通信衛星にあげて、銚子《ちょうし》へ中継ぎさせれば、明日の朝刊にまにあうぜ」

「すごいぞ！」辰野は立ち上がった。「だけど——保安庁の船が、そんなことやってくれるでしょうか？」

「そこまでは知らん。——あとは君の交渉次第だな」結城は寝がえりをうった。「明日早朝、こちらから鳥島沖の〝ほくと〟まで、連絡ヘリを飛ばすといってたから、なんだったらむこうへ乗りこんだらどうだ？」

「とにかくやってみます」と、辰野はいきおいよく立ち上がった。「どうもいろいろありがとう」

辰野が居室を飛び出していくと、結城は突然腹をよじって笑い出した。

「どうしたんだ？」と小野寺は聞いた。

「いや……」と結城は、笑いにむせかえりながらやっといった。「あの新米、追っぱらわれようとしているのも知らないで……」

小野寺も笑った。――結城は、笑いすぎて顔じゅう汗をかいていた。

「ここは、むし暑いな……」と小野寺はいった。「クーラーがきいてない。――甲板へ出てみないか？」

大東丸は、エンジンをとめて、おだやかな夜の海をただよっていた。――島の沈んだ地点から、南方約十キロほどの地点で、ゆっくり北北東のほうへ流されている。裸の女のような、ぬめぬめした月が、煌々《こうこう》と海上を照らしていた。

風はなく、甲板へ出ても、あまり涼しくはなかったが、それでも船室よりましだった。

二人は、後甲板のほうへまわっていった。――誰かが、後尾キャプスタンのあたりで、ウクレレをひいていた。

眠くなるような、しずかな夜だった。――うねりもなく、船腹をあらう波の音もしずかだった。後甲板の手すりによりかかって、結城はまた、コーンパイプを出した。月光の陰になった闇の中で、ポッと黄色い炎が燃え、結城の細くとがった鼻先を照らし出し、二度三度はためくと、うす白い煙をのこして消えた。あとには闇の中に、赤い、小さな火が、時々息づくばかりだった。

「平穏の海《マーレ・パシフィコ》」……まったく、この平穏そのものの暗い海の下に、南北一キロ半の島を一夜のうちに音もなく呑《の》みこむような、おどろくべき変動の力がかくされているとは、信じられないみたいだった。――だが、この海のこのあたりの、暗い海底に、南北三千キロにおよぶ〝火の帯〟がかくされ、人間の眼のとどかぬ軟泥のさらにずっと下のほうで、大蛇《だいじゃ》のようにほそながい火の巨人が、かたい岩石と、はげしい格闘をつづけているのだった。……時に、そのとばっちりが、地殻を噴《ふ》きやぶり、海面をけやぶって、人間の眼をおどろかせることもある。だが、それは、巨人の汗の一雫《ひとしずく》、荒々しい息吹きの一吹きにすぎない。

この暗い海の底で、いったい何が起こっているのだろう――と、小野寺は、海面をのぞきこみながら思った。――のたうつ岩と火の蛇のあらそいに、何か、新しい変化の様相があらわれたのだろうか？

「やあ……」と声がした。「ここにいたのか？」

後甲板の暗がりの中を、細長い倒立三角形の、うす白いものがふわふわ近づいてきた。――キラリと光った眼鏡のレンズで、それが、幸長助教授が、暑熱の中でもいつもきっちり着こんでいる、背広の前あきからのぞく、シャツの白さだとわかった。

「明日朝七時から作業にかかることになった。——あとで、隊長のほうから、通知があるだろう。七時から準備にかかるとして、何時ごろにもぐれる？」

「一時間半で、大丈夫です」と、結城が答えた。「うるさいチェックがなければ、ドブンとほうりこめば、すぐブクブクですからね」

「なにか特別な計器をとりつけますか？」と、小野寺は聞いた。

「今のところ、べつに……」と幸長助教授は首をふった。「新型の、海底地殻測定装置を、二、三持ってきているらしいが、〝わだつみ〟とはあまり関係ないだろう」

「鳥島のほうはどうです？」と、結城は聞いた。「噴火しそうですか？」

「今のところ、大丈夫らしい。——〝ほくと〟への収容も終わったようだよ。ベヨネーズ列岩の噴火もおさまった。小さな島ができたらしい」

「こちらじゃ島が沈み、むこうじゃ島ができたのか……」結城は、コーンパイプを、手すりにうちつけながらつぶやいた。

ウクレレをひいている若い船員が、三人のすぐ近くにきて手すりにもたれ、またひき出した。——三人は、しばらくその音に、だまって聞きいっていた。

通信室に行っていたらしい辰野が、上甲板からのタラップをかけおりてきて、そばを通るとき、せかせかと声をかけた。

「荻野さんのフィルム、おさえましたよ。——どうもすみません。ファクシミリはことわられたけど、カラーがあるっていうから、グラフ誌に使えます」それから、上のほうへむけて、手をふってみせた。「上で、テレビニュースやってますよ。――東名の事故、すごいです。まだ燃えてる」

三人は、何とはなしに、星のまばらな夜空を見上げた。

頭上、三万六千キロの高さにある、インテルサット（国際通信衛星会社）の大型通信衛星〝モッキング・バード〟からは、一日一時間にかぎって、太平洋上の船舶にテレビの国際ニュースが流れていた。東名の事故も、グローバル・ネットワーク・ユニオンのニュースにはいるほどの事件になったのだ。――小野寺は、星空のどこか、宇宙空間にじっと静止している、定点通信衛星のことを思い、それに中継ぎされて、テレビ電波をこの船のアンテナにおくりとどけてくる、洋上五百キロかなたの本土のことを思った。眼蓋《まぶた》の裏に、炎々と燃え上がっているどこか中部山岳地帯の谷間の情景が浮かび、つづいてその日の朝、浜松へ行くといってわかれた友人の郷のことが、何となく思い出されてきた。

「なんだか、いやにさわがしいですね」と小野寺は、幸長助教授にいった。「一日の間に、いろんなことがたてつづけに起こりますね」

「そういう日があるものだよ。いろんな事件がかさなってしまうような――つまり悪日《あくび》というやつだな」と、幸長助教授はいった。――だが、その調子は、いかにも気休めみたいに聞こえた。

「こういう現象は、相互に、何の関係もない、と思いますか？」と、小野寺は、たたみかけて聞いた。

「さあ――ないともいえない。しかし、相互に関係がある、ということを証明すべき証拠は何もない。そういう時、学者は、いちおう、個々の現象は、今のところ関係ない、といわなくちゃならないんだ」

「でも――」小野寺は、内心に、かすかにいらだちを感じながらいった。

「音響測深をつづけてるんだが……」幸長助教授は、暗くゆれている海面を見つめながらいった。「ここらへん一帯の海底は、やはり、海図に出ているより、二百メートル近く深くなっている」

「この海の下で、何が起こってるんでしょう？」

「わからない」幸長助教授は首をふった。「とにかく、何かが起こったことはたしかだし、それに何かが起こってることも、たしかだろう。――だけど、どんなことが起こってるのか、なぜ起こったのか、ということは、今のわれわれにはわからんし、今の資料からはわかりっこない。君はどう思うか知らんが――地震が起こった原因さえ、ほんとうのところ、まだわかっていないんだ。原因を説明する有力な仮説はたくさんあるけど――どれが正しい、ということを証明する証拠は、まだ全然ないんだ。地面の下のことは、われわれはまだほとんど何も知らないんだよ」

「しかし――」小野寺は、なおもくいさがった。「最近、日本海溝にそった富士火山帯や、日本列島の褶曲《しゅうきょく》構造をふくむ、何か非常にスケールの大きな、地殻の活動が起こりつあることは、たしかでしょう？——日本列島の地下で、今、何か、活発に動きつつある力があることは、たしかだと思いませんか？」

「わからない……」幸長助教授は、首をふって、手すりからはなれた。「この現象と、あの現象と——鳥島沖の海底沈下と、東名高速の事故と、間接的にでもむすびつくかどうか、そんなこと、今のところ、まだまったくわからない。——想像するのはロマンチックだが、学者は証明できないことを、想像で語っちゃいけないんだ」

「だけど——」今度は、結城がポツリとつぶやいた。「証明されなくても、地震は起こり、火山は爆発しますよ」

結城の言葉は、海にむかってつぶやかれ、幸長助教授は、もう後甲板をはなれて、ぶらぶらキャビンのほうへ歩み去っていた。

わかっていない。わからない。証明されない、証拠不足……小野寺は、なんとなく、いらいらして、つきはなすように手すりからはなれた。——それから、まだあきもせず、ウクレレを鳴らしている、若い船員の所へ行くと「ちょっと」とウクレレを借りて、即興で、テンポの速い、いらだたしい曲をかき鳴らした。

「うまいな」と若い船員はいった。

小野寺は、調子にのって、即興のメロディに、即興の歌詞をつけてうたった。

「それ、なんて歌です」と船員は熱心にいった。「いかすな。——はじめて聞いた」

「今、つくったんだよ」と、小野寺は、少しやけ気味になりながらいった。「〝なんにもわかっちゃいないんだ〃って歌だ」

「へえ」そういって、船員は彼の手から、もう一度ウクレレをとると、器用にかき鳴らして、たった今聞いた曲を、ほとんどまちがわずに歌った。

「ここは、こうなおしたほうがいいでしょう」と、若い船員はいった。

「うん——」小野寺は、いらだち半分にそんな子供っぽいことをやったことに、ちょっと照れながら、うなずいた。「そのほうがいいな」

「下へ行って、歌詞をもっと作りませんか？」

「いや——もう寝るよ。あとは君が作りたまえ」

船室へおりて、バンクにもぐりこんでから、小野寺は、ふと今のメロディを思いかえしてみて、ちょっといいな、と思った。それで、バンクに腹ばいになると、ありあわせの紙の裏に、メロディだけを書きつけておいた。

7

翌朝七時、大東丸は、微速で測深をくりかえしながら、静かに海底に沈んだ島の真上に停止した。

前日につづいて、快晴で、海は静かだった。——すでに前日の夜中、会合点に到着していた海底開発ＫＫ所属のタンカー兼潜水作業船巽丸は、大東丸から三百メートルはなれて、いそがしく準備作業をつづけていた。

〝わだつみ〟はデリックでつりあげられ、それから、静かに海面におろされた。――小野寺と結城が乗りこんで、海面上に、ひどく不安定な格好で浮かんだ〝わだつみ〟の上に飛びのり、司令塔型の昇降室から、小野寺がゴンドラの中にもぐりこみ、あけはなったハッチから、結城の指示をうけながら、巽丸に近づいていった。――巽丸の、ひくい後部作業甲板から、ロープがなげられ、舷側《げんそく》で、接舷緩衝材《バンパー》の朱色のプラスチックチューブがふくれあがった。甲板上から、固定アームがのびて、〝わだつみ〟をやんわり抱きかかえるように固定すると、ホースがなげられ、フロートへのガソリン注入がはじまった。

一九四八年に、ピカールがはじめてつくりあげた、この〝バチスカーフ〟型深海潜水艇は、タイプからいえばすでに古くなってしまっていた。今では、浮力を水よりかるい金属リチウムで得る深海潜水艇が、アメリカに二隻、フランスに一隻できている。かるいアルミパイプでフロートをつくったものや、FRPのフロートのものさえできている。――しかし、一九四〇年代に、成層圏気球FNRS1号をつくって、はじめて人間を三万メートルの高度にあげた、物理学者オーギュスト・ピカールの功績は、むしろFNRS2号――バチスカーフ型潜水艇のアイデアによって、不朽になった。

「浮力の天才」ピカール！

彼は、水素の浮力で自由に空を飛ぶ気球のように、自由に海中をただよう気球を夢みた。それまでの深海潜水は、つねに母船よりの鋼索《こうさく》につながれており、この絆《つな》をはなすことは、不可能だと考えられていた。ウイリアム・ビーベが、一九三四年に九百八十四メートルの記録をつくった深海潜水球《バチスフェア》にしたところが、この点紀元前のアレキサンダー帝の方式と、変わるところはなかった。そしてこれが——この鋼索が、深海への壁になっていた。——重い、鋼鉄製の耐圧球をつりおろすための、丈夫なワイヤは、一キロメートルもの長さになれば、それ自体の重量が大変なものになる。へたをすれば、それ自体の重さで切断してしまうし、潮流の影響をうければ、さらに事はめんどうだ。

ピカールの夢みたのは、この重い、不便で危険な鋼鉄の絆《つな》をはなれ、自由に深みにもぐって行き、自由に水中を動き、バラストを落して、また水面へ浮き上がってくる「水中の気球」だった。——潜水艦は？　耐殻構造がむりだ。深海底で、一平方センチあたり、一トンという猛烈な水圧をうけるとき、あの中空の構造体は、紙のようにへしゃげる。コルクでさえ、深くもぐれば、石のように圧縮され、石のように沈んでゆく。船殻を丈夫にすれば重量が増大して、浮力がたらない。浮力はフロートでおぎなってやるにしても——密閉構造では、やはり巨大なフロート耐圧力がたりなくなる。海水に対して、開放構造にすれば、船殻の外と中との圧力がバランスして、うすい船殻でまにあう。しかし、空気では——海水に対して開放しておくと、深海の何百気圧という圧力で、空気の体積は何百分の一に圧縮されてしまい、浮力もまた何百分の一に減ずる。——水中の気球は、ある限界を越えた深さでは、石のように沈んでしまうのだ。

そこでピカールが考えたのは、高圧をうけてもほとんど圧縮されない物質——液体ガソリンを浮力材に使うことだった。こうして、ガソリンフロートをつけた最初の無人バチスカーフFNRS2号は、一九四八年十一月三日、西アフリカ、セネガルの首都ダカールの沖合で、自動装置によって、深度九百メートルに沈み、かるがると帰ってきた。以後、この型のFNRS3号、トリエステ1、2号、アルキメデス号は、一万メートルを越える世界最深海をたびたび征服してきた。

バチスカーフタイプの〝わだつみ〟は、方式こそアメリカの〝アルミノート〟や、フランス、ベルギーが共同開発した〝リチウマリン〟タイプより古いが、その特徴は、このタイプとしては最大の水中——とくに、深海における——行動性と、居住性と、潜水時間をもっていることだった。きわめて高効率軽量の水素電池をそなえ、大陸棚においては、乗員二名で二十四時間の潜水記録をもつ。長さ三・五メートル、直径二・二メートルの耐圧ゴンドラの中には、ベッドも小型トイレもついている。水中速力は最大で七ノット、平均四ノット、電磁操作の潜航操舵《そうだ》をそなえ、四百メートルまでの急速潜航も可能だし、航続距離も約百キロある。水中照明弾や、パノラミック・レンズをそなえた水中テレビ、ソナーなどもあり、とくに、母船との間に、VLF（超長波）による水中無電連絡の設備をそなえているのが、強みだった。

巽丸甲板に、「危険、火気厳禁」の赤旗がひるがえり、あたりの空気はガソリンの臭気にみちた。——純白に、目のさめるような赤と、オレンジイエローの縞《しま》が二本ずつはいった〝わだつみ〟は、徐々にその喫水《きっすい》をふかめていった。

やがてタンクがガソリンでいっぱいになり、コックがしめられ、巽丸の船上の旗が、赤から黄色にかわると、大東丸からモーターランチがおろされ、六人の人物が、巽丸にやってきた。——二人は、巽丸船上で連絡にあたり、あとは四人が二人ずつ、三交代で乗りこみ、三度潜水を——場合によっては地点をかえて——行なう。一回の潜水時間二時間半、場合により延長。

モーターランチが調査員をおろして帰ると、大東丸は汽笛を鳴らし、巽丸のそばをはなれていった。——調査隊長は大東丸に残り、観測船は、付近のよりひろい海域を、超音波や重力計、磁力計による調査と、ヘリと水上機による広域海面調査をやるのだった。

巽丸船上では、すべての準備がととのった。——結城は〝わだつみ〟のせまいデッキの上から、身がるく巽丸船上に乗りうつると、小野寺にむかって手をふった。

「水中レーダーで、上から監視していてやるよ」と結城はいった。「じゃ、まあ行ってきな。平均海底深度は、四百ちょっとだ。お遊びみたいなものさ」

「そうでもないぜ」といって、小野寺は、もう〝わだつみ〟のデッキの上に立って、艦長みたいな顔で、その上を歩きまわっている田所博士を、そっと後ろ手に指さして、目くばせした。「旦那《だんな》がはりきってるよ。できたら、もっと深い海溝側も調べるときさ」

最初の乗員は、田所博士と、あの若い、水産庁の技官だった。——二人を先に、ハッチから船底のゴンドラにおろすと、小野寺は親指をあげて、繋留《けいりゅう》アームを放せ、と合図した。ガラガラと音がして、アームは、舷側から〝わだつみ〟をおし出し、〝わだつみ〟は、波間にかすかに司令塔上部をふりながら浮いていた。小野寺は、人差し指をまげて、歯の間につっこみ、それが出発、浮上の時のジンクスになっている、鋭い口笛をヒュッと吹きならした。——巽丸の作業甲板の上から、結城が同じように、口笛をかえした。——小野寺は、フロート内部をつらぬく長さ四メートルもある、ほそ長い通路筒にもぐりこみ、ゴンドラにおりると、ハッチをしめた。

「では、行きます」VLFの最終通信テストを簡単にすませると、小野寺は、背後にすわって、緊張している二人にいった。「いいですか？——観測窓はわかりますね、後尾にもあります。それからこれは、水中テレビです。パノラミックで、視界は百四十度あります。カメラは船首方向に固定です」

室内照明を暗くすると、小野寺は、電磁弁のハンドルに手をのばし、出発時の浮力をつける前後のエアタンクを開放した。海水がゴボゴボ鳴り、〝わだつみ〟の観測窓から見える水が、すうっと上にむかって動いた。——巽丸船上からは、デッキの前後から泡を吐きながら、しずかに白とオレンジの司令塔を波間に沈めていく〝わだつみ〟の姿が見えた。

小野寺は動力スイッチをいれた。

フロート後尾の、斜め上方についているスクリューがしずかに回転しはじめた。

「深度六十、目標物付近まで、動力潜航します。——ちょっとつかまっていてください」

そういうと、小野寺は、飛行機の操縦桿《そうじゅうかん》そっくりの、操舵器を、ぐっと前にたおし、ハンドルを右に切った。――〝わだつみ〟は、約十五度の傾斜で、螺旋《らせん》形にまわりながら、潜航をはじめた。

ゆっくりまわって行く、正面観測窓の視界に、ちらと黒いものが見えた。――巽丸からもぐった、フロッグマンが二人、目標の上に小さなブイをあげ、繫留索につかまって、交通巡査よろしく、手をふっていた。――小型の水中円盤《マリン・ソーサー》に乗っていたが、窒素のかわりにヘリウムをまぜたエアタンクを使っても、九十メートルの深度は、そう簡単ではあるまい。

小野寺は、水中テレビのスイッチをいれた。超高感度のプランビコンカメラを使って、ワイド・ブラウン管にうつし出される画面は、鮮明で、ひろびろとしていた。

「ここぞと思うところがあったら、そのスイッチをいれてください。VTRができます」と、テレビ画面をのぞきながら、小野寺は、田所博士にいった。「ただし、一回の録画時間は、三十分しかありません。予備テープは、三本あります」

田所博士と技官は、返事もせず、テレビ画面と観測窓を、かわりばんこにのぞきこんでいた。

「あれだな――」田所博士の、うなるようなつぶやきが聞こえた。「たしかに――あれだ」

午前九時をまわったばかりのことで、海面への太陽の入射角が大きく、海の中は、まだ、あまり明るくなかった。——しかし、水は澄んでいて、ゆるやかに旋回していくテレビの画面の中に、青黒い海の底に、さらに黒々とそびえる、巨大な海底の島の姿が、おぼろげに見えた。頂きだけが、かすかに明かりをうけ、斜面は、はるか千尋《ちひろ》の水底の暗黒の中に、長く裳裾《もすそ》をひいてとけこんでいる。

「船首を、まっすぐ、あいつの方向にむけてくれ」田所博士は、VTR始動スイッチに手をかけながらいった。「このままの姿勢で、沈めんか？」

小野寺は、舵《かじ》を小きざみに慎重にとりながら、旋回をとめて、船首を島にむけ、ゆるくモーターを逆転させて、〃わだつみ〃の行き足をとめた。わずかにのこっている、釣合《トリム》用のエアをふかし、船軸に、十五度の俯角《ふかく》をあたえながら、そのまま静かに、潜航していった。——舞台のせりが上がってくるように、画面の下から、あの「無名島」の頂部がゆっくりせり上がってくる。船首方向、約三百メートルの距離だ。博士がボタンをおし、かすかな音をたてながら小型ビデオコーダーがまわりはじめた。

小野寺は、超音波測深器のスイッチをいれた。

「適当なところで、やめておいてください」小野寺は、ふるえながら、赤い0点との距離をつめていく、音響測深器の針と、沈降速度計を鋭く見つめながらいった。「まだ先は長いです」

山頂部斜面に、十メートルの所で、小野寺は、急激に後進《ゴースターン》をかけた。——〃わだつみ〃は、船首を十五度つっこんだ形のまま、めだかのように、後ろ上方に跳《と》びすさった。

「さて――」と、小野寺はいった。「どうします？　山腹斜面にそって、沈下しますか？」

「ひやひやさせるなよ」とVLF通信で、巽丸の上から、結城の声がいった。「ぶつかるかと思ったぜ」

「山頂を半周してみてくれ」と田所博士はいった。「それから斜面にそって下降だ」

「大東丸から、通信がはいりました」スピーカーから、船上に待機している調査隊員の声が聞こえた。「島の付近の海底が、東方へむかって、三度以上も傾斜しているそうです。傾斜がどこまでつづいているか、まだわかりませんが、海図では、このあたりの海底はあまり傾斜していません。水深も海図より、約百八十メートル増加しています」

「地すべりがあったかな？」と技官がいった。

「田所先生――」小野寺は、艇を発進させながらいった。「海底が二日に二百メートル近く沈みながら、津波も何も起きないというのは、どういうわけですか？」

「わからん！」田所博士はほえるようにいった。「どこかでバランスをとってるんだろうが、皆目見当がつかん。――何もわからん！」

何もわからない――昨日から、やたらにこのせりふばかり聞くな、と小野寺は思った。

〝わだつみ〟は、海中の島の山頂部から約五十メートルの距離をたもち、時速三ノットでめぐりはじめた。――九十メートルの深度までもぐってみると、海底はかなり明るかった。その距離からは、古い火山の火口壁のひだひだが、はっきり見えた。投光器をつけるまでもなく、かなりの期間、海中にあり、つい最近水面上に顔を出して、浸食や風食をうけたことが、素人の小野寺にもわかるのだった。――今、その奇妙な島は、また海中にあった。火口の直径は開口部で二、三百メートル、内壁はほとんど垂直に近い急斜面でおちこんでいる。火口壁には、ふかく切れこんだV字型の切れ目があった。――噴火で裂けたのではなく、火口形成後、二次的な原因で崩壊したものらしかった。――火口の深さを測深器ではかってみると、百メートルぐらいあった。小野寺は、田所博士が、中にはいってみろ、といわないかと思って、ひやひやした。半周してみても、あの沈下の時、この島がなんらかの火山性活動をやったという徴候は何も見られなかった。島は、もとからそこにあったように、冷たく、うすぐらい海底に、黒々とわだかまっていた。沈黙し、重量感にあふれて……。

小野寺は合図をおくって、降下をはじめた。――慎重を期すため、水中音波探知機《ソナー》を使い、山腹の斜面にそって、ほとんど三十度近い角度に、船首をさげた。ソナーの反響音を、スピーカーにとり、VLF通信をレシーバーにきりかえた。

「行くぜ、結城……」と、彼はマイクにいった。「しっかり見張っててくれよ」

「オーケーだ」と結城の声がかえってきた。

「今、そちらの、ほとんど真上にいる。よく見えてるよ」

小野寺は、抵抗器のハンドルをまわした。――ぶあつい、ゴンドラの外に、水が流れる音がしはじめた。天井壁を通して、モーターで水をかく振動が伝わってきた。田所博士と技官は、座席のベルトをしめ、眼を皿のようにして、観測窓と、前方のテレビ画面を見いっていた。ゴンドラ内に、コーン……コーン……というソナーのエコーがひびきわたり、〝わだつみ〟は一ノットの速度で、山裾《やますそ》を斜めにまきながらくだりはじめた。魚の群れや、巨大な鱶《ふか》らしい影が、テレビの画面を横切って、上昇した。右側の観測窓には、つねに沈下した島――というよりは、海底火山の山腹が見えており、やがて、なまなましい海食の跡が見えた。

「水平にもどせ」と、田所博士がいった。「ちょっとの間でいい。海食線にそって、まわってみてくれ」

小野寺は、船首をおこした。――海食の跡は、島が海面に顔を出したときの海水面だ。縞《しま》模様が、山腹にそって何段にも走り、島が、何度かにわけて、隆起《りゅうき》し、また沈降《ちんこう》しかけていたことをものがたっていた。

「水準器《レベル》はあるか？」と博士は聞いた。

「記録机の引出しの中です」

博士は、観測窓にレベルをあて、食いいるようにのぞいていたが、やがてポツンといった。

「あれが三日前までの、海水面《シーレベル》の跡だとすると、今、島全体が、東方へむかって、四度から五度かたむいている」

「降下します」と小野寺はいった。

博士は、背後から、よし、というように肩をたたいた。

〝わだつみ〟は、降下をつづけていった。——二百メートル……二百五十メートル……太陽がかなり高くのぼってきたと見え、海底の明るさは、あまり減じなかった。しかし、窓外の水色は、急に青みがかってきた。小野寺は、水圧計の針を、あまり見もせずに〝わだつみ〟をすすめた。このくらいの深度なら、〝わだつみ〟にとって、それこそ「ほんのお遊び」程度だ。三百メートル——小野寺は船首を徐々におこしていった。山腹傾斜はしだいにゆるやかになり、青藍色《せいらんしょく》の海底にむけて、長く裾をひいている。水温は十五度、テレビ画面は、もうほとんど何も映さない。小野寺はテレビを切って、画面を上につりあげ、艇内の電灯を消した。——幽霊のような、青いかすかな光が、まるい観測窓からさしこんだ。三百五十メートル、〝わだつみ〟は、ほとんど水平になり、かなたの海底の闇に、はるかに遠く溶けこんでいる、ごくゆるやかな傾斜にそってすすんでいた。小野寺は、ほんのわずか、バラストの鋼球をおとした。

「まもなく海底です」と、小野寺はいった。

「大東丸が知らせてきた」耳の底で、結城の声がいった。「——ここは、東西十キロ、南北ざっと十五キロぐらいの海膨《かいぼう》だ。現在位置から、東方へむかって三キロすすむと、傾斜十度ぐらいの陸棚性《りくほう》の斜面がある」

小野寺は、サーチライトをつけた。——茫漠《ぼうばく》たる水の壁のかなたに、おぼろげな海底が見えてきた。——ガイドチェーンが、がくんと衝撃をつたえて、船底からたれさがった。

発光性の、中深海魚がやってきた。──海底は、強烈なサーチライトの光芒《こうぼう》の下から、巨大な灰色の生物のように、おぼろに浮かび上がってきた。小野寺は、速度を半ノットほどに落し、また少しバラストを落した。──ガイドチェーンが、海底に接触し、泥がまいあがった。〝わだつみ〟は、少しガイドチェーンをひきずりながらすすみ、やがてゆっくり静止した。海底まで、二メートルほどだった。

見たところ、海底は、何の変化もなかった。傾斜も、前後をすかしてみて、かすかにわかる程度だった。──しかし、後ろの二人は、海底を見て、はげしい興奮をしめした。

「リップル・マークが……」と技官がささやいた。

「火山岩や火山弾が、あんなに露出している」と博士も興奮した早口でいった。

「やはり、海底泥土は、つい最近、はげしく動いたんですな」と技官はいった。「ごらんなさい。あれ──」

「うむ──」博士はうなった。「ここらへんの海底は、傾斜にそって、かなり大きな範囲で、匍行《ほこう》してるんじゃないかな」

「匍行というより、地すべりに近いんじゃないですか？」

「小野寺君……」博士はいった。「傾斜にそって、東の陸棚崖の方向へすすんでくれ」

浮上してみると、巽丸の船上は、討論の渦がまいていた。──いや、討論は、すでに

〝わだつみ〟がバラストを吐き出して、浮上しはじめたときから、船上と、〝わだつみ〟間をVLFでむすび、さらに数キロはなれて行動している大東丸の船上とをむすんで、はじまっていたのだった。繋留《けいりゅう》アームで、またも〝わだつみ〟をしっかり横抱きにすると、巽丸は二度目の潜航準備をしながら、微速で東方へ移動した。——海底へおいてきたバラストの補充や、ビデオテープ、自動記録装置の取替えなどをやっている間、巽丸船上と大東丸船上では、まさに喧々囂々《けんけんごうごう》の議論がくりかえされていた。——田所博士は、陸棚斜面と、海膨との境目らしいものが、ほとんどなくなっていることを、しきりに強調していた。水産技官は、つい最近まで、それがあった、と証言した。斜面には海流がぶつかるので、生物相や岩石でそれとわかるのだ。——現在は、その角ともいえない角に、海膨上からすべった泥土が、広範囲におおいかぶさり、なだらかなカーブを描いてしまっている。

二度目の潜水は、準備ができると同時に、幸長助教授と、火山調査官がのりこんで、いそがしさだった。——食事は艇内に持ちこまれる、というこの陸棚斜面にむかって行なわれた。今度も、潜舵《せんだ》を使った急速潜航で六百メートルまでもぐり、それから陸棚傾斜にそって、深度千八百五十メートルの大洋海底にまでもぐった。——調査する二人は、またいくつかの、興奮すべき発見をしたらしかった。冷静な幸長助教授も、一度だけ、ひどく上ずった叫びをあげた。

浮上してみると、海面はすこし波が出ていた。——巽丸は、今度はデリックで、〝わだつみ〟を作業甲板につりあげ、波をけたてて走りはじめた。

「三度目の潜水は、明日に延期された」と、田所博士はいった。「大東丸が、ここから百二十キロばかり東の、小笠原海溝で、何か異常を発見したらしいんだ。――今度は海溝の底にもぐってみる。大丈夫だろうね」

「理論的には、こいつは、十万メートルまでもぐれますよ」と小野寺はいった。「そんな深い海が、あればの話ですがね。安全係数を十倍以上とってあるんです。――I造船の衝撃波水槽《ショック・ウェーブ・タンク》で、それはそれは、むちゃな試験をしたんですから」

8

そして翌日――
今度は、大東丸もいっしょに見まもる中で、〟わだつみ〟は、なめらかな海面の下の、底知れぬ深淵《しんえん》にむかって、潜水をはじめた。今度の乗員は、田所博士と幸長助教授だった。――海は、そこでは、もはや普通の海ではなかった。可視光線のとどくぎりぎりの限界である。深度千メートルの闇の底に、さらに深く、数千メートルにわたって、はてしれぬ暗黒の水が口をあけている。その底は、水温は零度近く、掌《てのひら》ほどの面積に、百トン以上の圧力がのしかかる、冷水高圧の地獄だ。――巽丸に乗りうつってきた、新聞記者の辰野は、ブリッジの音響測深器の音波が、海底へむけて発射されてから、十秒以上たって、かすかに減衰《げんすい》したエコーとなってかえってくるのを、さすがに無気味そうに見つめていた。——水中の音波の速度は約千五百メートル、したがって、七千五百メートル以上の深さだ。

「十秒か……」と辰野はつぶやいた。「テレビのコマーシャルが一本いれられるな」

今度の出発には、やはり、緊張感がただよっていた。——小野寺も、前二回のようなアクロバットを行なわず、慎重に潜航した。潜航時間もたっぷりある。

こうして、奈落《ならく》への降下がはじまった。——亜熱帯収束線の下降流にのり、一時間四キロの降下スピードで、〃わだつみ〃はしずかに沈んでいった。水面下百メートルを越えれば、もうそこは、ほとんど水の動かぬ世界だった。透明な青ガラスの中にはめこまれた標本のように〃わだつみ〃は、まっすぐに深みへと落ちていった。——表層魚の列は去り、下から上へ降る雪のようなマリンスノーの雲を通りぬけ、深海のくらげや、名も知らぬ怪奇な発光魚にむかえられ……七百メートルで、ぼんやり青みがかっていた窓の光も消えた。千メートルは、すでに漆《うるし》のような暗黒の世界だった。船内が冷えてきて、水蒸気は、ゴンドラ内壁に雫《しずく》となってたまった。

「ジャケットを着たほうがいいですよ」と小野寺はいった。

艇内では、計器盤が、蛍火《ほたるび》のように緑色にかがやくばかりだった。千五百メートルで、小野寺は、ライトのスイッチをいれた。——光のとどく範囲の水は、青灰色の霧の帳《とばり》のように、幾重にも波うちながら、〃わだつみ〃をとりかこんだ。時たまそのスポットの中に、奇妙な深海の生物たちが浮かび出て、このおかしな侵入者に何の関心もしめさずに、悠然と泳ぎ去った。パチパチと火花放電のように明滅する発光エビの群れ、そしてくらげ、灰色のカーテンのずっと奥の闇にうごめく、得体の知れない巨大な黒いもの……。

「三千メートル……」と小野寺は水圧計を見ていった。「左のほうに、海溝斜面がはじまっています。距離十一キロメートル、傾斜二十五度」

水中レーダーの略称で呼ばれている、フォノン・メーザー波を使った水中探知機は、時折りピン！と耳ざわりな照射音をたて、遠い海底の地形を、操縦席の前の、丸いブラウン管の上に、はっきりと描き出していた。――地図で見れば、ひどい急斜面に見える海溝の大陸側斜面も、実際にもぐって見れば、最大傾斜で三十度ぐらいの、ごくゆるやかな斜面だった。――大洋底側の斜面はもっとゆるやかで、十度から十五度ぐらいのものだ。ところどころにある海底谷の、ふかくえぐれた断崖《だんがい》の一部が、時に五十度、六十度の急傾斜をしめすだけである。

測深器で、直下四千五百メートルを確認したところで、小野寺は音波探知機を切った。――ゴンドラの中は、静寂にみたされた。この深度で、〝わだつみ〟はまるで静止しているみたいに安定していた。観測窓をのぞけば、光の幕の中に、音もなくたちのぼっていく深海浮遊物の姿に、この鋼鉄の回転楕円《だえん》体が、秒速一メートル半ほどのスピードで、たえまなく沈降していくのがわかるのだが、眼を室内にうつせば、それは静止しているほそながい部屋としか思えなかった。――室内温度十六度、水温三度。幸長助教授は、そっとジャンパーの襟をかきあわせた。吸湿剤がはたらきはじめて、内壁やパイプ類についた水滴は消えた。圧力計は四百二十気圧をしめし、なおも上昇をつづけている。艇内は、墓場の静寂と薄明にみたされていた。そうやっていると、この超高張力鋼製のゴンドラが、おそろしい水圧の墓場の沈黙の底に、深くうめこまれていく、鋼鉄の柩《ひつぎ》のように思えてくるのだった。――五千メートル……。幸長助教授は、体から二十センチとはなれていない艇壁を、外側からひしひしとしめつけている、一平方センチあたり半トンの水圧を皮膚に感じて、思わずあえいだ。ゴンドラ全体には、数百万トンの圧力がかかっている。巨人の万力《まんりき》にギリギリしめあげられ、厚さ七センチの耐圧殻は、今にもクラッカーのようにこなごなにうちくだかれそうな気がした。――かすかに、キシキシという音がして、幸長助教授は、そっとまわりを見まわした。

「なんでもありませんよ」と小野寺が、察したようにいった。「艇内にとりつけた装置類のとりつけ部が、低温でちぢんでるんです。ヒーターをいれますか？」

「いや……」と田所博士はいった。「もうじき海底だな」

「深度五千七百……」と小野寺は水圧計を見上げていった。「海底までは……」

ヒュッ！　と音波が下方にむけて発射された。――エコーはすぐかえってきた。

「千九百五十……平坦《へいたん》です」

サーチライトの光芒《こうぼう》の中に、あらわれる生物は、今はほとんどなかった。――時折り、ほそながいうなぎのようなものが、ひらひらと遠くを泳ぎ去ったり、あのおそろしく適応性のつよい、小さなくらげや甲殻類の姿がちらと見えるだけだった。

だが、ライトを消すと、あたりは漆のような暗黒の中に青白く息づく発光微生物の、まばらな星々にとりまかれているのだった。――水温は一・八度にさがった。室温十三度。クロノメーターは、水面を去ってから、すでに一時間四十二分たっていることをしめしている。

「七千メートル……」

「あれは？」幸長助教授が凍りつくような声でささやいた。

「えいですか？」

左手の窓の外、サーチライトの光芒の切れるあたりを巨大な幕のようなものが、ゆっくり波うちながら通りすぎていく。

「まさか……」田所博士も、かすれた声でいった。「生物にしては、あまりに巨大すぎる」

光のはずれを通りすぎていくのに、それはたっぷり五、六秒もかかった。長さは三十メートルもありそうだ。

「ソナーでさぐってみないか？」と幸長助教授はいった。

「もう上のほうへ通りすぎました」と小野寺はいった。「まもなく海底です」

彼は、またバラストを投下するスイッチに手をふれた。――沈降速度をゆるめるための、バラスト投下の、ザーッという音が聞こえるのと、ガツンと横なぐりのショックを受けるのとほとんど同時だった。〝わだつみ〟はぐらぐらゆれ、グイと二十度以上も船首を左にふり、ついでまたグーッと三十度ばかりひきもどされた。

「なんだ？」幸長助教授は、はげしく聞いた。「故障か？」

「いや……」小野寺は冷静に答えた。「深海潮流らしいです」

「こんな深い所に？」田所博士は聞いた。「あんなはげしい流れがあるのか？　なぜだ？」

「わかりませんね」と、小野寺はいった。「時々ぶつかることもあります。が、あんな強いのは、はじめてです。海水流とするなら流速三ノット半以上あります」

「そんな……」幸長助教授は、信じられないようにいった。「七千メートルの海底に、そんなはやい流れがあるのか？」

「理由は知りません」小野寺は首をふった。「でも、もう抜けました」

潮流の厚さは、約百五十メートルほどだった。――〝わだつみ〟は少し流されて、その層を抜けた。小野寺は、フロートの後ろにある方向制御用の小さなウオーター・ジェットをちょっとふかし、船軸をふたたび正南北にむけた。もう、側方からの衝撃はない。

「海底まで、四百メートル……」ふたたび音響測深器のスイッチをいれて、微流速計と、微沈降速度計をにらみながら、小野寺は、バラストを小きざみにおとした。――沈降速度は、毎秒一・五メートルから、一・二メートルにおち、さらに一メートルを割った。

左右の電動スクリューの向きを、艇軸方向から垂直方向に回転させて、ゆるくブレーキをかける。――艇は、少し浮き上がり気味になる。が、モーターをとめると、秒速半メートルぐらいで、さらにゆっくり沈降をはじめる。海底まで五十メートル、ゴンドラの底にとめてある、ガイドチェーンの一端をはなし、だらりとぶらさげる。ゴトンというショックがあって、ゴンドラは、またさらにゆれた。バラスト放出――沈降速度は毎秒二十センチにおちる。

「見えてきた――」溜息《ためいき》をつくように、幸長助教授がいう。

垂直方向を照らす、前後二個の強力なライトの光芒の底に、黄褐色のまるい輪が、おぼろにせり上がってくる。輪は、しだいに光をまし、輪郭を鮮明にしはじめる。そのひらたい土の上に、二ヵ所、三ヵ所の、ドーナツ形の、泥雲のリングが、渦まきながらひろがり、上昇してくる。――さっき放出され、一足先に海底に到着した、バラスト用鋼球がつくる軟泥の雲の輪だ。――濛々《もうもう》と泥が底のほうから湧き上がってくる。ガイドチェーンが海底に接触した。ほんの少し、ひきずり気味に、ガイドチェーンは、海底に横たわっていく。たれさがった長い鎖の横たわった分の重量だけ浮力がつき、〝わだつみ〟はしだいに沈下をとめ、ついに海底から一・五メートルのところで静止した。

黄灰色の泥の煙が、濛々とたちこめ、やがてほんのわずかな――秒速センチ以下、ミリ単位のわずかな水の流れにはこびさられていくと、そこにわびしい褐色の、冷えきった海底の砂漠が出現した。――サーチライトは直下と斜め下前方、それに左右を照らしていた。その光は砂漠と同じように黄ばみ、灰色がかっており、わずかに遠方の部分が、海底らしい暗藍色《あんらんしょく》をおびていた。その先は——強力なサーチライトの光は、水平方向には、まるで照らしていないように見えた。海溝底の、途方もなく厚い闇は、つい目と鼻の先にあった。——深海底の水は澄みきっており、泥の雲が、波うちながらうすれてしまうと、あとには光の筋道を反射する懸濁物が、ほとんどないのだった。

〝わだつみ〟は、海底から短い繋留索《けいりゅう》をひいて、動かぬ気球のように、ふわりと宙に浮いていた。——海底と四方に、六つのつよい光をなげかけながら、それは一本の鎖の上に、身じろぎもせずに載っていた。中空に立ちのぼらせたロープの上で、座禅を組んでいるヨガ行者《ぎょうじゃ》のように……。大深海の死のような静寂が、四方から、そのずんぐりした乗り物をしめつけていた。艇殻も、葉巻型のゴンドラも、四方八方から、一平方センチあたり八百キロ——八百気圧の圧力がのしかかり、ここでは、海水さえが、圧縮されて、その密度が四パーセントもふえている。その圧力は、この見わたすかぎりの広大な軟泥の砂漠の上をも、ひしひしとおさえつけているのだった。ゴンドラ内部の温度は、十二度にさがっていた。水温一・五度。——内側の径十五センチのプレキシガラスの外にかかる、巨大な圧力に圧倒されたように、ゴンドラ内の三人は、しわぶき一つしなかった。

「さて……」小野寺が、かすれた声でポツリといった。「海溝底です、深度七千六百四十メートル」

その声につきとばされたように、二人の学者の間に、低い、せわしないささやきが起こった。

「あれだ！……」と田所博士が指さしていった。

幸長助教授がうなずいた。――海底に、西から東へ、何条もの波状痕《リップル・マーク》が走っている。

「つい最近――」幸長助教授がいった。「西から東へ、相当はげしい底流があったんですな。――古いリップル・マークは、あそこに残っています。南北に走っています」

「あれは？」と田所博士はいった。「あの長い、溝のようなものは？」

「わかりません――」幸長助教授は首をふった。「生物の這《は》った跡じゃありませんか？」

「深海底にあんなでかいナメクジがいるかね？」田所博士はいった。「幅数メートルあるぞ」

海底にフラッシュがひらめき、シャッターがゴンドラ内に、乾いた音をいくつもひびかせた。――田所博士は持ちこんだ超精密重力計にしがみついていた。

「この深度で動かせるかね？」と幸長助教授は小野寺に聞いた。「船首に対して右七度の方角だ」

小野寺は、テレビをつけ、それからバラストを少しおとした。――窓外はまた、泥の煙でとざされた。〝わだつみ〟は、わずかにチェーンの先をひきずるぐらいに浮き上がった。方向舵《ほうこうだ》を使わず、水中ジェットを使って、たれさがったチェーンを軸にして、慎重に船首をいわれた方向に向け、それから極微速で前進した。

泥の煙の中から、幅七、八メートルもある、長い海底の溝が浮き上がってきた。――

途方もない生物が、体をひきずっていった跡のようにも見え、巨大な岩がころがった跡のようにも見えた。

「もっとむこうにもある――」幸長助教授はつぶやいた。「いくつもある」

「なんだと思う？」田所博士は聞いた。

「わかりません――」小野寺は首をふった。「海溝底には、二、三回もぐっていますが、こんなものは、はじめて見ました」

幅ひろい溝《トレンチ》は、海底をいくつも走っていた。――いずれも幅四、五メートルから七、八メートルで、視界をよこぎって、東西に、はてしなく延びている。――何かが、この海底を動いていったのだ。正体の知れない、巨大なものが……。

「この地帯の、ものすごい重力異常と関係がありますか？」幸長助教授は聞いた。

「わからん――」十六ミリフィルムをまわしつづけながら、田所博士はいった。「少し追跡してみるか？」

小野寺は、だまって、少し上舵《うわかじ》をとった。――とたんに、ゴンドラにコツンとひびく衝撃があった。

「どうした？」と田所博士が聞いた。

「わかりません。――海水の中に、振動があります」

小野寺は計器を見ながらいった。

頭上のフロートが、ビーッと鳴った。それからまた、ゴツン、ゴツンとゴンドラに、水中波がぶつかった。

「海底地震？」

「さあ……」

「地震と呼べるほどのものなら、こんななまやさしいものじゃすまないでしょう」と幸長助教授はいった。「何だかわからないが、微振動ですね」

「ゴンドラの横っ腹を蹴とばすほどの、微振動か？」田所博士はつぶやいた。「振動波の伝わってきた方向はわかるかね？」

「ほとんど真東です」ジイジイとまきとられてゆく自記振動計のチャートを見ながら、小野寺はいった。

「行こうじゃないか」と田所博士はいった。「あの化け物ナメクジの、這った跡を追っかけてみよう」

水中無線の出力を最大にし、波長をレンジいっぱいにのばして、小野寺は、巽丸を呼んでみた。——結城の声が、やっとレシーバーの底にかえってきた。雑音がひどく、減衰もひどい。

「なんだ？」と結城の声がかすかに聞こえた。「今、そちらの姿は見えない。底についてるな。さっきまで、音響測深の反射波をとらえていた」

「今、そちらで、海水異常振動を感じたか？」

「ちょっと待ってくれ」

レシーバーは、ブツブツガリガリいった。

「何も記録されてないらしい」結城の声がふたたびいった。――上層を、金属元素をたくさんふくむ、プランクトンのぶ厚い雲がよこぎっていると見えて、時々フェーディングが起こる。「大東丸が、水中聴音器を水面下百メートルにおろしているが、何も感じてないようだ。――チャートを調べているが、いろんな微振動がまざってて、わからないらしい」

それはそうだろう――と小野寺は思った。――あの程度の振幅の小さな振動なら、途中の密度の減少で拡散され、冷暖温度境界層で、反射されてしまう。

「オーケー」と小野寺はいった。「海溝底に、妙な溝《トレンチ》を見つけた。今からそれにそって、東へ向かう。位置を確認してくれ」

「よし」と、結城はいった。「二分後に信号しろ。あと一分ごとに、音波を出せ」

ストップウォッチをにらんで、一分たつと、小野寺は〝わだつみ〟のフロートの上に、海面へ向けてとりつけてある超音波発振器から、海面へ向けて信号を送った。――位置確認の信号がかえってくると、発振用のドラムを、一分間隔にセットして、艇を前進させた。ゆるやかなカーブを描いて、そこから三本目の溝《トレンチ》の方向に、艇軸を一致させると、三ノットのスピードですすんだ。海溝はまだそこが最深部ではないらしく、およそ二十分というゆるい傾斜で、東にむかっておちこんでいる。ガイドチェーンで海底から一定の距離をたもちつつすすむにつれて、微水圧計の針は、わずかばかりのぼりはじめた。

二キロほどすすむと、トレンチの幅は、倍ほどひろくなり、深さも浅くなりはじめた。左方四十メートルほどはなれた所を走っていた溝は、いつのまにか、軟泥の中に消えてしまっていた。——一分ごとに発する、超音波のかすかな叫びのほかは、モーターの静かな振動と、時折り幸長助教授がスイッチをいれる、十六ミリの回転音以外、何も聞こえない。

「七千九百までさがりました」小野寺はいった。「海底傾斜が急になってきています」

「水がにごってきた」と、田所博士がいった。

たしかに、視界はわるくなりはじめていた。時折り、海底軟泥のうすい雲が、ライトの光芒《こうぼう》の中を、ふわーっとよこぎる。——突然ガクンと船首がもちあげられた。惰力がついているので、艇はそのまま海底から二十メートルほど上昇した。次に、ガクガクとピッチングが起こった。

「大丈夫か？」椅子につかまりながら、幸長助教授が聞いた。——ぼんやりした電灯の下で、額にじっとり、脂汗《あぶらあせ》が光っている。

答えるかわりに、小野寺は、潜舵をひいて、艇をさらに三十メートルばかり上昇させた。そこでは、ピッチングはずっと少なくなった。——こんなことは、どんな教科書にものってないぞ、と小野寺は思った。八千メートルの海溝底に、こんなはげしい、底層流があるなんて……こいつは新発見だ。海底から六十メートルの所で、彼は艇を水平にもどした。振動はほとんどなくなった。

「もう一度下降しますか？」と小野寺は聞いた。

「いや、いいだろう――」と田所博士はいった。「溝《トレンチ》は、あの泥雲の前で消滅していた。――このまま、まっすぐすすめ」

視界はますますわるくなってきて、底は見えなかった。――小野寺は、念のため、音響測深をやりながらすすんだ。反射波は、底流波のためか少し散乱されていたが、海底は以後、八千を少し欠けるぐらいで、平坦《へいたん》のままつづいていた。――さっきのはげしい上下動はなんだろう？と小野寺は考えつづけた。上のほうはしずかなのに、あそこで急にあんなに水が波うつなんて――まるであそこに底波があるみたいだ。とすると、こんな深海底のさらに下に、密度飛躍層でもあるのか？そこで、定常波《スタンディングウェーブ》でも起こっているのか？

（注・海水表層に温かい水と冷たい水のきわめて顕著な境界層ができることがあり、この境界層に定常波を生じると、その振動は海面にはほとんどあらわれない。――この境界層が水面近くにまで浮いてくると、船がいくらスクリューをまわしても前進しない「幽霊水」の現象などが起こる。すなわち、スクリューがちょうどこの境界面あたりにあるため、スクリューの起こす水流は、境界層に定常波を起こすエネルギーになってしまい、推進力とならないのである。）

〝わだつみ〟は、さらに三キロすすんだ。――海溝は、まだはてしなくつづいている。せまい所で数十キロの幅があり、大洋底斜面は、まだ遠いかなたにあった。海底との距離は、依然として六十メートル、直下の視界は、十メートルもない。潜水してから、すでに三時間以上たっている。

「停止」と田所博士がいった。

小野寺は、少し逆転させてから、モーターをとめた。――〝わだつみ〟はわずかの行き足で、少し沈下をはじめた。スクリューの振動がなくなったのに、水中微振動計の針は、まだブルブルふるえ、チャートの上にこまかい、振幅の大きな波形を描いてゆく。

「もう一度、着底しますか？」と小野寺はいった。――沈降速度は、毎秒数センチだ。

「いや……」と田所博士は、ためらうようにつぶやいた。

「水中照明弾をあげましょうか？」

「やってみてくれ」

小野寺は、操縦席の右手にある小さなボックスの蓋《ふた》をあけ、六つならんだレバーの一つをひいた。――艇殻にかすかにショックがあった。小野寺は、フロートの上にある、デッキにあけられた穴から、斜め上方にむかって、ジェットの気泡をひきながら上昇していく、銀色の筒の姿を思いうかべた。上下六十度の視野をもつ、テレビ画面の上端に、目もくらむような光球が出現した。それははげしい泡をたてながら、ゆっくり斜めに水中を降下してきた。

「……！」

声のないおどろきが、観測窓にしがみついている二人からもれた。――小野寺も呆然《ぼうぜん》として、超高密走査の、テレビ画面を見つめていた。

青白くかがやきながら落ちてくる、水中の太陽の強い光に照らされて、視界に出現したのは――はるかかなたにまでつづく、雲の団塊のような、黄灰色の泥雲の峰また峰だった。層積雲の大雲海を、飛行機から見おろしたように、そのむくむくともり上がる泥雲塊は、波うちながら、暗黒の水の底をおおっていた。

「小野寺君――」

田所博士のかすれた声を聞くまでもなく、小野寺は、二発目の照明弾の打ちあげレバーをひいていた。――そして、音波探知器のぼやけた海底像に、はっとして、音波発振器をフォノン・メーザーにきりかえた。

すると――おどろいたことに、そのするどい指向性をもった高エネルギーの音波は、直下六十メートルの所をズブズブもぐっていき、今の今まで海底と思っていた平面より百メートルも下に、堅い、真の海底面を描き出した。六十メートルから八十メートルの所には、第一次反射の、ぼやけた雲のような像がむすばれた。

DSLだ！――と思わず、小野寺は叫びかけて、あわててその叫びをのみこんだ。――ばかばかしい、八千メートルの海底に、深部散乱層《ディープ・スキャッタリング・レイヤー》があるわけはない。偽底像と呼ばれる、海中を上下する超音波反射層は、せいぜい三、四百メートルから五十メートルの深度を、日照によって上下する厚いプランクトンの浮遊団塊ではないか。だが、今ここに――この深海底の、泥の密雲層に、DSLと同じ現象が起こっているのか？

「下降できるか？」と田所博士は、小野寺の報告を聞いてつぶやいた。

「危険じゃありませんか？」と幸長助教授。

「五十メートル、降下してみましょう」と、小野寺はいった。「水温、密度、塩分濃度をはかる艇外計器は、ワイヤで十五メートルつりさげられます」

「慎重に……」と田所博士はいった。「いつでも上昇できるようにしておいてくれ」

小野寺は、小さな釣合《トリム》タンクのガソリンを、一塊放出した。とたんに〝わだつみ〟は、かなりのスピードで下降しはじめた。あわててバラストを放出して、沈下をゆるめたが、艇はいったん泥雲の中にもぐってしまった。またはげしいゆれがはじまった。ようやく十五メートル上昇し、計測器を泥雲の中におろした。――計測器のワイヤは大きくゆれ動いた。

「密度飛躍層がある――」と田所博士はいった。「――温度は一・七度で、かえって上昇している」

「南から北へ流れていますね」幸長助教授はいった。「定常海溝底流と反対の方角です」

「密度一・〇五三！」田所博士は、おどろいたように叫んだ。「こいつは君――海水密度の最大値を大きく上まわっているんじゃ……」

「塩分濃度……」といいかけて、幸長助教授は絶句した。「重いはずです。大量の金属イオン――とくに、重金属イオンがまじっているらしいです」

「海水採取」と田所博士はいった。

採取器のポンプをまわしはじめたとたん、また、ガクンと衝撃がきた。——〝わだつみ〟は、こんどは大きく横ゆれした。——すぐ眼の下の泥雲の上を、さーっと暗い縞《しま》が走ったように見えた。

「田所先生！」と小野寺は小さく叫んだ。

「照明弾をもう一つたのむ」博士は、夢中になって、計器を読みとり、観測窓をのぞきながら、衝撃に頓着《とんちゃく》なくいった。

三発目の照明弾を発射すると同時に、小野寺は本能的にある種の危険を感じて、バラストを大量に放出した。足下に渦まいていた雲がグウッと下へ遠のいた。

「おい、君！　まだ……」

そういったとき、猛烈な底波が、〝わだつみ〟を横なぐりにさらっていった。——艇はグルリと九十度もまわされ、大きくかたむき、ゴンドラがかしいだまま、あっというまに何十メートルも流された。

(地震？……)と小野寺は思った。(この深さで、こんな目にあったのははじめてだ。まさか……)

ガタガタガタと、えらい音をたててゴンドラは振動した。——小野寺は、さらにバラストを投下した。振動の一部が、底波にひっぱられているガイドチェーンと計測器からくることがわかると、彼はいそいで計測器をまきあげ、ガイドチェーンをきりはなし、つづいてモーターを始動した。ふいに振動がやんだ。コンパスを見ると、艇はほぼ正南北をむいており、船首を南に向けてしまっていた。小野寺は、もう一度、百八十度船首をまわした。——上昇速度は、意外におそい。気がついてみると、第二層バラストが、電磁弁の故障で投下されず、艇は、ガイドチェーンをはなしたので、ようやく上昇しはじめたことがわかった。

「先生！　あれ……」と、幸長助教授が叫んだ。

小野寺も、思わず正面の観測窓に顔をおしあてた。——底波にさらわれる前に発射した照明弾が、遠くにかがやきながらただよっていた。泥雲の上の、澄んだ深海水の中で、それは、大波のようにうねる、黄ばんだ泥の雲を、はるか遠くまで照らし出していた。その光のはずれるあたりに、何か巨大なものがもくもくともり上がり、はげしく動いていた。眼をこらすと、それは緑色がかった、濃密な泥雲であり、それが海溝底のかなたに、黒々と突き出した海溝斜面のゆるやかな岬の先端から、もくもくと噴出し、泥の雲海になだれ落ち、泥雲をおしやり、波うたせているのだった。

「乱泥流だ！」田所博士は、日ごろに似あわぬ上ずった声で叫んだ。「キューネン(注・オランダの海洋地質学者)のとなえた海底乱泥流だ！——とすれば、おれたちは、世界ではじめてその実物を見たことになる」

「しかし……こんな深海底で——」幸長助教授は、ほとんど悲鳴に近い声で叫んだ。

「それに、あいつは、海溝崖《がい》から噴出しているみたいです」

「上昇します——」と、小野寺は、やっと平静にかえった声でいった。「船上から連絡がありました。海面に、波が出てきたようです」

すでに〝わだつみ〟は、波うつ泥の雲海の上、八十メートルの所まで上昇していた。――眼下に、海溝最深部の幅いっぱいに奔流し、のたうつ、正体不明の高密度底流を見おろしつつ、澄みきった大気のような暗黒の水の中を、絆《つな》をはなれた気球のように、一メートル、また一メートルと徐々に速度をはやめ、はるか八千メートル上方の、大気と水との境にひろがる光にみちた銀色の天井まで、誰見まもるものとてない孤独な帰還の途につきはじめた。

小野寺は、負荷をへらす意味もあって、残り三発の照明弾を、全部上方にむかってうちあげた。――それは三方にむかって、うち上げ花火のように上昇していき、三個の青白く燃えさかる炎となって、〝わだつみ〟の上方につりさがった。そのつよい光は、この常闇の水の壁を――深海生物の燐光《りんこう》をのぞいてはかつて一度も、これほどのつよい光できり裂かれたことのない、水の壁を、数キロにわたって球形に照らし出した。

その瞬間、小野寺は、はじめて、自分のいる場所を、自分の眼で見ることができた。――何万燭光《しょっこう》の光の照らし出したのは、前後左右に、ただはてしなくひろがる、透明な水のつらなりだった。八百気圧の重圧に、それ自身おしつぶされ、うちひしがれた、びくとも動かぬ水の壁だった。周囲数キロ、見わたすかぎり、眼をさえぎるものはなく、ただ左舷《さげん》はるか前方に、せり出してきている海溝崖の先のみが、光のはずれに黒々とわだかまり、西の海溝斜面にむかってせりあがりながら、暗黒にとけこんでいるだけで、あとは青白く燃える光のとどくかぎり、摂氏一・五度の、冷えきった高圧水の透明な壁がつづいている。——眼下には、すでに細かい縮緬《ちりめん》様の紋様となった厚い泥雲の流れが、延々とひろがり、その上に、黒くかすかにポツンと〝わだつみ〟の影がおちているのだった。——この小さな鋼鉄の中空体は、雲海の上に抜け、蒼穹《そうきゅう》のかなたに上昇していく、孤独な気球だった。

またたきながら、かがやきの絶頂にのぼりつめ、しだいに下降しながら弱まってゆく、三個の発光体の光のはてに、小野寺は、左右百キロの幅にひろがる巨大な地殻の溝を感じ、さらに船首方向——はるか北方カムチャツカの沖合にむかって、延々三千キロにわたってつらなる、暗黒と高圧の、水の壁を感じた。そのほそながい高圧水の南はマリアナ海溝の海底につらなり、南半球のトンガ＝ケルマデック海溝からみちびかれた南極海の冷水は、この巨大な「大洋底の暗渠《あんきょ》」を通じて、海洋の下にもぐりこみ、赤道を越えてはるかに北半球北緯三十度以上にまで北上する。

日本海溝！

あの光と颪にみちた、洋々として平坦《へいたん》な太平洋の底八千メートルの深さに長々と横たわる、世界最大の海溝《トレンチ》——。

水面下八千メートルにひそむ、この巨大な暗黒の中で、今、たしかに、何かが起こりつつあるようだった。——南のはてから北のはてにまでその体を横たえた、冷たい巨大な、暗黒の蛇《へび》は、その上につみかさなる猛烈な圧力をはねかえし、今かすかにその皮膚を振動させ、わずかにうごめき、のたうちはじめている……。

だが、――では、いったい、そこで何が起こりつつあるのか？

尾をひいて、小さくかがやきつつ、直下の闇へおちていく、三つの星を見つめながら、小野寺は、その大洋の水の壁の巨大さ、その底にひそむ暗黒の怪物の巨大さ、そしてそれに対する人間の存在の小ささ、知識の小ささを感じ、体の芯《しん》から冷気がこみあげてくるような気がした。――この広大な未知の中を、小さな船に乗ってのぼっていくわびしさが、冷たい海水の圧力といっしょになって、ひしひしと胸をしめつけた。あとの二人も、同じ思いにとらわれているらしく、ひっそりと息をひそめ、暗がりの中に身じろぎもせず、小さな観測窓のうす青い円形に、じっと眼をすえていた。

――そこに、何が起こりつつあるのか？

第二章　東京

1

報告書類を提出して、運営部長の部屋を出ようとすると、部長は、急に何か思いついたように、

「小野寺君……」と声をかけた。

たちどまって振りかえると、吉村《よしむら》部長は、書類はわきにおいたまま、鉛筆の尻《しり》で、唇のはしをたたきながら、眼を宙にすえて、何か考えこんでいた。

「なんでしょうか？」と小野寺は聞いた。

「いや……いいんだ。君、これから帰るか？」

「ええ、まあ……」と小野寺は、あいまいに答えた。「取りそこねた休暇を、明後日《あさって》から取ります」

部長は、立ち上がると、セミスリーブ・シャツのタイを、ちょっとしめ上げて、まっさらのパナマを帽子かけから取った。それから平仮名タイプをたたいているタイピストに、「出てくる。――もう社のほうには帰らん。工事部のほうからの書類は、決裁がす

んでいるから、潜水課のほうへまわしといてくれ」

といって、デスクをはなれた。——小野寺は、ドアをあけた。

「生ビールでも、どうだい？」と部長はいった。「銀座《ぎんざ》へ出ようか？　ええ？」

「今からじゃ、飲んでもみな汗です」と小野寺はいった。「冷たいコーヒーのほうがいいですな」

「それでは時間をつぶすか……」部長は、エレベーターのボタンを押しながら、陽気にいった。「西銀座の、〝ミルト〟というバーを知ってるか？」

「ああ——名前は聞いたことがあります」小野寺は、ボサッと答えた。「湯島《ゆしま》水産の連中に一度さそわれたんですが、その時は行きませんでした」

「いい娘《こ》がいるんだよ。若くて、小柄で、それにちょっと風変わりでおもしろい」

（おれに何の話があるんだろう？）と小野寺は思った。（飲むより、帰って眠りたい。——そういってやろうか）

エレベーターの中は、汗のにおいがよどんでいた。よその社の連中——この暑さに、ぴっちり背広を着ているところを見ると、商社の連中らしい——が、下までの二十階をおりる間に、声高に話していた。

「小諸《こもろ》地震で、軽井沢《かるいざわ》の土地が暴落しているらしいぜ」

「さがったところで買っとくか。——いつまでも地震がつづくわけじゃないだろう」

「よせよせ、山っ気を出さないほうがいい。こりゃ噂だが、善光寺平《ぜんこうじだいら》は、もう地下地盤がザクザクになっているそうだ。――千曲川《ちくまがわ》沿いに、噴火の徴候がある、なんてことをいってるやつもいる」

「松代《まつしろ》も、考えてみれば長いな。――まだ頑張ってる連中がいるらしいじゃないか」

小野寺は、ちょっと暗い気持ちで、若い商社マンの、無責任な話を聞いていた。――ほんとうに、松代町の地震は長い。一時下火になり、何年かたってまたぶりかえし、その後ずっとつづいている。最近それは、善光寺平を、北へ、南へと拡大しつつある。地震といえば――そうだ、郷のやつはどうしたかな？　新幹線工事をすすめるめどはついたろうか？

だが、今はなんとなく、そういったことを考えたくないような気分だった。――頭の芯に、かたい、疲労のしこりができていた。それはあの、緊張をしいられつづけた日本海溝の底、八千メートルの深海底から持ちかえったものだった。あの巨大な、深海底の、はてしない水の壁からうけた印象が、ここ東京の、湿気と暑熱とドロドロになった汚ならしい空気と、たてこんだ風景、大勢の人間と、こまごまとわずらわしい手つづきとによっておりなされる、うんざりするような日常性といったものとの間に、アレルギーに似た反応を起こし、ねぶとのように内攻してしまったものだった。――そのしこりは彼に休息をもとめさせていた。体の疲労は、とっくに回復していたが、魂が休息をもとめ、長い時間をかけて、ゆっくりそのしこりをもみほぐすことを要求していた。

（帰って、眠りたい……）小野寺は、エレベーターを出ながら思った。（静かな所で―

──音楽でも聞きたい。フランクかドビュッシイでも……それとも、むちゃくちゃに飲んでやるか？）

ビルの、エア・ドアを出たとたんに、熱気が災厄のように天から落ちかかってきた。――なま暖かい、ベトベトとしめった眼に見えない手が、襟もとや袖口《そでぐち》から、冷房で冷えたシャツをおしのけて、もぐりこんできた。――まるで、ぶくぶく太って、汗だらけの、腋《わき》臭《が》女の裸にだきすくめられるみたいだ。その気持ちわるぐべとつく、熱っぽい抱擁に、思わず口が歪《ゆが》む。たちまち汗が吹き出してくる。

「プゥ！」同じ思いらしい部長が、息を吐いた。「こりゃたまらん。――車をひろおう」

車をとめて、乗りこもうとしたとたんに、足もとに、かるい、うねるような振動を感じた。――小野寺は、ちょっと頬をかたくして、空をあおぎ、あたりを見まわした。暑熱に煮られた汗みずくの雑踏の上には、何の変化も動揺も見られない。上気し、疲れきった表情で、流れて行くばかりだ。

「早く乗りたまえ」吉村部長は、車の中から呼んだ。「ドアをあけとくと、せっかくの冷房がきかなくなる」

「地震ですね」と小野寺はいった。

「そうらしいな」部長は気がなさそうにいった。「いったい、何年東京に住んでるんだ？――あのくらいの地震を、めずらしがることもあるまい」

（たしかにそうだ……）と小野寺は腹の中で苦笑した。（すこし、神経過敏になりすぎている。――あれを見てきたせいかな？）

「中央区《ちゆうおう》の地域冷房は故障かい？」部長は、運転手に聞いた。「たまらないな」

「やってるらしいですよ」と運転手は答えた。「やっててこれだからたまりませんやね。――もっとも、水不足、電力不足で、フル運転はしてないようですがね。なんでも、思ったよりきかないんで、来年は手直ししなきゃならんて、都庁の役人がいってましたが」

「晴海《はるみ》の冷却塔が、三基故障してるんです」と小野寺はさっき聞いたニュースを伝えた。

「海水で冷却してるんで、やっぱり腐食がおこったらしいですよ」

「〝涼しい東京〟は、まだ二、三年先だな」部長は、襟をくつろげながら外をながめた。

「中央区に超高層ビル街が完成してからだろう」

小野寺は、首をまわして、リアウインドーから、八重洲口のほうをながめた。――新八重洲総合ステーションが、空高くそびえ、それをかこんで、丸《まる》の内《うち》側、銀座側に、アルミニウムとガラスの、巨大な本を立てたような高層ビル群が建ちならび出していた。その平べったいビルとビルの二十階あたりを、道路をまたいで白い通路が縦横につないでいる。ビルの十階あたりをつらぬいて、高速道路が走り、総合ステーションの屋上モータープールに、色とりどりの車が光り、第二空港行きの、巨大な百人乗りヘリバスが、二組のローターを騒々しく回転させながら飛び立っていった。

この街は、上へ上へとのびている。――地上を行く人々は、しだいに日もささない谷底や地下に取り残され、じめじめした物かげで、何かがくさってゆく。――古いもの、取り残されたもの、押し流されてたまってゆくもの、捨てられたもの、落ちこんで二度と這《は》い上がれないもの……なま暖かい腐敗熱と、悪臭のガスを発散しながら、静かに無機質への崩壊過程をたどりつつあるものの上にはえる、青白い、奇形のいのち……。

（この街は、いつまで変わりつづけるのだろう？）

小野寺はふと思った。――ずっと昔、まだ彼が子供のころから、東京は変わりつづけていた。古いものをこわし、道をつくり、丘や森をきりひらいてビルを建て――十代の時オリンピックがあり、街は、ほとんど一変したといっていいくらい変わった。しかし、その後もさらに工事はつづけられ、道路は掘りかえされ、ダンプが走りまわり、赤錆《あかさび》の鉄骨や、巨大なクレーンがこの街の上に舞いつづけた。この街が――いつか、一つの美しい安定に到達することがあるのだろうか？

「オーケー、そこの左の地下道へはいれ」と部長はいった。「大丈夫、向こうへ抜けられる」

地下道をはいると、そこに巨大な地下街があった。――自動車の通りぬける道の、右手がひろい駐車場になっていて、左手はうすいグリーンの、縁なしガラスのドアがずらりとならび、その向こうに道路と店舗がある。店舗はみんな高級品を売るものばかりで、人影もまばらで、ひっそりしている。床は、リノリウムにビロードを張ったような、合成化学製品の床材をしきつめてあり、壁面や天井に、吸音材を使ってあると見えて、足音もほとんど聞こえなかった。

部長は先にたって、宝石店と装身具店のあいだの、細い通路にはいった。──「ミルト」という看板が見えたように思ったが、小野寺は注意しなかった。その通路にはいると、突然、床のカーペット様のものが、ムービング・ロードのようにゆっくり動いているのに気がついた。照明が少しずつ暗くなり、通路がゆるくカーブすると、そこは急に眼の慣れを必要とするほど暗くなり、その先に、淡い、琥珀《アンバー》色の光に照らされた入口が見えた。

「いらっしゃいませ」

壁際の闇の一部が、急に動くと、タキシード姿のボーイが二人の前にあらわれる。

「お荷物は?」

「いいよ、何もない」

部長はずんずん奥へ進んだ。──ボーイが小走りに先へ立つ。葡萄《ぶどう》色のふかふかしたカーペットを踏んで、ベージュ色の、ゆるやかに波うつ壁や、細い金色の柱の間を通りぬけ、大きな棕櫚《しゅろ》の鉢植えのそばの、ゆったりとした席に腰をおろす。ハープをデフォルメしたような、大きな抽象彫刻ごしに、青い照明に照らされた、ショー・フロアが見え、BGMが静かに流れている。

「まあ!──早いのね」

いつのまに、どこからあらわれたのか、ほっそりした小柄な娘が、白のシャークスキンのミニドレスを着てあらわれた。

「暑いからな」部長は、オーデコロンのにおいのプンプンするおしぼりで、頸筋《くびすじ》をふきながらぶっきらぼうにいった。

「蓼科《たてしな》は？──いつ帰ってきた？」

「ううん、あっちは行かなかった。だって、あそこらへん、今年は物騒だっていうんですもの」

「地震か？──松代からはずいぶん南にはなれてるじゃないか」

「でも、小諸へんまで、ゆれ出してるでしょ。──先に行った連中が、落石にあって、車こわしちゃったのよ。だから葉山《はやま》でバチャバチャやってたの」

「ジン・トニックだ」部長は、煙草をくわえながら、ボーイにいった。

「ジン・リッキー……」と小野寺もいった。

「こちら、会社の小野寺君──ユリさんだ」

「はじめまして……」とユリはいった。「どんなお仕事？」

「深海潜水艇に乗ってるんです」と小野寺はいった。

「まあ！　潜水艦乗り？」

「軍事用じゃないぜ、深度一万メートル以上ももぐれるやつだ」と吉村部長はいった。

「すごいわね。──あなた、潜水艦乗りだったらアクアラングでももぐれる？」

「もぐれますよ」小野寺は苦笑した。

「だったら、一度教えてくれない？──あれあぶないんですってね」

ら聞いた。

「マコはきたか？」吉村部長は、はこばれたジン・トニックのタンブラーをつかみなが
「さっき来たわ。今、お化粧してるでしょ」

「呼んでこいよ。――こないだ、中川《なかがわ》のやつとやったゴルフコンペの話を聞きたい」

「さんざんだったらしいわよ。何にもいわなかったもの。勝ってたら、みんな吹かれて大変よ」ユリは腰をあげ、小野寺の肩に手をおいて顔をのぞきこんだ。「ねえ、ほんとに教えてくださる？　いつ」

「ひまがあったらね……」と小野寺はいった。

店の中は、ようやくちらほらと客の顔が見えはじめ、ホステスたちの細っこい姿も、隅のうす暗がりから湧き出すように、室内を往き来しはじめた。――小野寺は、おちつかない気持ちであたりを見まわし、うすくグリーンのかかった液体と氷をたたえて、汗をかいているタンブラーをわしづかみにして、二口で飲みほした。

「同じものでよろしゅうございますか？」とボーイが聞いた。――小野寺はうなずいた。

別のホステスがきて、いきなり吉村の横にすわると、小野寺にはちょっと目礼しただけで、何か声をひそめてしゃべりはじめた。――客の誰かの消息を聞いているらしい。

小野寺は、だまって塩からいナッツをつまみ、はこばれてきた二杯目のジン・リッキーを、これも一口で半分飲みほした。――彼は退屈しかけていた。さっき立ったユリという娘も、今吉村の横にすわっている茶色のかつらをつけたホステスも、どちらも美しく、

ほっそりしており、服装はシックで金がかかっているのに、どちらも二十三、四の若さで、もう顔に肌の奥にしみついたような疲労の色が浮かんでいた。——皮膚に生気がなく、上品にふるまいながらどこかとげとげしく、その若さでおそらく彼の三倍、いや四倍近くの収入があるであろうにもかかわらず、まだ何かガッガッと渇《かっ》えており、競争心、羨望《せんぼう》、嫉妬《しっと》、金銭や、華やかなことに対する絶えまない欲望に胃をさいなまれているようで、傍にこられただけで、何かこちらまで居心地のわるい、いらだたしい気持ちにさせられるものをもっていた。

若く華やかな娘たち——こんな若さで、眼に見えない欲求不満、豺狼《さいろう》の胃のようにみたされない心にさいなまれている娘たち。——欲求をつねに周囲からそそられるようにしむけられ、早くも自分自身の欲求に疲れ、どすぐろい退廃の気配さえ漂わせかけている娘たち。それに——どれもこれもおしなべて、賢げなことをいうのに、知性というものを感じさせせない。もう少し我慢しなけりゃ——何となく、陰惨な感じがして、小野寺はまたタンブラーをつかんだ。——これが、銀座の一流どころか……若い娘たちをこんなあさましい女たちにしたてた連中は、誰だろう？　政治家だの、文化人だの、社用族かな？　そして、その連中のバラまく、正気の沙汰《さた》とも思えない金だろう。

我慢するために、少し酔っぱらわなければ、と思って、小野寺はまたタンブラーをあけた。——眼があつくなり、少し気分がくつろいだ。

「いい飲みっぷりね」と部長の横にくっついたホステスが、感嘆したようにいった。

「体格がごりっぱですものね」

「ところで……」小野寺は、タンブラーをわきによせていった。「お話って何でしょうか？」

「え？」部長は面食ったように眼をしばたたいた。「ああ……そうか、――あとでゆっくりと思ったが……」

「それでも結構です」小野寺はうなずいた。「仕事の話ですか？」

「いや……」部長は、首をふった。「どうだ。君、結婚せんかね？」

「ひゃァ！」とホステスが、頓狂《とんきょう》な声を出した。「すてきなお話ね。こちらまだ独身だったの？」

「いいからちょっと、あっちへ行っといで……」部長は子供をあやすようにいった。

「あとで聞かせてね」といって、ホステスは立ち上がった。

急激にまわり出したジンの酔いで、小野寺は、何となく、頭の中がからっぽになったような感じで、ナッツをつまんだ。

「君、恋人かフィアンセは？――何か家のほうで話があるか？」

「べつに……」と小野寺は、口を動かしながら首をふった。――自分が、いかにもつまらなそうな表情をしていないか、と、それが気になった。

「知ってるかもしれんが――今度増資して、資源開発部の大拡張をやる。ここだけの話だが、君はそっちのほうの、かなり重要な仕事をやることになると思う。――異例の抜《ばっ》擢《てき》で、推薦者はぼくだ。──そうなったら、そろそろ身をかためておいたほうが、内外の信用のためにもいいと思うがね」

「陸上勤務ですね」小野寺は、部長の口ぶりから察しをつけていった。

「そう──いつまでも、潜水艇操縦でもあるまい。君にはもっと高級な、ブレインワークがむいてると思うし……」

小野寺は、だまってアーモンドの実を、前歯で音がするほど強くかみ割った──。一度吹き上げた酔いが、ゆるやかに四肢のすみずみに散ってゆくのがわかったが、同時に彼は、自分が何となく不機嫌になりかかっているのに気がついた。──こりゃまずいぞ、と彼は思った。ひょっとすると、気圧のせいかな？

「会ってみるかね？」部長は、シートの背に体をもたせかけて、わざと気楽そうにいった。

「誰とですか？」

「つまり──お見合いだよ」

「さあ……」

「よければ今夜……」

カシューナッツを口にはこびかけた、小野寺の手が、途中でとまった。

「今夜？」彼は、眼をむいていった。「この格好ですよ」

「かまわんよ。──それとなく、ってやつだ。むこうは二十六──たいへんな美人だが、少々じゃじゃ馬だ。だが君なら……いや、君となら、と思うんだが……」

　小野寺は、部長の言葉のはしに、時折りそれとなく、「命令的要請」ともいうべき調子が、ちらちらのぞくのが気になっていた。――ある名家の遠縁にあたる有名大学出の秀才で、官庁にはいり、途中ある事情があって、数年間しか勤めないで海底開発ＫＫにきた。小野寺は、べつにそんなことに関心はなかったが、吉村部長の親分筋にあたる、ある政界の大物の要請が、かげで動いていた、という噂もあった。社内ではむろん、一、二を争う切れ者で通っている。上背と肩幅があり、見るからに好男子で、ひと目で毛並みのいいのが知れた。――そして今、資本金十億の海底開発ＫＫは、倍額増資を決定して大きく動こうとしており、その動きの中で、吉村部長もまた、何かの筋にそって動きつつあるらしい。――そのことと、吉村部長が彼に突然、結婚をすすめたこととの間に、何かつながりのあるらしいことは、小野寺にはすぐわかった。部長が、あらたな腹心をほしがっていることも……。

　見合いしろ、結婚しろとすすめているのではなく、子分にならないか、と持ちかけているのであり、おれのいうことをきけ、といっているのであることも……。しかも、その要請を、かすかにさりげなくちらつかせるばかりであり、それに反応をしめさないようならば、いつでも逃げをうてるように構えている。――小野寺は、腹の中で苦笑《にがわら》いした。役人や、役人あがりは、いつも猿がボスを決めるときのように、上に乗るか、乗られるかという奇妙な競争ばかりやっている。そんなおかしな権力闘争は、小野寺にとって、全然肌にあわないことだった。——だが、彼は、酒の酔いも手つだって、部長の考えている「構想」を——成功した、と本人が思うあかつきにさえ、はたから見れば、滑稽《こっけい》な、一つのフィクションにすぎないような、あの野心家たちの妄想する「構想」を、ふと、のぞいてみたい気にもなった。

「どこのお嬢さんですか？」と小野寺は聞いた。

「地方の名家の長女だ……」まだまだ瀬踏み、といった調子で、部長はいっそうさりげなくいった。「家は相当な金持ちだぜ。地方の名家といったって、たいへん自由な家風で、親父さんはヨーロッパの大学を出てるし、その女性も、二、三年前まで外国に留学していた。——なんてことをいうと、かえって君に反発されるかな？」

そういうと、ふいに体をゆすって、ワハハと笑い、近づいてくるホステスに手をあげた。

「オッス！」と、その小柄な、ほっそりした体つきの愛くるしいホステスも、手をあげて答えた。「ひさしぶりね。川奈《かわな》以来じゃない？」

「負けたそうだな」と部長は陽気にいった。

「聞いたのね？——ついてなかったんだもン。ハーフ五十もたたいちゃうんですもの。バーディが二度も出かけたのに、いつもパットが決まんないのよ」

「そうだろう。こないだみたいに、ラフから打っていきなりホールなんてことが、そうそうあるわけないさ」

「マコです。よろしく」

小麦色に陽やけしたその娘は、小野寺の横へ腰かけてピョコンと頭をさげた。――その様子が、小鳥みたいだった。

「こちら小野寺君……」と部長はいった。

「あら……」そういうと、いきなり娘は、ポロシャツからむき出した小野寺の腕に、その愛らしく、ツンととがった鼻をくっつけてクンクン嗅《か》いだ。「海のにおいがする。――ヨットやってらっしゃるの？」

「潜水艦だよ」と、部長はいった。

「ああ、あなただったの！」マコというホステスは、眼をみはっていった。「吉村さんから聞いてて、一度ぜひ会わせてってってたのんでたのよ。――お目にかかれてうれしいわ」

「どうも……」と小野寺は、口もとだけで笑ってみせた。

「何か飲むか？」吉村部長は手をあげた。「コニャック？」

「まだ早いわ。――ウイスキー・サワーか何か……」

ＢＧＭがやんで、あたりが心持ち暗くなり、あちこちのテーブルランプが、街の灯のように浮かびあがった。フロアの光線がつよくなり、小編成のバンドが静かに演奏しはじめた。管が全部弱音器《ミュート》をつけて、うんと音をおとしている。

「ちょっと飲んでてくれ」といって、部長は席を立った。

二人きりになると、マコと呼ばれたホステスは、急に少女にでもなったように、少しかたくなって口をつぐんだ。――見たところ、二十歳になるかならないかで、あどけない感じだった。陽やけのせいもあってか、化粧もあまり濃くない。――おとがいのあたりに、まだ少女らしいまどかさがのこっている。

小野寺と眼があうと、マコは、ぼつがわるそうにほほえんだ。

「踊りません？」彼女は聞いた。

「いや……」小野寺も微笑をかえした。「ぼくは踊れないんだ」

フロアに、二、三組の男女が踊っていた。――小野寺は手持ち無沙汰《ぶさた》な感じで、何の興味もそそられない、その光景を見ていた。

「はやってるんだね」と小野寺は、お世辞のつもりでいった。

「あら！――そりゃそうよ、銀座で一流ですもの」マコはおかしそうに声をたてて笑った。「お役人だの、重役だの、自分のお金で飲まない人がほとんどよ」

「君はいつごろから？」

「三月《みつき》前――短大かよってたんだけど、勉強がむずかしいし、やめちゃった。前にいとこがここにいたんです」

「ここは短大よりおもしろいかい？」

「そりゃね。――だってお金がはいるんですもの」

たてつづけに三杯目を飲んだジンの酔いが、しだいにまわってきた。――すると、自分が今、何だかひどくふしぎな場所にいるような気がした。銀座のこころへんで、このくらいの店をつくるのに、どれほどの金がかかるのか？　そして、夜ごとこのほの暗い、青みがかった光線の中で、あきもせず酒を飲み、音楽を聞き、時をすごすことをくりかえしている人々は、いったいどんな生活、どんな人生を見ているのだろう？　うつろな眼つきをした、愛らしく、若々しい娘たちは、このさわがしい夜の生活の中に――海の底のような青い光や、ほの白く、また赤くともるテーブルランプや、魚のように裳《もすそ》をひるがえして動きまわる同僚たち、グラスや氷のチリチリふれあう音、しずかにゆさぶるような音楽、そういった夢幻的な人工の夜のかなたに、何を見、何をねがい、何を思い描いているのか？

「おかわりする？」とマコが聞いた。

「ああ……」と小野寺は答えた。「今度は、ジン・トニック――」

「あなた、お酒を水のように飲むのね」

心の隅に、早く酔っぱらってしまいたい、という衝動がかすかに動いていた。――部長が、今夜ある女性にひきあわせる、といったことへの、何ということのない抵抗だった。

「潜水艦って、大きいの？」と娘は聞いた。

「いや――あのクラスなら、大きいほうだが、とても君が思っているようなものじゃないよ。四人乗って、ぎりぎりだ。そのかわり、一万メートル以上、もぐれる」

「一万メートル……」娘は、眼をみはって、かすかにおびえたような表情をした。「どのくらい深いかよくわからないけれど——そんな海の底って、どんなとこなの？」

小野寺は、反射的に唾《つば》をのみこんだ。それからちょっとの間、淡黄色のテーブルランプを見つめ、あいまいな微笑を浮かべてぽつんといった。

「なんにもない所だよ」

平方センチあたり一トンの水圧——ただよっていく水中照明弾のわびしい光の中で見た、海溝の底で、ゆっくり皮膚をけいれんさせはじめている、長さ数千キロの蛇。

「お魚は、いないの？」

「いや——そんな深い所でも……冷たくて、ものすごい水圧で、光なんか全然ささない所でも、生物はいるんだよ。魚も——脊椎《せきつい》動物もいる」

「まあ！——そんな深いまっくらな冷たい所に住んでいて、いったいどんなたのしみがあるのかしら？」

小野寺は、彼女の声音にびっくりして、マコという名のホステスの顔を見た。娘は、そのまるい眼に、涙をいっぱいたたえていた。

「わからないね……」小野寺は、子供をあやすように、おだやかな声でいった。「だけど、やっぱり生きてるんだよ」

——部長が、「ちょっと変わった娘」といったのは、このことだな——と彼は思った。——ほんとだ。まるで幼児みたいなところがある。「人魚と赤いロウソク」の童話でも思い出したのだろうか？

さっき立っていった、ユリというホステスがテーブルの傍にきていった。

「あら、吉村さんは？」

「知らん、さっき立っていったよ。トイレにしちゃ長いが……」

「トイレじゃないわ。——レジの所で、電話してたわよ」そういうと、ユリは、一瞬、
視線をとりとめなく宙にとばした。

「あら……」と彼女はつぶやいた。

「どうしたんだ？」小野寺は、彼女が痙攣《けいれん》の発作かなにかを起こしたかと思った。それほど彼女の表情は、無気味で、顔の皮膚の下から、骨の形が、ふっと浮き出るみたいだった。——しかし、それも一瞬のことだった。

「あら、もうやんだ……」とユリは立ったまままつぶやいた。

「何が？」

「地震よ——ほら、ごらんなさい」

タンブラーの中で、水がかすかに波うち、とけて角のまるくなった氷が、小さく、澄んだ音をたてていた。

「気がつかなかった。——酔ったかかな」

「私、地震がべつにきらいというほどじゃないけど、敏感なの」ユリは笑った。「ナマズ年の生まれか、なんていわれるのよ。——それに、このごろやたらに多いでしょ」

「東京はとくにね」と彼はいった。「日に二、三回は有感地震があるだろう」

「でもこのごろはちょっと、ひどいわよ」ユリは眉《まゆ》をひそめた。「気持ちがわるいわ。どこか地震の少ない所へひっこそうかしら」

それから、同僚の顔を見て、びっくりしたように叫んだ。

「あら！　またベソかいてる！——小野寺さんにいじめられたの？」

「ちがうよ」小野寺は、あわてていった。「海の話をしてたら、急に……」

「また、マコちゃんのあれね」とユリはおかしそうに笑った。「この人、子供みたいなのよ。急に泣き出したり、また急にケロリと笑い出したり……」

吉村の、恰幅《かっぷく》のいい姿が、近づいてくると、立ったままいった。

「さあ、そろそろ行こうか、小野寺君……」

「あら、もう帰るの？」ユリが呆《あき》れたようにいった。「どういう風の吹きまわし？」

「これから、行く所があるんだ。——車が来たよ。小野寺君」

「どこへ行くんですか？」小野寺は、なんとなく中途半端な気持ちで、腰をあげながらいった。

「逗子《ずし》だよ」と部長はいった。「電話した。むこうも待ってる」

「今から？」小野寺は、頸筋《くびすじ》をなでた。「どういうもんですかね」

「まだ、外は明るいぜ」部長は先に立って歩きながらいった。「第三京浜から、鎌倉《かまくら》新道をぶっとばせば、一時間半で行ける。社からベンツの新車をまわさせた」

「またいらしてね」とマコが、小野寺の手をにぎっていった。

「今度、くわしく、海の底のお話聞かせて」

「おや――」と部長は笑った。「もうそんなところまで行ったのかい？」

2

車の中で酔いが出て、小野寺はいつのまにか眠った。――疲れているせいもあった。眠りこむ前に、彼は部長に聞いた。

「先方の、親御さんにも会うんですか？」

「いや、両親はいっしょにいない」と部長はいった。「逗子は別荘で、彼女が一人でいるんだ。――両親は、伊豆のほうにいる」

「一人で！」小野寺はつぶやいた。

「女中はいるがね。――今は、彼女の友人が集まって、何かパーティみたいなことをやってる。よくやるんだ。ぼくもかつては常連メンバーの一人でね。このごろは忙しいから、あまり顔を出さんが……」

「パーティか……」小野寺はあくびをこらえていった。「そういうやつは、苦手ですな」

「気にすることはないよ。――乱痴気《らんちき》さわぎになることもあるが、たいてい上品なものだ」

どうともなれ、という気がしてきて、彼は眠った。

眼がさめると、車はようやく日のくれかけた海岸ぞいを走っていた。逗子をすぎ、葉山との中間あたりで、樹木の多い高台の私道をのぼっていくと、そこにF・L・ライトの「滝の上の家」と、ホーハウザー＝ハウザーマンの卵型住居をミックスしたような、一風変わった家が建っていた。——庭には、これも前衛的なデザインのガーデンライトが、青と淡緑色のまじった光を、植込みになげかけている。中空につき出した、プラスチックの卵のような建物の中から、明るい光と音楽がもれていた。

車を庭先にいれると、部長は勝手を知った様子で、先に立って、庭に面したフランス窓からずんずん中にはいっていった。——短い廊下で、パンタロンに、ハイネック、スリーブレスのサマーセーターを着て、強くアイラインをいれた、骨ばった娘が、片手に飲み物のはいったグラスを持ち、同じ手の細く筋ばった指先に煙草をはさんですれちがった。

「あら、いらっしゃい」と、娘——といっても二十七、八だろうが——は、少し酔っぱらった口調でいった。「みんな待ってるわよ」

「玲《れい》さんは？」と吉村部長は、気安げに聞いた。

「いる。——彼女、今日は少し、おセンチなの」

つきあたりの、白いプラスチックドアをあけると、そこはあの、卵型の部屋の中だった。——苔《こけ》を思わすくすんだ緑色のカーペットを敷いた、十二畳ぐらいの楕円《だえん》形の部屋で、ベージュ色の壁面は外壁の湾曲なりにカーブしており、一隅に象牙《ぞうげ》色のグランドピアノがおかれ、ハンス・アルプの絵に出てくるような、不規則なパレット型のガラステーブルを中央に、四、五人の男女が、風変わりな、しかしすわり心地のよさそうな椅子に、思い思いにくつろいでいた。――部屋の一隅にバーがあって、たれかかる長い髪で顔半分をかくした、青白い顔の娘が、ミキシンググラスをささげてこちらを向いた。

「いらっしゃい」と、娘は抑揚のない声でいった。

「やあ……」と吉村部長は、ものなれた調子で声をかけた。

「紹介する――こちら、うちの潜水部の小野寺君」

「どうぞ、こちらへ――」地味なアロハを着た、色白の、感じのいい青年が、小野寺に椅子をすすめた。「何を飲みますか？」

小野寺は、ちょっととまどった感じで、ぎごちなく立っていた。――そこにいる連中は、みんないかにもスマートで、洗練されており、知的で、上品で、しかも気さくそうだった。吉村部長の性格や、その話しぶりから想像したのと、ちょっとかけはなれた雰囲気で、その中へはいると、自分がいかにも無骨《ぶこつ》でいなかものじみた存在に感じられ、急にはとけこめそうにないみたいだった。――次々に紹介される名前も、みんなどこかで聞いたり、何かの本や雑誌でちらりと見かけたことのあるようなものばかりであり、自分が今、とんだ場ちがいな、毛並みのいい、若い、あるいは中年の、一種の知的エリートたちの集まりに足を踏みこんでしまったらしいことが、しだいにはっきりしてきた。――グランドピアノにもたれて立っている、青みをおびた美しい顔だちの若者は、たしか、彼など一度も聞いたことのないような前衛音楽をつくる作曲家で、国内よりもむしろ国外で高く評価され、いくつものプライズをとっているはずだった。総合雑誌で、数度論文を見かけた、少壮経済学者もいた。一流の存在ではないが、何となく味な仕事をやり、何となく一目おかれているプロデューサーや建築家もいた。

最後に、小野寺はバーの所に突っ立っている女性にひきあわされた。――阿部《あべ》玲子というその娘が、この別荘の持ち主で、したがって今夜の、非公式の見合いの相手であることがわかって、小野寺はちょっと視線のやり場にこまった。

「これ飲む?」と玲子は、無関心な、疲れたような視線を彼に投げて、ミキシンググラスの中の液体をさした。

「飲むでしょ? マティニよ――飲んで……」

そういうと玲子は、ストレーナーをつっこんだままのミキシンググラスを、小野寺の鼻先につき出した。――小野寺は、口の中で、どうも、とつぶやいて重たいミキシンググラスをうけとった。とたんに玲子は、少しのどをのけぞらせて、ケラケラと短く乾いた声で笑った。

「はじめてのお客さまに、ごめんなさい」と彼女は少しもつれた舌でいった。「でもカクテルグラス、もう一つものこってないの。――私がみんな割っちゃったの」

「いいですよ」と小野寺は、つくり笑いを返していった。

「いただきます」

そういうと、彼は、ストレーナーをつっこんだままのミキシンググラスに口をあて、一息で飲みほし、手の甲で唇をぬぐって、器をバーの上へおいた。

「ごちそうさま……」

そういうと、彼は、くるりと背をむけてテーブルのほうへ歩みよった。

「ねえ、小野寺さん……」さっき椅子をすすめてくれたアロハの青年が、また椅子をさし出しながら、親しそうに話しかけた。「吉村さんから、君のこと聞いてたんだ。君は水中観光船の操縦は、むろんできるんでしょう?」

「まあね……」と小野寺は答えた。「オープンタイプ? それともシールドタイプ?」

「シールドタイプ——おもちゃみたいだが、三百メートルまでもぐれる。ほら、シュワルツコップの……」

「ああ、あれならよく知ってます。——で、どうするんです?」

「ぼくらで、新しい海底遊園地の試作をやろうというプランがあるんです」と経済学者がいった。「大したものじゃないけど、うんと新しい娯楽要素をもりこみたい。ある観光資本がアイデア開発用として、資金を出してくれるんですがね」

「水中音楽堂なんかもつくるんです」そういってアロハの青年は、ガラステーブルの上に、無造作にスケッチをひろげ、ピアノによりかかっている前衛音楽家のほうを顎《あご》でさした。「彼が、今〝水中交響楽〟の実験をやってます。——おもしろいですよ」

「ひまな時、手を貸してくれませんかね?」と、もう一人の青年——デザイナーがいった。「グループにはいってくれませんか？――みんな半分道楽でやってるんです。正規にやると、人件費がかかってしようがないから」

「海底調査だけでいいんですか？」小野寺は、スケッチに眼を走らせながらいった。

「そう――つまり、虫がいいのかもしれないけど、たとえば、正規に調査をたのんだら、金がかかるわりに、自由な意見交換ができないでしょう。むしろ、われわれの仲間になってもらって、ワイワイいいながら、あなた自身も遊びのつもりでやってもらったほうがいいんだ」

「この別荘を、当分基地に使わしてもらうことになってるんです」とアロハの青年がいった。「シュワルツコップ・ボートは、油壺《あぶらつぼ》においてある。――そうだね。玲さん」

「もういっぱい、どう？」と玲子は、チンザノのグラスをあげてトロンとした眼つきでいった。

それからしばらく、スケッチをかこんで、その新しいタイプの海底パークの話がはずんだ。――酒も手つだって、小野寺も、なんとなく、たのしいような気分になって、しばらくそのプランと、調査計画について、みんなと議論した。しかし、その間じゅう、吉村と何か話している玲子のほうが、ずっと気になっていた。――時折りながめると、吉村部長は、タンブラーをわしづかみにして、自分で水割りをつくっては、グイグイ飲みながら、しきりに何か玲子に話していた。――玲子は、手を泳がせるようにしてカクテルグラスをつまみ、吉村の話を聞いているのか聞いていないのか、時折り酔っぱらった仕種《しぐさ》で、うるさそうに顔にたれかかる髪をかき上げた。表情にはべつに何の変化もあらわれていなかったが、時々、酔っぱらいのよくやるクスクス笑いに肩をすくめたり、のどをのけぞらして、乾いた笑い声をたてたりしていた。——その様子は、まるで少女のようだった。手足のほっそりしたところも、少女めいていたが、無造作な、花模様のワンピースにつつまれた胸と腰は、異様なぐらい発達している。上背があって、ほっそりしているとはいっても、すでに成熟した女性の、がっしりした骨格が、できあがっている徴候があらわれている。

——道楽でつくる海底パークか……と小野寺は、言葉すくなに、男たちの議論に加わりながら、思った。——これも、あらかじめ、おれのためにお膳《ぜん》だてされていたことかな？　玲子との件を、一座に、また当人同士に、カムフラージュするために……。とすれば、吉村部長は例によって、食えないことをする。

「どうでもいいから、早くつくってよ」玲子が吉村をバーの所においたまま、ふらふらした足どりで近づいてきた。「私、水中ヌードクラブつくるんだ。——設計の中にそのセクションいれといてよ。でないと、基地を貸してやんないぞ！」

男たちは笑った。——小まめなアロハの男が、よろけかけた玲子の肘《ひじ》を持って、かけさせてやった。

それを機会に、一座はまた酒になった。——あるものは、バーのほうへ行き、あるものは、ステレオのスイッチをいれた。

小野寺は、バーで自分でスコッチの水割りをつくり、何とはなしに、ピアノの所へ行ってもたれた。——さっきからずっと、だまりっぱなしだった前衛音楽家が、突然吉村のほうを顎でさしていった。

「やつは君の上司かい？」

「ああ……」と小野寺はうなずいた。

「いっちゃわるいが、いやなやつだな」と青年は唇を歪《ゆが》めていった。「俗物で、何でもかんでも、自分の勢力や、打算にむすびつける。——。ああいった連中は、どんなに優秀でも、人間としてのある種の感覚が、根本的に欠落してるみたいなところがあるようだな。権力欲が、性欲みたいに本能化してるんだよ。——下心がなけりゃ、指一本動かさない男だ」

小野寺は、あいさつにこまって、だまって酒を飲んだ。

「こんな所へくるようなやつじゃないんだ」美しい顔立ちの青年は、マスクに似あわぬ毒々しい口調でいった。「昔の官庁の上役か、どこかの重役どもとでも、ごますりゴルフでもやってりゃいいんだ」

「どんなうらみがあるのかしらないが、初対面のぼくに、あまりずけずけ言わないほうがいいんじゃないかな」と、小野寺は、カクテルグラスを指先でくるくるまわしながら、おだやかにいった。「べつにいいつけはしないが、君を殴るかもしれないぜ。——君のいうとおりだとは思うが、なにしろぼくの上司だからな」

その青年は、神経質そうな眼つきで、しばらく小野寺のまわしているグラスを見つめていたが、やがて肩をたたいてあっさり、

「わるかった。——忘れてくれ」

といった。——それから、ちょっと小野寺の上体をまぶしそうにながめまわした。

「君はでかくて、つよそうだな」と、作曲家は、屈託のない調子でいった。「殴られちゃかなわない」

「見かけだおしだよ。ほんとうは女より弱いんだ」

作曲家は、甲高い声で笑い、彼もいっしょに笑った。——当の吉村部長は、建築家やデザイナーといっしょに、またあのスケッチをかこんで、陽気にしゃべっていた。

「彼は常連なのかい？」と小野寺は、前衛作曲家の青年——由井《ゆい》といった——に聞いた。

「そうでもない。——ここへくるようになったのは最近なんだ。ずっと昔、まだ学生だったころ、彼は阿部家の東京の親戚《しんせき》の家に下宿していた。それだけの関係だがね」

「彼女の両親はどこの人だね？」

「目と鼻の先さ。伊豆だ」と由井は顎をしゃくった「伊豆と、静岡のほうに土地を持っている。島もいくつか持っている。——そこらあたりが、彼のねらいじゃないかね？」

小野寺は、何となく胸をつかれたような気持ちになった。——突然、何かがわかりかけてきたような気がした。だが、彼は、それをうち消そうとした。もしそうだとしても、それはあまりにも、確率が少ない——というよりは、現段階では、あまりにも、あいま

いすぎるねらいだ。

「泳ぎに行こうよ！」

玲子は部屋の真ん中で、突然叫んで立ち上がると、ワンピースを、すぽっとぬいでしまった。――服の下は、いきなり色のあせた、ビキニの水着で、ブロンズ色にやけた、意外に骨組みのたくましい、腰と胸のぐっと張った体がむき出しになった。

「またかい？」アロハの男は肩をすくめた。

「いったい何回泳げば気がすむんだ？」

「こっちはごめんだね」建築家が、パイプをつめながらいった。「さっき、ようやくシャワーでさっぱりしたところだ。――それにクタクタだ……」

「よしたほうがいいよ」吉村部長は、なかば真剣な、保護者めいた口ぶりでいった。

「あんたはだいぶ飲んでる」

「誰も行かないなら、いいわよ……」玲子は、わざとらしくよろけて見せながら、テラスのほうへ歩き出した。

「先に寝てていいわ……」

「君は？――泳がないのか？」音楽家は小さい声で、小野寺にいった。「誰かついて行ってやったほうが――夜だし……」

玲子は、ちょうど彼の前を横切りかけていたが、ちょっと立ちどまって、こちらにすばやい視線をなげた。

「あなた、いかが？　小野田《おのだ》さん……」

「行こう――」そういうと、小野寺は一気にポロシャツをぬいだ。「それから、ぼくは、小野寺です」

玲子は、あやまるでもなく、クスッと笑って先に立った。――油をぬったように光る、みごとな背中について行きながら、小野寺は、テラスに出てからズボンをぬいで、テーブルの上にほうり投げた。テラスの隅に行くと、松の枝にかくされた所に、小さな斜行エレベーターがあって、崖下《がけした》の水面に一気におりていた。エレベーターの小さなゴンドラの中で、彼の体と、玲子の体が、ちょっと触れあった。――彼は身をよけるようにして、ゴンドラの枠にもたれた。ゴンドラがおりはじめると、部屋からさす明かりがはずれて、ちいさな籠《かご》の中は暗くなり、潮騒《しおさい》と、松の枝の鳴る音が、急にあたりをみたした。――足の裏に、ゴトンゴトンと鳴るレールの継《つ》ぎ目の間歇《かんけつ》的な振動を感じながら、彼は暗がりの、すぐ傍に感じる玲子の息吹きに、妙に気づまりな思いを味わった。――星はなく、生ぬるい風が吹いていた。

「このゴンドラの中で……」行く手に、降り口の青白い水銀灯の光が近づくころ、ふいに玲子は抑揚のない声でいった。「何人の男が私にキスしたと思う？」

「さあ……」と小野寺はいった。

玲子は、フッと、自嘲《じちょう》を感じさせるような声で低くいった。

「一人だけよ」

返事をする間もなく、エレベーターはとまった。——幅せまいコンクリートの台の先に、木製の渡し板があり、黄色くぬられた、大きな長方形のコルク製フロートが、波にゆられていた。

玲子はあとをも見ずにまっすぐ歩いて行き、そのまま水の上を歩いてでも行くように、フロートの先から海へはいっていった。——小野寺は、いちおう指をならし、足首をまわし、足のほうからそっと水にはいった。水は生ぬるく、波はほとんどなかった。二、三度水をかいて、筋肉がなじんでから、彼は大きく水を蹴《け》って、暗い水面をすかし、玲子の頭をさがした。腹に水の流れを感じて、ふと気がつくと、ほんの目と鼻の先に、玲子の頭があった。——彼女は、暗い沖へむかって、ゆっくり平泳ぎで泳いでいた。彼は、保護するように、少し先へまわりこんだ。

闇の中で、玲子のほの白い顔が、少しほほえんだみたいだった。

「モーターボートに乗る？」と玲子はいった。

「いや……」と彼は首をふった。

しばらく泳いでから、彼はいった。

「もどったほうがいいね……」

「競争する？」と彼女はいった。

「よしたほうがいい」

「私、心臓はすごく丈夫なのよ」

「それにしても飲みすぎてるよ。君は……」彼は笑っていった。「それから、ぼくも」

二人はまた、だまって泳いだ。玲子は、フロートのほうへ帰らず、桟橋から五十メートルほどはなれた、ごく小さな砂浜のほうへ向かって泳いだ。――砂浜へつくと、彼女は波に半分体をひたしたまま、腹ばいになった。――彼はまた心中に、かすかな困惑を感じ、彼女から少しはなれて、やはり波の中に腰をおろした。

「私と結婚するつもり？」

ふいに玲子はいった。――彼は返事のしようもなく、だまっていた。

「気がすすまない？」玲子はかさねていった。

「まだわからない」彼はぼそりといった。「会ったばかりだもの」

「吉村さんは、させるつもりよ」玲子は、砂に指をもぐりこませながらつぶやいた。

「私の親父から、泣かんばかりにたのまれてるの。――私を結婚させてくれって……で、あなたを連れてきたわけ……」

「ぼくは、今夜はじめて話を聞いたところだ……」

「でも、彼は、抜け目がないわね。――私の気にいりそうなタイプをちゃんと知ってて……それに――これ、一種の政略結婚じゃないかしら？」

「どんな？」彼は鋭く聞いた。

「わからない。――ただ、彼が私に熱心にすすめてるとき、ふとそんな気がしたの」

彼はしばらくだまって考えた。――それから、ちょっとためらいがちに聞いた。

「君のパパは、島をいくつも持っているってね」

「持っているってほどじゃないわ。親父が好きで持ってるけど、ちっぽけな無人島ばかりよ」

「伊豆諸島の、S－島を持ってるかね？」

「ええ——どうして？」

それで半分は読めた——と彼は思った。だが、彼は、そのことを玲子にいわなかった。ある意味では、会社の秘密に属することでもあったからだ。——開発部で、去年、伊豆半島と、S－島の間の数キロにわたる海底調査をやったことがあった。彼は海底状態の予備調査に加わっただけだったが、その後、開発部は、ボーリングをやっていた。——何かの鉱脈があるらしい、という情報は彼も知っていた。それが、金鉱かもしれない、という噂も……部長は、何か、新しい情報をにぎったにちがいない。

「もし、政略結婚だったら、ことわる？」

「べつに……」彼はぽつりといった。

「あなた、どうなの？——私のこと気にいった？」

「わからない——もっとつきあってみないと……」

「気にいるいらないを決めるのに、つきあう必要があって？——私、あなたが気にいったわ」玲子は上体を起こしてはっきりした口調でいった。「でも、結婚したいって意味じゃないわよ。私、セックスは猛烈に好きなほうだけど、まだ、結婚したいって意志が起こらないの。どうして結婚しなきゃならないかわからないの。——セックスが、けっこうみちたりてるうえに、いくらでも手にはいるのに、どうして結婚する必要があるのかしら？——あなたいずれ結婚するつもり？」

「ああ……」

「なぜ？——なんのため？」

「子供をつくるため」

暗がりの中で、玲子が、こちらを凝視しているのがわかった。暗い波がおだやかに、二人の体をあらい、体の下のぬれた砂を、こそばゆく掘りかえし、流し去った。——彼女は、なおしばらくの間、彼のほうをながめていた。彼の答えのあまりの単純明快さに、しばし呆気《あっけ》にとられているみたいだった。彼のほうは、暗がりの問答にそろそろ退屈しかけていた。

その時、ふいに玲子が、長い吐息をついた。その息のおわりが、かすかにふるえていた。——彼女は、手をつくと、うつぶせの姿勢から、ごろりと彼のほうへ寝返りをうって、あおむけになった。——かすかな音がすると、突然音楽が聞こえはじめた。

「何？」彼はびっくりして聞いた。

「ICラジオ——ブレスレットにしこまれてて、防水なの……」玲子は大きく胸を上下させながら、かすれた声でいった。「何してるの？——抱いてよ」

「ここで？」

「そう――さっき会ったばかりで早すぎる？　セックスは、きらいじゃないっていったでしょ？」

彼はだまって、暗い沖のほうを見ながら、まだ考えていた。――なるほどな、と、小野寺はちょっと、部長の芸の細かさに感心した。仲人《なこうど》になるのは、どうせ部長だろう。玲子の父親は、Ｓ－島を持っており、旧家だから、漁業組合や、いろんな地元の勢力に対して発言権も持っているだろうし、いろんな筋をおさえているにちがいない。その親の溺愛《できあい》する一人娘の婿《むこ》に、自分の部下をおしつける。そのことは、おそらくＳ－島と伊豆半島との間の、海底に走っている、何かの鉱脈の採掘に関して、どっちにころんでも、大きな利益になるにちがいない。それに、ひょっとしたら――あのやり手で野心家の部長は、将来の独立も考えてるんじゃないだろうか？　そのために、資産家である玲子の父の財力が――いや、とすると、さっき玲子の別荘で、若い連中が集まって「遊び半分」だ、といってやっていた、海中公園計画だってそれとむすびついてくるかもしれない……さりげなく――ほんとうにいつもさりげなく、成否がどうころんでも、損はないように、きめ細かく網を張っていく部長のやり方が思い出されて、小野寺は少しうす気味悪くなった。――それは、おそらく部長の性分だったろう。小野寺のような叙情的な人間には、ひどく遠く感じられるタイプだ。

そこまでわかった以上、部長がおくびにも出さないような顔をしてすすめているプランに、こちらも乗って行くべきだろうか？――サラリーマンとして、将来をもとめるなら、当然そうすべきだった。だが、小野寺には、組織――人間の社会に対する興味はあまりなかった。彼の心の中を大きく占めるのは――今眼の前にたゆとう、暗い、生きているような海であり、遠く、黒々と見える島影であり、湿気の多い大気を通して辛うじてぼんやりと光る星であった。

海――そしてうちふるえる大地……大地をささえる巨大なまるい星、暗黒の宇宙空間に、ささえもなく浮き、幾十億の星霜を、黙々とめぐりゆく星……その星にうすくたまった塩からい水の間から、わずかにひらべったく顔を出している乾いた土地の上に、ごじゃごじゃとくりひろげられる、人間の欲望の編み上げた世界――権力、贅沢《ぜいたく》、陰謀、恋、虚栄、倦怠《けんたい》、いさかい――はかない「富」と名づけられたもの――

「抱いて……」

玲子がもう一度いった。――その声は、もうすでに、くぐもるように熱っぽく、彼女の広い胸が、闇の底であえぐのが感じられた。腕が、波の間からのびてきて、彼の首にからみつく。

「……！」

彼はその時、何となく、声のない声をあげた。――見つめていた沖合に、パーッと白い光が、暗い夜空に幕のように走った。その光を背景に、一瞬、遠い伊豆の山脈《やまなみ》のシルエットが浮かび上がる。――おや、あれは……と彼は思った。――それは単なる幕電ともちがう、異様に白っぽい光だった。――待てよ、何だっけ、あの白い光は……何かの徴候ではなかったか？　だが、その時、ふいに音楽がまぢかに聞こえてきた。首にかけられた二本の腕が、強い力で彼を大地にひきよせた。暗がりのすぐ前に、玲子の熱く息づく唇があり、かすかに酒のにおいがした。玲子は、すでに水着のブラジャーの部分をはずしてしまっていた。それ自体の重みで、平たくなった乳房が、彼の胸の下でさらにやわらかくつぶれた。立った乳首が、彼の胸をくすぐった。玲子の唇はかすかに塩辛く、腕の力はおどろくほど強かった。腰の両横でファスナをはずすと、一枚の布になってしまうパンツに手をかけたとき、玲子は、しわがれた声で、「唇をずっと離さないで……」といった。「私、とても大きな声で叫ぶの」

二人の体は重なり、玲子のバネのつよい腹の筋肉が、何度も彼を跳ねのけそうになり、耳の後ろでは、ブレスレットのＩＣラジオが、やかましく鳴りつづけ、やがてそれも聞こえなくなるほど、はげしいうねりがやってきた。終わったあとも、玲子は硬直したように、彼の首をきつく抱きしめたまま放さなかった。――突然彼はビクッとした。「……の死体は……」と耳の後ろで玲子のラジオがいった。「一週間前から行方不明になっていた、Ｎ建設調査部の郷六郎さん、三十一歳と判明しました。――郷さんは、Ｎ建設の東海道新新幹線建設工事のための地質調査関係を担当しており、最近仕事のうえで、ノイローゼ状態にあったらしく、今月初め、浜松の工事本部から姿を消していたもので、死体発見の状況から、いちおう自殺と見られています……」

「ちょっと！」小野寺は、玲子の腕をふりほどこうとした。

「いや！」玲子は、荒い息をしながら腕をきつくしめつけて放さなかった。「まだいや……」

「放してくれたまえ」彼はけわしい声でいった。「友だちが死んだ……」

「次のニュース……」とラジオはいった。

腹の底にひびくような衝撃が、大地の底から、ずうんとひびいてきたのは、その時だった。――突風が頬を強くひっぱたき、水しぶきがビュッと体にあたった。二人の横たわる砂浜がビリビリとふるえ、崖《がけ》の上から、おいしげる草をぬって、ガサガサと石が降ってきて、二人のすぐ傍にころがった。

彼は思わず沖のほうをふりかえった。――はるかな伊豆の山の上に、黒雲が密集し、細い線状の稲妻が、黒雲と山の間を幾条もはげしく走った。

「立つんだ！」彼は、一挙動で玲子から飛びはなれ、反動をつけて、玲子の腕をひっぱってひき起こした。玲子の肩が、グギッと鳴った。「水着をつけたまえ。早く！」

最初は、オレンジ色の光がパッと沖合の山頂にひらめき、つづいてまっ赤な火柱が中天にふき上がった。――そのころになって、ようやくむし暑い夜の大気をどよもして、ドウン！　と大地の底からゆすり上げるような音がつたわってきた。そのすぐあとから、遠雷のようにどろどろと転鳴する音と、つづけさまに大砲をぶっぱなすような音がとどろきわたった。

「何？」玲子はかすれた声で聞いた。「どうしたの？」

「噴火だ」彼はいった。——おそらく天城山だ。——どうしてこんなに突然……。

「急げ！」

彼はほとんど、どなるようにして、玲子をせかした。——大地は間断なく、ゆさゆさ、みしみしとゆれ、崖の上からは、ひっきりなしにザアッ、と小石や砂や岩塊が落ちる音がした。——こりゃいかん……玲子の手をとって、海にむかって走りこもうとした彼は、腹の底から冷えるような思いを味わった。

「崖を上がって、別荘へ出る道は？」彼はふりかえってはげしく聞いた。

「あの岩をまわった後ろにあるわ。——でも、なぜ？」玲子は、ふるえる声でいった。

「こんな石や岩が落ちてきちゃ、あぶないわ。海から行きましょうよ」

彼はだまって、足もとの海をさした。——さっきまで波が洗っていた砂浜は、今では数メートル先まで露出し、暗い海の水は、なおも沖へ沖へとひきはじめ、今では、あちこちの海中の岩があらわれはじめていた。

玲子が体をこわばらせて、声のない悲鳴をあげるのが感じられた。——沖合の火柱は、吹き上げる噴煙を赤々と染め、その頂きに、溶岩の流れがチカリと光の糸をひきはじめた……。

3

この日——一九七×年七月二十六日午後十一時二十六分に起こった伊豆天城山の噴火と周辺の地震は、噴火によって地震が起こったのではなく——これはのちほどわかったことであるが——むしろ、相模《さがみ》湾南西部の地底下十キロの所に震源地をもつ、浅発性地震によって、前から、その徴候が云々《うんぬん》されていた天城山の噴火が誘発されたらしい、というところが、数多い火山爆発の中でも、特異な例だった。地震そのものは、マグニチュード六・五程度のやや大型の——といって、そのころの日本にとっては、さほどめずらしくもない規模のものにすぎなかったが、それが普通の構造地震とちがって、これまでほとんど爆発の徴候のなかった休火山に、まったく突然といっていいほどの噴火をひき起こした、という点で、何か異様なものを感じさせた。

天城山爆発の八分後、伊豆大島の三原《みはら》山が噴火し、つづいて、天城山の東北にある大《おお》室山《むろやま》が、鳴動とともに噴火の徴候をしめしはじめた。熱川《あたがわ》では、文字どおり川が熱くなりはじめ、温泉の泉源から猛烈な勢いで、高圧蒸気が吹き出しはじめた。伊豆半島一周道路および一周鉄道は、伊東《いとう》＝東伊豆間において不通となり、溶岩流は熱川の町へむかって流れはじめていたが、地震と津波で一瞬にして壊滅状態になった町民の救出は、海から船舶、ホバークラフトで行なうよりしかたがなかった。——地震の震源は、北緯三十四度五十九分十秒、東経百三十九度十四分三十秒付近の海底にあり、この地震によってひきおこされた津波は、伊豆半島東岸、伊豆大島をはじめ、相模湾沿岸一帯をおそい、伊東、熱海《あたみ》、小田原《おだわら》、大磯《おおいそ》、平塚《ひらつか》、逗子、葉山、三浦《みうら》などの諸都市が、それぞれ被害をうけた。――地震の強さは、昭和五年十一月二十六日の北伊豆大地震にくらべれば、大したことはなかったが、いわゆる東海道メガロポリス――太平洋ベルト地帯の、投資密度の高度化が、その当時は、中間地域へ集中しはじめたところだったので、実際の被害規模は、かなり、巨大なものになった。まして、夏期シーズンであってみれば、この地域に泊まりこんでいた避暑客の被害もかなりなものだった。長い歳月の休止期を経て、突然活動をはじめた天城山の噴煙は、その後も遠雷のようなとどろきとともに、ひっきりなしに吹き上げられ、風にはこばれた火山灰は、折りから降りはじめた雨にまじって、湘南《しようなん》地方一帯にふりそそぎはじめた。――東海道線、新幹線不通、国道一号線不通、東名道路一部片側通行、各地で停電、一部の電話不通……大地はなおも無気味な震動をくりかえし、暗くふくれ上がった海の底から、なお周期的に怪獣のうなりのような海鳴りがとどろいて、混乱ののち、小康をとりもどした沿岸の人々の胸に、はげしい不安と恐怖をまき起こしつつあった。

そのころ小野寺は、どうしても東京へ帰るという連中といっしょに、海上を走る小型ホバークラフトの上にいた。――海面上五十メートルの高さにあった玲子の別荘は、あの卵型の張出し部屋が、崖くずれといっしょに少しかたむいたのと、海へおりる斜行エレベーターが、津波でめちゃめちゃにされた以外は、ほとんど被害はなかった。――しかし、一時は停電が起こり、崖下《がけした》の道路は、崖くずれで埋まり、みんなの動揺ははげしかった。とくに部長は、無理に平静をよそおっていたものの、海上に赤く燃える噴火をながめ、呆然《ぼうぜん》と唇をふるわせていた。放心したような玲子のもとへ、静岡にいる父親から安否を気づかう電話がかかってきた。それから、翌朝早く、東京に用事がある、という連中がさわぎ出し、車がだめなので、車庫にひきあげられていて、シャッターのおかげで津波の被害をまぬがれた小型ホバークラフト（ウエストランド＝M社製の二千万円の乗り物だった。リゾート用としては、とんだ贅沢《ぜいたく》なしろものだ！）を使わせてもらうことになり、運転のできる小野寺が、同乗して行くことになった。――こまかい灰が、ザラザラと降りそそぎ、やがて雨がまじりはじめた暗い海面を、ライトで鋭く切り裂いて時速七十キロで滑走しながら、小野寺の視線は、ともすれば蛍光を放つレーダーサイトからはなれ、はるかに赤く夜空をそめる天城山のほうにうばわれた。――何か、奇妙な胸さわぎが腹の底から、ひたひたと無気味な黒い潮のように押しよせてくる……。それが、何を意味するのか、彼にはまだわからない。だが、それが、日本海溝のはるか南端部、海面下八千メートルの深海底において見たもの――深海潜水艇の耐圧殻を通し、平方センチあたり一トンの圧力とともに、ひしひしと肌に感じた、あの無気味で、巨大で、名状しがたいものの蠢動《しゅんどう》の気配と、どこかでつながっているような気がかすかにしたものだった。

「小野寺君……」油壺をまわるころ、後部キャビンのほうから誰かが呼んだ。「君に東京から電話だ。個人通話だ……」

小野寺は、その声を聞いても、まだぼんやりと、胸の底をかすかにひっかく、冷たい恐怖を反芻《はんすう》していた。――それからハッとわれにかえって、

「個人通話？」とつぶやいた。

欧米のような、個人対個人通話《パースン・トゥ・パースン・コール》サービスはようやくここ一、二年前から、電電公社がはじめたことを、彼は思い出した。

「こちらへつないでくれ……」と、彼はいって、ヘッド・フォンをかけ、手もとのスイッチを、海洋無線から船上電話のほうに切り替えた。

「もしもし……」と、聞きおぼえのある――だが、それほどしょっちゅう聞いているわけではない――野太い声がいった。

「小野寺ですが……」と彼はいった。

「私だ――田所だ……」と相手はいった。「捜したぞ。天城の様子はどうだ？」

「噴火をつづけています……」小野寺は、チラと雨に汚れた窓に眼をやりながらいった。

「三原山も、だいぶ煙をあげているようです」

「君んとこの山城専務から、吉村部長に聞いてもらったんだが――君は二週間前にやった、相模湾海底調査の記録を持っているそうだな……」

「ええ、いちおう自宅で整理してから調査部にまわそうと思って、一部コピーを持って

かえっています。——原本のほうは、会社です。報告書提出期限は、まだだいぶ先ですが……」

「その中に、相模湾海底深部の最近の異常についての記録はあるか？」

小野寺は、ハッと胸をつかれた。

「あります……」と、彼はいった。「しかし、これは、前の海底状態のこまかい記録がはっきりしていないので、以前ぼくが見たときの印象とひきくらべての、目視観測だけです。——たしかに、海底斜面の深部で、以前に——といっても、半年ぐらい前ですが——見おぼえのあった海底地形が、あちこちでびっくりするほど変わっていました。しかし、こいつはまったく、ぼくの記憶だけなので……」

「しかし、今度はいちおう、海底地形図と観測記録をとったんだな？」

「ええ、ごくあらく、プロットしてみただけなんですが……もし、今回の観測で異常と思われた地点一帯をカバーするような海底異常が起こっているとしたら、かなり広範囲になりますが……」

「君、東京には何時に着ける？」田所博士は、例の有無をいわさぬ調子でいった。「疲れているだろうとは思うが、その君の持っている記録をできるだけ早く欲しいんだ。——今、本郷《ほんごう》の、私の研究所にいる。君の家は？」

「青山《あおやま》です……」小野寺は時計を見た。——午前一時四十五分だ。「いそげば、明け方にとどけられるでしょう。——場所は？」

「二丁目だ。近所まできたら、電話してくれ」

「そのデータが……今度の地震と関係があるんですか？」

「今度の地震？」田所博士は怒ったような声でいった。「そんなことよりも、もっと、大きなものの絵が描けるかどうか、とにかく今、しゃにむにやってみているんだ。——そのために、あらゆるデータがいるんだ。あらゆるデータをかき集めてぶちこんでも、まだ形をなさん。しかし……」

ふと田所博士の声が途絶えた。「もしもし……」小野寺は切れたのかと思って呼んでみた。

「——わしは、どうかしとるのかもしれんな……」突然ひどく調子の変わった、がっかりと疲れたような声がかえってきた。「……妄想かもしれん。だが、気がかりでならんことがあるんだ。そのために、不眠不休だ。——すまんがたのむ」

「わかりました」と小野寺はいった。

城《じょう》ケ島《しま》の沖を大きくカーブしながら、小野寺は、スロットルをさらにひらいていった。爆音と振動は大きくなり、ロールス・ロイス〝ダートX〟ターボプロップエンジンは、ごうごうと吼《ほ》えたけり、スピードメーターの針は、ふるえながら八十キロ、九十キロ、さらに百キロに近づいていった。——こんな暗夜に、こんなスピードですっ飛ばしたら、海上パトにつかまるかなと思いながら小野寺は、ワイパーがせわしなく飛沫《しぶき》をはらいのけるフロントグラスをぐっとにらんだ。レーダーで、海岸地形を読みながら、なるべく沿岸にそって飛ばす。——こうなると、水面上を空気の膜によって浮き上っていくホバークラフトは、喫水《きっすい》を気にしないでいいからありがたい。——陸運局のグズめ！　もたもたしてないで、早くホバークラフトの陸上交通規定を決めれば、水上からこのままどこかのハイウェイに上がってすっ飛ばしてやるんだが……隣りにいた、あの若い建築家がラジオをいれた。地震のニュースが終わり、すぐやかましい音楽がはじまった。深夜ディスク・ジョッキーが、鼻にかかった声で、ぞくぞくするほど気障《きざ》ったらしいおしゃべりをはじめた。深夜の東京は、伊豆地震も、天城噴火も、相模湾の津波も、ごくお座なりにあつかい、夜ごとかわらぬ倦怠《けんたい》の歌を歌っていた。

——そうだ、郷！……ラジオを聞いたとたん、小野寺は思い出した。——郷は死んだ。自殺した。なぜだろう？——いったい何があったんだろう？——自殺した？——あいつが自殺したなんて？　信じられない。——あの男が、たとえ仕事のうえでどんなことがあったにせよ……自殺するなんて！

「こんなに飛ばして、大丈夫かい？」隣りの男が心配そうにいう。——それで思い出して、彼は船内アナウンス用のマイクのカフを上げる。

「みんな、いちおうベルトをしめてくれ」

そういいながら、彼は燃料計を横眼でにらむ。——大丈夫、晴海までは、ギリギリもつだろう……。

二十七日午前の定例閣議の臨時議題として、「伊豆地震」の被害状況に関する簡単な報告が総理府総務長官からあった。――むろん、まだ正確な数はわからないが、津波と地震と噴火による家屋の倒壊、流失は数千戸にのぼり、何らかの被害をうけたものは数万戸のオーダーにのぼる、ということだった。天城溶岩は、熱川のすぐ手前まで迫り、鉄道、道路、工事、観光施設関係の被害総額は、数千億のオーダーにのぼる見込み……。

「噴火についても、地震についても、予報も警告も出なかったのかね？」外遊から帰ってまもない首相は、まだ疲れのとれないような顔色で、ぼそりといった。「地震予知については、だいぶ前から、かなりの国家予算を注ぎこんで、研究していたはずだが……」

「まあ、私が学者から聞いた話では、噴火はともかく、地震のほうは五年や十年では、とても予知というところまでゆかないということですな……」閣僚の中でいちばん若い科学技術庁長官がいった。「なにしろ、なぜ地震が起こるのか、ということさえ、今のところはっきりしたことはいえないようですしね。――そのうえ、最近のように、こうやたらに地震が多くては、ある所で地震が起こる徴候を見分けるのも、容易なことじゃないでしょう」

「気象庁関係者もそのことをいっとった……」と自治相はいった。「今度も、徴候はあったのかもしれんが、バックグラウンド――といったかな。――なんでも、電波でいうなら雑音に相当する小地震が、しょっちゅう起こっていて、その中からはっきりした徴候を読みとるのが、非常にむずかしかったらしいですな」

「新新幹線の工事も、またこれで少しおくれるかね?」と、通産大臣が聞いた。「国鉄総裁がこぼしとったよ。——地震も地震だが、予定地に地盤のくるいが次々に出て、測量の手直しだけで業者が音《ね》を上げそうだって……」ひねこびたような老人——運輸大臣がいった。「新幹線の保安も、今てんやわんやなんだ。——予定もおくれるだろうが、今年はまた国鉄、私鉄ともかなりな赤字が出るな」

「梅雨時の洪水を別にして、今年度になってから、地震によって災害救助法が適用されたのは、これで三度目だ……」と蔵相がにがい顔でいった。「諸般の情勢から見て、この調子だと、追加予算が必要だな。——来年度の財政は、かなりしんどいことになる」「これからの年度計画は、地震や天災という条件を、もっと大幅に織りこむ必要があるようですな……」建設大臣が、眼鏡をふきながらいった。「毎年、災害による計画のくるい方が大きくなってきている。——どうせまた何かあるたびに〝人災〟といってマスコミはさわぐんだろうが……」

ちょっと沈黙が落ちた。——建設相の言葉は、閣僚めいめいの胸に影をおとしていた漠然たる不安を、かすかにゆり動かした。日本は相変わらず、各種の長期計画をかかえ、せまい国土の上に、幾重にもおりかさねるようにして、建設の、あるいは都市、地域、産業地帯再編成の計画がすすんでいた。——曰《いわ》く、運輸高速化七ヵ年計画、曰く、データ通信五ヵ年計画、曰く、農業再編成十五ヵ年計画、曰く、自動管制八ヵ年計画、曰く、国土再編成十ヵ年計画、曰く、社会補償計画、曰く、新住宅五ヵ年計画。……経済成長率は年率名目八・四パーセント、実質六・九パーセントと、数年前から見ればややにぶったとはいえ、依然、国際水準から見ればハイランクだったし、経済規模の拡大にともなって、実質国民所得の上昇率が大きくなりはじめていた。計画のほとんどは、年度末以前か、年度内に達成の見通しがたっており、ここ一、二年は、どの省庁でも、「災害」はほとんど問題にならなかった。前年も、全般的に見ればほとんど影響はないといってよかった。比較的影響のあった運輸、建設計画関係でも、長期間における、とくに災害の多かった年度の被害を、そう越えるものではなかった。

しかし、今年は――

新年度がはじまって四ヵ月たらずの間に、何か得体の知れない、うすいかげりのようなものが、すべての計画の上に、影をおとしはじめていた。――ほとんどあらゆる分野にわたって……。

一つ一つを見れば、これも大したことはないのだった。台風国であり、地震国であり、大雨も降れば大雪も降るという、この小さな、ごたごたした国では、自然災害との闘いは、伝統的に政治の重要な部分に組みこまれていた。だから多少不運な天災が重なっても、復旧はきわめてすみやかで活発におこなわれ、国民の中に、災害のたびにこれをのり越えて進む、異国人から見れば異様にさえ見えるオプティミズムが歴史的に培《つちか》われており、日本はある意味では、震災や戦災や、とにかく大災厄のたびに面目一新し、大きく前進してきたのだった。――災厄は、何事につけても、新旧のラジカルな衝突をいやがる傾向にあるこの国にとって、むしろ人為的にでなく、古いどうしようもないものを地上から一掃する天の配剤として、うけとられてきたようなふしがある。

この国の政治も、合理的で明晰《めいせき》で図式的な意志よりも、無意識的な皮膚感覚の鋭敏さに、より多くのものを負うてきた、この古くからの高密度な社会における政治においては、誰一人意識的にそうするわけではないにもかかわらず、結果的には、災厄を利用するという国民的な政治伝統がそなわっているみたいだった。――だが、今度の場合は、何か異様だった。一つ一つの分野で見ればいかにも毎年くりかえされる、自然災害との闘いのバリエーションにすぎないようだったが、その影響のあらわれはじめた分野すべてを合わせて遠望してみると、そこに嵌絵《はめえ》のように、何か無気味なものの形――まださだかでない、ごくあわいかげりのようなものの輪郭が、うっすらとあらわれてくるような感じがするのだ。――閣僚のすべてが、そのことを感じたわけではなかったろう。しかし、そのうちの何人かは、その得体の知れないうそ寒いものの気配を、心の片隅に、ふと感じとっていた。

「問題は、人心の動揺だが……」首相は、いいかけて、ふと絶句した。――その視線は、テーブルの上の、湯呑《ゆの》みの上に注がれていた。冷えた、黄色い液体の上に窓の光が反射し、その明るい表面には、小さな丸い波紋がいくつも重なってふるえている。

「いったい、地震は、いつまでつづくんだね？」首相は急に調子をかえていった。「つまり――どうも、最近、全国に地震が多いようだが……」

「だいたい、統計的に見て、冬より夏が多いらしいですがね」と自治大臣がいった。「それに噴火も多い……」と首相はつづけた。「何かその——大きな変動期にでもはいったのかな？　どうだろう？」

「一時、第二次関東大震災説というのが、ありましたな」と防衛庁長官はいった。「だいぶ前のことだったが……あれはあれで立ち消えしたでしょう」

「要するに、地震は、これから先、増えてゆくのか、減ってゆくのか？」首相は少し、いらいらしたようにいった。——そうすると、日ごろはポーカーフェイスの頬のあたりが、癇癖《かんぺき》らしくちょっと痙攣《けいれん》する。「大したことはないとは思うが、その点がはっきりすれば、いちおう、地震、津波対策を各方面の計画にもりこんでゆくことも考えねばならんだろう」

首相は、少しここのところ神経質になってるな、と総務長官は心の中で考えた。——地震よりも、あれのことだろう。この間から、直系派閥の中に、ある大きなメーカーをめぐる不正融資についてのスキャンダルがくすぶりだしている。

「いちおう、地震問題に関して、学者の話を聞きますか？」と厚生大臣がいった。「われわれも、学者の考えを聞いておきたい」

「大した話は聞けませんよ」と技術庁長官が苦笑いしながらいった。「研究というものは——とくに、自然研究というやつは、技術研究なんかとちがって、あきれるほど金を食うかわりに、ごくわずかな結果しか出てきません。たしかにこうなる、といえる部分はごくわずかですし、もし、こうなると明快に断定する学者がいたら、まずそういう学者は山師か変人と見ていいでしょう。私は気象庁に、個人的に親しいのがおりまして、ちょいちょい会って地震のことを聞くんですが、まったく雲をつかむような答えしか出てこないんです」

四十歳をいくらも出ていない、この科学技術庁長官は、閣僚の中で、ただ一人の、理学畑の出身だった。宇宙開発と原子力——いわゆるビッグ・サイエンスのプロデュースに、異常に切れる才能を発揮して、のし上がってきた「準官僚」といわれる、いわば新しいタイプの政治家だ。

「それでもかまわん……」と首相は、総理府総務長官のほうを見ながらいった。「とにかく、地震学者が、どれだけのことを知っているか、聞いてみたい。——そうだな。例によって、あまり派手にやらんように——新聞記者に、変にさわがれると、うるさいからな。——誰か数人えらんで、じっくり聞いてみよう。すぐに人選をたのむ……」

その時、突然部屋が、ゆさゆさとゆれた。——小さな埃《ほこり》が一つ、天井からすうっと舞いおりてきた。少し間《ま》をおいて、今度はずっと強いゆれがやってきた。床がゆっさ、ゆっさ、といった調子でゆれ、低いゴウッという地鳴りとともに、壁や柱がぶるぶるガタガタミシミシと音をたて、テーブルの上の湯呑みから、茶がこぼれた。

「こりゃあ、だいぶ大きい……」と、運輸大臣がいって、こわばった顔で椅子を立ちかけたとき、振動はぴたりとやんだ。——湯呑みの中の茶は、まだゆれ、花瓶の中の水が、たぷん、たぷんとまぬけた音をくりかえし、壁から、漆喰《しっくい》のかけらが二つ三つ、ポロリと落ちてきた。

「よくあるなあ……」と厚生大臣が嘆声を発した。ほっとしたような苦笑とざわめきがおこった。——そのざわめきの間をぬって、どこか遠くで、ドウンという音がした。ほとんど間髪をいれず、閣議室のドアがノックされ秘書官の一人がはいってきて、総務長官に耳うちした。総務長官は、ちょっと眉《まゆ》をひそめ、うなずいて、みんなのほうを向いていった。

「今、浅間山が噴火したそうです……」

その地震を、小野寺は、本郷二丁目の、田所博士の個人研究所の二階にある、バネと藁《わら》のはみ出したぼろソファの上で感じた。——天井がゆれ、すすだらけの蛍光灯がゆれるのを、何だか夢を見ているような、うっとりした気分でながめていた彼は、窓ガラスの一枚がピンと割れ、ソファのどこかがベキッと折れる音を聞いて、やっと自分がどこにいるかを思い出した。——ソファから起き上がったとき、地震はやみ、大あくびを一つしたとき、数人がバタバタと階段をかけ上がっていく、ポロシャツ姿の青年に聞いた。

「火事ですか？」と、彼は廊下を走っていく音がした。

「いや、浅間が噴火したらしいですよ」

彼は、ソファからとび上がり、青年のあとについて、三階から屋上へとかけのぼった。

数人の男女が、手すりにつかまって、西北のほうをさしてさわいでいた。本郷特有の、ゴタゴタしたビルや、スカイラインをつくるハイウェイや都心部超高層群にさえぎられ、そのうえ、もう立ちはじめた暑くるしいスモッグに閉じこめられ、地平方向の空の見通しはきわめてわるかったが、それでも茶色の煙が一筋、すうっと立ちのぼっているのが見えた。――あれがそうだろう、ちがうよ、どこかの煙突の煙さ、いや、きっとそうだ、見えるわけないよ、百キロ以上もはなれていてこんなに空気が汚れてるのに、と、かしましい会話を聞きながら、小野寺は少しずつ眼がさめてくるのを感じた。――けさ、明け方前に、青山のアパートからここへ書類をとどけ、出勤までの一、二時間と思って、横になったが、昨夜来の疲れが出て――腕時計を見ると十一時半だった。賜休《しきゅう》願は出してあるが、休暇は明日からだった。会社に電話しなくちゃ、と思って、階段のほうへ行くと、うっそりと田所博士が上がってきた。――よれよれの実験着に、スリッパをはいて、不精ひげをぼうぼうとはやし、眼は血走り、頬はたるみ、一週間前〝わだつみ〟の観測窓にしがみついていたときとは、うってかわったやつれようだった。

「浅間か……」と、田所博士は、しわがれた声でつぶやいた。「大したことはない……」

「しかし、昨夜の天城につづいてですからね」と、小野寺はいった。「世間がだいぶさわぐでしょう」

「世間がさわぐぐらい、どうってことはないさ」田所博士は、なまあくびをかみころし、しょぼつかせた眼から涙を流しながらいった。「おさまれば、またすぐ忘れる。それよりも……」

「さて――」と小野寺は、もう一度時計を見ていった。「ぼくはそろそろ失礼します。寝すごしちゃって、けさは遅刻です」

「小野寺君……」田所博士は、なまあくびを連発しながらいった。「できたら少し、下で話さんかね？――よく寝とったから、起こすのは悪いと思ってたんだが……」

「はあ――」といって、小野寺は、ちょっと階段の所で立ちどまって考えた。「かまわんでしょう。明日から休暇で、今日はあとの引き継ぎをやるだけです。午後ちょっと顔を出すぐらいですみます。――何ですか？」

「下で話す――」と田所博士はいって、まださわいでいる、若い研究員たちに叫んだ。

「おい！――いつまでもさわいでないで、浅間噴火の情報をとってくれ」

「とにかく電話してきます」と小野寺はいった。

田所博士の個人研究所の中心部は、地下一階と地上一階をぶちぬいて造られたコンピューター・ルームだった。そこだけ、頑丈な鉄筋コンクリートの箱のようになっており、その中に、さらに小ぢんまりした二重壁のエア・コンディショニングされた部屋があって、LSI（極大集積《ラージ・スケール・インテグレーション》）化され、すごく小型になったコンピューターがはいっている。外郭は、机や、オープン・ファイルや、ロッカーや、製図版や、旧式なテープ式記憶装置などが雑然とならび、音声タイプが、テープをプレイバックしながら、カタカタと穿孔《せんこう》テープを吐き出しているのだった。

一階の床にあたる所は、粗末な、キャッツ・ウォークみたいな金属簀《す》の子《こ》の回廊が張出しになって、壁の三方をぐるっとまわっており、プラスチック・ボードとガラスでかこわれた、いくつもの粗末な小部屋があって、そこには電話機や通信機の類《たぐい》が、やたらにならんでいた。――そこだけ一階の天井までぶちぬきになっている一方の壁には、近海をふくむ、大きな日本地図が、透明な磁性プラスチック・パネルに描かれ、色とりどりのマグネット・ボタンがその上に無数にくっついていた。――コンピューター・ルームのまわりにまといつくように建つ、三階建ての事務所の建物は、まことにお粗末きわまる鉄筋モルタル構造で、壁にはひびがはいり、三階はひんまがり、といった有様だった。外から見ると、古ぼけた、見るからにみすぼらしい、インチキ不動産業者や、小口金融業者の共同事務所に見えかねないような、ボロ建築だった。門の中には、がたがたのライトバンや、年代もののボロ車がおいてある。

　電話をすませて地下室へおりて行くと、冷房がよくきいて、ひやりとした空気が肌に快かった。昼休みにはいったのか、地下室はガランとして誰もいなかった。――田所博士だけが、片隅の椅子にすわって、テーブルに片肘《かたひじ》ついて頭をささえ、口の中で何かぶつぶつつぶやいていた。小野寺がそばへ行くと、博士は、血走った眼をあげて、ジロリと他人を見るような眼つきで見上げた。

「ああ、君か……」と田所博士は、われに返ったように、いった。「ああ、そうだ。――今、幸長から電話があったよ。もうじきここへ来るそうだ。君が来てるといったら、会いたがっていた」

「幸長先生が？」と小野寺はいった。

「やつの家は、この近所なんだ。——いっしょに昼飯でも食おうか？　ここへ取ってやろう」

そういって、博士は、受話器をひきよせた。

「お話ってなんでしょうか？」と小野寺はいった。

「ああ……」といって、博士はのろのろと受話器をおいて、また考えこんだ。

「君の所の——例の深海潜水艇だが——」そう口をきったのは、しばらくたってからだった。「長期チャーターするとして、チャーター料はどのくらいかかる？」

「さあ——ケース・バイ・ケースですが……」小野寺は面食っていった。「何なら、営業へお問いあわせになったらいかがですか？——期間、用途、それに使う場所と深度によってちがうはずです。ぼくにはむずかしくて計算できませんが……」

「それと、もう一つ……」田所博士は、太い指をぬっと出した。「今申しこんで、すぐにあの潜水艇を使えるかね？」

「それはとても無理です」と小野寺は言下にいった。「あの調査のあと、すぐ〝わだつみ〟は、九州に回航されてます。あちらの仕事は、関釜《かんぷ》トンネル調査ですから、一ヵ月ちかくかかるでしょう。そのあと、インドネシアからお座敷がかかってます。それにまだあとがつかえているし、順番がまわってくるのは数ヵ月先になるでしょう」

「これは、重大なことなんだ」田所博士は、ドンとテーブルを平手でたたいていった。

「きわめて重大な調査に使いたいんだ。――なんとか、優先させてもらえんだろうか？」

「さあ、ぼくには何ともいえませんが……」小野寺は、ゆうべいっしょだった吉村運営部長の顔をチラと思いうかべながらいった。「期間にもよりますが――どのくらいの期間、チャーターされたいのですか？」

「半年、あるいはそれ以上だ」田所博士は、無理は承知だ、といった頑固そうな表情でいった。「君も見たろう？　われわれは、いっしょに見たろう？――あいつだ。日本海溝の海底を、徹底的に調査してみたいんだ」

「半年――」小野寺は首をふった。「それじゃ、どうにもなりません。スケジュールの合間をぬって、まわすわけにもいかないから、だいぶ先のことになりますね」

「だいたい、日本に一万メートル級の深海潜水艇が、一隻しかないというのはどういうわけだ！」田所博士はとうとうじれてどなった。「海洋国が聞いてあきれる！」

「二千メートル級なら、うちにも一隻ありますし、全国で五隻か六隻あるんですが――一万メートル級に、こんなに需要が出てきたのは、つい最近なんですよ。それもたいていの場合は、大陸棚の上か、せいぜい深度千メートルから二千メートル程度の所で使われてるし――〝わだつみ2号〟が就航したら、スケジュールはうんとらくになりますが、進水しても、テストをくりかえして、就航は来年になるでしょう」小野寺は、さとすようにいった。「外国からチャーターされたら？　アメリカの、ＰＣＭＤ――太平洋《パシフィック》岸海洋開発《コースト・マリン・デイベロップメント》なら、アルミノート級を二隻、トリエステ級を四隻持ってますし、それがだめなら、フランスのマランド海底研究開発財団にも、アルキメデス級が三隻ぐらいあります」

「そのくらい、わかっとる」博士は、テーブルの上の、コピーを投げ出した。——全世界の、深海用潜水艦のリストだった。「だが——これは、この調査は、外国の船を借りたくないのだ。どうしても、日本の船でやりたいのだ。理由？——この調査は……つまり……日本の利害と密接かつデリケートに……」

そういいかけて、博士は、また口をつぐんでしまった。

「田所先生……」小野寺はいった。「教えてくださいませんか？——いったい何をお調べになるんです？　日本海溝の底で、いったい何が起こっているんです？」

田所博士は、いきなり椅子から立ち上がった。髪はさかだち、眼は燃えるようにかがやいて、小野寺を見つめた。

「何が起こるか、だと？」博士はほえるようにいった。「わからん。皆目わからん。だからこそ調べるんだ。——わしは、とにかく、あらゆるデータを集めた。だが、いくら集めても、決定的にデータ不足だ。だから、まだ何もいえん。見たまえ」

博士はスイッチをひねった。——磁性プラスチック・ボードに描かれた日本地図の上に、後ろ側からもう一つの地図が投影された。優雅な、モザイクのような色とりどりの模様が、幾層にもかさなった地図が……。

「とにかくあらゆるデータを集め、重ねあわせた。気象、土地変動、海岸線の昇降、火山活動、重力変異、熱流量、地下温度分布、地磁気変動、地電流の経年変化、海底の変動、わかるかぎりの岩漿《マグマ》の動き、地震、山脈の動き……生物相の変化から、回遊魚や渡り鳥の生態変化まで……手にはいるものは、何でも集めた。――だが、何もいえん。わしは、もっと大きな地球的規模の変動の中に、それをさがしもとめた。大きなバックグラウンドの中で見れば、かえって輪郭がはっきりするかと思ったのだ。――たしかに、少し――ほんの少し――何かの兆《しる》しが、あらわれかけた。――だが、まだ、それだけでは何ともいえん。わしにはもっとデータがいる。もっともっと……せめて、海溝底に関することだけでも、大急ぎで集めたい……」

「なぜ、そんなにお急ぎになるのですか？」と小野寺はいった。「いったい、どんな兆《しる》しが――見えるんですか？」

「それは……」と田所博士は、首をふった。

「まだいえん――だが、わしの中に、一つの気がかりがあって、そいつがわしをせかすんだ」

田所博士は、スイッチを切って、だらりと両手をたらした。――そういう格好をすると、いかにも疲れはてた老人という感じがした。

「すまん。……ちょっといらいらした……」と博士は、元気のない声でいった。「だが――なにしろ、わしにはデータがいるんだ。それに、金もいる、いくらでもいる。――

急いで、だ。——わしの気がかりというやつは、まちがっているかもしれん。まちがっている公算は、きわめて大きい。——わしの、とんでもない妄想かもしれん。——その妄想の当否をたしかめるためには、途方もない金がいるんだ」

「お力になりたいと思いますが……」と小野寺はいった。

「ああ、そうだ。——力になってくれ。小野寺君——ほんとうに誰の力でも、ほんのちょっとの力でも、借りたいのだ。この次もし〝わだつみ〟が借りられたら、操縦役には君を指名したいが、かまわないかね？」

「むろん、よろこんで……」と、小野寺はいった。「ですが、それ以外でも、もし、お力になることができたら……」

背後で階段を下りる音がした。——幸長助教授は、この暑さにきっちりネクタイをしめ、上着をつけ、その端整な顔に、汗一つかいていなかった。

「やあ……」と幸長助教授は、小野寺に向かって、笑ってみせた。

「来たな。——昼飯をいっしょに食おう」と田所博士はいった。「外へ行くか？——ここへ取ってやろうか？」

「どっちでもいいですが——」と幸長助教授はいった。

「ちょっと待て——」田所博士は、インターフォンのボタンをやたらに押して、首をかしげた。「出んな。——また上を空っぽにしとるな。ちょっと待ってくれ、冷たい飲み物をとってくる」

そういうと、田所博士は、とめるまもなく、せかせかと階段をかけ上がって行った。

「いい先生ですね」と、小野寺はクスッと笑っていった。

「ああ――野人だな。このごろではめずらしい……」幸長助教授は、笑いもせず、むしろ溜息《ためいき》をつくようにいった。「天才的猪突猛進型だ。――だから、国内の学界では、とても受けいれられず、海外でのほうが、高く評価されている……」

小野寺にも、それはよくわかった。――幸長は、部屋の隅の音声タイプに眼をつけると、おや、めずらしい新兵器をいれたなとつぶやいて、その機械のそばに行ってしげしげとながめた。

「なかなかいい研究所ですね」と小野寺はいった。「外から見ると冴《さ》えないけど……」

「この研究所をつくるだけで、四、五億かかっている」と幸長助教授は音声タイプをいじりながらいった。「それに運営費が大変だ。――なにしろ、先生は、えらい馬力で仕事をするだろう。いくら節約しても、ああ手をひろげては大変だよ。――それに、相変わらずの諸物価、人件費の値上がりで……」

「ここの資金は、どこから出ているんですか？」と小野寺は、さっきからずっと考えていたことを聞いた。

「世界海洋教団……」幸長助教授はぽつりといった。「世界的にひろがっている新興宗教さ――うまいことを考えたもんだ。太陽崇拝や、物神崇拝は今までもよくあったが、海神を崇拝の対象とするのは、新手だね。海洋に関係のある業者を、漁業から船舶まで集め、世界じゅうに同じような姉妹教団があって、国際的につながっている。——世界総本山に相当するのはギリシャにあって、何でもオナシス系が金を出したりして、たいへん金を持っている教団だそうだ」

「新興宗教がスポンサーですか……」

それはちょっと意外だった。

世界海洋教？——それじゃ、うちの社も、何か関係があるのかな？

「田所さんは、野人だからな」と幸長助教授はまたいった。

「学者としては、アウトサイダーというより、無法者《アウトロー》、アウト・ルールの人なんだよ。研究に必要なら、悪魔からだって金をふんだくって突進する。〝悪魔に負けなきゃいい〟という信念だ。——日本の学界では、受けいれられるわけがない……」

田所博士が、階段の上にあらわれた。右手に、汗をかいている薬缶《やかん》をぶらさげ、左手に湯呑《ゆの》みをふせた盆を持って……。

「幸長先生は、田所先生と、どういうご関係なんですか？」小野寺は、小さな声でいった。

「昔——ぼくの大学の客員教授だった時、ちょっと講義を聞いただけだ……」と幸長助教授はいった。「だが、下宿の近所の飲み屋で、よくいっしょになった。先生の下宿も近くにあったんで——ぼくは、何となく、あの先生が好きなんだ。豪放で、天才肌で……昔はよくああいう豪快なタイプの学者がいたっていうが、今はめったにというより、全然いないな。学者はみんな、サラリーマン的か官僚的になったしね」

「田所先生のご出身は、どこです？」

「和歌山《わかやま》だ。——あそこはふしぎな所だね。紀伊国屋文左衛門《きのくにやぶんざえもん》の伝統かしらんが、時々ああいう、スケールの大きい学者が出る。南方熊楠《みなかたくまぐす》とか、湯川秀樹《ゆかわひでき》とか……」

「何をこそこそいうとるか……」田所博士は、階段を下りきって、近づいて来ながらいった。「またわしの悪口だろう」

「ほめていたんですよ」小野寺はクスッと笑いながらいった。

「よし。小野寺君がいうなら信用しよう。君は純真な人柄だからな——ところで、幸長君は、何を食う？　寿司《すし》か？　天どんか？　親子か？——洋食がいいか？」

「何でもいいです——」と幸長助教授はいった。「実は——」

「とにかく、先に決める。——小野寺君は？」

「親子でいいです」と小野寺はいった。

「じゃ、ぼくも同じだ……」幸長助教授は苦笑した。「ですが、先生——実は、ちょっと内密にお話が……」

田所博士は、かまわずに電話のダイヤルをまわし、親子二つ、それにわしは天どんだ、君の店の天どんは、たれが少ないぞ。いいか、少し多いめにかけろ、とどなっていた。

小野寺は、その声を聞きながら、ぶらぶらと、部屋の中を見るふりをして、幸長助教授のそばをはなれた。

「小野寺君！」田所博士の太い声が背後から飛んできた。「かまわん。ここにいたまえ。――幸長、彼は大丈夫だ。たった今、わしは彼に協力を要請し、彼のできる範囲でやってもらうことを応諾《おうだく》してもらった」

「はあ――しかし……」

「大丈夫だ。――君はいっしょにあれだけ潜水艇に乗っていてわからんのか？　彼は、〝自然〟を知っとる。海を知っとるし、彼の心は、大いなる〝自然〟にむかっている。――そういう男は、秘密だの陰謀だの出世だのごますりだの、そういった人間界のごたごたは、わかっていても、興味を持たんものだ」

小野寺は、博士の言葉に、強い感動をおぼえ、思わず顔があつくなった。――わずかのつきあいで、もののみごとに人間を見ぬく田所博士のカンは、たしかに天才的といってよかった。こんな人が、どうして学界のアウトサイダーなんだろう？――あまりきびしく見ぬきすぎるせいだろうか？

「わかりました……」幸長助教授は、ちょっと顔を赤くしていった。「小野寺君、気をわるくしないでくれたまえ」

「ほらほら、またいらんことをいう。彼がそんなこと、全然気をわるくしていないことぐらい、わからんのか？」

ずけずけいいすぎるからかな――と小野寺は思った。親しいものだけでなく、誰にむかっても、こうだろうか？

「相変わらずきびしいな、先生は……」幸長助教授は、頭をかいた。「じゃ、簡単にいいましょう。実は、ついさっき、総理府で秘書をやっている、もと同窓のごく親しい男から電話があったんです」

「総理府？」田所博士は、眉《まゆ》をひそめた。「役人か？」

「そうです。――最近の地震の頻発の傾向について、閣僚が、内輪でこれという学者数人から意見を聞きたいんだそうです。それでぼくに、人選について相談にのってくれないか、とたのんできたんです」

「全面的に人選をまかされたのか？」

「そうじゃないでしょう。最終人選は、総務長官がやるし、おそらくぼく以外にもあちこち人選についての意見を聞いてまわっているでしょう」

「それが役人だ！」田所博士は、吐きすてるようにいった。「絶対に人間を信用せん。学者も、国民も信用せん。誰も信用せん。衆知を集めるといいながら、その実、知恵の何たるかを見ぬくカンも、洞察力もなく、結局そつのないバランス・オブ・パワーだけしか考えとらん。つねに危険を避けることしか考えていないから、一回も危険に賭《か》ける冒険をやったことがないから、本当の将来というものが見えてこない。何もわからん昨日今日《きのうきょう》のチンピラが、役所の権威をかさに着て、失敬千万にもりっぱな知恵者をあれこれ天秤《てんびん》にかける。――役人なんかとつきあうな」

「ぼくも国家公務員ですよ、先生」幸長助教授は笑いながらいった。「先生には、絶対役人の原理というものはわからないでしょうね。その現実主義——というよりは、現在主義、表面主義、組織至上主義のもつ、社会にとっての大きなプラス面がね。役所というものは、国家社会という、巨大な、無数のごたごたのかたまりあった組織を、人間が運営していくという、人間にとっては過大な責任を、巧妙に分散し、大ぜいの人間で分担するためのシステムです。——だから、役人は国家という組織の安定性《スタビリティ》をつくりだすのには、いちばん適しているのです。政治家のほうの組織原理は、やくざと同じ、親分子分、義理人情ですからね。役人の過重なくらいの平等主義とかみあわせて、ちょうどなんですよ。——役所的発想は、つねに選択において冒険を絶対に避け、選択のバランスをとり、現在のバランス・シートをゼロにしながら発展してゆく、ということです。彼らはつまり、組織に最も適応した人種ですよ」

「そのくらいはわかっとる……」田所博士は、意外にあっさりうなずいた。「役人全部が創造性を発揮した日には、この利害対立が猛烈にからみあっている世の中のある面は、めちゃくちゃになるということぐらいはな。——だが、過去の膨大な蓄積から出来とるあの膨大な組織の枠にはめて、たたき上げれば、人間としてはひどくいびつになる場合が多いな。——それなりに偉いやつも、たまにはいるが、そういうやつでも、わしは個人的に好かん。とくに中央官庁の秀才どもは好かんな。彼らは当たり前の人間とちょっとちがう。最終的に、いちばんかしこい、いちばんえらい人間は自分たちだと思っとる。そのえらさは、役所の序列で決まると思っとる。——裸の人間としてのつきあいができんのだ。彼らには、裸──自然というものが……」

「わかりました、先生……」幸長助教授は、辟易《へきえき》したように首をふった。「とにかく、今日明日じゅうに、ぼくは返事をしなくちゃならないんです。──いかがでしょう、出ていただけますか？」

「わしがか？」田所博士は、ギョロリと眼をむいた。「はっ！──このわしに？　むりだよ。出てくるのは、どうせ防災センターの高峰《たかみね》に、気象庁の野末《のずえ》、文部省地震予知部会の君島《きみじま》、T大の山城《やましろ》、K大の大泉《おおいずみ》ぐらいだろう」

「よく……わかりますね」幸長助教授は、ちょっと度胆をぬかれたように、唾《つば》をのんだ。

「ほとんど図星だ」

「わしが、ものを知らんと思っとるのか。官庁で集めるとすれば──まして不得手な科学分野なら、だいたいそんなところだ。野末が入れ知恵してY大の中河原《なかがわら》ぐらいもはいるかな。──みんな立派だよ。学者として、決して劣った連中じゃない。それぞれ優秀だし、それぞれの分野では、立派な実績をあげとる。だが──やはり、それぞれの分野に対しての、きわめてせまい視野しかもとうとしない。それに、発言に慎重で、当たりさわりのないことしかいわんだろう。自分の発言に対する反響に、何よりも気をつかうだろうからな。まして、科学に対してずぶの素人である閣僚に話すときなど、よけいに控えめになるだろう。──長年学界に住んでいると、そうなってしまうのだ。官僚組織の支配をうけ、それ自体が官僚組織に似た世界の中でずっと暮らしていると、どうしたって、枠をはめられてくる。——慎重で控えめな発言のしかたをおぼえるようになり、枠に適応したものしか上のほうへ行けん。彼らの責任ではないが、そうなってしまうのだ。へたに学者として身分やその専門の枠をはみ出ようとすると、よってたかってひどい目にあわされる。痛い目にあって、しつけられるのさ。——いやな話だ。だが、こいつは第二の天性みたいになってしまって、すべての分野を横断して、大きなイメージを描くことなど、だんだんできんようになる。——そういうワイルドなバイタリティを、せまい枠の中でしだいに失ってゆく……」

「だからこそ、先生に出ていただきたいんです……」幸長助教授は、すかさず切りこんだ。「先生の、今の研究のことを……」

「今の研究？」田所博士は椅子から立ち上がってどなった。「わしの……今の研究だと？——そんなもの、話して何になる？　またぞろ変人あつかいされ、よってたかって笑いものにされるだけだ！——わしは、まだ何も確証をつかんでいるわけではないんだからな。つかみたいと思って、悪戦苦闘してるんだ。そんな段階で、わしにも、もやもやしたものでしかない可能性をしゃべったところで、どうなるんだ？——へたに外へ洩《も》れれば、混乱を来たすだけだ。わしは、妄想狂のマッド・サイエンティストにしたてられるだろう。もうこれ以上はたくさんだ。それにな——わしが出るとなったら、出ない学者がたくさんいるだろう。野末も、山城も、出ないというだろうな。わしのことを、学者の風上にもおけん、大山師だと思っとるからな。あやしげな新興宗教から金をもらう。仕立てのいい背広も着ない。ネクタイだって、ろくにしめ方を知らん。時にはひげもそらん。大声でどなる。公開の席上で、人のことを面罵《めんば》する。自分の専門分野だけのことを、控えめにいわん。――君もあまりわしをかつぐと将来のためにならんし、君の友人まで非難され、顔をつぶすだろう。――わしは出ないぞ！　絶対に！」

「ぼくの将来のことなんか、どうだというんです？」幸長助教授は、辛抱づよい口調でいった。「学界の問題なぞ、気になさることがあるんですか？　そんなことは、今おっしゃったとおり、先刻ご承知じゃありませんか。――先生のご研究はいったい何のためです。そんなくだらないことに、こだわるなんて、先生らしくもないと思いませんか？　これは日本にとって重大な……」

「日本――日本か……」田所博士は、ふいにべそをかきそうな、くしゃくしゃの顔になった。声までうるんだみたいな、おかしな具合になった。「日本など――こんな国なんか、わしはどうでもいいんだ。幸長君。――わしには地球がある。大洋と大気の中からもろもろの生物を何十億年にわたって産み出し、ついには人類を産み出し、自分の産み出しはぐくんだそいつらに、地表をめちゃめちゃにされながら、なおそれ自体の運命、それ自体の歴史をきざんでゆく、この大きな――しかし宇宙の中の砂粒より小さな――星がある。大陸をつくり、山をつくり、海をたたえ、大気をまとい……氷をいただき、それ自体の中に、まだまだ人間の知らん秘密をたたえた、この地球がある。わしの心は……この地球を抱いているんだよ。幸長君。おかしな表現かもしらんが――このあったかい、しめった、凸凹《でこぼこ》の星を……あんなに冷たい真空の、放射線と虚無の暗黒にみちた宇宙から、しめっぽい大気でやさしくその肌をまもり、その肌のぬくみで、こういった大地や、緑の木々や、虫けらを長い間育ててきた、この何か知らんやさしげな星を……太陽系の中で、ただ一つ、子供をはらむことのできたこの星を……地球はむごたらしいところがあるかもしれん。だが、そいつにさからうことは、あまり意味がない。――わしには、地球があるのだ。日本が――この小さなひもみたいな島がどうなろうと……」

「しかし、先生は日本人だ……」幸長助教授は、静かな声でいった。「地球を愛するように――地球をやさしい星と感じることができるように、日本をひそかに愛していらっしゃる。でなければ――なぜ、世界海洋教本部に、データの全部を送らないのです？　どうして、センセーション好きの新聞記者や、ごたごた好きの週刊誌の連中に、先生のイメージをどんどん発表してやらないのです？」

「待て！」田所博士は、突然、鋭くいった。「わしが、自分のスポンサーにデータを伏せていることを、どうして知っている？」

「あてずっぽうです、先生――悪いと思ったんですが、かまをかけました」幸長助教授は、ゆっくり眼を伏せ、また上げた。「しかし、どうもおかしいとは思っていました。ぼくは先生から、直接にいろいろ話を聞いていましたから、教団本部へここから出す報告書というものには、ほとんど眼を通したことがありませんでした。――それがつい最近、ここで、偶然眼にふれたんです。何だか妙でした。何ということはないんですが、あの報告書で先生のお書きになった英文は、変にすくんでいる。それに、海底調査についても、先生のあまりお得意でない、生物や珊瑚《さんご》のことが、いやにくどくど書かれてある。……ぼく自身が、先生のお話から感じていた、あの、とても大変なことかもしれない点のニュアンスが、きれいにかくされている。よく読んでみると、じつに慎重に、苦心をはらってある節がある。――あれを知っていれば別ですが、知らない連中には、全然わからないように、あのことから注意をそらすように誘導してある……」

「そうか。――君は中学校の時、シェイクスピア全集を原語で全部読んだといっていたな」田所博士は首をふった。「君の英語の実力を、忘れておったよ」

「それは、先生がやっぱり心のどこかで、日本のことを気にしておられる証拠と見ていいんじゃないですか？」と幸長助教授はたたみかけた。「何か、日本のことで外国に知られたくないことがある。――そうじゃありませんか？　世界海洋教団の本部には、かくしておきたいことが……」

「君は、海洋教団について、どの程度知ってるんだ？」田所博士は、つき刺すようにいった。

「ほとんど何も……」幸長助教授はいった。「総本部は、ギリシャかどこかにあるそうですね。――でも、各国の支部は、それぞれ独立しているんでしょう？　非常に金は持っているが、きわめて趣味的な教団だとか……」

「幸長君……」田所博士は、急に調子をかえていった。「その懇談会だか、説明会だかに出てみよう。——君の推薦が通るならばだがな……日取りはいつだ？」

「まだ決まっていませんが、三、四日先でしょう」幸長助教授は、ほっと肩をおとすようにいった。「ところで、丼《どんぶり》を食いましょう。冷めちゃいますよ」

4

四日後に開かれる予定だった、地震問題に関する、閣僚と学者の懇談会は、一週間先にのばされ、新聞記者に知られないように、ひそかに行なわれた。——学者の間から、どんな発言が出るか知れず、それによって、変にセンセーショナルな記事を書かれても困るから、というのが、総務長官などの配慮だった。

夜八時から、平河町《ひらかわちょう》の新築のビルの中にある、あるクラブで行なわれた説明会の席上では、これといった目新しい発言は、あまりなかった。——防災センター所長は、東京の耐震構造化計画が現在のまま順調にすすめば、関東大震災級の地震が二、三年後に来ても、被害は大したことはないだろう、といった。ただ、江東《こうとう》地区をはじめとする、地盤沈下地帯の津波による被害、千葉《ちば》、品川《しながわ》、大森《おおもり》などの埋立地の被害は、今のままでは相当なものになる。

気象庁の野末技官は、富士火山帯を筆頭とする、日本各地の火山帯の活動が、全般的に活発化へむかいつつあるから、火山地帯の観光地の防備対策を強化する必要がある、と説き、現在の火山観測網を気象観測網と同じように、もっと密度をあげるとともに、情報の中央自動集積と解析の自動化をはかる必要がある、と強調した。

T大の山城教授とK大の大泉教授は、日本の外帯地震の頻発について簡単に説明した。

――中程度の地震は、たいへんな勢いでふえている。しかし、これが地殻にたまるエネルギーを小出しに逃がしているので大地震の起こる徴候は今のところまだ見られない。火山活動の活発化をあわせて考えると、日本列島の地下においては、今何か、大きな構造的変化が起こっているのかもしれないが、まだはっきりわからない。重力異常の大きなうねりや、地磁気、地電流の変化のはげしさをあわせてみると、日本の地下で、何か異様なことが起こりつつあるような徴候も見られるが、しかし、この傾向が今後拡大してゆくのか、あるところでおさまってゆくのか、もう少し長期観測をつづけてみないと、何ともいえない。――

「異様なことというと――だいたいどんなことですかな？」と建設大臣は聞いた。「近々大地震が起こるのかな？」

「いや――そんなことじゃなくて、もっと大きな、構造変化ですがね」と大泉教授はいった。「まあ、それにしても、そう心配するほどのことじゃなくて、何千年何万年のオーダーの変化でしょうね。実際、現代は、地質年代的に見れば、鮮新世初頭から一連のはげしいアルプス造山期の中にはいっているんですから……現在、地球各地で起こっている地震や噴火もひっくるめて、現代の地殻変動は、鮮新世初頭からはじまる、はげしいアルプス造山運動の延長上にはいってくる。つまり、われわれ人類の時代は、地球の歴史の中でも特異なほどはげしい陸地の変動期にはいっているんです」

「で、どうなんです？」と蔵相は聞いた。「地震は今後も増えてゆくでしょうか、減ってゆくでしょうか？——今後非常に巨大な災害とか、大災害がやってくる可能性はありますか？」

「むずかしい問題ですな。——ないとはいえません。しかし、あるとも確信できません」とT大の山城教授は、上品な細面をかしげていった。「つまり、地震についての研究は、まだそこまですすんでいないのです。——しかし、どちらかといえば、地震の回数は今後ふえてもあまり巨大な地震は起こらない確率のほうが、やや大きいと思います。というのは——地殻にたくわえられるエネルギーというものには、限度があり、中程度の地震がたくさん起こるということは、それだけ少しずつエネルギーが放出されるので、大きな地震にならない、とも考えられるからですが……」

「しかし——」それまでずっとだまっていた田所博士ははじめて口をひらいた。「ロテの提唱する、いわゆる〝地震活動指数〟というやつは、最近——ここ五、六年、きわめて顕著な上昇をしめしている。日本の指数値は、世界最高だが、これまでだいたい三百八十から三百九十程度だった。しかし、ここ五、六年は四百を突破して、うなぎのぼりだ」

「たしかに——」山城教授は、発言者のほうをふりかえらずにいった。「これだけあれば、指数値は上がるでしょう」

「地震計に記録される地震の年総数は、通常年平均七千五百の、ほぼ倍近くなっている。——一万三千……」

「むろん、増えていることはみとめます。——非常に増えている。しかし、それとほとんど対照的に、あまり大きい地震は減っている。小さなものから、中程度にかけてのものが、非常に増えていて、大地震は、むしろ減っているはずです」

「まあ、地震の被害の大きさというものは、かならずしも、地震の大きさと相関しません。中程度の地震でも、対策が悪いと大きな被害をまき起こしますからな」と防災センター所長がいった。「ですから、今後、鉄道にしろ道路にしろ、建造物にしろ、耐震ということをもう少し総合的に考えて、新しい方式を開発することが……」

「大泉さん、あんたは、日本海溝の西側海溝崖《がい》上にあった、重力の負の異常帯が、きわめて急速なスピードで、東へ移動しつつあるらしいということを知っていますか？——一部はすでに、海溝崖から、大洋底上に来てしまった」田所博士は、他人の発言などまるで頓着《とんちゃく》せず、話しつづけた。「しかも、この重力異常の度合いは、異常帯が東漸《とうぜん》するほど弱まる傾向があり、現在では——まだ全部の観測が終わったわけではないが——部分的に異常が消滅してしまったところもある。現在なお、洋上観測をつづけている観測船信天丸からの一週間前の中間報告だが、このことをどう思われますかな」

「さあ——私は、十日前に外国から帰ったばかりで——」と大泉教授は、口ごもった。

「この間、私も観測に出かける機会があったが、南太平洋の小笠原南方で、小さな島が一つ、一晩で二百メートルも沈んだ」田所博士は、誰に聞かせるふうでもなく、淡々とつづけた。「つまり、一晩にそれだけ、海底が沈んだのだ。――深海潜水艇に乗って、海溝の底で、きわめて密度の高い、海底乱泥流《らんでいりゅう》を目撃した。――日本の深発生震源は、ここ数年間、全体として、東方海底上に移動しつつある。もう一つ、著《いちじる》しい現象として、陸上震源の深度増大の傾向がある……」

「たしかに、日本の地下でいろんなことが巻き起こっているようです」山城教授はいった。「しかし、それが何を意味するのか、まだ誰もいえない。――それに、今夜は学術的議論をする席じゃない。首相や大臣に、だいたいのことをつかんでいただくのが目的だから……」

「そう――だから、私は、今日首相にいうつもりできた」田所博士は、ノートをパタンと閉じていった。「為政《いせい》者としては、かなりな覚悟を決めておいていただいたほうがいいかもしれん。――どんなことが起こっても、動揺しないのが、為政者でしょうが、とにかく、私個人の見解としては、どうも相当なことが起こりそうな予感がする」

一座は急にしんとしてしまった。――首相は、不安そうに、山城教授のほうを見た。

「どんなことが起こるのか、またそう考えられる根拠をしめしていただけませんか？　田所先生……」山城教授は、落ちついた声でいった。「それは、非常に重大な発言です。――科学者が、素人の政治家の方たちに向かっていうにはね」

「どんなことが起こるか、まだわからん。根拠は——まったく不十分だ」田所博士は平然といった。「しかしな、山城さん。どうも、あなた方——いや、われわれは、もっとスケールの大きい地球物理、地球総合科学的なところに着眼する必要がありそうだ。とくに、海洋底は、観測手段のとぼしいせいもあるが、あまりに注目されなさすぎる。あそこには、何だかわからんが、非常に妙なことが起こりつつある。これからの日本列島の動きは、海洋底に注目する必要がある。——それともう一つ、今まで、過去の観測例の中に、一つも見られなかった、まったくわれわれの知らなかったような現象が、未来に起こらないとは、いえませんぞ」

「それは何事でもそうです」山城教授は、相変わらず田所博士の顔を見ずにいった。「といって、そういったものが、何の前ぶれもなしに突然やってくるということもまずあり得ない」

「しかし、その前ぶれが、われわれが日常よく知っている諸現象の中に起こっており、われわれは、それをよく知っている現象のバリエーションの一つぐらいに思って見すごしてしまうかもしれん。——そういう前ぶれを、発見するためにはどうしたらいいんですかな?」田所博士は、ノートをポケットにつっこみながらいった。

「それからもう一つ——相変わらずの大風呂敷《おおぶろしき》と思われるかもしれんが、われわれがよく見落とすのは、地球の地殻変動の中に、進化の相がみとめられるということです。造山造陸運動の起こる周期は、地質年代をくだるにしたがって、間隔が短くなり、変動の振幅ははげしくなってきているように見える。──むろんこれには異論もあるが……。この地殻変動の進化が、またここ数百万年の間に、ぐっと加速《アクセラレート》されてきている。──その点、動物の進化と同じですな。もし、地殻変動が、明日にでも一つの転換期に踏みこんだとしたら、その時起こることは、これまでわれわれが見たこともなかったような、まったく新しい現象が起こらないともかぎらない。過去の観測例の集積からだけでは、予測できない新しい現象が出現するかもしれない。われわれの科学的観測の歴史は、まだひどく短いのです。──では、私はこれでお先に失礼します。今夜もまた、徹夜の仕事がありますので……」

しゃべるだけしゃべると、田所博士は、さっさと立ち上がり、部屋を出て行った。

「相変わらずだな──」と学者の誰かが、つぶやいた。「いつでも、人を煙《けむ》に巻くようなことをいって、ひっかきまわす……」

「あまり、お気になさらないほうがいいでしょう」山城教授が、笑いながらいった。「彼のいっていることも、一理はないではありません。しかし、それは非常にスケールの大きな話で──今日明日にどうというような問題ではありません。それに、近々天変地異が起こるといっても、まちがいではないが、起こらないといってもまちがいではない──どうとでもいえることなのです」

「どなたか、彼のお知り合いだったんですか？」防災センター所長は、ちょっといまいましそうにいった。「かなり札付きの人物ですよ」

「いや、みんな初めてですが――」と総務長官がいった。「海外――とくにアメリカでは、かなり名が通っているそうですな」

「アメリカで彼が何をやっていたか、ご存じですか？」大泉教授がいった。「海軍の委嘱をうけて、ギュヨー――海底火山の一種ですが、――太平洋底のギュヨーの大調査をやったのです。アメリカ海軍は、何でもギュヨーを、核ミサイル潜水艦の海中航路標識や海底基地に使うつもりだったらしいんです」

その時、ドアがあいて、また田所博士がはいってきた。――大泉教授は、のどに何かつかえたような顔をした。

「万年筆を忘れた……」そうひとりごとをいいながら、田所博士は、テーブルの上から、握り太のモンブランをつかみ上げ、そのまま出て行こうとした。

「田所先生……」突然首相が声をかけた。「為政者として、相当な覚悟を、といわれたが、どの程度のことを考えておいたらいいのでしょう？」

「さっきもいったでしょう。まだはっきりしたことはいえない……」田所博士はちょっと肩をすくめた。「だが、日本が壊滅する場合も想定しておいたほうが、いいかもしれん。――場合によっては、日本がなくなってしまうことも……」

部屋の中に、ちょっと笑い声が聞こえた。田所博士はかすかな自己嫌悪の表情を顔に浮かべて、部屋を出た。

会議が終わって、みんなが帰ったあと、総理府の秘書官の一人は、ビルの地下駐車場から、自分の車をひき出して、外苑《がいえん》のあたりにとめ、車内電話で市外にかけた。――年をとった男の声が返事をした。

「終わりました……」と秘書官はいった。「やはりこれといったことはありませんでした。だいたいの発言要旨をご説明します」

それから秘書官は、メモを読み上げた。

「一人だけ、妙なことをいっていた学者がおりました。田所という人物ですが――日本が沈むのどうのこうのといって……はあ、田所雄介《ゆうすけ》という――そうです。よくご存じでいらっしゃいますね。はあ？」秘書官は、ちょっと眉《まゆ》をひそめた。「わかりました。今からでもよろしければ、すぐ参ります」

電話を切った秘書官は、ふっと溜息《ためいき》をついて、ダッシュボードの時計をのぞいた。十時三十五分だった。

「気がかりなこと？」秘書官は暗い車の中でつぶやいた。「何だろう？――」

彼はエンジンをかけ、ウォームアップしながら、もう一度電話のダイヤルをまわした。

「ぼくだ。――茅ヶ崎《ちがさき》をまわって帰るから、おそくなる。先に寝ていいよ」

それから彼は、車をひき出した。――星一つ見えない、むし暑い東京の夜の空の下に、代々木《よよぎ》の森や、国立競技場の建物などが黒々とうずくまり、そこここの暗闇の陰で、恋人たちがひしと抱きあい、窓をあけっぱなしにしてとめた何台もの車の中で、ほの白い影がもつれあっていた。――秘書官は、たくさんのアベックたちを、ライトで照らし出しながら、アクセルを踏みこんだ。

あの会議から、さらに数日たった。

東京は相変わらず、日中三十五度を越す暑熱に煮られ、人々は陽やけした顔に、濃い疲労の影を浮かべて、動きまわった。今年は、湘南海岸がやられ、伊豆地方が噴火のために危険視されたので、避暑客、海水浴客は、千葉方面から、さらに遠く、関西、九州方面や、東北、北海道方面へ出かけるものが多く、おかげで列車も道路も旅客機も、気の遠くなるような超満員つづきだった。——天城山は、溶岩を大量に押し出して、なお噴煙をあげながら、いちおうのおさまりを見せ、浅間は断続的に小さい噴火をくりかえした。地震は相変わらず減らず、一日のうちに五、六回も、かなり大きな有感地震がある始末で、古い家屋の中には、傾いたり、壁にひびがはいったり、屋根瓦《やねがわら》がずり落ちたりするものが増えてきて、老朽、危険家屋の調査が、各都道府県で一斉に行なわれたが、耐震耐火十ヵ年計画のテンポを、全国的に速める案は、まだ建設省の内部で検討がはじまったところだった。

——人々は、しかし連日のうだるような暑熱に疲れ、地震のことをあまり気にしていないようだった。喫茶店にはいっているときでも、道を歩いているときでも、家に帰ってほっと一息いれたときでも、すぐゆさゆさと揺れがくるような状態では、かえって感覚が麻痺《まひ》してしまう。まして地震の多い東京では、この程度のことなら、例年よりいくらか回数が多いぐらいにしかうけとられなかった。——それでも、南は九州から北は北海道まで、全国的に小、中程度の地震が頻発している、というニュースや、箱根芦ノ湖《あしのこ》で、水温が異常に上昇し、魚がみんな浮き上がった、というニュースなどがはいるにつれ、追いたてられるように忙しく動きまわっている人々の意識の底を、何か得体の知れない、かすかな不安が、うっすらと、おおいはじめたみたいだった。――その夏の交通事故は、すでに前年八月の記録を大きく突破した。みんな妙にいらいらして、喧嘩《けんか》、傷害、殺人が増えた。しかし、そのほかのことは、例年の夏と、ちっとも変わらないようだった。――プロ野球も、競馬も中だるみで、水泳客の水死人は増え、四国土佐《とさ》地方が部分的集中豪雨で、大被害をこうむり、今年の稲作は、豊作の見こみという中間発表があり、台風十七号と十八号が南方海上に接近し、海岸の避暑地で、LSDを飲んで殺人をおかした青少年の一団がつかまった。

関西では旧の盂蘭盆《うらぼん》が近づき、日本脳炎の第二期流行がはじまり、デパートでは、秋の新柄、ニューモードの発表会があり、原爆記念日には、今年も団体が分裂したまま大会がもたれ、そして今年もまた、あの遠い戦争の日の思い出をかきたてる八月十五日が近づいてきた。

会議から十日ほどたった時、田所博士の研究所に、幸長助教授から電話があった。お忙しいだろうが、ぜひおひきあわせしたい人がいるので、お手すき次第、パレスホテルまでご足労ねがえないだろうか、迎えの車を、もうまわしてある、ということだった。

「誰に会わせるって？」田所博士は、連日の徹夜仕事にひげぼうぼうの顔のまま、不機嫌そうにいった。「わしは忙しいんだ。——それにホテルだと、ネクタイがいるだろう」

「お手間はとらせません。ほんの三十分でいいですから——」と幸長助教授は、ひどく一生懸命な調子でいった。「その方は何でも、先生のお父さんを、よく知っておられる方だそうです」

「だから、何というやつだ？」

妙なことに、電話はその時、ぷつんと切れた。——と同時に、インターフォンが鳴った。

「田所先生——幸長先生からのお迎えの車が、玄関に来ておりますが……」

「待たせとけ！」そういって、田所博士は、首をひねって、ざらざらの顎《あご》をなでた。——それから不機嫌そうに鼻を鳴らすと、上着をとり上げた。

よれよれの汗くさいシャツに、よれよれの上着をひっかけた田所博士が、パレスホテルの中にとびこむと、すぐ和服を着た清楚《せいそ》な感じの娘がそばに近よってきて、

「田所先生でいらっしゃいますか？」といった。「こちらへどうぞ……」

外人客や、ビジネスマンらしい人々、それに夜会でもあるのか、盛装した華やかな娘たちなどの群がっている間を通りぬけて行くと、ロビーから一段高くなったラウンジの奥から、黒っぽい服を着た背の高い、がっちりした体格の青年が近づいてきて、きちっと礼をした。

「お待ちでございます。どうぞ——」

青年が腕をさしのべたほうを見ると、そこに車椅子があり、骨と皮ばかりの老人が、この暑さに膝《ひざ》に毛布をかけ、じっとうずくまっていた。

「幸長は？」田所博士は、背の高い青年をふりかえって聞いた。――だが、背後に、もう青年はいなかった。

「田所さんじゃな」

意外にしっかりした声で老人がいった。灰色になったふさふさとした長い眉毛《まゆげ》の下の落ちくぼんだ眼窩《がんか》の底から、色のうすくなった、しかしまだ明るさを失っていない眼が、射るようにまっすぐ田所博士の顔を見ていた。――たたんだようなしわだらけ、しみだらけの小さな顔全体が、何だか笑っているようだった。

「なるほど――やっぱりどこか似ている。わしはあんたの親父さんを知っている。田所英之進《ひでのしん》――じゃったな。きかん気の小僧じゃった」

「あんたは？」と田所博士は、やや毒気をぬかれて、老人を見つめた。

「まあ、そこへかけなさい――」と老人は、のどにからむ痰《たん》を切りながらいった。「名前など、どうでもいいし、渡《わたり》といっても、あんたは知らんじゃろ。――ただ、わしはもう百歳を越えとる。今年の十月で百一歳になる。医学が進歩して、老人をなかなか眠らせてくれんようになった。もともとわがままなたちじゃったが、年をとるにつれて、ますますわがままになった。――いろんなことを知るにつれ、また人生が終わりに近づくにつれ、こわいものがなくなってきて、いよいよわがままが嵩《こう》じてきた。今日、あんたに来てもらったのも、年寄りのわがままからじゃ。——あんたに聞きたいことがある。答えてくれるかな？」

「なんでしょうか？」田所博士は、いつのまにか、椅子に腰をおろして、汗をふいていた。

「ちょっと気がかりなことが一つある……」老人は、鋭い眼で、ひたと田所博士を見つめた。「子供のようなことを聞くと思うかもしれんが、この老人に、一つだけ気がかりなことがある。——つばめじゃ」

「つばめ？」

「そうじゃ。——わしの家の軒先に、毎年つばめが来て巣をかける。もう二十年来のことじゃ。それが、去年、五月に来て巣をかけ、どういうわけか、七月になるといなくなってしもうた。産まれたばかりの卵をおいてじゃ。——そして、今年はついに来なかった。わしの家の近所でも、そうじゃ。——これは、どうしてかな？」

「つばめが——」と田所博士はうなずいた。

「そうです。お宅だけじゃなくて、全国で同じようなことが起こっています。この二、三年、日本へやってくる渡り鳥の数は、激減しています。鳥類学者は、地磁気変動が起こったか、気象が変わったせいだろうといっていますが、私はそれだけとも思いません。——つばめは、昨年から今年にかけて、例年のじつに百二十分の一になりました。鳥だけじゃなくて、回遊魚の数も、大変動を起こしつつあります」

「ふむ……」と老人はいった。「いったいどうしたんじゃろう？……何かの前ぶれかな？」

「何ともいえません」――田所博士は首をふった。「まったく、何ともいえないんです。――私自身も、その何かをつかもうと思って、必死になっているのですが。――ある漠然たる危惧《きぐ》はあっても、まだ何もはっきりいえないのです」

「わかった――」老人は、咳《せき》をした。「もう一つ、聞きたいことがある。――科学者にとって、いちばん大切なことは何かな？」

「カンです」言下に田所博士は答えた。

「え？」と老人は耳に手をあてた。「何といったかな？」

「カンと申し上げたのです」田所博士は、確信をこめていった。「おかしいとお思いになるかもしれませんが、科学者――とくに自然科学者にとって、最も大切なものは、鋭く、大きなカンなのです。――カンの悪い人間は、けっして偉大な科学者になれません。偉大な発見もできません」

「よろしい、わかった……」老人は大きくうなずいた。

「では、これで……」

背の高い青年が、すうっとあらわれて、会釈すると、しずかに車椅子を押しはじめた。あっけにとられている田所博士の視野から、あの和服の娘と、車椅子を押す青年の後ろ姿が遠ざかっていった。

気がついて、あたりを見まわしたが、幸長助教授の姿は、やはり見あたらなかった。――ボーイが、田所博士の名を呼びながらやって来たのでつかまえると、メッセージを渡された。――幸長助教授からで、

〝申し訳ありません。いずれ説明いたします〟

と書いてあった。

それからさらに一週間たった夜、田所博士の研究所に一人の中年の陽やけした顔の男が訪れた。

「深海潜水艦を欲しがっておられる、と聞きましたが……」とその得体の知れない人物は、いきなり切り出した。「フランスの〝ケルマデック号〟はいかがでしょう？　潜水深度一万メートルを越えます」

「いかがでしょうといっても――どういう意味ですか？」と田所博士は眉《まゆ》をひそめて聞いた。「わしは――日本のものを使いたいんだが……」

「チャーターするわけじゃありません。買いとって、お貸ししようというのです」とその男はいった。「世界海洋教団の仕事は、あなた自身がやらなくても、できるでしょう。――一連の契約がすんだら、いっぺんにとはいいませんが、徐々にでも手を切っていただきたいのです。この研究所は、そのまま先方に返してもいいでしょう。――いや、わかっています。世界海洋教団が、U・S海軍《ネイビー》の海洋調査部があなたに金を出すためのかくれ蓑《みの》だっていうことも……。われわれのほうは、それを承知で、研究調査費を出そう

というのです。あなたの必要なだけいくらでも――。メンバーも、あなたが選んでくださってけっこうです。ただし、秘密保持のシステムだけは、われわれにまかせていただきます。あなたは今まで、日本のために、あることが海外に洩《も》れることを、防いでくださった。今後も、日本のために、秘密保持に協力してくださいますね？」

「幸長だな？」と田所博士は、うめいた。「あんたは誰だ？――幸長とはどういう関係にある？」

「幸長助教授にも、むろん、協力をおねがいしています。それから――私はこういうものです」

男は、名刺入れの底から、一枚のカードを抜き出した。

「内閣……調査室……」と、田所博士はうめくようにつぶやいた。

その時、コンピューター・ルームの階段を、やかましい音をたててかけおりてくる若い所員があった。

「なんだ？」博士はびくっとしたようにいった。「静かにせんか！」

「ああ、先生ですか――」まだ子供みたいな顔をした青年は、首をすくめて、手に持った紙片をしめした。「今、また、関西で……」

ちょうど同じころ、小野寺は、ひさしぶりに京都加茂川《きょうとかもがわ》に張り出した床《ゆか》の上で、大学時代の旧友四人と、大文字の山焼きを見ていた。――加茂川沿いの先斗町《ぽんとちょう》の旅館の床は、どこも満員で、三条《さんじょう》、四条《しじょう》の橋の上も、川原の土手も、ぎっしりの人出だった。明るい四条通りは川の西岸から、南座、京阪《けいはん》四条駅へかけて車も通れないほどの人々がつめかけていた。

巨大な大文字は、二十分ほど前、東山の山肌に赤々と燃え上がったところだった。――大の字、妙法、舟形、それからずっと北に、左大文字……盂蘭盆会《うらぼんえ》に、死者の霊を送る精霊の火――。

「おかしなもんだな」つい最近、MITから帰ってきた電子工学の木村《きむら》がつぶやいた。「放送衛星を飛ばし、原子力タンカーをつくろうという国が、こんなものを残している。……どうってことはないが、やはり八月になり盆になると、あの大文字がなつかしい」

「情報工学のほうでは、シンボルというものがだいぶ問題になってるそうやないか」と、地元の私立大学で、哲学の講師をやっている植田《うえだ》が、ビールで顔をまっ赤にしながらいった。「どや、情報工学のほうで、風流とか、風情《ふぜい》ちゅうのは、どういうふうにあつかう？」

「それにしても、妙な国だなあ――」と木村はなおもいった。「なぜ、こんな古いものを残しとくんだろう？――イルミネーションや、ネオンがない時代には、スペクタクルだっただろうが、今じゃまったくどうってことはない。――それをどうしてのこしとくんだ？　ある時代が終わったら、その時代とともに、その時代の文化も全部、ほろんでしかるべきだ。その時代とともに埋めてやってもしかるべきだと思うのに……」

「それが日本や……」と植田は、口をぬぐっていった。「この国ではな。――何事もほろびず、何ものも死なず、や。この世界の表舞台からはひきさがらはっても、消滅や死滅したんやない。一時ちょっと、表からひっこみはるだけで、どこかで――世界の裏側で、みんな生きてはる、と考えとるんやな。お盆やら、決められたお祭りの時は、そのひっこんで隠居してはる人が、また出て来はる。その時は、主客としてお迎えし、その日一日は、その隠居してはった神さんやご先祖さんを、主人公にして、みんなでおもてなしせんならん。――おかしな国やな。宗教いうたら、何でもあるが、何一つ主導権をにぎってへん。そのかわり、どんなものでもきちんとうけいれ、ちゃんとお守りするマナーはある。このマナーだけは――それ自体が、世界に類のない精神文化といっていいものやな」

「その、何事もほろびぬマナーがなけりゃ、いまどきこんなかわいらしい舞妓《まいこ》はんも、残ってないわけやぜ」大阪で建築会社につとめている野崎《のざき》が、発育のいい、ベッタリ白ぬりの舞妓の肩をグィと抱きよせて、胴間声で叫んだ。

「どや、今どき、どこにこんな風情が残っとる。銀座のホステスどもは、ガブ飲みでゼニむしることばっかり考えやがって、金とられてこっちがサービスせんならん。――なあ、そやろ、おチビさん。キッスのしかた教えたろか？」

「わあ、いけず！」と舞妓は笑いながら悲鳴をあげた。「堪忍《かんにん》しとくれやすな。白粉《おしろい》つきまっせ」

小野寺は、欄干にもたれ、かすかにメラメラとゆれる大文字の火をながめながら、ぼんやり友人たちのさわぎを聞いていた。——彼は、二週間の休暇を三週間にのばし、郷の葬式から、国もとの四国での本葬まで全部つきあってきたのだった。遺書らしきものが発見されて、いちおう自殺ということに確定したが、そのとりとめのない走り書きは、ひどくとり乱したものながら、郷が、何かを発見したらしいことが、おぼろげながらわかった。

彼は、なぜ死んだのか？

大文字の火は、郷の魂の送り火のように、かすかにまたたきながら、ところどころ消えはじめていた。——この国では、何事もほろびず、何ものも死なず——本当にそうだろうか？　本当にほろびることがないのだろうか？　たとえば、この京都は、千年の歳月を生きのびてきた。今もこうして、過去をも生かし、現代にも生きている。しかし、この先は？——この先の千年もまた……。

「お一つどうどす？」もう、そう若くない芸者が、にじりよってきた。「どないおしやしたんどす？　ぼんやりおしやして……あがらしまへんのどすか？」

「いっぱいくれ」と、東京から来た、社会部記者の伊藤《いとう》がいった。「小さいのはだめだ。コップか何かがいい」

「まあ、お強いこと——ほんなら、これでどうどす？」芸者は赤い塗りの、大きな盆を背後の膳《ぜん》からとった。「これ、まだおあがりになっとらしまへん？」

「なんだ、それは？」伊藤は、もうだいぶ酔った口もとで、盆に眼をすえた。「それで、あんたと三三九度でもやるのか？」

「まあ、おおきに。――そやおへんの。この盆にお水いれて、これにあの大文字さんの火ィうつして、その字をぐうっとお飲みやしたら、風邪《かぜ》ひかへんのどっせ」

「京都ってのは、あっちこっちに、へんなまじないばっかり残してやがる……」と伊藤はぶつぶついった。「いいよ。ついでくれ。――水より冷酒《ひや》がいい」

伊藤は、なみなみとつがせた盆を、片手でぐいとあおって、口をぬぐった。

「うまいな。やっぱり関西は、同じ銘柄なのに酒がうまい」と伊藤はふうっと息をついていった。「食い物もうまい」

「あら、そやけど、ごりのお汁《つゆ》、あがらしまへんの？」

「おれは川魚は鰻《うなぎ》と鮎《あゆ》以外はだめだ。――ごりだの、もろこだの、鯉だのはだいっきれえだ」そうわざとらしいべらんめえ口調でいうと、小野寺のほうをふりかえった。

「どうした？――飲まねえのか？」

「飲んでる……」と小野寺はいって、気のぬけたビールのコップをとり上げた。

「酔わないみたいだな……」酒をつがせながら、伊藤はいった。「郷のことか？」

「ああ……」

「おれも、あいつのことを考えていた……」

伊藤は、いっぱいの杯にちょっと口をつけただけで膳におくと、小野寺のほうに向きなおった。

「あいつの遺書――だかどうかわからんが、とにかくそのコピーを、今ここに持っている」と伊藤は、ズボンのポケットをたたいた。「おまえ、どうもくさいと思わんか？」

「なにが？」

「おれは、ひょっとしたら、郷は他殺じゃないかとにらんでいる」と伊藤は酔った時のくせで、下からねめ上げるようにして、小野寺の顔を見上げた。「あいつは、自殺するようなやわなやつじゃねえ。――おれは、中学時代から、やつを知ってるからな」

「他殺？」小野寺はおどろいて聞きかえした。「なぜ？」

「決まってるじゃねえか。新新幹線汚職よ」伊藤は、胡坐《あぐら》の膝《ひざ》に手をついてぐいと両肘《りょうひじ》をはった。「測量や基礎工事の手ぬきを、やつが発見した。で、それがばれたら首がとぶ上部の誰かが、自殺に見せかけて、天竜川《てんりゅう》上流にやつをさそい出し、殺して時をかせいだ――と、こういう筋書ァどうだ？」

ちがうな――と小野寺は、ぼんやり思った。そういうことが起こるには、まだ早すぎる。そのうえ、なにも彼が、殺されることはない。

「どうだ。――そう思わねえか？」と伊藤はいった。「社会部ながら、ハイウェイ汚職を洗い出して局長賞をもらった伊藤さんだ。ひとつ、帰ったら、郷のとむらい合戦に徹底的に洗って……」

「ちょっとちがうような気がするな」と小野寺はつぶやいた。

「ちがう？――じゃ、お前は自殺と思うのか？」

「いや……」

「自殺でもねえ、他殺でもねえ、――じゃ何だ？」

「事故死だと思う……」

そういってから、彼は、突然はっきりわかったような気がした。――地元で聞いた、郷の状況が、まざまざと思い浮かんだ。郷は、七月二十二日の夜、正確には二十三日の午前二時、突然浜松のホテルから、誰にもいわず抜け出した。タクシーに乗るところまでは、ドアボーイが見ている。そのあと発見されたタクシーは、彼を佐久間《さくま》のすぐ手前の山道まではこんだといっている。そして三日後、天竜川上流の、佐久間ダムより数キロ下流で、頭に裂傷をおった水死体となって発見された。ホテルにあの妙な走り書きがおいてあった……。郷は、昔から、何か夢中で考えはじめると、夜中だろうと朝だろうと、矢もたてもたまらず、研究室へ飛びこんだり、友だちをたたき起こすくせがあった。とすれば、真夜中に彼を興奮させる何ものかがあったのだ。それが、彼を、あんな夜中に、天竜川のはるか上流まで、飛んで行かせた。――彼は、何かを、天竜川沿いに見つけた。あるいは、その上流に何かがあると見当をつけ、それを見にいった。佐久間付近には、夜のしらじら明けに着く。例の向こう見ずで、ダムの手前で車を帰してしまう。――彼は、渓谷の中におりて、何かを見ようとする。明け方の、薄明かりの中で、朝露にぬれた草か何かに足をふみすべらせて転落する。――おそらく、そうにちがいない。

では、彼を真夜中に佐久間まで走らせた、その何かとは？

隣りの床で、三味が鳴りはじめた。――風がはたとやんで、急に気温がむうっとのぼりはじめた。

「小野寺さんて、おいでどすか？」母家《おもや》の中から、仲居が首を出して、声をかけた。「東京からお電話どっせ」

小野寺は、はっとして手すりの所から立ち上がった。座敷を抜けて、帳場の所で受話器をとり上げた。

「小野寺君？――幸長です」と相手はいった。「実は、至急会って話したいことがあるんだが――明日、東京へ帰りますか？」

「そのつもりにはしていますが……」と小野寺はいった。「もし、お急ぎでしたら、明日朝の新幹線で帰ります。――だいたいどんなご用件でしょうか？」

「くわしいことは、会って話します。ぜひとも、君に協力してもらいたいことがあるので……」幸長助教授は、ちょっと口ごもった。「実は、田所先生のところの仕事のことで……」

その時、電話が突然ぷつんと切れた。

「もしもし！」と小野寺は送話器にむけて、叫んだ。「もしもし！」

体がなんだか酔っぱらったように、ふわーっと動いた。――どこかで、舞妓《まいこ》か誰かが、ひゃあと黄色い悲鳴をあげた。襖《ふすま》が小刻みに、えらい音をたててダダダッとゆれ出し、おや、と思うまもないうちに、ゴオッ！　と地の底からうなり上げるようなすさまじいひびきとともに、家全体が巨大なぶんまわしにかかったように、猛烈な勢いで水平にまわりはじめた。何かがベキッと折れる音がして、開いた柱からはずれた鴨居がダーンと音をたてておち、壁や天井からもうもうと埃《ほこり》が吹き出しはじめた。家鳴りと轟音《ごうおん》の間をぬって、すさまじい阿鼻叫喚《あびきょうかん》が聞こえはじめた。――小野寺は立っておられずに、柱につかまっていたが、帳場の横の物入れの戸がはずれ、中からおどるように飛び出してきた頑丈そうな机を見つけると、それをひっつかんで、板壁に斜めにたてかけ、その下にもぐりこんだ。間一髪の差で、電灯が消え、紫檀《したん》の机の上に、ガンとえらい音をたてて、なにかがぶつかった。――小野寺は、とっさに時計を見て、時刻をおぼえた。――初期微動が、ほとんどなかったところを見ると、震源はごく近い。いったい、何分つづくか？――その時、何か、襟もとがぞっとするような考えが頭をかすめた。彼は、机の下で、むりに頭をねじまげて、奥の間をのぞいて見た。襖か壁か柱か、何かわからぬものが暗闇におりかさなっているわずかな隙間から、ぼんやりとうす明るい外が見えた。

むろん――床のあったあたりに、動くものの姿は何もなかった。

花山《かざん》地震帯のひさびさの活動によって起こったこの「京都大地震」は、折りあしく大文字を見に近辺から集まってきた膨大な人出のまっただ中で起こったため、規模もさることながら、被害者数の多かったことで、人々を震撼《しんかん》させた。河原町《かわらまち》、三条、四条の橋上、あるいは先斗町、木屋町《きやまち》付近に集まっていた群集のうち、橋や床から河原へ折り重なっておち、倒壊家屋の下敷きになり、また混乱した群集によって踏みつぶされたりして、大量の被害が出、全市内で一瞬のうちに死者四千二百、重軽傷者一万三千名の大惨事をまき起こした。先斗町、木屋町、祇園《ぎおん》甲部乙部、宮川町《みやがわちょう》、清水《きよみず》一帯はほとんどつぶれ、南座は傾き、まことに惨澹《さんたん》たる有様になった。

そしてこれ以後——これまで関東甲信越付近を中心に頻度の上がってきた中型地震の多発現象は、しだいに西日本にもひろがりはじめた……。

第三章　政府

1

警察庁内にある、国際刑事警察機構《インターポール》（ＩＣＰＯ）の日本支部に、パリの本部からテレタイプがはいったのは、翌年三月の彼《ひ》岸《がん》に近いころだった。

〝ベルギーの美術商Ｄ・マルタン、二〇日発サベナ航空三〇一便にて、日本にむかう。同人物は、国際的美術品窃盗、密輸、贋作《がんさく》、盗品故買《こばい》のシンジケートの重要人物と見なされる。動静監視されたし〟

つづいて本人の特徴と経歴カード、それに写真がファクシミリで送られてきた。

「どうします？」と、係員は、その書類を上司に見せて聞いた。「いちおう警視庁外事課のほうへ知らせておきますか？」

「そうだな――」と、係長は首をひねった。「文面で見ると、相当な大物らしいな。――いったい何をしに来たんだろう？」

係長は、マルタンなる人物に関する、さらにくわしい情報をパリに照会させるとともに、空港に係員を張り込ませることにした。――ＳＢＮの三〇一便は南まわりのＳＳＴ

で、その日の朝、成田《なりた》市の東京第二国際空港に着くはずだった。

ところが、巨大な二百三十人乗りのボーイング二七〇七型SSTが、ほぼ満席の状態で第二国際空港に着いたとき、D・マルタン氏の姿は、乗客の中に見あたらなかった。あわててSBNの乗客係に問い合わせてみると、マルタン氏は途中カルカッタで降りてしまったらしかった。

いそいで、関西のほうにも手配したが、東南アジアまわりの路線が数多くはいっている関西第二国際空港で、いくつもあるゲートから吐き出される大量の乗客の中から、どの便に乗ってくるかわからない人物をさがし出すのは、容易なことではなかった。

いちおう、入管と空港警察に手配して、パスポート・チェックの段階で見つかったら知らせてもらうことにして、人数の少ないICPO日本支部は、警戒態勢を解くことにした。

「マルタンという美術商は、どんな男だね？」

係長は、ちょうどアメリカから、ある犯罪容疑者を追って日本へ来ていた、インターポールのアメリカ支部の男に聞いた。

「美術商のマルタン？――アントワープのD・マルタンかね？」新聞記者上がりで、この道十年という、消息通の男は、眼を丸くした。「大物《ビッグ・ショット》だぜ。――その道じゃかくれもない。彼がどうかしたのかね？」

「パリの本部から、日本へくるといってきた」

アメリカ支部員は、ヒュッと口笛を吹いた。

「こりゃおどろいた。極東は、今まで彼のなわ張りじゃなかったと思ったがな。——そいつはマークしたほうがいいな。やつは大取引の時でなきゃ、決して自分から動いたりしない。——動いたときは、たいていその国の国宝級の美術品が、ごっそり国外へ持ち出されているって寸法さ。——日本へくるのは初めてだろう？」

係長は少し青くなって、もう一度二つの空港での監視を厳重にするように、通達し終わった。

だがそのほんの少し前——

大阪湾上の関西第二国際空港に、折りからの落日を赤々とあびながら、ふくれ上がった三百トンの巨体をゆすって着陸した、エア・インディアのジャンボ・ジェットのファースト・クラスから、当の人物は、サリをまとったエア・ホステスにニコニコ愛想をふりまきながら、偽名のパスポートで入管をパスし、簡単に通関をすませた、小ぶりのスーツケース一つを、迎えの車につみこんで、さっさと姿を消していた。——彼の人相手配書が、ICPO日本支部から関西空港の入管へとどいたのは、それから三十分後だった。その時すでにD・マルタン氏を乗せた車は、北へ走っていた。

空港到着一時間ののち、マルタン氏は、六甲《ろっこう》の斜面にある、静かなクラブの一室で、港に一斉にまたたきはじめた灯をながめながら、背の高い、肩幅のひろい、まだ若々しく見える日本人とむかいあっていた。——半白の髪に、大きな眼、鼻、口、身長一メートル九十、体重百十キロもあるこの巨魁《きょかい》な外国人にくらべると、髪を短く刈った相手の日本人は、子供のように見える。

「芳崖《ほうがい》と広重《ひろしげ》、たしかにいただきました……」とマルタン氏は、訛《なま》りのつよい英語でいった。

「すばらしいものです。――われわれのほうの専門家に鑑定させました。本物です」

「およろこびねがえて幸いです」と、こちらは流暢《りゅうちょう》なクイーンズ・イングリッシュでいう。

「あれは、本当に私にくださるのですか？」とマルタン氏は、念を押すようにいった。

「そうです。――お近づきのしるしに……」

「ふむ……」マルタン氏は、相手の真意をはかりかねるというふうに、鼻を鳴らした。

「で――取引のお話というのは、どうなんですか？　何か、日本の美術品を、大量に入手できるという話でしたが……」

「そうです――」と相手は確信をこめていった。「あなたが、最高級品を、それも大量にしかおあつかいにならないのは知っています。――われわれは、まさに、あなたにふさわしいだけのことができる見通しがあります」

「品物は――絵ですか？」

「あらゆるものです」相手はいった。「絵画、彫刻、仏像、工芸品……」

マルタン氏は、唇をすぼめて考えた。――話がうますぎて、何かの罠《わな》ではないかとうたぐっているみたいだった。

「で、いつごろ？」

「それはまだはっきりいえません。——おそらく、実際の取引は、一年先、二年先になると思います。しかしいざとなれば、確実に入手することができます。——われわれとしては、入手できた時に、すぐあなたと取引できるように、あなたとコンタクトを持っておきたいのです。わざわざ来ていただいたのは、なるべく仲介人の手を経たくないからです。外へも知られたくない。なにしろ、国宝級の品物が多いですからね」

いったい、この男は何ものだろう？——とマルタン氏は考えた。相手方については、香港《ホンコン》のある人物が保証をあたえていた。しかし、犯罪者タイプではない。——この男がボスなのだろうか？　それともまだ背後に誰かいるのか？

「さし当たって、われわれの知りたいのは、取引価格です」と男はずんずん話をすすめた。「どの程度、出せますか？」

「ものによりますが……」とマルタン氏はいった。「まあ、国際価格の……割では？」

「その倍、出してください。国外への持ち出しは、全部当方でやります。——あなたの指定する最も安全な場所まで、持ちこみましょう。危険負担のいっさいは、こちらがやるのです。あなたは、あなたの独特のルートで、大金持ちのコレクターに、国際価格よりずっと高い値段で売りつけることができるのでしょう？——仲介マージンも必要ないことを考えれば、あなたの儲《もう》けはたっぷり保証されるはずだ。それに——あなた自身が持っていてもいいでしょう。なにしろ、あなたのお得意の、贋作《がんさく》ものとちがって、こちらは完全な本物ですからね」

マルタン氏は、コニャックのはいったグラスをとり上げて、太い指の間でクルクルまわした。

「私はふつう、決まった相手としか取引しません。あなたのような方との直接取引はしないことにしています……」と、マルタン氏はいった。

「ですが――たまにはばくちもいいでしょう。ただし、現物がはいるまで、いっさいのコンタクトはしない、という約束で……」

「いいでしょう。――連絡方法は？」

「ブラッセルのここへ連絡してください。――暗号表は連絡があってから送らせます」

「よろしい――私も賭《か》けてみましょう」

「ところで――」そういって男は、一冊の、スケッチブックをとり出した。「これは取引見本のようなものですが、すでに現物が一つはいっているのです」

男がスケッチブックを開くと、マルタン氏は、ギョッとしたように眉《まゆ》をひそめた。

「写楽だ……」とマルタン氏はつぶやいた。「でも、まさか――」

「よく見てください」と男はスケッチブックをつき出した。――マルタン氏は、胸ポケットから、折りたたみのルーペをとり出すと、しげしげとのぞきこんだ。

「本物らしい……」マルタン氏は、いぶかしげにいった。

「だが、これは、たしか国立美術館に……」

「ええ、むろん、すりかえですがね」男はパタンとスケッチブックをとじた。「手はじめに、これを、こちらから、アントワープまで持ちこんでさし上げます。──受けとったら、さっき決めた価格を、スイス銀行のこちらの指定する口座へ、ドルで払いこんでください」

「持ちこみまでやるんですか？」とマルタン氏は、やや鼻白んでいった。「どうやって？」

「こいつの場合は、あまりかさばるもんじゃないし……」男は、うすく笑っていった。

「それほどむずかしいことじゃありません。──外交特権というやつを使う手があるのです……」


あの八月十六日の「京都大地震」以来、生死不明のまま、神戸《こうべ》の母親のほうでも、海底開発ＫＫのほうでも、必死に行方をさがしていた小野寺から、突然航空便で辞表がとどいたのも、同じころだった。差出しの消印は──ナポリだった。

「どういうことだ。これは！」常務は、吉村運営部長に、眼をむいていった。「彼は、京都で死んだらしいということじゃなかったのか？」

「はあ──あの時いっしょにいた、彼の友人は、ほとんど死んでいますし……」吉村部長も、狼狽《ろうばい》した表情でいった。

「むろん、一時弔慰金のほうはさしとめましたが……」

「彼はなぜ、ヨーロッパなんかに行ったんだ。会社にもいわずに……」常務は、首をひねった。

「いずれにせよ、至急、運航課の欠員補充を考えねばなりません」と部長はいった。

「今、彼のようなベテランにいなくなられるのは、ちょっと痛いですね」

「いったい、ヨーロッパへ、何をしに行ったんだろう？」と常務はつぶやいた。

その答えは、それから数日後、全然別の方面からはいってきた。——調査部外報課からまわってきた情報に眼を通していた吉村部長は、あるページをめくると、ハッとしたように眼をすえた。それから、唇をかんで、しばらく考え、送話器をとり上げて調査部を呼び出した。

それからまもなく、部長は、メモを持って常務の所へ行った。

「小野寺の行動がわかったような気がします」と部長はいった。「今日はいった情報によりますと、フランス海軍の深海潜水艦〝ケルマデック号〟を、日本のあるサルベージ会社が払い下げしてもらったそうです」

「どこの社だ？」と常務は聞いた。

「それが妙なんです。神戸にある小さな会社で——今調べてもらってるんですが、どうも一時つぶれたか、開店休業かしていた、いんちきくさい会社です」

「そんな会社が、一万メートル級の深海潜水艦を買ってどうするんだ？　フランスでもイギリスでもアメリカでも、チャーターする気になれば、あいている船はないことはないのに……」常務はうめいた。「そんな小さな会社が、よく、あんな高いものを買う気になったな。——金はどこから出たんだろう？」

「わかりません。その点、今調べてもらっていますが……」と部長はメモを見た。「で——小野寺は、おそらくその会社にひっこぬかれて、〝ゲルマデック〟の買いつけに、ヨーロッパまで行ったんじゃないでしょうか？——船を買いつけても、その性能検査や、操縦のできる技術者がいなければ、どうにもなりませんし……」

「彼が？」常務は呆然《ぼうぜん》としてつぶやいた。「彼が——そんなことをする男には見えなかったが……」

「しかし、今、調べてもらったところによると、〝ゲルマデック〟のひきわたし場所は、ナポリです……」

常務は、しらけた顔をして、煙草に火をつけた。

「見そこなったな……」と常務はポツリといった。「そんなやつとは思わなかった」

その時、調査部長が、ぶらりと部屋にはいって来た。

「さっきの、神戸の会社の件だが……」と部長はいった。「サルベージはとっくの昔にやめて、珊瑚《さんご》捜査用の潜水艇をつくりかけて、それも結局だめになったらしい。——資本金二千万、オンボロ会社だ」

「そんな会社にどこから金が出たんだ？」

「地元と銀行が出しているが、こいつはわずかだ。どこかの金融業者もかんでいるらしいが、よくわからん。――それから、こいつはまったくの未確認情報だが、どうやら背後で、Ｋ重工経由で防衛庁がいる気配がある」

「防衛庁が？」常務は聞きかえした。「海上自衛隊か？」

「そうです」と調査部長はいった。「まあ、こう考えられませんかね。――本当は、防衛庁が買って使いたい。だが、予算の関係もあり、また使途も伏せておきたいので、つぶれかけのサルベージ会社をダミーにして、資金的にバックアップして〝ケルマデック〟を買わせ、すぐ防衛庁が長期チャーターする……」

「まあだいたいそんなところだろうな――」常務は、耳かきで耳をほじくりながらいった。「だが、防衛庁はいったいそいつを、何に使うんだ？――なぜ、外国から直接にチャーターしないで、そんなまわりくどい方法を使うんだ？ わが社の〝わだつみ２号〟の進水も待てないほど、そんなに緊急の調査があるのか？」

「防衛庁にあたってみましょうか？」と吉村部長はいった。

――だが、部長の調査はすぐ行きづまった。この件の糸をたぐっていくと、ある段階から先は「防衛機密」の闇《やみ》の中にとけこんでしまっていた。

大学に自発的に休職届を出した幸長助教授は、原宿《はらじゅく》のビルのワン・フロアを借りきった事務所で、日夜「Ｄ計画」と呼ばれる一連のプロジェクトに没頭していた。――むろだった。博士は、今、研究所の資料を、ある所に移すことと、新しい調査計画をたてることに一生懸命いったい、おれは、何をしてるんだ？――と、ふと幸長は思うことがあった。――こんな、雲をつかむような、わけのわからないことのために、一心不乱になって、もしあのことが、結局一人のファナティックな学者の妄想にすぎなかったとしたら、いったい、おれの将来はどうなるのか？　恩師にもうちあけられず、肉親や親友のほとんどにもうちあけられないで、しかもこんなたよりないことに、人生のいちばん大事な期間をつっこまねばならない。――どのへんまでつっこんだら切り上げられるのか見当もつかない。おとなしくしていれば――来年には、教授昇進のチャンスがまわってくるはずだった。学界での業績も、しだいにみとめられ、秋の学会には、重要な論文を発表するはずだった。彼の恩師にあたる教授は、カンカンに怒って、彼の行方を捜している。そんな大事な時に、なぜこんな、得体の知れない、かつ、つかみどころのない仕事に、自分からのめりこんで行ったのか？

公開研究や、公開調査ができるのだったら、こんなもってまわったことをする必要はないし、その業績は、たちまち世間の話題をさらうだろう。だが、ことの性質上、調査計画は絶対に、秘密に行なわれる必要があった。首相と、それからあの老人が、つよく主張したことも、もっともだ。――知人にも誰にも知られるわけにいかない、陰の、苦しい仕事だ。どんな報酬が約束されているわけでもない。――まったくわれながら、気が知れない。ほんとうになぜ、こんなあやふやな仕事のために、人生を半分棒にふろうとしているのか？——ひょっとしたら、妻のことで、少しやけになっているのかもしれないな——と幸長は思った。夫人は、先年物故した、彼の大先生にあたる学者の一人娘で、贅沢《ぜいたく》にわがままに育ち、派手好きで、冷たい性格だった。二人の間に子供はなく、一年前、海外出張中に実家へ帰ったきり、別居中だった。——地味で、つつましやかで、風がわりな、自然を相手にしょっちゅう家をあけてばかりいる科学者の妻としては、しょせん不向きなタイプかもしれない。

——いずれにしても、もし、この計画が、夢みたいにばかばかしいものを相手にしていた、とわかったときには——いったい、われわれはどうなるのだろう？——現在のところ、計画がすんでも、そのあと、それから先に、何の保証がなされているわけでもない。しかも——彼だけでなく、彼の懇望によって、何人かのきわめて優秀な友人をも、同じ計画にまきこんでしまっている。——彼らの将来まで、おれは巻き添えにしつつある。——そう思うと、何ともいえない、冷たい吐き気とめまいがしてくるのだった。

「いずれにしても、これは雲をつかむような、途方もないゲームだな」と、大学時代の友人で、切れることでは当代一といわれた情報科学専攻の中田《なかた》一成《かずなり》は、書類をにらんで、考えながらうめいた。「条件は非常に複雑だ。PERTぐらいじゃ、まにあわんかもしれん。何か新しいソフトウェアを考えなきゃならんな。——まず第一に、こちらの調査の結果が一段階すすむにしたがってしか、政府のほうも金をかけられない。第二に、ある時期から、非常に金がかかりだすから、どうしても、それだけの金を動かす口実を、政府のほうがつくらなきゃならんだろう。第三に、――調査の結果が、〃イエス〃のほうにむかって、一段階ずつすすむにしたがって、政府は徐々にでも、対策を出してゆかなきゃならん。――それにこの調査の性質は、決してストレートに〃イエス〃が積みかさなってゆくわけじゃない。おそらく〃イエス〃の結果の次に〃ノー〃の結果が出て、ぎりぎり〃イエス〃に近づきながら、最後の土壇場で〃ノー〃のカードが出て、全部がひっくりかえるということも、十分考えられる。――とすれば、政府はどの時期にどの程度まで、この対策にコミットしていくか、ということを――それも秘密裏に決定するのは、おそらくむずかしいことだ。第四に、われわれがやっているこの作業と、その目標としてわれわれが仮想していることに関して、いったいどの段階まで外に対する秘密がいつまでたもたれるか、だな」

「外に対してといったって、対国内と対国外では意味がちがうしな」と内閣調査室の山崎がいった。「国内でも、マスコミ一般大衆、国会の野党、官庁、財界で、また意味がちがってくる」

「どの段階で、政府がどんな方策を、どの程度までやってみるかということも問題だな」と総理府秘書官の邦枝《くにえだ》が口をはさんだ。「ある段階では、新しい立法措置まで必要になってくるだろう。――とすると、いったいどこまで秘密がたもてるか、どの段階まで、秘密にするか、という非常にやっかいな問題になってくる」

問題は、まさにやっかいだった。――幸長は、最初、ある程度まで知らん顔をして、公開でやる、ということも考えた。あちこちの大学に委託し、国会で臨時予算をとりつけて、大規模な総合調査をやる。そして、ある段階まで来たら、伏せる。――「秘密調査」などという奇怪なやり方をやったことのない、自然科学畑の幸長は、最初このやり方しか思いつかなかった。だが、彼が思い屈して最初にうちあけた友人の中田と邦枝は、そのやり方を言下に否定した。邦枝だけなら、役人の秘密主義と思ったかもしれないが、情報現象論では、ランド・コーポレーションあたりの秀才連中でも一目おいている――そしてむろん、巨額の契約金でたびたび招かれたが、頑としてはねつけた――中田がだめだというので、彼も考えなおした。

公開調査がだめだという第一の理由は――むろんこれが、ひょっとしたら、日本の命運を左右するかもしれない重大問題だ、ということだった。中田が田所博士の書類にざっと眼を通して、直感的に見つもったところ、まだ現在のデータの方向からは、それが真の重大問題に発展する可能性は、たかだか一パーセントか二パーセントだった。

「だが、はっきりいうけど、現実においては一パーセントの確率といえば、ずいぶん大きいといわねばならん」と中田はきっぱりといった。「この世の中では――現実の中では、確率無限小と思われることが、ちょいちょい起こってるのだ。こいつを説明するには、今までの確率理論ではまだちょっと不十分で、一つの現象における確率過程の実現がひきよせる、全然質的にことなる現象の展開を、考慮にいれる必要がある」

中田は、早くから、自然現象の確率論的解析に力をそそぎ、自然現象における、「確率過程の枝わかれ現象」や「トリガー効果」の説明、また生命進化の位相学的解明などに、多くの業績をあげていた。——ふつうには、確率無限小と思われるような現象が、自然の中ではなぜ起こり得るか、ということについて提唱した、いわば、「位相論的確率論」ともいうべき考え方は、学界一般からは、まだ、完全に認められてはいないが、「ウィーナー過程」や「マルコフ過程」にならんで、一部では「ナカタ過程」の尊称で呼ばれてさえいた。

「たしかに……」と、邦枝は、眼を細めた。「そういうことがあるかもしれん。——おれは以前、ポーカーで、ファイブカードを一晩に三回出したことがある。そのうちの二回は連続だった。そのうえ、ついてる時ってのはそんなもので、その次の晩も一度出た……」

「よく死ななかったな……」と山崎がひやかした。「麻雀で、九連宝灯《チューレンポートン》ができたら死ぬっていうぜ」

「ところがおれは、麻雀をはじめてまもなくの時に、天和《テンホー》を一回、九連宝灯《チューレンポートン》を二回もやったぜ……」と邦枝はいった。「しかも一度は、門清《メンチン》の九面待ちだ。——だがピンシャンしている」

「博奕《ばくち》の話はいいから、もう少し考えよう」と中田はいった。——この数学の異才は、ギャンブル運がからっきしなくて、何をやってもすっからかんになる。「ここで現実の変化要素は大きくわけて二つある。一つは、調査観測が進むにしたがって、データが多く集まり、起こりつつあることの全貌《ぜんぼう》が明らかになってくるということだ。――ところが一方、観測する現象自体もどんどん動いていると考えられる。多系現象でそれぞれの系における現象のベクトルが、どこらへんへ収斂《しゅうれん》していくか、ということを、なるべく早く、見当をつけねばならん。――まず第一に、どんな現象が起こるか、ということで、第二にいつごろ起こるか、だ」

それこそ、計画を秘密にしなければならない第二の理由だった。田所博士の、かなりあらっぽい計算によれば、あれは、最大五十年以内、最も早い場合には二年以内に起こる可能性があるというのだった。――データの集め方に、かなり癖のある博士の計算では、まだあまりにあいまいなところが多すぎたが、しかし、時にはったり屋といわれてはいるものの、この人独特の、むしろあたることのはるかに多いカンを知る幸長にとっては、二年以内という最小値は、非常に無気味な数字だった。博士の集めた、きわめて広範囲にわたる、しかしやや脈絡を欠くきらいのないでもないデータそのものを、大至急検討しなおす必要があると同時に、さらにこの時期の問題を、大急ぎで見きわめる必要があった。――二年後ないし五十年後というなら、中間をとって、だいたい二十四、五年後と見当をつけたいところだった。だがしかし、自然現象の無気味さを知っている幸長には、そう簡単に考えられなかった。――なにかのはずみで、起こりはじめてしまったら、大雪崩《なだれ》のように次々いろんな現象をひきよせ、何もかも起こってしまうこともあった。起こりはじめながら、中途でとまってしまうこともあった。――それもふつうの現象ではなく、それが場合によっては日本にとって、重大な意味をもつものであったら――最悪の事態を予想して、そこからすべてを出発させなくてはならない！

中田のプログラムによれば、何を調査しているかということ、さらにできれば、調査をやっていること自体を秘密にしておく、ということが、最悪の事態を仮定すれば、絶対に必要なのだった。――現象そのものは、きわめてぼんやりしていて、まだよくわからない。しかし、もし仮に、調査が進むにつれて、二年以内とはいわないまでも、きわめて近い将来、たとえば、数年以内に、それが起こるということが、ほぼ確実になった時は、現実の混乱をさけて、隠密裏に、できるだけの対策を講じなければならないのだ。とくに対外的に――というのは、今度の問題では、それの規模がある限界を越えれば、当然、海外諸国に対する対策というものが、問題のファクターにはいってくるからだったが――ある程度、手をうってから、問題が明らかになったほうがいい。もし、その方向が確実になった時、いずれは発表をしなくてはならない。発表しなくても、洩《も》れるだろうが、秘密がばれるまでに、どれだけのことができるか、ということが、政策のほうの大問題だった。――そのためには、現実のあらゆる段階をできるだけこまかく研究しておいたほうがいい。

対策はまだ考えるな――というのが、中田の指示だった。――具体的な対策などというものは、本来、その時になってみなければ、立たないものだ。臨機応変こそが、現実対策の根本理念でなければならぬ。ただ、あらゆる段階、あらゆるケースにおいて考えられる「必要情報」は何と何か、ということを、できるだけ整理して考え、できれば大ざっぱにその情報がどんなものかということを研究しておけ、それから、ある問題については、どこへ行ったらわかるか、誰がいちばんよく知っているか、ということは、くわしく調べておく必要がある。

「早い話が、見当をつけておけってことさ」と、中田はいった。「べつに目新しいことじゃないだろう？――それぞれの筋に対して、つぼというか、かん所を押えておけってことだ。捨て目をつかっておくのも必要だ」

「やれやれ……」と幸長は笑った。「情報理論の大家はつぼだのかん所などというし、田所先生は、科学者にいちばん大事なのはカンだというし――えらく古めかしいね」

「ところが、そういったものがいかに必要かということは、まさに情報理論から帰結されてくるんだ」と中田は自信たっぷりにいった。「ところで、カンのいいやつがもっと必要だ。――かなりたくさん必要なんだ。どうにかならないか？」

中田は、この計画運営の理論的中枢に、ひとりでにすわる格好になっていた。――そして、現実に動いているのは、田所博士をのぞいて、いまのところわずか六人だった。みんな三十代後半から四十へかけての若い連中だった。

「田所先生の計画書の検討をしてみたんですが――」と、いちばん若い、この部屋を借りている建築設計事務所からひきぬいた、安川《やすかわ》という会計担当者がいった。「すでに、第一期の段階で、内閣調査室でまかなえる予算をオーバーするのは、眼に見えてます。

——あと、人員もふやさなきゃならない。このプログラムだと、機械もうんといる……」

「〝ゲルマデック〟を買ったからな……」と幸長はいった。

「あと、コンピューターはどのくらいいる？」

「田所さんの所から、性能のいいLSIタイプを移したから、当分はあと一台もあればいい。——部分計算は、うまく分散して、あちこちの会社にあるやつを、時間借りすりゃ十分さ」と中田はいった。「ただ——深海潜水艦がもう一隻ぐらい、どうしてもいるな。田所さんのプランだと、場合によっては、日本海側も調べなきゃならんだろう。一隻じゃ、とても能率が上がらん」

「もう一隻だって？——あるかな、そんなの……」と邦枝は、肩をすくめた。「なにしろ原則として、海外のやつをチャーターするわけにゆかんのだろう？——とすれば〝ゲルマデック〟みたいに、うまい具合に、売りに出るのがあるかどうか、あっても買いとりの資金ぐりができるかどうか……」

「待てよ——」と幸長はいった。「たしか——海底開発KKの〝わだつみ2号〟が、もうじき進水するはずだと聞いたが……」

「そいつはうまい！」と、中田は指を鳴らした。「そいつをチャーターしようじゃないか——今すぐ、当たらせてみよう」

人員は、とりあえずもう一人、中田の推薦で、防衛技研から「カンのいい」のがくることになっていた。——さしあたっては、それでいいにしても、計画が本格的に動き出したときに、いったいどのくらいの人員と金がいるのか、先行きどのくらいつぎこめばいいのか、まだ皆目見当がつかなかった。なにしろ、秘密に調達しなければならない資金なのだから、おのずと限度がある。

当座は調査室、総理府、防衛庁の中から、機密費に類するものがかきあつめられ、それにどこから来たのか、得体の知れない金が若干出た。——内閣の中で、首相のほかに、この計画のことを知っているのは、総理府、内閣官房、防衛庁の三長官だけで、そのうち、いろんな点で機密がたもちやすく、また大きな機材人員を、機密裏に動員できるのは防衛庁だったから、いずれは計画は防衛庁の所管になってゆくだろう。現に〝ケルマデック〟の買いつけについても、陰でひきうけてくれたのは、海上自衛隊だった。——といって、へたなことをすれば、〝予算の無駄遣い〟の攻撃をうける。それに、防衛庁自身にも、あまり派手にやれないむずかしさがある。へたに動くと、この計画が米軍に洩れるおそれがあったからだ。

数億のオーダーなら、まだ何とかかいけるだろう。——しかし、数十億のオーダーになった時、はたしてどこまで、世間の眼から、豺狼《さいろう》のごとき政界の有象無象《うぞうむぞう》から、真相をかくしておけるか？——民間財界に依頼するにしても、二年後の総選挙をひかえ、資金集めを依頼する立場にある与党首班が、そう無理なこともたのめまい。

「金のことは、首相とおえら方にまかそう」と中田はいった。「おれたちが考えても、どうなるもんでもない。——できるところから、どんどん実行にうつしていこう。……それ以上しようがないだろう？」

安川は、肩をすくめて、膨大な機材の発注リストをとり上げて、部屋を出ていった。——深海用の特殊な観測機材ばかりなので、ほとんどがオーダーメイドになり、市販のものをそのまま、あるいは改造して使えるのは、あまりなかった。それだけに、金もかかる。

「田所先生は？」と中田が聞いた。「実際の観測システムとプログラムについて、もっと話し合いたいんだがな……」

「今、首相とある所で会っています」と調査官の山崎が時計を見ていった。「もうじき帰ってくるでしょう」

「じゃ、それまで一服するか？」と中田はいった。「下で、コーヒーでも飲んでくる。——君たちもどうだ？」

「すぐあとから行く……」と幸長はいった。別に残る用事があるわけではなかった。何か気が滅入《めい》って、中田のように、軽やかに動けないのだった。

中田と山崎が出ていったあと、幸長は、壁にかかげられた磁性プラスチック・ボードに描かれた日本地図——それも、資料や音声タイプといっしょに、田所博士の研究室から持って来たものだった——をぼんやり見つめた。色モザイクにおおわれた日本列島の東南部、日本海溝にあたる所に数ヵ所、赤い、大きな三角形の矢印が、あらたに貼りつけられていた。田所博士のプランだった。

ふと気がつくと、ボードは、かすかにゆらゆらと動いていた。

――また揺れてるな、
と彼は思った。

「渡老人が、コレクションの絵の一部を、手ばなしたそうだ……」

邦枝が、煙草を吸いつけながら、ポツリといった。

「それで、こっちの資金の一部をつくったのかい？」

「そうだろうと思うな。――あの老人は、なにしろ国宝級の絵も持っている、というからな……」

あの、ひねこびた、車椅子に乗った老人は、いったい何者なのだろう？――と幸長は思った。

まったくふしぎな老人だった。――邦枝と同郷で、彼が総理府にはいったのも、あの老人の手引きがあったらしい。都会ッ子の幸長には、今なおあちこちの地方に残る、そういった根の深い郷党性というものの内面は、ほとんど理解できなかった。しかし、邦枝は、ずっとあの老人とコンタクトがあったらしい。――田所博士の「危惧《きぐ》」の内容について、親友の部類に属する邦枝にはじめてうちあけたとき、そして、あの地震問題の懇談会のメンバーに、強引に田所博士を押しこむ工作を、邦枝といっしょになってやっていたとき、幸長は、まだ邦枝と老人の関係について、ほとんど知らなかった。――老人の名前さえ、知らなかったのである。邦枝から聞いて説明されたとき、ずっと前、どこかでその名前を見た記憶があるような気が、ぼんやりした。なにしろ、百歳を越す年齢で、社会の表面から隠退してしまってから、二十年近くになる、というのである。

あの懇談会の直後、彼は邦枝といっしょに、渡老人にひきあわされた。――その時彼は、一見ひからびて小さく見える老人の姿の背後にひそむ、一種のはげしい精神力と、彼に短く、的確な質問をあびせてくる、百歳というのにちっともおとろえていない、頭の鋭さにおどろいた。しかも、外見はあくまで好々爺《こうこうや》然と、やわらかい。――その老人が、じつに、首相をも簡単に動かすほどのおどろくべき力を持っている、ということを、老人の自宅で知ったときは、おどろくとともに気をのまれてしまった。そして、唯々《いい》諾々《だくだく》と、老人と田所博士の会談に、ばつの悪い呼出し役をひきうけさせられてしまったのである。そして――

いずれにしても、はっきりしていることは、あの老人が、この問題に興味を持たなかったら――邦枝が、老人に懇談会のことを知らさず、老人が田所博士のことに興味を持たず、老人がパレスホテルで、田所博士と会見して、何かを感じとらなかったら――この「D計画」は、まだとてもスタートするところまで行っていなかったろう、ということだった。

百歳の隠者のような老人が、今なお、政治の中枢に何らかの影響力をもっている、ということは、それ自体が、幸長にとって、おどろくべきことだった。――彼は、老人が首相を茅ヶ崎の自邸に呼びつけ、ほんの二言三言で、この計画の実行を決意させるところを、自分の眼で見た。老人の身辺に、得体の知れない人物や、眼つきの鋭いボディガードらしい男や、これまた得体の知れない、若い美しい娘がいるのを見た。――そこは何となく伝説じみた世界であり、底の知れない、うす気味悪さが背後にひそんでいるような気がしてしかたがなかった。

「あのじいさん、こちらの計画とは別に、自分自身でも独自に何かを考えてるのかもしれんな……」と邦枝は、煙草をもみ消しながらいった。

「君に聞くが――」と幸長はいった。「そもそもあの老人は、何ものなんだ?」

「おれもよく知らん……」と邦枝はいった。「同郷といっても、〝郷土の人〟みたいなことで糸をたぐっても、すぐ切れちまうしね。――なにしろ、政財界双方にわたっての、一種の黒幕業だったことはたしかだよ。老人のことについて書かれたものだけを見ても、かなりなもんだが、むろん、それよりはるかに多くのことをやっているらしい。――といっても、そのことを知っている連中は、今ではもう、ほとんど死んじまったしな。彼が、いちばん活躍したのは、満州《まんしゆう》事変当時じゃなかったかな。直接じゃないにしろ、三人や四人、――いや、もっと大ぜい人も死なせているだろうよ。戦時中は、相当動いた。完全な隠退生活で、戦犯にもならずにすみ、戦後は、最初の十五年間ぐらい、政財界のほうから、八十を越えてからは、自分のほうからは動かなくなった。――ただ、政財界のほうから、いろんな連中が、何かあるごとに、たずねていって、アドバイスしてもらったり、あっせん、調停の口ききをしてもらったりはしていたらしいがね。——今の首相にしても、ほんの陣笠《じんがさ》のころから、むこうが知っているんだから、頭があがらないだろう。一度はたしか、疑獄事件の時に、助けてもらってるはずだし……」

「なんとなく……」と幸長はためらいがちにいった。「そんな話を聞くと、無気味だな。——とくに、ぼくみたいな人間には……」

「こっちだって、おんなじさ」と邦枝は眉《まゆ》をひそめて笑った。「なにしろ相手は——明治、大正、昭和、三代にわたって、そういう世界のダークサイドを見てきたんだし、そこで生きてきたんだからな。ぼくらみたいな、〝コンピューター・エイジ〟の駆け出しには、ちょっと、類推しがたいところがあるよ。——きっとわれわれの感覚から見て、悪いことだってしてきただろう。——ああいう世界で本当に力のある人は、悪い人だしね。そして、その〝悪いが、猛烈な力〟ってものが出てこなきゃ、何事も実現しないみたいなところもあるし……」

「一世紀も生きていたら、いったいどんなことを感じるようになるだろう？」と、幸長はいった。「百歳にしてなお、この世の裏に権力を持ち——いったい何を考えているんだろう？　何をやろうと……」

「わからんな——」邦枝はいって立ち上がった。「ただ彼の力によって、現に今、この〝D計画〟が軌道にのりつつあることはたしかだ」

邦枝は、階下におりていった。——幸長は、なお部屋に一人残って、ぼんやりと考えていた。――首相を呼びつけ、いうことをきかせる百歳の黒幕的存在……そして、内閣調査室や、防衛庁、総理府、極秘計画……こういったものは、それまで名前ぐらいは知っていても、彼の生活とは関係のない、その住んでいる世界のかなたにあるものだった。彼はそういった組織を何となくおぞましく、得体の知れない――そしてその背後には何か強烈な暗黒の力が渦まきからみあっている――無気味なものと感じ、市民としては、その背後の闇に対して心の底で反発さえ感じていた。――ところが、今彼は、そういった組織の連中と協同し、協同の組織によって遂行される、陰の仕事のまっただ中にまきこまれている。そういった、暗がりの中の、誰も知らない、また知られないようにしなければならない仕事の――いわば国政の秘密にかかわる作業の、インサイダーになっている。

――おれは政治の暗黒の中心にまきこまれている――と、彼は、悪夢を見ているような、胸の悪い感覚をかみしめながら、ぼんやりと考えた。――なんということだろう！　このおれが――人間とのごたごたが、あまり好きでなく、不得意でもあるがゆえに、自然科学をえらんだこのおれが――政治の秘密にまきこまれているのだ。ダークサイドのまっただ中にいるのだ。――この先、いったいどういうことになるのだろう？

2

「世界雄飛」――というなんとなく古めかしい感じの言葉が、突然どこからともなく、聞こえ出してきたのは、九月も下旬になってからだった。それは、国会のロビーあたりから流れはじめ、やがて財界の一部や、ジャーナリストの会話にものぼりはじめた。いったい誰が、こんな言葉をいい出したのか？――と詮索《せんさく》好きのジャーナリストが調べたところ、どうやら、首相が、与党幹部と財界有志との懇談会の席上でいい出した言葉らしく、半分まじめにうけとられ、同時にその語感の大時代なところから、ややひやかし気味に口の端にのぼるようになったらしかった。

いったい、こんなことをいい出したのは何のためだ？――という政治記者の質問に対し、官房長官は、首相が最近月おくれの総合雑誌の中のある論文を読んで、非常に考えさせられ、席上の雑談でその話をするうちに、あの言葉が出てきたのだ、と説明した。その論文の要旨というのは、だいたいこんなものだった。

――戦前、あるいは、少なくとも明治までの日本の社会では、「家」と「世間」というものが、社会の基本単位になっていて、男は成人すると、「家」を代表して「世間」とつきあうか、あるいは「家」を出て、「世間」の中にはいって行くかした。――しかし、戦後は、この関係がまったく変わった。「家」は「核家族」にまで解体する一方、人口の増加、所得の上昇、社会内における各種組織密度の高度化、社会保障の充実、教育年限の長期化などによって、社会の「過保護状態」「高密度化」が飽和点に達し、男は、両親の庇護《ひご》のもとからはなれても、「波風荒い〝世間〟に出て行く」とはいえないような状態になってきた。そのうえ、この社会の保護過剰状態に対応した、女性の社会への大量進出がある。現在では、日本の社会そのものが総体的「マイホーム化」しつつあり、男は身体的に成熟しても、生ぬるい「家庭化した社会」の中で、たくましい「成人《アダルト》」になる場を見いだせない。――あたかも、川で卵からかえり、海へ下って、広い海洋を泳ぎまわることによってたくましい「成体」になる鮭鱒類《けいそんるい》が、地形の変動などによって陸封されてしまった場合は、琵琶《びわ》湖の小アユや、東北のヒメマスのように小型化してしまい、そのまま大きくなることなく一生を終えてしまうように、あるいは渡り鳥が「渡り」によって、一人前になるように、人間社会にあっても、とくに体型的精神的に特殊化のすすんだ「雄」は、「荒々しい〝外部〟」の冷たい風にあたらないと、一人前の成人になれないのではないか？――日本の若い男性が「女性化」しつつあるというのは当然のことで、「マイホーム化」した社会の中では、主役の座は女性によってうばわれつつあり、男はいつまでも、家庭の中で過保護状態で育てられた子供のように、ひよわでいつまでたっても幼児的であり、あるいは女性化するのは当然である。このままでは、男はますます小アユ化するだろう。――といって、日本社会の中は、あらゆる意味で「飽和化」「家庭化」してしまっているとすれば……新しい「世間」はもはや日本の「外」にしかないのではないか。「国家」は、かつての「家」となり、「世界」がかつての「世間」となるのである。日本人の民族としての健康のためにも、これからの日本では、国内のことは、女と老人にまかせ、男は海外に出て、自らを新時代の「世界のおとな」としてきたえ上げねばならない、云々《うんぬん》……。

「ということはつまり、世界雄飛とは、新しい青少年対策ということですか？」と記者たちは聞いた。

「そうとってもらってもいいし、それだけで終わる問題でもないかもしれんね」と官房長官は、とぼけた顔をしていった。「いずれにしても、日本の経済は、海外との関係なしではなりたたなくなっているし、日本という社会全体が世界へ、海外へ、何か人類のために役立つような新しい仕事をもとめて出て行かなければやってゆけんところへさしかかりつつあるんじゃないかな。——これ以上国内のことをいじりまわしても、自家中毒を起こすばかりだろう」

「しかし、エコノミック・アニマルの世界進出の風あたりは強いですよ。——また新しい〝侵略〟ととられませんか？」と記者の一人はいった。「第一、海外も、もうそれほど空《す》いちゃいないでしょう」

「そうなったら、次は宇宙へでも行くさ」といって、長官は、記者たちを笑わせた。

「なかなかやるじゃないか……」と中田は、官房長官の記者会見談の出ている、ファクシミリ・ニュースを読みながら、ニヤリと笑った。「これから〝世界雄飛〟の大キャンペーンをやるだろうな」

「これも、中田さんのプランですか？」と若い安川が聞いた。

「いいや。——これは、内情を知ってる政治家とお役人が、独自に知恵をしぼったもんだ。——こちらのサゼッションを、参考にはしているだろうがね……」

「しかし、あまりうかうかできないぜ」と邦枝はいって、ファクシミリ・ニュースの一隅を指さした。「ひょっとすると——大衆の中に何となく、感づいているやつがいるのかもしれん」

指さした所には、囲みの投稿一口話が載っていた。昭和初期、大陸ブーム時代の古い歌のパロディだ。

「君が行くなら、僕も行く。
　揺れる日本にゃ、住みあいた」

「〝世界雄飛〟か——」中田はクスクス笑った。「これと地震をむすびつけるカンを持ったやつは、そりゃいるだろうな。——日本の国民ては、まったくカンがいいからな」

「首相は、今日、経済閣僚懇談会だ……」と邦枝は、メモをめくりながらつぶやいた。「経済審議会も、あさって臨時招集される。——今夜は、赤坂《あかさか》で、経企庁長官と通産相と会う。次は、海外開発協力投資何ヵ年計画かな」

「その方向なら、どっちにころんでも損はない。うまい手だな」中田は爪をかみながらいった。「だが、あまり性急にやりすぎると、内外の軋轢《あつれき》が大きくてまずいだろうし、へたをすればこちらの腹がさぐられる。——そこのかねあいがむずかしいところだな」

「しかし、実際問題として、DXがゼロでなくても、海外進出しといて損はありませんね」と安川はいった。「失敗したら――撤収したらいいんだから……これが転機になって、ほんとうに日本民族が大規模に国際化していくかもしれませんよ。存外、禍《わざわい》転じて福となるかもしれないな」

「君は、DXイコールゼロの可能性をまるきり信じてないみたいだな」と邦枝はからかうようにいった。

「正直いって、実感として信じられませんね」と安川は眼をくるくるさせた。「だって――日本は、けっこう大きな島ですよ。アルプスだってあるし……長さ二千キロもあって……」

「だがな……」と中田は首をふった。「もし国土の八〇パーセントが……」

その時、また軽い揺れが来た。――このごろでは、まったく無関心にすごしてしまう程度の揺れが……。それが合図のように、山崎がはいってきて、パナマ帽を机の上にほうった。

「阿蘇《あそ》と霧島《きりしま》が噴火した……」と山崎はいった。「テレビのニュースで、たった今やっていた。――小諸に強震だ」

「観光資本は、どうするんだろう?」安川は、ポツンといった。「伊豆、箱根、軽井沢あたり、土地の投げ物が出てるって……」

「中部アルプスだけじゃなくて、日本じゅうの観光地が、今にお手あげになるぞ」と山崎はいって、ハンカチで顔をふいた。「今年は何とか持ちこたえるだろう。だが、来年までこの状態がつづいたら、さわぎ出すね。中小資本なんか、だいぶ倒れるな」

「防衛庁のほうはどうだった？」と邦枝は聞いた。

「長官が、やっと統幕議長を説得したよ」と山崎は襟もとをくつろげながらいった。

―彼は、ひどい汗っかきだった。「おかしな会談だったらしい。議長は、そんな作戦研《オペレーションズ・》究《リサーチ》は、ナンセンスだっていうんだ。軍人の立場としてね。いくら長官の命令でも、日本国民全部を退避させるなんて、作戦としても不可能だし、事態としてもあり得ないから、やってもむだだってわけだね。――五次防でとかくの批判をうけて、神経をとがらせているからな。押し問答して、長官がほとほと困りはてたとき、突然議長がハッと思い当たったらしく、〝わかりました！　やりましょう〟といったんだ。長官もほっとしたように〝やってくれるか〟というと、――あとは何となく、以心伝心さ。――腹芸ってえやつだ」

「わかったのかな？」と邦枝は聞いた。

「わかっちゃいまい。ただ何となく感じたんだな。――幕僚と技研のパリパリをひっこぬいて、〝作戦計画D－2〟をやることにしたよ。機密特A級で……」

「どんな想定でやるんだね？」と幸長は聞いた。「まさか……」

「大丈夫――想定は、水爆戦だよ」と山崎はいった。「いかにも、時代錯誤的《アナクロニック》だがね。――しかし、みんな、何となくわかっていても、いうまいよ」

ドアがバタンとひどい音をたてて開き、肩をいからせた田所博士が、タンクのようなものすごい勢いではいってきた。

「〝ゲルマデック〟はどうした？――まだ着かんのか？」と博士は、何べんとなくくりかえした同じ言葉を叫んだ。「何をもたもたしとるんだ？　船が難破したか？」

「大丈夫――沖縄《おきなわ》はもう通過して、明日には門司《もじ》に着きます」中田は、小野寺の電報をひらひらさせていった。

「門司？」博士は顔を真っ赤にして眼をむいた。「なんだって、あんな所へまわした？

――われわれの調べるのは日本海溝だぞ！　あんな西の端に着けたら、回航でまる二日損をする」

「人目につかないように、ですよ。博士……」中田は、かんでふくめるようにいった。「神戸や横浜《よこはま》じゃ、新聞記者の眼がうるさい。門司なら、たとえ地元の記者の眼にふれても、ニュースとしてはローカルですからね。通関がすんだら、その場で自衛艦〝たかつき〟に積みかえて、伊勢《いせ》方面に直航し、鳥羽《とば》湾《わん》と熊野《くまの》灘《なだ》で潜水テストをやります」

「伊勢へはわしも行くぞ」と田所博士はいった。「なにしろ、急がにゃならん。――これを見ろ、陸中《りくちゆう》海岸の一部が、この間から一日〇・五センチのスピードで沈降をつづけておる。三陸《さんりく》沖の海底では、浅発性の小中地震が一日数個のわりあいで起こっておる。――まずここだ。日本海溝が、本土にいちばん接近しておる所だ。早くせねばならん。観測機械はいつ来るんだ？」

「一部は、もう門司と鳥羽に積み出してあります。――しかし、全部そろって、とりつけが完了するのには、どんなに急いでも一週間か十日はかかるでしょうね」

「十日……」博士は獣のようにうめいた。「畜生！――急がねばならんのに。こうしているうちにも、日本列島の地下のどこかで、刻々と何かの変化が起こっとるのだ。――それがどう展開するかはわからんが、一刻も早く、そいつをつかまえねばならん。もし――われわれの担当するD―1が、まにあわなかったら、どうする？」

「われわれも、それを恐れているんです……」

邦枝がポッンといった。「しかし、時間だけはどうにもなりません」

みんなの眼は、壁にかかった進行状況表示板を見た。エレクトロ・ルミネッセンスを使った発光ボードをディスプレイ用につかい、LSIコンピューターへはいってくる各種の作業進行状況が光の線で浮かび上がるようになっている。――ボードの上には、まだブランクの項目がいっぱいあった。日付の中で赤線がたてにはいっている、観測開始予定日にまで、いく本かの線が、もうちょっとでふれそうになっている。

「いいか、君たち！」博士は、手に持った書類をバンと手の甲でたたいた。「われわれの仕事は、要するに時間との闘いで……」

ブザーが鳴った。安川が電話に出て、ちょっとおどろいたようにいった。

「クリスチナ号です……」

「外国船を使ったのか？」と田所博士は、不満そうにいった。

「オランダ船です。――日本船ほど、人目につかない」そういって、中田は電話をとり上げ、みんなにむかって「小野寺だ」といった。

幸長は、思わず腰を浮かした。——あの口数のすくない、長身の、海のにおいのする青年が、何となく慕わしかったからだった。彼をひっぱりこんだことに——どうしても不可欠な人物だったにもかかわらず——幸長はいちばん後ろめたさを感じていた。

「わかった。——じゃ、すぐ、防衛技研の片岡を、門司に待機させよう。大丈夫だ。——君は彼を全然知らんだろうが、今度の計画のメンバーの一人で、機械にかけては、まったくの天才だ」

そういうなり、中田はさっさと電話を切り、卓上にあるコンピューターのCRTディスプレイのブラウン管にライトペンで何かの信号をおくった。

「山さん、片岡を呼んでくれ。今、横須賀《よこすか》の工廠《こうしょう》だ」と中田は書きつけながらいった。「長崎《ながさき》にとんで——いや、門司でいいな。何も途中で乗りこむような派手なことをするほどのこともあるまい。出迎えの自衛艦〝たかつき〟で待機してくれって。クリスチナ号の入港は明日午前十時だ」

「どうした？」と田所博士は不安そうに聞いた。

「〝ケルマデック〟のメカニズムの一部が調子がわるくて、小野寺の手にあまるそうです」中田はこともなげにいった。「なあに、片岡は天才です。——彼の手にかかってなおらない機械はありません」

片岡は、横須賀で、海上自衛隊が、二年前アメリカ海軍から払い下げてもらった、電子工作船〝よしの〟の部分的改装をいそいでいた。——アメリカでは、もともと水上工作船として造られたが、それが途中で用途変更されて、軍事用通信衛星や航法衛星、艦隊、船団、空軍、原子力潜水艦の通信中枢システムと、補給作戦用の電子計算機類を積み、動く洋上補給司令船にしたて上げられた。——しかし、アメリカ海軍が、対外戦略と補給方式を変えたため老朽化し、日本が払い下げをうけ、特殊船としたものの、大きな洋上作戦や、上陸作戦を想定しない日本の海上自衛隊では、研究、訓練用以外には無用の長物と化していた。——これを改装して、D－1計画の司令船に使おうというのが片岡のアイデアで、〝ケルマデック〟搭載、発進用の特別装置と、電子機器の一部組みかえを急いでいたのだった。——だが、改装にはまだあと半月以上かかる。

「小諸の被害は大したことはなさそうだな——」ファクシミリが吐き出してくる、長い紙片をちぎりとりながら、邦枝はつぶやいた。「佐久《さく》で山くずれが起こってる——この程度でしばらくおさまってくれるといいけどな。みんながあまり、動揺したり、さわぎだしたりしないように……」

七月、八月の、相模、京都の二大地震以来、大被害をまき起こすような噴火や地震は、しばらくなりをひそめていた。——季節は夏から秋へむかい、日本では、平均して地震が少なくなりはじめるころだった。——天城は噴煙をあげつづけてはいるが、このところ大爆発はおさまり、浅間は山頂部全体が数メートルもひくくなって、これも小康状態だった。夏にふくれ上がりかけた、世間の不安感は、このところやや鎮静したようだった。

「先生……」幸長は、机の前から、ついさっき計算が終わったシートをつかんで立ち上がった。「やっぱりそうらしいです。――ここ一年間の日本列島に起こった地震と地殻運動の総エネルギーの計算上の最大値は、今までの理論によって推定される上限を、わずかながら上まわっているようです」

「で、その余剰エネルギーは、どこから供給されているか、だな」田所博士は、シートをつかんでにらみすえた。「どこからだ？　え？　何によってだ？」

幸長は、机の上の、日本列島の模型を見つめた。――色のついた透明なプラスチックでできていて、地下はマントル層まで作ってある。

さまざまの理由によって、地下からやってくる熱、地塊の重さの変化、表土の風化侵食、あるいは地塊の運動や、マントルのごくゆっくりした対流などによって、日本列島の中に蓄積されたエネルギーが、ある一定の地殻体積内でその弾性限界を越えると、その体積をもった地殻を破壊したり、構造をおきかえたりして、放出される。――これがふつうの構造地震の原因と考えられている。

地殻の平均的な弾性限界から、そこにたくわえられるエネルギーの限界が計算され、それはまた、一回の地震によって放出されるエネルギーの理論的限界値をも導き出すのだ。地殻のある部分だけとって見れば、そこにたくわえられ得る理論的エネルギーは、ゆっくりした地殻運動や、たくさんの小地震によって小出しに放出されるか、いくつかの大地震によって一挙に放出されるか、いずれの場合にせよ、そのエネルギーの総和は、従来知られている数値と性質と理論から計算される、地殻部分の一弾性単位にたくわえられ得るエネルギーの理論的限界値――5×10^{24}エルグ、つまり、マグニチュード八・六に相当する――を越えることはないはずだった。

だが、今、その限界値を上まわるエネルギーの影が、おぼろげながらあらわれようとしていた。

――それは、どこからくるのか？

「乱暴かもしれませんが……」と幸長はいった。「とにかくあらっぽいものでいいですから、地球全体と、アジア大陸塊東部のマントル層をふくむ地殻、それに日本列島地塊の地殻運動のシミュレーションをこしらえて、そいつの正体を追いつめるよりしかたがありませんね」

「日本地塊のシミュレーションなら、もうこいつの中にはいっている」と田所博士はコンピューターをたたいた。「ただ、データが不足で、動かしてみてもあまりはっきりしたことは出てこない。――とにかく、データだ」

そういうと、田所博士は、いきなり時計を見た。

「おい、中田君、わしも門司へ行くぞ。――いいだろう」と博士はいった。

「しかし、先生……」中田は眼をまるくした。「先生が行っても……」

「西日本の状況をもう一度見ておきたいんだ」博士は上着を着ながら、だだっ子のようにいった。「ひょっとしたら、西日本のほうは、と思うとったが……阿蘇、霧島火山帯の様子がちょっと気になる」

「しょうがないな……」と、中田は舌打ちした。「安川君——横須賀へ電話だ。片岡に、田所先生がいっしょに行くといってくれ」

「旅客機じゃないのか？」と田所博士は聞いた。

「海上自衛隊の連絡機が出ます。D－2計画が、どうやらOKらしいし、そうなったら、計画用に海上自衛隊のヘリと連絡機が、この計画専用に使えるはずです。——どうせ阿蘇の上を飛んでみたいんでしょう？」

田所博士は鼻を鳴らしたが、ちょっとうれしそうだった。

「先生——こちらにも、気がかりなことがあるんですが……」と幸長はいった。「文部省の地震予知学会や、地球物理の人たち、それに気象庁関係者が、国会議員グループと組んで、日本列島の地殻変動についての、総合調査をはじめようとする動きがあるという情報がはいっているんです」

「学術会議議長は知っているんです——」と邦枝が口をはさんだ。「しかし、——日本学術会議のほうでも、もし問題がもっと拡大していけば、立場上、腰を上げざるを得んだろう、という話です」

「それに——地球化学、地球物理、あるいは地質学や地震学のほうの人たちで、独立に、このことに気づく人が出はじめるかもしれない」と幸長はいった。

「当然だろうな……」田所博士は、ギュッと、拳《こぶし》をにぎりしめていった。「科学というものは、そんなものだ。――いくら秘密にしておいても、誰かが気づく。日本人でなくても、外国の学者で気づくやつがいるかもしれん。――科学というものは……今となっては、決して秘密にできんものだ」

「こちらにとって唯一のアドバンテージは、そういった動きの中の非能率です」中田はいった。「こちらが、どのくらい、向こうを抜いているか、どのくらい水をあけたまま、ゴールへ持ちこめるか、ですね」

「少し、攪乱《かくらん》してみる手もある……」と山崎がいった。「いろんな形で、向こうの動きが形をとるのを、おくらせる手が……」

「そいつができればいちばんいいが――よほど慎重にやらないと、へたにつつくと藪蛇《やぶへび》になるぜ」と邦枝はいった。「妙な妨害のしかたをすると、よけいハッスルさせるし――勘ぐられるかもしれんし……」

「そいつはうまくやるつもりだが――いちおうよく調べてみなきゃ……」と山崎。

「一人――もう一人、どうしてもまきこまなきゃならん人物がいるな……」中田は腕組みして、爪をかんだ。

「誰だね？」と邦枝は聞いた。

「誰か――科学記者だ」

「そいつァだめだ！」山崎は叫んだ。「ブンヤさんをまきこむなんて――危険もいいとこだ。あんたは知らんだろうが、記者というものは、どんなに口説いたところで……」

「しかし、いてくれると、絶対便利だ。——いや、誰かそういう人物が必要なんだ」と中田はいった。「つまり、そういう学会とか、学者とか、科学関係に首をつっこんでる議員とか、そういうところを自由にまわって連中がどれだけのことを知りはじめたか、という情報をつかんできてくれる人物が——こちらの立場を全部のみこんでくれて、まかりまちがったら、われわれといっしょに、あとの人生を棒にふってくれるような……」

「N―紙にいた、穂積《ほづみ》って男を知ってる……」幸長は、おずおずといった。——またしても、あの後ろめたさが胸をチクリと刺した。「この間、いちおうフリーランスになった。四十前だが、なかなかの人物で……」

「穂積か。彼ならぼくも知ってる」中田は指をパチンと鳴らした。「彼ならいいだろう。——一匹狼だが、口はかたい。一人で蛮地にもぐりこんだり——敏腕で国際級だ。彼を口説こう」

「大丈夫かね？」山崎は、まだうたがわしそうにいった。

「やってみるよりしようがない。ぼくと幸長が、腹をすえて口説く。——そして、もし、有能な学者で、単独であのことに気づきかけたのがいたら、これも強引にまきこんでゆくよりしようがない」

「ますます金がかかりますね……」安川は心細そうにいった。

「室長が、音をあげかけてるぜ」と山崎はいった。「なにしろ調査室内部での、特別秘密事項だからな。あまりほかの仕事を、予算面で圧迫しだすと……」

「いずれ、首相にじか談判だな」と邦枝は、決心したようにいった。「その時は——みんなもたのむ」

田所博士があたふたと横須賀へ向けて出て行ったあと、幸長は溜息《ためいき》をついて、テーブルの上の総合雑誌をとりあげた。——首相が、「世界雄飛」を思いついたという、論文が出ている雑誌だった。

「うまいものだな……」と、幸長はそのページを開きながら、嘆息した。「政治家の連中ってのは、それはそれで、非常に頭がいいな。一つの事をいい出すのに、ちゃんと口実をつくっておく。——まさか、この論文まで、君が手をまわして書かせたんじゃないだろうね」

「そうじゃない」中田はクスリと笑った。「そこまでやってるひまはないよ。——連中は連中で考えたんだろうな。誰か——秘書か官房長官か、そこらへんが偶然見つけて、さっそく利用したんだろう。連中、なかなか機敏だよ」

「この論文を書いた学者は、どんな人物だね？」

「よく知らんが、関西の若手の学者だな。——社会学者だと思ったが……わりとよく仕事をしてるよ。——切れるって評判だ……」

いずれは——と、その論文の字面を眼で追いながら、幸長は思った。——社会学者たちも、必要になってくるのだろう……。その時はいったい、いつだろうか？

3

赤坂の某料亭での会合で、首相はしごくさりげなく、経企庁長官と通産大臣にいった。

「どうだろう?——今日はあまりかたい話はしたくないんだが……政府、民間をふくめて日本資本の海外進出については、いったい、将来どの程度の見通しがあるかな?」

「まあ、ぼつぼつですな……」通産大臣はいった。

「国際巨大資本とはりあって、善戦していますが、海外からの風当たりが強くなって、ちょっと頭うちです。開発途上国も、ヨーロッパ、アメリカも、何らかの外交措置をとらないと、これ以上は、じり貧でしょうな——」

「ブラジルへも、ずいぶん進出しましたが、今はちょっと飽和状態でしょうな。向こうとしても、ここでちょっと一服して、投資分の消化をはからないと、インフレが再燃してくるでしょう……」と経企庁長官は、おしぼりで手をふきながらいった。「ずいぶん多種目にわたって、各国に幅ひろく進出してはいますが、ここらで、また新しい方向を考えないと、そろそろ海外の巨大国際資本のまきかえしが、本格化しはじめましたからね。アメリカの世界企業《ワールド・エンタープライズ》の物量と、やり方の徹底ぶりは、これからは底力を発揮してきますからね。拡大ＥＥＣも軌道にのってきたし、これからは、よほど好条件を出さないと苦しいですよ」

「まあアラブの石油、インドと中南米の製鉄、アフリカの銅、それに弱電と自動車、石油化学と金属精錬といったところは、なんとか根づきましたが……」通産大臣は茶菓子を口にはこびながらいった。「日ソ合弁の極東開発も、ようやく緒についたばかりですしね。日中経済協力も少しもたついてます。――あとはだいたい軽工業ですな。繊維は後進国におされ気味だし、日用品雑貨やプラスチック加工など軽工業のたぐいは、後進国に工場をつくって、現地の安い労働力を使って品物をつくり、こいつを輸出するなんてことをやってますが、全体としては、やや投資がにぶりはじめています」

「技術輸出は、かなり増加の傾向にありますが……」と経企庁長官はいった。「これも今のところはまだ大したことはないし――なにしろ、後進国向けは、資本が長期に固定する傾向があるし、支払いも長期にわたるうえ、依然として政情不安定ですから、保険や政府保証がないと、中程度のところは尻《しり》ごみしますな。アメリカみたいに、軍事援助や、同盟軍駐留といった形で、国のバックアップでもないとすれば、先方の事情を考慮して、〝企業移住〟をバックアップしてやらないと……」

「技術者の輸出みたいなのは、かなり、あるんですがね……」通産大臣は、歯をチュッチュッとすすりながらいった。「技術指導員や、技師たちですが――さて、これを輸出と考えていいのか――南イタリアの移民労働者などは、あそこは家族の紐帯《ちゅうたい》がきわめてつよくて、出稼ぎにいった連中は、どんどん本国の家もとへ送金するので、こいつが国にとってはバカにならない外貨収入になる。おかげで国によっては、ひどくいやがる国もあるぐらいですが――日本人は、すぐ日本の〝本社〟へかえりたがるんで、現地の信用をだいぶおとして、日本の投資や企業が歓迎されなくなりだしています」

「率直にいって……」首相はいった。「私は、日本が思いきって海外へ出て行かなければならない時期に来ていると思う。――もう、防衛的に内部へ閉じこもること――内部充実ばかりをはかっていても、しかたがない時期に来ていると……」

通産大臣は、ムスッとした顔で、湯呑《ゆの》みを見つめた。

「〝琵琶湖の小アユ〟論ですかな……」と経企庁長官は、笑いながらいった。

「それもある。――だが、それだけでもない。日本人は、将来、日本の中だけでなく、世界の中にちらばって生きてゆかねばならないと思うな。たくさんの日本人が……。もう、国内のことは、あまり、気をつかってもしかたのない時期にさしかかっているのじゃないか？――アメリカ資本は、進出の第一ラウンドを終わって、第二ラウンドにはいろうとしている。――お手並みはつぶさに拝見した。第一ラウンドは、ベトナム問題があって、こちらがかろうじてとったが、第二ラウンドは確実に向こうがとるだろう。こうなると、もう一度内部充実をはかって、防戦にまわるより、向こうの資本はある程度はいってこさせてもいいから、そのかわり日本は、国の方針として、どんどん海外へ出て行くことを考えたほうがいいように思う。〝さしちがえ〟ではなくて、〝入れちがえ〟で、だ。――国内はある程度食い荒らされても、世界全体にちらばった日本人や日本資本をトータルすれば、日本民族としては、ちゃんとソロバン尻があう、といったふうな考え方で……」

「しかしですな……」と通産大臣は、口の中でもそもそといった。

「そのためには――開発途上国もだいぶかしこくなっているし、指導者も国内建設に真剣になりはじめているから、今までどおりのやり方じゃだめだと思う。企業の海外移住、海外投資のために、国が方針を決めて、あらゆる面で強力なドライブをかけなければだめだ」と首相は真顔でいった。「ある程度、長期にわたる犠牲は、覚悟しなくちゃならんだろう。――国内がふんばってやって、本当の意味での、海外移住が根付くまで、相当の知恵とものをつぎこまなくてはならんだろうな」

「おっしゃるとおり、これから、よりいっそうの日本社会の国際化は、不可避ですし、すでに現在、ある程度そうしなくちゃなりたっていかないようになりつつあります」経企庁長官はうなずいた。「技術と、交通通信手段の発達は、まだまだつづきますからね。――情勢はおのずとそうなってゆくでしょうし、日本の産業を徐々にその方向にきりかえて……」

「いや、君――そこがちがうんだよ」と首相は、熱心な口調でいった。「情勢の展開をまっていたのでは、おそすぎると思うんだ。――むしろ、客観情勢が、おのずとそれを要求する以前に、趨勢《すうせい》を先取りして、手をうつのが――それが政治じゃないかね？　すべて、早め早めに布石をし、早すぎるための多少の犠牲や軋轢《あつれき》は覚悟のうえで、かなり強引にレールを敷いていくのが、結局は日本のために、犠牲を少なくすることになるのではないかな？　それが政治ってものだろう？——政治家は、国の現状を維持し、短期の舵取《かじと》りをやる責任ももっている。しかし、それだけでは不十分で、日本民族の将来といった大きな問題にもある程度責任をもって、いわば百年の大計をも考慮すべきじゃないだろうか？——本来は、そういった大きな方策を考えることが、政治家のつとめだと思うが……」

この人は変わったな——と、経企庁長官は、少しおどろいて、首相の顔を見つめた。——突然変わったみたいだ。考え方も——前にはこんな、くつろいだ席で、演説めかしたしゃべり方をしなかったものだ。それに、政治というものに関して、こんなに積極的な考え方をしなかった。——どういう心境の変化かな？　いったいなにがあったのだろう？　ひょっとすると、あの老人の——あるいは別の誰かの影響か？

首相は、どちらかといえば、平凡で、くせのないタイプの人物だった。——信念とか執念とかによって、強引に政治をひっぱっていくタイプではない。日本の一九六〇年代以降の社会情勢によって要求されてきた首相のタイプの一つ——何も、積極的な方針をうち出さないことによって、複雑急激な社会の変動にさからわずに、これをうまくまとめる、といった政治家の系列に属する人物だった。

有能で、問題処理の手ぎわがよく、ソフィスティケートされた政治感覚を持ち、あまり目だたない。——野党代議士や、口の悪い新聞記者が、よく陰で、首相と官房長官をいれかえたって同じことだ、などと悪口をいう。数年前、戦後三度目の連立内閣がわずか半年たらずで崩壊したあと、それまでどちらかといえば、目だたない存在だったこの人物が、まず与党総裁選に勝ち、総選挙にも勝って一挙に政局の混乱を収拾し、現内閣を軌道にのせた。――その手腕は十分みとめられてはいるが、混乱がおさまってみれば、一国の首班として、さほど魅力のある存在ではない、というのが、大方の下馬評だった。そのやり方も、慎重で、いつも力のバランスを考え、絶対に無理をしたり、自分からすすんで過激な方策や言動をとらない、というのが特徴だった。

その人物が、今や、自分から積極的に、ある方針をうち出そうとしている。それも――あの「世界雄飛」論の段階では、毒にも薬にもならない思いつきとも思われたが――どうやらかなり本気らしい。

いったいどういう心境の変化か？――この態度の大きな転換の兆《きざ》しの裏に、何かあるのだろうか？

「しかしですな……」と通産大臣はうつむいたままいった。「現在のような、技術の進歩と、社会の変化のテンポのきわめて速い時代に、そいつはなかなかむずかしいですよ。――どんな情勢変化が、十年先、二十年先に起こるかわからない……」

「そういう時代だからこそ、なおさら必要なんじゃないかね？」首相はいった。

「そりゃそうですが――今、あなたがいわれたみたいに、これから先、国内の充実をある程度犠牲、もしくは踏み台にしてまで、企業や人間の海外進出を積極的に行なう、という方向は、私は、時機尚早《しょうそう》だと思いますな。――今はむしろ、これまでの野放しの海外進出に手綱をかけ、じっと各国の動きを見るときですよ」

「私のいっているのは、そういうこともふくめて、日本という国も、企業も、一般国民も、すべてが本格的に海外各国、各民族、各地域文化と宥和《ゆうわ》して行く方向を考えてゆかなければならん、ということだよ。それには日本民族の、精神的健康ということや、そののぞましい将来像というものもからんでくる」首相は、急にいつもの、なめらかな調子にかえっていった。「せめて、今、私のいったような〝摩擦なき海外進出〟の方針に、どのくらいの可能性があるか、ということの、全面的検討をやってみる値打ちはあると思わないかね？――どうだね？」

「やってみましょう」と経企庁長官はいった。「私はおもしろいと思いますね」

民間人の出身で、怜悧《れいり》なことでは、閣内でもぬきんでている経企庁長官は、首相の言葉の中に、この方針を実現する、数字面からの裏づけを何とかこしらえてくれ、というふくみを感じとった。

彼は本気でやるつもりだな――と長官は思った。――どういう目算があるのかしらないが、とにかく彼は本気だ。おそろしいくらい、むきになっている。しかし、なぜだろう？

「庁内でグループをつくって、研究をやらせてみましょう」と経企庁長官はいった。

「大至急……」

「そうしてくれると、ありがたいな……」首相は、さらりとした調子でいった。

廊下に足音がして、襖《ふすま》があくと、党の幹事長がはいってきた。――背の高い、団子っ鼻の幹事長は、むずと席にすわると、

「外遊は、そんなに急ぎますか……」と、いきなり聞いた。「十一月の国会明け、と聞いたが……」

「できればそうしたい」と首相はいった。「それほど大げさなことじゃないんだ。――しかし、各国首脳にできるだけ会って、これからの世界と日本のことを話したい。――駆け足だよ。SSTの時代だからな」

「できれば、来年四月の総選挙のあと、というわけにゆかんですか？――今度も相当ふんばらなきゃむずかしいところがある。――海外といっても、特別の問題もなし、それほど急ぐこともないでしょう」

「だから、ちょっと行ってちょっと帰ってくるだけだ。ほんの短期旅行だよ」

「このところ、ばかに海外づいてますな」と通産大臣がいった。

「まあね……」と、首相はいった。「なにしろ今度、いちばん末の娘がヨーロッパに留学して、これで、子供たちみんな〝海外雄飛〟しよったからな。――牛にひかれて海外雄飛だよ」

首相はかんだかい声で笑い、みんなも笑った。経企庁長官は、首相の笑い声の中に、つよい不安がこもっているのを感じとった。

手が鳴って、華やかな衣装をつけた女たちが敷居際に次々と手をついた。――部屋の

中が、一時にパッと明るくなったようだった。

女たちの嬌声《きょうせい》にかくれて、また建具がガタガタと鳴り、電灯がゆらゆら揺れたことを、一座の誰も気がつかなかったようだった。

4

国会の与野党議員有志の提唱による「衆院地震対策特別委員会」が発足したのは、十月にはいってまもなくだった。――それから少しおくれて、文部省測地学審議会と気象庁によって「日本列島地殻変動特別調査班」が編成され、これとほとんど前後して、日本地学会のほうでも、同じような研究連絡組織が発足した。

地震予知部会に事務局をおいた特別調査班は、文部省を通じて、緊急臨時予算を国会に要求しようとしたが、すでに前々年から、予知部会が、全国の無人観測所の大ネットワークをつくるために、かなりな予算をつぎこんでいる点で難色をしめされ、とくにその調査プロジェクトが、やや欲ばりすぎていたせいもあって、国会会期中には了承が得られそうもなかった。――あわてて斡旋《あっせん》を依頼しようとした、衆院の地震対策特別委も、その段階ではまだ、地震の被害多発地帯の与野党代議士の、地元へのゼスチュアの色彩がつよく、あまりたよりにならなかった。――こうして、中央の日本列島調査は、やや足ぶみ状態で、臨時の予算がつかないままに、これまでの情報を、総合的に検討してみるというところからはじまった――。

日本は秋に向かっていた。――年々ひどくなる暑熱の名残りは、九月の秋分をすぎてまで、時折り舌をのばしたが、それもおさまり、日ごとに深まりゆく空の色と、夜ごとうるおいをおびはじめる灯火のもとに、人々はやっと喧噪《けんそう》と災厄にみちた夏の記憶から、落ちつきをとりもどしはじめた。

地震と噴火があれほど集中したのに、その年、台風や洪水《こうずい》の被害が、全国的に見て少なかったことが、まだしもだった。いくつかの地方で、かつて長野《ながの》県の松代町がそうだったように、地震はまだ日夜連続して起こっていた。九月半ばに三陸地方に二度、かなりの津波がおそい、北海道の根室《ねむろ》地方も、別の海底地震による津波によって若干の被害をうけた。九州地方の噴火は、まだ活発につづいており、桜島《さくらじま》が活動を開始して、気象庁から正式の警告が発せられた。――しかし、それらのニュースは、すでにローカルニュースの性格をおびて、人々の話題の中心から退いてゆき、街の話題は、日本シリーズの行方をはじめとするスポーツや、秋のファッション、新しいダンス・リズム、アフリカ中部の動乱、中国政変後の新路線、中南米の革命さわぎ、たびたび失敗して、中途でひきかえしながら、ついにその秋に決行と決まった、アメリカの火星着陸計画などにうつっていった。

国内では、原子力発電汚職と、青少年の、LSDにかわる新しい麻薬中毒の激増が問題になりつつあった。麻薬関係では、日本国内で発見された、国際犯罪シンジケートの大きな組織が、人々をおどろかせた。その秋のモーターショーでは、時速百六十キロの電気自動車と、突如覆面をぬいだ、某社の、自家用エアカーが話題をさらった。——日本全国にわたって、有感地震は毎日何百回と起こり、建物にひびがはいったり、倒壊したり、地盤が狂ってビルがひんまがったりしていた。——しかし、人々はもう、そのことをあまり気にとめなくなりはじめていた。秋の行楽シーズンがはじまり、海外旅行団がいくつも出発し、また外国からも到着し、観光地や名所は貸切りバスでいっぱいになり、巻雲《けんうん》を一刷毛《はけ》はいた、ぬけるような青空の下に、色づきはじめた山々の稜線《りょうせん》をぬって、若いハイカーたちの歌声がひびき、早場の稲はすでに重く、黄色く実って垂れさがり、最近ではどこの農家にも普及した、ミニコンバイン——自動稲刈り脱穀装置が、山間にエンジンの音と、蜂のようなうなりをこだまさせはじめた。——今年もまた、米作は、前年を上まわる空前の豊作だ、と農林省は発表していた。

日本は、例年とちっとも変わらぬ足どりで、秋に向かっていた。巷《ちまた》も、人々も、気候も、自然も……。そう、一見自然も……。

熊野灘《なだ》で、一連の潜水テストを終えた小野寺は、いよいよ明日から本格的なテストにかかるという晩に、東京へ帰ってきた。——〝ケルマデック号〟の調子は故障箇所もなおってまずまずというところだった。行動性その他の点では、〝わだつみ1号〟のほうが、はるかに優秀だったが、深海潜水艦では、しにせのフランスで建造されただけあって、中古とはいえ、まったく不安感がない。それに、片岡という天才的技術者が、調整と改装につききりだった。工作船〝よしの〟が、改装を終わって、D計画司令船としての任務につくまでの間、とりあえず、〝たかつき〟で潜水調査を開始すべく、今夜半に一行は鳥羽湾を出航し、第一回潜水地点に急行する予定だった。――京都大地震のあと、先斗町の瓦礫《がれき》の下からやっとのことで這《は》い出し、すぐ復旧した電話で東京に連絡をとって、その場から中田の指示にしたがって、実家にも帰らず〝ゲルマデック〟買いつけに、ヨーロッパへ飛んだ小野寺は、テスト終了と調査開始の合間にやっと一晩ひまを見つけ、一ヵ月以上帰っていない青山のアパートへ若干の荷物をとりに帰るべく、鳥羽から水陸両用の自衛隊連絡機で、羽田《はねだ》へ帰ってきた。――明日は、また、同じ連絡機で、幸長や中田といっしょに、犬吠埼《いぬぼうさき》の東方百五十キロの地点に回航してくる〝たかつき〟まで飛ばなければならない、というあわただしさだった。

しかも、原宿の本部に立ち寄ったとたん、中田、幸長をはじめとする連中につかまってしまい、連絡システムや、プログラムに関する、はてしない議論の中にまきこまれてしまった。

むちゃな話だ――と、小野寺は、ふつうの会社の仕事のテンポにくらべたら、おどろくべき超スピードで、次から次へと問題が片づけられているのに、なおいっこう減らない膨大な仕事をながめながら、呆然《ぼうぜん》とした。――この連中は、たったこれだけの人数で、こんな途方もない仕事をやってのけるつもりか?

「測地学審議会と気象庁が、とうとう動き出した」と、幸長は、ファクシミリ・ニュースをしめしながらいった。「急がなくちゃなるまい。――なにしろ、向こうは、第三次UMP（地球内部開発計画《アッパー・マントル・プロジェクト》――一九六一年に国際測地学・地球物理学連合総会で決議された国際計画で、日本では第一回は一九六四年から三ヵ年計画で、おもに地震の原因と予知の研究を中心に実施された）以来、観測網と観測装置が非常に拡大充実してきている。協力する大学や研究機関も多いし実績も積んでいる――カバーする範囲がうんとひろいからな。日本列島の地殻異常運動を集計するだけで、気づくやつがいるかもしれんぞ」

「大丈夫、そちらはそちらで大いにやってもらったほうがありがたいな」中田は、クスクス笑いながらいった。「穂積が動いてくれるし、学術会議議長のほうからうまく手をまわして、とにかく、向こうのネットワークにはいってくる観測調査データは、観測点におけるなまのままのやつと、向こうで最終的に整理集計したやつと、両方ともそっくり、はいってくることになっているんだ。つまり、連中は、それと知らず、こちらの手助けをしてくれることになる。――田所先生が、すでにそういう体制をつくりかけていた。今度はそいつを、完璧《かんぺき》なものにしたわけだ。――向こうは、それに海洋底が、まだ今のところウイークポイントだ。そのぶんだけ、こちらが先行《アヘッド》している」

「幸長さんには聞かせたくないんだが、こちらの仕事で新しく開発した仕掛けもちょっと使ってね――」山崎が肩をすくめた。「なんだと思います？――コンピューターの盗聴器さ」

「えらいものができてるんだな」と幸長は嘆息した。「そんなことまで、やったのか？」

「要所要所でね……」と中田は爪をかんで、ほろにがそうな顔つきでいった。「まあ、やむを得なかった。——簡単な機械だ。コンピューターの端末器のインプットとアウトプットの所にしかけて、パルスをひろう。こちらの受信器を電動タイプにつなぐと、同じ数字が出てくる。コンピューターにはいる情報を解析しておけば、何の問題について、どんな解答が出たか、だいたいあたりがつくさ」

「まあいい。——そういったことに関しては、もう口出しはせんし、聞かないことにしよう」幸長はあきらめたようにいった。「そちらは、君たちにまかせるよ。——ただ、ぼくのほうにはいった情報で、もう一つ気になることがある。IUGG（国際測地学・地球物理学連合）の一部で、日本列島の、最近の地殻変動に対する関心が、異様に高まりだしているという。もし、世界じゅうの学者の眼が、日本を注目しだしたとしたら……」

「時間だよ、幸長。そいつだけがたよりだ」と中田はいって、幸長の肩をたたいた。「IUGGだけならまだいいが——それに連中は、世界でいちばんすすんでいる日本の地震学の面子《メンツ》を、まだたてようとするだろうから。——問題は、出しゃばりな外国の大企業や軍関係が、興味を持ち出したら、ちょっとやっかいだ。が、まあしかし、まだ時間はある、と信じよう。何年、何ヵ月、何週間、何日間、何時間……何分何秒。こちらが抜けるかが問題だ」

「気がかりといえばもう一つ……」と邦枝がいった。「例の〝世界海洋教団〟が、田所さんの行方《ゆくえ》を、血眼になって捜しているらしい。報告書は出したし、契約も切れてるんだが、後始末がまだ残っているとかで……ずいぶん、義理も礼儀も知らん人だといって怒っているらしいぜ」

「義理や礼儀を欠いた点では、おれや幸長だって同じさ」中田は、のびをして、肩をトントンとたたきながらいった。

「こちらの小野寺君なんて、その最たるもんだ。れっきとした、一流会社のエンジニアが、地震の時から蒸発しちまったんだから……」

そのことを考えると、小野寺はかすかに胸の痛みのようなものを感じた。――吉村部長はともかく、常務と専務には……怒っているだろうな、二人とも。

「さて、いくらやってもきりがない。――いよいよ明日から、調査開始だ」と、中田はいって、書類をポンとほうり出し、大あくびした。「今夜はゆっくり寝て――どう？小野寺君。寝酒《ナイトキャップ》がわりに、ちょっと飲みに行かないか？みんなとの近づきに――というのも変だが、かるくいっぱいゆこうや。君は明日からはまた当分、東京に帰れないんだから……」

「いいですね――」といって、小野寺は時計を見ながら立ち上がった。「一、二時間なら大丈夫です」

一行は、安川を残して、代々木に最近できた、超高層ビルの最上階の展望ホールにあるバーへ行った。人の形が、ようやく見わけられるほどのほの暗いバーは、十一時だというのにかなりたてこんでいた。テーブルに、赤や青のキャンドルシェードの光がゆらめき、バンドはしずかな音楽を流し、服装のいい男女が静かに、ささやくように話しあっていた。女たちの、なめらかな顔、むき出しの腕や肩、胸もとにかかるネックレスなどが、青藍色《せいらんしょく》のうす暗がりの底に、暗い海底の魚の腹のようにほの白くゆらめき、ライターの火が、時折り小さな、オレンジ色のフラッシュのように明滅した。

窓際に席をとった五人は、白葡萄《ぶどう》酒を注文して、静かにグラスをあわせた。

「では……」と邦枝はいった。「明日からの壮途を祝して……」

「壮途というほどのものじゃないな……」と小野寺は、ちょっと笑った。「調査の成功を祈って……」

「〃ケルマデック号〃の、無事と活躍を祈って……」と幸長がいった。

「そして……」と中田が最後につけくわえた。「日本の前途のために……」

グラスが小さく鳴り、冷えた、芳醇《ほうじゅん》な液体がのどをすべっていった。小野寺は、二杯目を注ぐと、低い声ではじまった一同の会話から、ちょっと身をひくように椅子の背にもたれ、天井から床まではりつめられたガラスごしに、眼下にひろがる夜の街に見入った。

――東京の夜は、相変わらず、光の洪水だった。水銀灯の青く冷たい光の間を、ヘッドライトの白い光、テールランプの赤い光が、奔流となって流れ、巨大な蛇のようにうねるハイウェイを、黄色いナトリウムランプが照らし、あちこちに、黒い巨人のようにつったった超高層ビルは、この時間だというのに、まだ幾百万もの明かりをちりばめていた。

四十五階建ての最上階から見おろすと、遠く赤坂、六本木《ろっぽんぎ》から、銀座あたりまで見えた。赤、緑、青、淡い紫など、色とりどりにかがやくネオンは、夜空にくるくると、飽きもせず同じ光の文字を描き、空全体が、明るい照りかえしに染め上げられたそのあたりを見つめていると、その空の下にくりひろげられている、歓楽のざわめきまでが、手にとるように聞こえてくるような気がするのだった。

地上に地下に、はてしない迷路をくりひろげている銀座のバー……そのどの店にも、美しく細っこい、服装のいい娘たちがいて、これも服装のいい客たちと、グラスをあわせては、そのなめらかなのどをのけぞらして、かわいらしく笑い、玉虫色に光る唇に、オードブルのオリーブをほうりこみ、フロアでリズミカルに腰をふって踊り……表通りは、そろそろ帰り客をひろうタクシーが群がりはじめる時刻だ。地下鉄、国電、自家用車、これから客と、熱海や箱根へ遠乗りに出かけるホステスたちもいるだろう。六本木、赤坂は、まだこれからにぎやかになる……。東京……千二百万の人々が住む、この巨大な、世界で最も繁栄している都会……。この東京が――この感じのいい、スマートな、遊ぶことの上手な明るい人々と女たちの住む巨大な都会が、そしてそれをのせた巨大な日本列島が……。

そんなことが信じられるだろうか！

いったい、そんなことがあり得ることだろうか？——この都市は、世界で最も巨大で、この都市をのせる陸地は、小さいとはいえ、長さ二千キロ、面積は三十七万平方キロもあり、高さ三千メートルを越す巨峰をいくつものせ、山と森と、野と川と、一億一千万人の人々と、その人々を生活させる都市や工場や住宅や道路をのせ……。

まさか！——そんなばかなことが考えられるか！　小野寺は暗いガラスごしに、じっと夜の中に眼をすえた。夜空に、光の点にふちどられてつったった東京タワーの頂きあたりをかすめて、国内線、巨大なエア・バスが、赤と白の灯を点滅させながら、黒い怪鳥のように羽田のほうへおりて行った。——これらいっさいのものが、もし、田所博士が危惧《きぐ》しているようになるならば……もし本当にそうなら……いったい、この巨大な都市と、そこにくりひろげられつつある生活は、どうなるのか？　一億一千万の人々が、この島、この土地、この歴史的蓄積の上に開花した一つの社会の中に抱きつつある、明日へのささやかな夢は——？　家を建てる。子供を産み育てる。大学へ行く。海外へ行く。歌手になりたい娘たちや、芸術家になりたい少年たち……灯ともしごろともなれば、男たちは、酒と女と談笑の中に、一刻の快楽を持つことをもとめ、釣りやゴルフや、ギャンブルなどにささやかな楽しみを味わい……、そういった、一億もの人々の、ささやかな明日への希望はいったい、どうなるのか？

──たのしんでくれ……小野寺は、光のあふれるあたりを見つめながら、ほとんど祈るような気分で思った。──せめて、今、しっかりたのしんでおいてくれ、みんな。一刻一刻を、かけがえのないものとして、たのしむのだ。ささやかすぎる快楽の記憶でも、ないよりはあったほうがましだ。今、たのしんでおくのだ。──明日は、……ないかもしれない。

「行こうか？」と中田は、時計を見ながら立ち上がった。

「今夜はみんな、ゆっくり寝ておこう」

「アパートのほうは、いちおうちゃんとなっていると思うよ」と幸長はいった。「安川君が、管理人にたのんで、家賃もはいっている……」

会計の所まで来たとき、今秋のはやりの、わずかに青みがかったベージュ色のスーツを着た、小柄なほっそりした娘が、小野寺の顔を見て、突然、

「あら！」と小さな声をあげた。「あの……こちら、たしか……小野……」

「ああ……」小野寺は、やっとその娘が誰だったか思い出した。「マコちゃん──だったな」

「ええ、そう。おぼえていてくださったのね！　感激だわ！──小野田さん……いえ、小野寺さん」

「そう──君の店は、ええと、ミルト……だったね」

「あれから全然いらっしゃらないのね。ユリさんとうとう、アクアラングを教えていた

だけなかったって残念がっていたわ」マコと呼ばれた娘は、連れの恰幅《かっぷく》のいい紳士をほうっておいて、すがりつきそうにしながらいった。「またいらして――ああ、吉村さんがいってらしたけど、あなた、会社おやめになったんですって？」

小野寺は、ちょっと暗い顔でうなずいた。

「じゃ……」と娘はいった。「またいらして……お電話ちょうだい。きっとよ……」

「かわいい子だな……」と邦枝が、からかうようにいった。「ホステスかい？」

「ああ――、見つけられて、まずかったかな」小野寺は、連れの男に、小鳥のようにしゃべりかけながら、奥のほうへ行く娘を見送りながらつぶやいた。「口止めしようか？」

「いいだろう。あの様子じゃ、どうってこともなさそうだ」と中田はいった。「それに、明日は海の上――いや、海の底だ」

青山のアパート――もとは買い取りのマンションだったが、売れなくて、アパートに鞍《くら》がえしたものだった――に帰って、管理人にあいさつしようとすると、どこかへ出かけたのか、鍵《かぎ》がかかっていた。エレベーターで、三階へ行き、ひさしぶりに自分の部屋の前に立ったとき、中で人の気配がした。――見ると、鍵が、何かでこわされている。考えるひまもなく、ドアをあけてとびこむと、中には煌々《こうこう》と明かりがつき、若い男女が、半裸で抱きあって床に寝ころがっていた。

「なんだ、君たちは！」

そう叫んだとたん、背後から、後頭部をしたたかなぐられた。——朦朧《もうろう》としてゆく意識の隅で、女のかん高い笑い声が鳴りひびいた。

失神していたのは、ほんのわずかの間だったらしく、気がついたときは、誰かが汚いハンカチで猿轡《さるぐつわ》をはめようとしているところだった。手が後ろでしばられ、足首もしばられていた。しかし、気がついてみると、妙にルーズで、だらしないしばり方だった。

部屋の中には、五人ばかりの男女がいた。——みんな十代から二十代《はたち》そこそこで、ひょろひょろと背が高く、よれよれの臭いシャツを着ていた。男たちは、無精ひげをはやし、娘はキチキチのジーパンをはいたのと、スリップ一つになってしまっているのと二人だった。スリップの娘は、パンティもはいていなかった。男の中にも、パンツをぬいでしまって、やせこけたむき出しの臀《しり》をおったてて、おう、おうと泣くような声をたてながら、床を這《は》いまわっているのがいた。弦《つる》が二本切れたギターをかきならしながら、それを見てゲラゲラ笑っている青年もいた。ジーンパンツの娘は、垢《あか》だらけのねずみ色のスポーツシャツをぬいでしまい、とろんとした眼つきでギターをひいている男のズボンのボタンをはずそうとしていた。——スリップ一つの娘は、ベッドの上で、もう一人の、やせて、髪の毛を肩までのばした青年に、しきりにいどみかかっていた。しかし、その青年は、ベッドの上にじかにぶちまけた、肉か何かの缶詰を、手づかみでムシャムシャたべていた。

これが、今問題のドッピー族だな、と小野寺は、連中のドロンとにごった眼と、生気のない肌を見ながら思った。――ＬＳＤや新種の合成麻薬を飲んで、酔っぱらって街をうろつく若者たち――もうずいぶん前から問題になっているのに、その数はいっこうに減らず、むしろ最近は、増える一方であり、かつては豊かさの中に生きる方向を見失った都会の若い連中だけで、年をとると、おのずとみんなまともになっていったのが、このごろでは、三十を越えてもその中から這い出さない連中も増えてきた。――睡眠薬からはじまって、目薬やマリファナ、シンナー、ＬＳＤとかかわってきた彼らの酩酊《めいてい》剤のいっさいの歴史が、現在の彼らの「文化」として総合され、このごろでは、アメリカの犯罪シンジケートから直輸入される、「麻薬《ドープ》」という俗称の、得体の知れない薬が大流行で、ドープと、古い言葉のヒッピーをくっつけて、ドッピーと呼ばれている連中だった。――かつては他人にあまり迷惑をかけなかったが、このごろでは、やや凶悪化していて、薬に酔っぱらって自家用車をおそったり、他人の家に不法侵入したりする。つかまっても、よほどのことがなければ心神喪失状態というので大目に見てもらえるし、若い連中には、少年法の適用もある。

　そんな連中に今、彼の部屋が占領され、めちゃくちゃに荒らされているのだった。ステレオはぶちこわされ、ＬＰはこなごなになり、ベッドは切りさかれ、テレビはひっくりかえされ、冷蔵庫はぶちまけられ、絨毯《じゅうたん》の上には反吐《へど》が吐かれていた。

　そんな光景を見ていても、小野寺は奇妙に腹がたたなかった。手を動かしているうちに、連中が薬で酔っぱらいながらしばった結び目はすぐにほどけ、それからゆっくり足の紐《ひも》をときにかかると、連中は、ポカンとふしぎそうな顔をして見ているだけだった。「だめじゃない！」とスリップ姿の娘が、しわがれた声で叫んだ。「ほどいちゃったじゃないのさ」

彼がゆっくり床から立ち上がるのを、連中はまだ、怯《おび》えたような眼つきで見ていた。

――ギターの男が真っ先にギターでなぐりかかってきたが、小野寺は、すぐギターをうばいとって、それこそ喜劇映画によくあるように、ギターの胴が相手の首にすっぽりはまりこむほどたたきのめした。あとの二人の男をのばすのに、一分もかからなかった。

――こんな、薬《やく》で酔っぱらっている若僧を相手に、何ておとなげないことだ、と思いながら、腕のほうは、ちっとも容赦せず、金切り声をあげてかみついてきた娘たちまで、部屋の隅にはりとばしていた。

「他人の部屋を借りるなら、もう少しきれいにしたらどうだ……」と小野寺は、へたばって息をついている若者たちにいった。「掃除しろ。――といっても、そうラリってい ちゃ無理だな。だが、汚れものの始末ぐらいはしてもらうぞ」

そういうと、小野寺は、男たちを一人ずつ襟がみをひっつかみ、ベッドの上の缶詰の中身と床の上の反吐に、顔をギュウギュウこすりつけた。――怯えきって、土気色の顔をしている娘たちも、一人ずつ髪をつかんでひきずって来て、汚物の上にベッタリ顔をおしつけた。

「さあ、食え」と彼はいった。「なめろ。――おまえたちの仲間じゃ、よくこういう儀式をやるっていうじゃないか」

娘が泣き声をたてるのを聞きながら、彼は腕の力をゆるめなかった。――自分の中に、こんなに凶暴なものがまだひそんでいたのかと思うと、わびしく、おぞましい感じだった。昔は、彼も、よく喧嘩《けんか》したものだった。青春の時、誰しもが一時は味わう、あの出口のない怒りと憎しみにかられて、むちゃな暴力もふるった……。

「警察へはとどけない……」廊下にボロくずのようにたたきつけておいて、彼はいった。「早く行っちまえ。――せいぜいたのしむんだな、せいいっぱい酔っぱらって、今のうち思いっきりたのしむんだ。そして――さっさと死んじまいな」

マンションふうアパートの冷淡さで、これほどのさわぎが起こっても、両側の部屋は、ドアもあけず、静まりかえっていた。

ドアをしめると、彼は溜息《ためいき》をついて、部屋の中を見まわした。掃除の婆さんに金をやって、片づけさせることにして、彼は必要なものだけを取り出して、スーツケースに詰めた。――手紙がたくさん来ていたが、不必要なものはみんな捨てた。社からの呼出し状にまじって、結城からのメモと手紙があった。結城は何度もこの部屋をたずねてくれたらしかった。――心の痛みを感じながら小野寺は、結城の手紙を開封せずにひきやぶって、ダストシュートにほうりこんだ。

そのほかの通信では、不在電話のテープにはいったものがだいぶあった。プレイバックしてみると、大部分は会社からのものだった。――終わりのほうに、女の声がはいっていて、聞きなおすと、玲子のものだった。

「東京へ出て来たので電話しました……」と玲子の声がいった。「この間はありがとう。

——父が、あの地震のすぐあと死にました。私——、葬式がすんだらヨーロッパへ行きます。九月の半ばすぎになると思います。——もし、それまでに、この電話を聞いたら、葉山のほうへお電話ください。べつに、用ってないんだけど……」

それから、声はしばらくとぎれ、もう終わりかと思って、巻きもどそうかと思うと、ちょっとしわがれたような、せきこんだ声で、もう一度聞こえた。

「あなたと、もういっぺん……寝たいわ。——さよなら」

彼はテープをとめ、巻きもどし、それからちょっと考えて、消去のボタンを押した。

——ドアがあいたような気がしたので、ふりかえると、さっき、スリップ一つだった女の子が、おずおずと小さい丸い顔をつき出していた。頬と顎《あご》が、まだ汚物でぬれていた。

「なんだ?」と彼は聞いた。

「あのう……靴を忘れたの……」と小娘はいった。

薬が切れたのか、その顔は、ひどく幼く、かたく、土気色で、さむざむとしていた。

——こんな小娘を、おれはさっき、怒りにまかせてひどい目にあわせたのか、と思うと、急に自分に対する情けなさがこみ上げてきた。——彼はベッドの下から、かかとのへしゃげた靴をひろい上げて、娘にわたした。

「ありがと……」と娘はいった。

「待ちたまえ……」と、彼は声をかけた。――小娘は怯えたように、体をかたくしてふりかえった。「顔を洗っていくといい」

娘が、戸口のところでためらっているので、彼は腕をつかんで洗面所に連れて行き、水を出してやった。――娘は、観念したように、顔をぶるぶると洗い、洗いながら急に、肩をふるわせて泣き出した。うすい肩が、まるで幼女みたいだった。タオルをわたしてやり、もう一つのタオルをぬらして、娘の赤い、うすい毛にくっついた汚物をぬぐってやりながら、彼はそれでも、おれは絶対にやさしい声はかけんぞ、と自分にいいきかせた。

娘がしゃくり上げながら、ドアの所まで行ったとき、彼は娘の肩に手をかけた。

「やさぐれてんのか？」と彼はいった。――そして娘の返事を待たずに、ポケットの中から、そこにあるだけの金を出して、娘の手ににぎらせた。

「これで、たのしみな――」と小野寺はいった。「思いっきりたのしむんだ。――だが、あまり他人に迷惑をかけるなよ」

娘はポカンとして、両手で札を持っていた。――彼は行け、と合図して、ドアをしめた。彼自身も、今夜はどこかよそに泊まらざるを得ない。掃除は、管理人に金をわたして、掃除婦でもよこしてもらおう。

スーツケースをさげて、廊下に出ると、もうさっきの小娘の姿はなかった。――廊下の窓から見おろすと、暗い茂みの中で、車をとめて抱きあっているアベックが見えた。

溜息をついて、窓をはなれたとき――ゴォッと地鳴りがして、建物がゆれはじめた。電灯が一斉に消え、どこかで窓ガラスの割れる音がした。誰かが、暗がりの向こうで叫んだ。――彼は、窓枠につかまりながら、何度目かの、みしみし、ごうごうと鳴るゆれかえしを味わっていた。――これは大きいぞ……と彼は思った。闇をゆすって、ゆれかえしは何度も来た。割れた窓ガラスのむこうに、スパークのようなものが、パーッと青白く光るのが見えた。大地は、暗闇そのものをゆすぶりたおそうとするように、くりかえし、くりかえし、ふるえつづけていた……。

5

自衛艦〝たかつき〟――

基準排水量三〇五〇トンのこの艦は、対潜兵器ダッシュを搭載して、第二次防時代にこのクラスの一番艦として就航したが、のちに保管艦となって予備役にしりぞき、一年ほど前から、特務艦としてカムバックしていた。前後の五インチ砲はそのままながら、かつての花形対潜兵器ダッシュも、アスロック、ボフォースなどの対潜ロケット・ランチャーもはずされ、ひろい後甲板に、機雷敷設用のレールが二条とりつけられており、その二条のレールの上にまたがる架台をつけて、〝ケルマデック〟を搭載するようになっていた。むろんこれは、防衛技研の片岡の案だった。――片岡は、専門の電子兵器のほかに、しばらく海上自衛隊の造艦計画、とくに特殊艤装《ぎそう》にタッチしていたことがあり、急場の改装ならお手のものだった。

すでに艦型としては古くなったとはいえ、まだまだ健在の、二軸六万馬力のタービンにものをいわせ、三十ノットから三十二ノットの快速で、〝たかつき〟は日本列島東方の洋上をかけめぐり、田所博士の指示にしたがって、日本海溝の海溝斜面のあちらこちらに〝ケルマデック〟をおろし、二週間に二十数回という、はげしい潜水スケジュールをカバーしていった。――東経百四十二度から、百四十五度までの間を、北緯三十四度付近から、さらに北上して、北緯四十五度付近まで……。三陸の沖合では、すでに南下しはじめた千島寒流と出合って、濃霧と波浪に翻弄《ほんろう》され、〝ケルマデック〟も、海中の潮目に遭って、木の葉のようにもまれ、深海底までにごって目視観測ができないような日に、何度か遭遇した。ソ連の巡視船が、うさんくさそうにまわりをうろつく日もあった。――連日の潜水で、小野寺の皮膚は青白くにごり、眼は血走り、頬はみるみるこけ、不精ひげはのび、関節の痛みと不眠になやまされはじめた。――〝ケルマデック〟が使いなれた〝わだつみ〟と、どこか微妙な点で勝手がちがう、その緊張もあった。しかし、いずれにしろ、海上のおだやかならぬ波浪と闘いながら、小さなブイのような艇をあやつり、七千メートル、八千メートルの深海底まで下降して、どなりまくる田所博士の指図どおりに艇を動かし、ライトをつけ、水中照明弾をうちあげ、写真を撮り、ビデオをまき、海中に観測機械をおろしたり、海溝底や海溝崖《がい》に自動観測装置をうちこむ作業を、多い時には日に二回もくりかえしていては、心身の疲労もかさなろうというものだった。──摂氏二、三度という冷たい深海底では、まわりの機器類が氷のように冷え、吸湿剤は一回の潜水ごとに取り替えねばならぬほど、ゴンドラに湿気がこもってしまうのだった。──それに、急改造で、所せましとさまざまな観測機械類をとりつけたゴンドラ内は、窮屈すぎて、潜水中の数時間は身動きもとれないほどだった。

「体に気をつけてくれ」幸長は心配していった。「ぼくたちは、交替がきくけど、君は今のところ、かけがえがないんだからな」

幸長も心配して、横須賀から、フロッグマン部隊付きの医師を連絡機で呼んだ。──その手当てで、関節の痛みは少しましになったが、不眠はなかなか治らなかった。

〝たかつき〟は、南から北へ、また南へと、日本海溝の上を、往復二千キロ以上にわたって遊弋《ゆうよく》しながら、〝ケルマデック〟を海底におろしていった。昼間、洋上に停止して、潜水作業にかかり、夜間に、高速で次の地点へ移動する。──こうして、日本列島のわき腹へ、少しずつ小さな探針をつき刺していく。南西から北東へ、二千キロにおよぶ島は、やはり巨大で〝ケルマデック〟の探針は、そのほんの一部につき刺されるだけにすぎなかった。

なんという作業だ！──と幸長は、時々自分のやっていることの途方もなさに、あきれた。──巨人の腹に、ノミがとまったようなものだ。

銚子沖では、海溝底で、何度も浅発性の地震に出遭った。──平方センチあたり一トンの水圧下で、突然ドシン！　とつきあげるような衝撃をうけ、ゴンドラがメキメキなるのを聞くと、いくら安全係数を十倍にとってあるとわかっていても無気味だった。――そんな中でも、作業はつづけられ、幸い好天が多くて、いちおう観測は、予定より少しおくれるくらいのペースでつづけられていった。――作業がすすむにつれ、田所博士の顔も、しだいに青ざめ、髪もぼうぼうにのび、ただ眼だけが、ギラギラとかがやくようになっていった。

十七日目――〝ケルマデック〟は、連日の酷使のためか、ついに機構の一部に不調を起こして、潜水を見あわせなければならなくなった。田所博士は、膨大な資料をかかえて士官室《ガンルーム》にとじこもり、小野寺は、全身のけだるさとたたかいながら、〝たかつき〟の機関部員と、黙々と〝ケルマデック〟の修理にとりくんだ。

十九日目――予定よりおくれて、ついに特殊工作艦〝よしの〟が、会合地点に到着した。三本のレーダーマスト、宇宙通信用の、巨大なパラボラアンテナが、水平線に姿をあらわしたとき、一同は、何とはなしに歓声をあげた。――かつて飛行艇を搭載していた、低い後甲板のスライド式格納庫の両脇には、巨大なデリックがつき出し、後尾舷側には、バンパーのアームがつき出している。二基の連動デリックは、後尾に曳航索《えいこうさく》でたぐりよせられた〝ケルマデック〟を、簡単に水中から甲板上につり上げられるし、甲板上から進水するときも、スライド架台でスピーディに行なえるようになっていて、乾舷《かんげん》の高い〝たかつき〟で、進水や収容に苦労したことを思えば、作業ははるかに楽にゆきそうだった。

〝よしの〟には、片岡が乗ってきていた。栗色の、少年のような丸い顔をした、眼のよく光る、小柄な青年だった。

「意外に手間どって、すみません」と片岡は、ニコニコしながら艦橋からスピーカーでいった。「さっそく積みかえをやります。――中田さんも、邦枝さんも乗ってます。山崎さんは、すぐあとから、連絡機で来ます。――こちらで会議をやるでしょう？」

一同が、ランチに乗りうつろうとしたとき、見送りに出ていた、〝たかつき〟の艦長のところに、通信文がとどけられた。――ちらとそれを一瞥《いちべつ》した艦長は、そのままそれを田所博士に手わたした。

「箱根に、噴火の徴候があらわれたそうです」艦長は、ポツリといった。「三宅島も鳴動をはじめているようです。――ちょうどよかった。本艦は、三宅島へ急行します」

〝ケルマデック〟の、黄色い船体は、すでに水上にあって、波間にゆられながら、ゆっくり〝よしの〟の後甲板にひきよせられつつあった。――あわただしい引っ越しがすむと、〝たかつき〟は、たちまち艦首に白波をけたてて、洋上を快速で遠ざかって行った。

――小野寺や幸長は、遠ざかり行く艦に手をふった。

「歓迎夕食会どころじゃなかったようですね……」と中田はいった。「どうします？さっそく会議ですか？」

「もちろんだ」と田所博士は言下にいった。

「艦長にあいさつがすんだら、すぐオフ・リミットで会議だ。部屋は？」

「とにかく、荷物をめいめいの部屋においてきてください」と邦枝はいった。「あとで、このD計画の総司令室へ案内します。――会議はそこでやりましょう」

二十分後、一同は、前部上甲板にある司令室に集まった。コンピューターのランプが壁面いっぱいに点滅し、記憶装置《メモリー》のテープやドラムがまわり、室の一方には、あの電子発光板《エレクトロ・ルミネッセンス》を使った進行表と、磁性プラスチック・ボードに描かれた日本列島地図がつりさげられ、室のほぼ中央部には、透明で巨大な長方形のプラスチック塊が据えられていた。プラスチック塊の中には、何もはいっていなかったが、片岡が、台についたスイッチをいれると、その中に色鮮やかに、日本列島の着色立体像が浮かび上がった。――一同は思わずホオッと嘆声をあげた。

「きれいでしょう」と片岡は白く光る歯を見せていった。

「これは防衛技研が開発した、立体写真《ホログラム》用の投影スクリーンです。――虚像ものぞけますが、実像用のブロック・スクリーンとしては、これがおそらく世界最初でしょう。透明に見えますが、このプラスチック・ブロックの中には、ある種の金属微粒子がはいっているんです」

「航空写真が、そのまま立体化するのかね？」と、幸長は聞いた。

「いや、そうはいきません。高空から視差《パララックス》を利用して撮った赤外ステレオ写真をもとに、着色立体模型をつくり、そいつにもう一度レーザー光線をあてて、原板をつくらなきゃならないんです。――なぜって、立体写真の原板は、立体からのレーザー反射光線の干渉を利用してつくるんですからね。ほら、これが原板です」

片岡は、台の下から、ふつうの手札くらいの大きさの乾板をひき出して見せた。――そこには何の姿もうつっておらず、眼のチラチラするような単色渦や雲型や、多重リングの、干渉縞《しま》模様が見えるだけだった。

「ふしぎなものだな……」と小野寺はつぶやいた。「これにレーザー光線をあてると、あの着色立体像が見えるわけですか？」

「そう――ステレオスコピックな写真から、立体模型をつくるのは、このごろずいぶん簡単になった。視差のある写真をスキャニングして、一度解析にかけて、素材カッターの制御数値を出せばいいんだからね。このごろじゃ、写真にも撮らず、二台の飛行機を一定間隔とって飛ばせて、テレビカメラで地形を映しながら、いきなり一次情報を記憶してしまう方法もあるし……。ただ、ホログラムにしておくと、たくさんの立体図をストックしておくのに具合がいいんでね」

スイッチをきりかえると、プラスチック塊の立体像は次々に縮尺の変わったものがあらわれた。あるものは海底地形も補われていた。

それだけではなく、片岡が操作すると、立体像の上にさまざまな記号や光点や矢印や線があらわれた。地熱流や、重力異常、地磁気分布、地殻の隆起、沈降、水平運動、火山活動、ほとんどあらゆるデータが、立体像の上に投影できる。

「コンピューターに接続して、はいってくるデータをそのまま投影することもできる。――ラフなものだがね」と中田はいった。

それと、中央のデスクの一角にもうけられた、数千枚の地図や、図表類をマイクロフィルムで内蔵している投影板が、片岡の自慢だった。

「統幕本部用に開発してた試作品を、そのまま持ってきたんだ」片岡はニヤニヤ笑いながら、次々に選択ボタンを押して見せた。「技研の所長は、おこられてるかもしれないけどね」

「ところで……」と邦枝はいった。「会議をはじめませんか、先生。――これからの計画とそのすすめ方について……」

田所博士は、司令室の片隅にいて、椅子を壁のほうに向けてすわり、膝《ひざ》の上に両肘《りょうひじ》をついて、頭をかかえるようにして、じっともの思いに沈んでいた。――幸長は、斜め背後から、博士の顔をのぞきこめる位置にいたが、その時、不精ひげだらけの博士の鉛色の顔が、おそろしく苦渋の表情でこわばり、顔じゅうに脂汗がいっぱい浮かんでいるのが見えた。

「田所先生……」中田が声をかけた。「山崎君をのぞいて、D－1計画のメンバーは、全員そろいました。――ここでもう一度、全員に、計画の目的と、これまでわかったことの概略について、簡単にご説明ねがえるとありがたいのですが……」

「田所先生……」幸長は、博士の傍によって、肩に手をかけた。「お加減でもわるいのですか？」

肩にさわられた博士は、電気にでもふれたように、ピクッとふるえて、椅子からとび上がった。

「ああ……」と博士は、太い息を吐きながらいった。「ああ……そうか——」

それから博士は、のろのろと一同のかこむデスクのほうへやってきた。壁のコンピューター、投影板、操作盤類をぼんやりながめ、巨大な透明プラスチック・ブロックの中に浮かんでいる、日本列島の三次元模型をめずらしそうにながめていた。——それをながめているうちに、博士のうつろな眼差《まなざ》しは、しだいに光りはじめた。

「おもしろい装置だ……」と博士は、そのホログラム投影用のプラスチック・スクリーンを食いいるようにながめながらつぶやいた。「日本列島だけでなしに、もっとひろい地域を——西太平洋から東南アジア全域の像は映せるか？」

「今のところ、これがいちばん大きな面積です」

片岡は、スライドを動かした。日本列島を中心に、小笠原諸島、沖縄、台湾《たいわん》、フィリピン、それに朝鮮《ちようせん》半島と沿海州の一部をふくむ海域の模型図が浮かび上がる。

「よし——それを映しておいてくれ」

そういうと博士は、ブロック・スクリーンからはなれて、日本列島を描いたプラスチック・ボードの下に立った。

「諸君——すわってくれたまえ」博士は、低いかすれた声でいった。「今から……説明

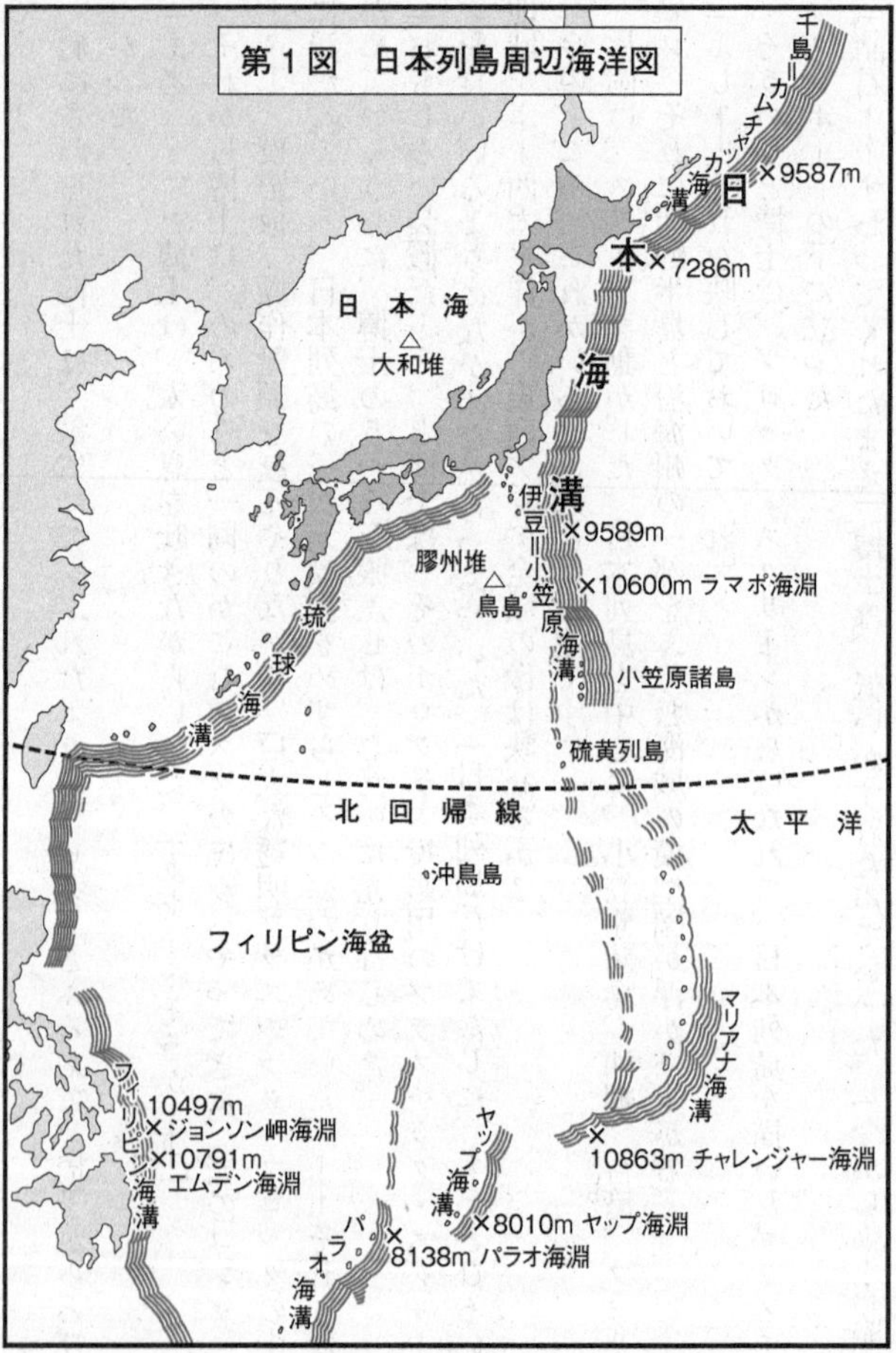
第１図　日本列島周辺海洋図
千島＝カムチャツカ海溝
×9587m
日本海溝
×7286m
日本海
大和堆
×9589m
伊豆＝小笠原海溝
膠州堆
鳥島
×10600m ラマポ海淵
小笠原諸島
琉球海溝
硫黄列島
北回帰線
太平洋
沖鳥島
フィリピン海盆
マリアナ海溝
フィリピン海溝
10497m
×ジョンソン岬海淵
×10791m
エムデン海淵
×
10863m チャレンジャー海淵
ヤップ海溝
×8010m ヤップ海淵
パラオ海溝
×
8138m パラオ海淵

をする」

一同はデスクのまわりに腰をおろした。博士は、巨大なプラスチック・ボードの下に立って、しばらく床に眼をおとし、何か考えているようだった。――その姿を見て、幸長は突然はげしく胸をつかれた。

この人は――と幸長は思った。――たった二、三ヵ月の間に、何てふけこんでしまったんだ！　まるで十年も年をとったみたいだ！　髪に白いものがふえ、顔からは生気が失せ、しわがふかまり、眼はしょぼしょぼと赤らみ、表情は疲れはてている。

「D計画は……」と、田所博士は抑揚のない声でいった。「私のこれまでのさまざまな研究や調査の結果、この、田所一個人の頭の中に、ぼんやりと形をとりかけてきた日本列島の地質的大変動の可能性について調査し、研究する計画である」

田所博士はちょっと言葉をきって、眼を落とし、息をついた。

「その可能性とは――日本という国家に大打撃をあたえるほどの規模の大変動……場合によっては、日本列島が潰滅するかもしれないほどの大変動だ……」

なんとなく、ひやりとした空気が一同の上を流れた。――田所博士は、ボールペンを取りあげると、プラスチック・ボードの上の地図をコツコツとたたいた。

「D計画は、今のところ、D－1と、D－2とにわかれている。事態の進展にともなって、さらに多くのセクションが加えられるかもしれない。D－2は、最悪の事態が起こった場合の、日本民族と、その資産に関する処置を研究している。D－1計画は、われわれの行なっている調査だ……」

博士はちょっと頭に手をやって、考えこむようなポーズをとり、またしゃべり出した。

「順を追って話そう。——私は、海底火山の研究をやってきた。とくに、太平洋海底の、ギュヨーに関しては、十年以上、調査をつづけてきた。しかし、私の関心は、しだいに海底火山から、海底山脈や海底地質学へ、さらに海洋底下の、地下構造一般へと拡大していった……」博士は、ブロック・スクリーンの上に、両手をついた。「最初に、私が妙なことに気づいたのは、最近の日本近海における重力異常帯分布が、わずか十年ほど前に行なわれた調査結果から大きく狂い出している、ということだった。地質学的な、それも地下数十キロメートルのマントル層の変化として、この十年という変化の期間は、あまりに短く、あまりに急激だ。部分的には、数十ミリガルから百ミリガル、距離にして、数百キロメートルも、異常帯が東方にむかってずれている。それにともなって、地電流、地磁気の異常のパターンも変わりつつある。地熱流に関しては、今までも大きかった日本海側の地熱流が、これまた異常に大きくなりはじめている。——その矢先に、小笠原北方で、島が一つ沈んだ。わずか一夜のうちに、海抜数メートルの島が海中に消えた。これはまことに奇妙なことだった」

田所博士は、小野寺の顔を見た。——小野寺は、何とはなしに唾《つば》をのみこんだ。

「私は、その調査を行なった時、もう一つのことに気づいた。それからひきつづいて、私は、自分の頭の中に浮かんだパターンを、たしかめにかかった。今回の調査でも、も

第2図　地球構造図

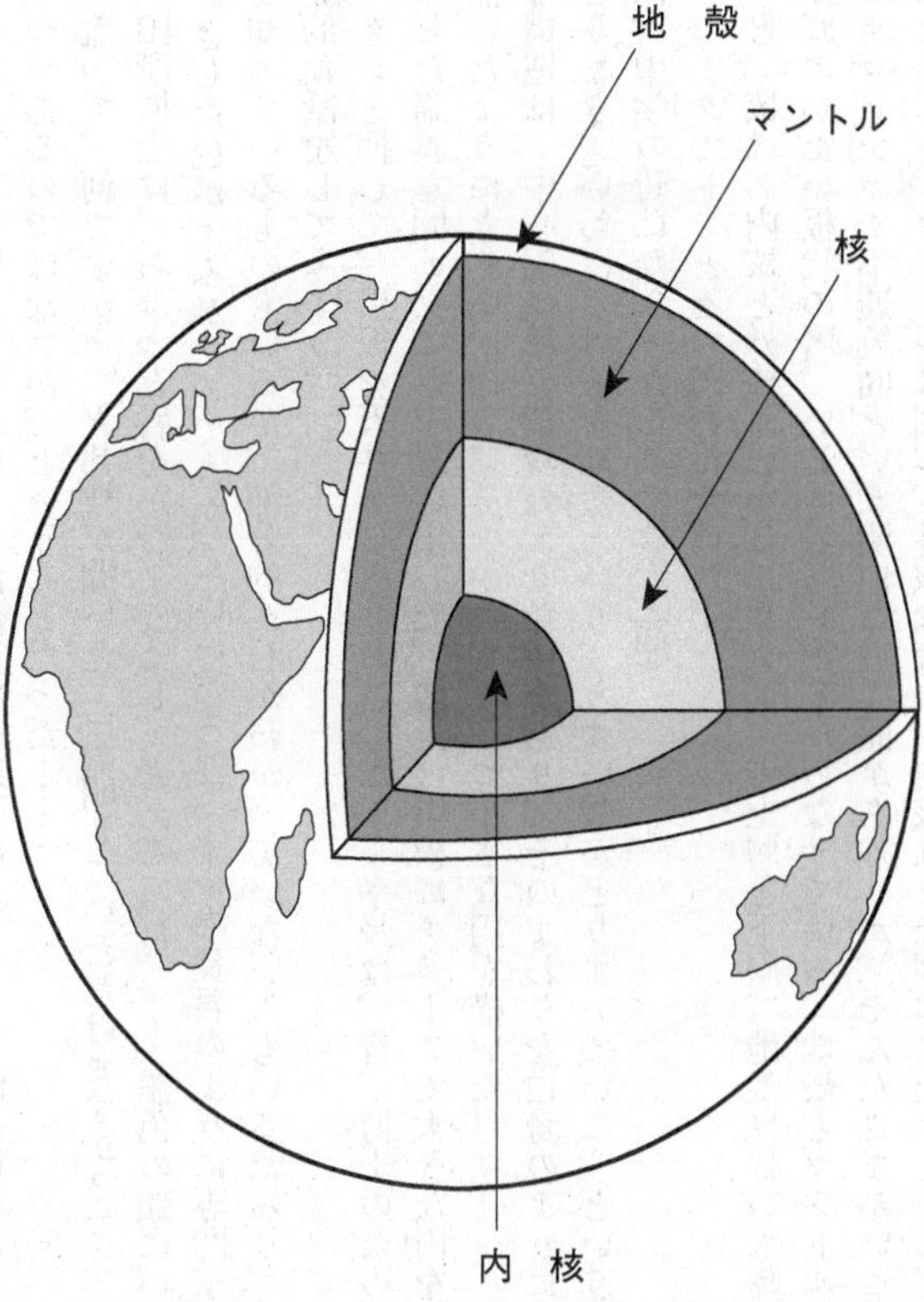

っぱらそのことに力をそそいだ。それは日本海溝沿いの地下のマントル対流の様相が、急激に変わりつつあるのではないか、ということだった……

「マントル対流って、何ですか？」と邦枝が聞いた。「説明していただけますか？」

「うん……」田所博士は、ちょっと唇をかむようにして考えこんだ。――鉛色の顔にいくらかいきいきした色がよみがえってきた。「いいだろう。――幸長君のように専門家として全貌《ぜんぼう》を知っているものもいるが、部分的にしかわかっていない人もいるだろう。簡単に、基礎的な話をしてみよう」

博士は、ボタンを押して、黒板を天井から吊《つ》りおろした――幸長は、昔、博士のたのしい脱線にみちた講義を聞いたことを思い出した。博士は黒板にチョークで大きな円を、コンパスで描いたようにきれいに描き、その中にもう一つ小さな円を描いた。

「地球の内部構造は、中心部に卵の黄身のような核《コア》があり、そのまわりを白身のようにマントルがとりまき、いちばん外殻を地殻《クラスト》という、うすい殻がとりまいている、ということぐらいは、中学の時にならったろう」(第2図)

博士は、チョークでトンとその円をたたいた。

「正確にいうと、核は、内核と外核にわかれ、マントルも上層と下層、地殻は軽い大陸地塊と、太洋底のかたい板状の層、いわゆるプレートからなっている。地殻とマントルの間には、モホロビチッチ不連続面という明白な境界面がある。が、そんなこまかいことはどうでもよろしい。マントルは固体、外核は液体、内核はまた固体になっている、と考えられている。これは地球内部の地震波のつたわり方から、推定されたことだ。むろん核には重い物質が集まり、マントルはその次、地殻はいちばん軽い物質でできている。地球中心部の圧力は推定三百万気圧、温度は摂氏六千度ぐらい、マントル核境界付近で摂氏四千二百度、マントル地殻境界付近では、大陸塊地下で六百度から八百度、海洋底ではせいぜい二百度ぐらいと思われる。――ちなみにいっておくが、マントルの厚みは、地球半径の、ほぼ半分をしめる二千九百キロメートル、これに対して地殻の厚さは、大陸部でわずか三十キロメートル、海洋底では、さらにうすく、せいぜい五キロメートルぐらいしかない。大陸塊は、海洋底地殻を構成するシマ層を通して、マントルの上の、かたい板状の層――いわゆる〝プレート〟の上の、氷山のように浮いている。――つまり、ヒマラヤやアンデスのような高山のある所では、地下に大陸塊は深くつき刺さったような格好になっている。……いわゆるアイソスタシイというやつだ。そして、地殻表面を構成する〝プレート〟は、いくつかの〝割れ目〟によって分割されている」

その話を聞くと、小野寺は何となく、足もとの床がぐにゃりと溶けていくような気分のわるさにおそわれるのだった。――「大地のごとくゆるぎない」という言葉があるが、その実、人間は、この直径一万二千七百キロメートルの岩石質の惑星の表面の、薄皮の上にのっているのだった。文明も、歴史も、生物のいっさいの歴史も……大洋底で、わずか厚み五キロ……地球半径のたった千二百五十分の一の厚み……直径五十センチの風船の、〇・二ミリの薄膜！

「ところで、このマントルが――その構成物質は、おそらく橄欖石《かんらんせき》であろうと考えられているが――地震波のつたわり方から見て、常識的には固体と考えられているにもかかわらず、超長期的、すなわち地質年代的には、液体のように対流を起こしているらしい、ということが、最近明らかになってきた。いちばん早い時期には、一九二九年、有名なヴェゲナーの〝大陸移動説〟がとなえられたとき、大陸を漂移させる原動力として、エジンバラ大学のホームズが仮定し、その後、ヴェゲナーの説がすたれるとともに、この仮説も忘れられていったが、ついここ十四、五年の間に、大洋底調査がすすむにつれて、また、そう考えなければ辻褄《つじつま》の合わないことがたくさん出てきた。――これは、一九五〇年代、イギリスのランカーンおよびブラケットが、古地磁気学の分野から、ふたたび〝大陸移動〟のあったらしいことを証明したのとは、別個にとなえられはじめていたが、トロント大学のウイルソンらによって、ふたたび大陸移動の原動力にむすびつけられた。――要するに、マントルは、深部において、年間一センチないし二センチ、地表付近の速いところで、年間二センチないし六センチという、かなりなスピードでもって地殻下を流れ、これが地殻表層のプレート――とりわけ海洋底プレートの、大きな動きをつくり出し、かつ巨大な大陸地塊を動かし、大陸周縁部に、高く長い大褶曲《しゅうきょく》山脈をつくり出す原因になっているらしい。……片岡君、世界地形図を……」

片岡がスイッチを操作すると、デスクの地図投影板に色鮮やかな世界地図が浮かび上がった。

「明視スクリーンのほうに映しましょうか？」と片岡はいった。「そのほうが見やすいでしょう」

黒板の脇におりてきた明視スクリーンに映る地図を前に、田所博士は、後ろ手を組んで語りつづけた。

「海洋底の大規模調査が、全世界で行なわれはじめたのは、やっと一九五〇年代初頭からにすぎない……」博士はボールペンで、大西洋の上をさした。「そして、マントル対流説は、海洋底の地熱流量が、大陸塊の上とほとんど変わらない、という、それまでの予測をうらぎるような事実の発見から、ふたたびとり上げられた。——むずかしい理屈は略すが、大陸塊においては、その中の花崗岩《かこうがん》中にふくまれる放射性物質の熱が、地熱流のほとんどの原因になっているのに、放射性物質をわずかしかふくまない大洋底玄武岩質地殻においても、大陸上と変わらぬ熱流量がある。ということは、地下のマントルの対流によって、深い地球内部の熱がはこび上げられてくると考えるよりしかたがないからだ。マントル内には、ほとんど放射性物質はふくまれないと考えられている。また、たとえふくまれているにしても、熱伝導度の極度に小さいマントル内を通って、単に伝導だけで地殻に達すると考えると、地球誕生当時、すなわち四十五億年前に地下わずか数百キロメートルで発生した熱が、現在ようやく地表に達するにすぎない。そこで、大洋底における地熱流は、マントル対流によって、地球深部からはこび出されてくるものと考えざるを得なくなってきた。——ところで、ここを見たまえ」

博士は、ボールペンを、大西洋の中央部にそって走らせた。
北極圏アイスランド付近から、南北アメリカ大陸と、アフリカ西海岸のつくり出すS字型の大西洋の中央部を、まったく同じS字型を描きながら、はるか南極圏にいたるまで、幅千キロ、高さ三千メートルにおよぶ巨大な大西洋中央海嶺《かいれい》が走っている。

ヨーロッパ、アフリカ西海外線と、南北両アメリカ大陸の東海外線は、くっつければ相互に凸部と凹部が、すっぽり合わさるように見える。ヴェゲナーの大陸漂移説――南北両アメリカ大陸は、白亜紀以降、ヨーロッパ、アフリカ地域からはなれて、西へむかって移動した、という仮説の、最初のヒントが得られたポイントだ。（第3図）

「南北大西洋の中央を北極圏から南極圏まで走るこの巨大な海底山脈――すなわち大西洋中央海嶺《ミッド・アトランチック・リッジ》は、その異様な性格で注目されている。すなわち、この高さ三千メートルの山脈中央部に、深い裂け目が走っていること、その裂け目の中心線にそって、地殻熱流量が異常に大きいこと、大西洋海底地震の震源が、この山頂にほとんど集中していること――まだいろいろあるが、これらの点から、ウイルソンは、この中央海嶺こそ、地下マントル対流の上昇線であり、ここの地下に地底深部から上昇してきて、両側へ分れるマントル流にのって動く、プレートの動きこそが、ヴェゲナーのいう古代大陸パンゲアに、巨大な割れ目をつくり、かつ南北両アメリカ大陸を西にむかって押しやった原動力だと唱えた。――その後の調査で、この考えは、ますますたしからしく見えてきた。そして、いわば地殻のひっぱりによる割れ目に相当するこの海底山嶺《さんれい》――つまりマント

第3図　ヴェゲナーによる大陸移動の歴史

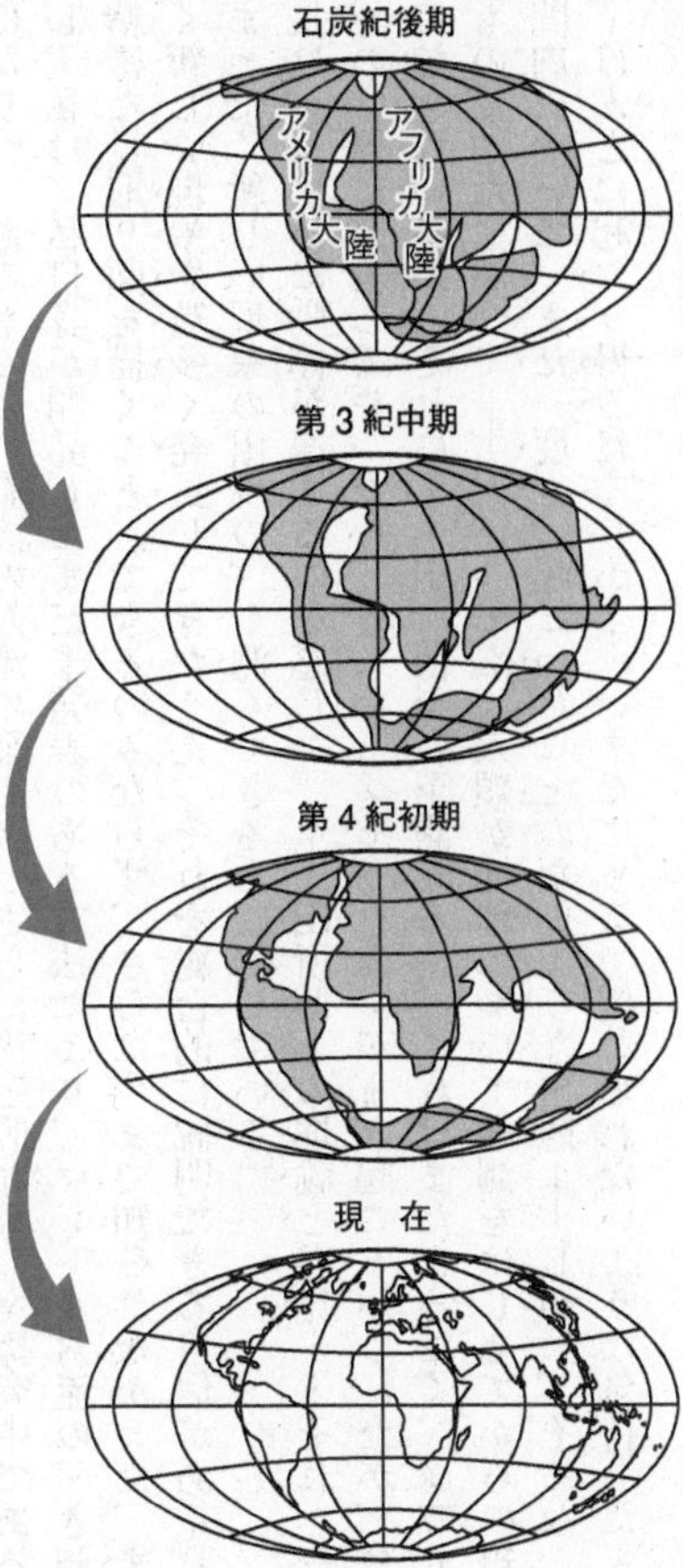

ル対流上昇部は、その後全世界の海洋底に走っていることがわかってきた」田所博士は、ちょっと言葉を区切って、一同を見まわし、少し低い声でいった。「ただ、今のところ、マントル対流と海底山嶺は、いくつかの傍証から帰納的に類推されるだけで、明白な事実とはなりつつあるものの、直接の対流の証拠は、さらに決定的なものを探究中である。しかし、私は、私自身が開発したまだ未発表のある方法により、マントル対流の、きわめて精密な見取り図を描くこともできるのみならず、さらに今まで知られなかった、まったく新しい現象を数多く発見してきたうえ、それを総合的に説明できる自信があるし、またまったく新しい現象の出現の、予測もできると確信している」

幸長は、かすかに動悸《どうき》が速まるのを感じた。――田所博士の理論と発見……それを今、全世界の学界に発表してやったら、どんなセンセーションがまき起こるか！　だが、今、それはできないのだ。それに――田所博士の予測たるや、これはまたまったく、途方もないものだった。かつて――といっても、人類が地球について観測をはじめてからの短い期間内において、まだ一度も、起こったことのないような事態――しかし、そんなことが、ほんとに起こり得るだろうか……いまだにまるで信じられないような気持ちだ……。

「さて……」と博士は、ダイヤルをまわして、世界地形図の太平洋を中央にもってきた。

「では、太平洋の場合はどうか……」

小野寺は、ちょっと唾《つば》をのみこむようにして、体を乗り出した。

太平洋！

それはなんと雄大な海洋か！――東経百二十度から西経八十度まで、東西は緯度にしてほとんど地球を半周する間にひろがり、南北は、北緯五十度から南緯六十度まで、これも、地球を半周するほどの大きさをもっている球形の海……北緯六十度を通る大円で切った地球の半球は、ほとんどこの凸形の水面でおおわれているといっていいのだ。

その満々たる水面の大部分は、けし粒のように散在する島々を、わずかに浮かべる以外、陸地の影もなく、その周辺は、海洋にむかってたれさがる、いくつもの花綵《はなづな》のような弧状の陸地によってふちどられている。東は南北両アメリカ大陸の、ふくれあがる西海岸線、ロッキー、アンデスの大褶曲に――そして北からは、アリューシャン列島がモールのようにたれさがり、さらに千島＝カムチャツカ弧、日本列島弧、琉球列島弧がその東縁をかざる。日本列島中央部からは、さらにもう一つ南方へむけて、小笠原＝マリアナ弧がたれさがり、台湾からのつづきのフィリピン群島弧との間に、雄大なフィリピン海盆をつくり出す。南半球東部は、ニューギニアからはじまるソロモン、ニューヘブライズ、ニューカレドニア列島弧、さらに南では、サモア、フィジー、トンガ、ケルマデックからニュージーランドを南北につらねる弧状地形が、走っている。――そして、これら太平洋西部弧状列島の大洋側海底は、いずれも深く大洋底に切れこんだ、巨大な海溝を形成しているのだ。

「すごいもんだな……」と片岡が、着色鮮やかな海底地形図を見て感に堪えたような声でつぶやいた。「太平洋の底が、あんなにしわだらけとは思ってもみなかった」

小野寺は、ちょっと片岡のほうをふりかえった。

「まあ、あれは例によって、鉛直線方向——つまり高さを誇張して描いてあるからね……」と小野寺はいった。「それでも、海の底に高度数千メートル級の大山脈が何千キロも走っているのは、めずらしいことじゃない」

そういいながら、小野寺は、やはりその巨大な、水色にぬられた太平洋の、とくに東半分に集中している多数の海底山脈群——その水面上に顔を出す高い山頂部は、ほとんどが火山性の列島や群島になっている——に、はげしくひきつけられていた。日付変更線の東、西経百五十度付近を、北方から、ハワイ諸島、北西クリスマス諸島、さらに南半球にマルケサス、ツアモツ、ソシエテ、オーストラル諸島——海図では、ほとんど眼にもとまらぬ、中部太平洋の砂粒のようなこれらの島々の海面下には、それぞれ雄大な大海底山脈群が横たわっているのだ。

そしてまた、南半球日付変更線以東、オーストラリア大陸塊までの海底地形の、何という複雑さ！

ニューギニア島から、ビスマーク諸島、ソロモン＝ニューヘブライズ、ニューカレドニア、ロード・ハウエ、サモア、トンガ＝ケルマデック＝ニュージーランドと、何本もの大海底山脈が、せまい海域に並行して走り、そこは——そうだ、もしこの海域に海水がないとしたら、大山岳地帯と考えられるだろう。さらに赤道の北方には、ニュージーランド海域ほどけわしく折り重なってはいないにせよ、ギルバート、マーシャル、カロリンの諸島を頂きにのせた海底山脈が、海面下に隆々とそびえたっている。

「北東太平洋の海底は、あまり海底山脈はないんだな」と、片岡はささやいた。「だけど北米大陸から、ハワイ、クリスマス諸島にむけて、海底に何本も溝のようなものが走っているね。あれは何だい？」

「海底断層帯だよ」

そういいながら、小野寺は、胸をつかれた。

――たしかに、アラスカ湾から、はるか南方のツアモツ海底山脈までの間の巨大な海底は、大平原といっていいほどなめらかだ。しかし、そのなめらかな海底を、北米西海岸を発して、緯度にそって東から西へ、ほとんど太平洋の半分にも達する細長い割れ目の線が、何本も並行して走っている。断層帯は、北半球から南半球まで、ほぼ等間隔といっていいくらい、規則正しい間隔でならんでいた。まるで、その海洋底で、地殻がひびわれてでもいるように……。

「何だか気持ちが悪いな……」と片岡はいった。「地球が、輪切りにでもなりそうな感じだ」

「いちばん北のやつは知らないな。――北緯四十度の線にそって東西に走っているのは有名なメンドシノ海底断層だ。あの断層の北と南とでは、地殻が千キロ以上も東西にずれている。それから、その下が、海底断層としていちばんよく研究されているマレー破《は》砕《さい》帯、メキシコ沖合から走ってるのが、クラリオン破砕帯、赤道のすぐ北、北緯十度付近からちょっと斜め南方に走っているのが——こいつが断層としてはいちばん長いクリッパートン破砕帯だ。西経百五度から百四十度へかけて、延々三千数百キロものびている。南半球のやつは——名前を知らないな」

「いいかね——」

田所博士は、棒をとりあげると、南米チリー沖合いの海底山脈をさした。

「太平洋側は、ひろすぎるせいもあって、海底調査がまだそれほどすすんでいない。しかし、太平洋側のマントル上昇部による海底隆起は、大西洋海嶺からこの南東太平洋海嶺へとつづいている。——海底山脈は、ごらんのように、インド洋中央からインド半島西岸へむけて北上して、マルジブ、ラカジブ両諸島をつくっているが、ウイルソン説をとるならば、この海底山脈によってあらわされるマントル上昇と、その山脈の両側にむかって、動かされるプレートの動きこそが、かつてアジアから分離されていたインド大陸を北へむかっておしやってアジア大陸に衝突させ、その海縁部を隆起させてヒマラヤ大褶曲《しゆうきよく》をつくり上げ、現在なお、ヒマラヤ山脈の高度を増加させつつある原動力にほかならないだろう。このインド洋海底山脈の分岐は、紅海《こうかい》にはいりこみ、ここでアラビア半島と、アフリカ大陸の間に割れ目をつくり、現在なおこの割れ目は拡大しつつあると考えられている。さらにこの分枝は、エチオピアのアビシニア高原から南下し、ウガンダ、ケニア、タンザニア、マラウイ、モザンビークと、赤道を越えて走っており、ここに、ルドルフ湖、アルバート湖、ヴィクトリア湖、タンガニーカ湖、ニアサ湖という大湖沼群列と、ケニア、キリマンジャロなどの火山高峰をつくり出している、南北四千キロにわたる東アフリカ大地溝帯《グレート・リフト・バレー》をつくり出している。つまり、東部アフリカは、この地溝帯によって東西にちぎれかけている、というのだ。さて――」

博士の棒は、東部太平洋の雄大な海面をさした。

「東部太平洋のプレートの動きは、この解釈によると、南東太平洋海嶺《かいれい》で上昇したマントルが、北西へむかって表層マントル流を形成している、と考えられる。ツアモツ、クリスマス、ハワイの東太平洋島嶼《とうしょ》群が、いずれも南東から北西へむかって走り、その火山が北西へ行くほど古くなっているのがその証拠の一つだ、というのだ。――このプレートが、西太平洋プレートにぶつかって下降し、その下にもぐりこむ。その下降分枝が、西太平洋島弧の東側に特有のあの長い海溝をつくり出す、と考えられている。海溝にそって、負の重力異常帯、地熱流異常帯が存在するのは、地殻より重い、かつ熱量の大きなマントル物質が、そこで深く地中にひきこまれている証拠とされている。しからば――アリューシャン列島弧にはじまる、アジア太平洋縁辺部特有の、数多い弧状列島の形成はいったい何を意味するか？　日本、東南アジア、大洋州《オセアニア》東部海底の複雑きわまりない海底地形、さらにこの数多い島弧にそって、顕著な火山帯と地震帯が走っているのをどう解釈したらいいのだろうか？」

部屋の中は、しんとして、誰一人身じろぎもしなかった。田所博士は、スイッチをバシッと音をたてて切り替えた。——西太平洋北部、大陸と日本、千島、東南アジアをふくむ地域がスクリーンの上に拡大された。

「ところで——太平洋沿岸を一巡する、いわゆる環太平洋地震帯においては、新大陸側においてもアジア大陸側においても、地震の震源が、島弧付近では浅く、大陸側に近づくにつれて深くなっていき、そこに地表に対して浅い所で角度三十度、中深度において は六十度に達する一つの震源分布斜面、というべきものが考えられることは、かなり古くから知られていた。たとえば、南米においても、深発性震源は大陸内部アンデスの東側の地下に達し、もっと顕著な、たとえばスマトラ＝ジャワ、バンダ海の大褶曲弧では、褶曲弧の内側、すなわちボルネオの方向へむけて、震源が深くなっている。日本列島の場合も、浅・中発性震源は太平洋側から大陸へかけての一つの斜面上にプロットされる。(第4図)——ただ、日本の場合、地下三、四百キロから七百キロにおよぶ深発性地震の震源は、マリアナ、小笠原、伊豆と走る富士火山帯に並行して北上し、中部地方、フォッサ・マグナ西方で本州を横断して日本海に出、対岸ウラジオストックあたりで、ほぼ直角に東北へまがり、オホーツク海中央部にまで達する、きわめて幅のせまい、震源帯を形づくっている。——このことを、ちょっと記憶しておいてほしい。とにかく西太平洋における列島弧の地下には、大陸中央部へかけて斜めにきれこんでいる、マントル断層面というか、破砕帯というか、そういったマントル塊の不整合面が存在する。それははるかに地下七百キロにまで深くきれこみ、大陸側マントル塊は、あたかもこの斜面

第４図　日本列島地下の深発地震傾斜図

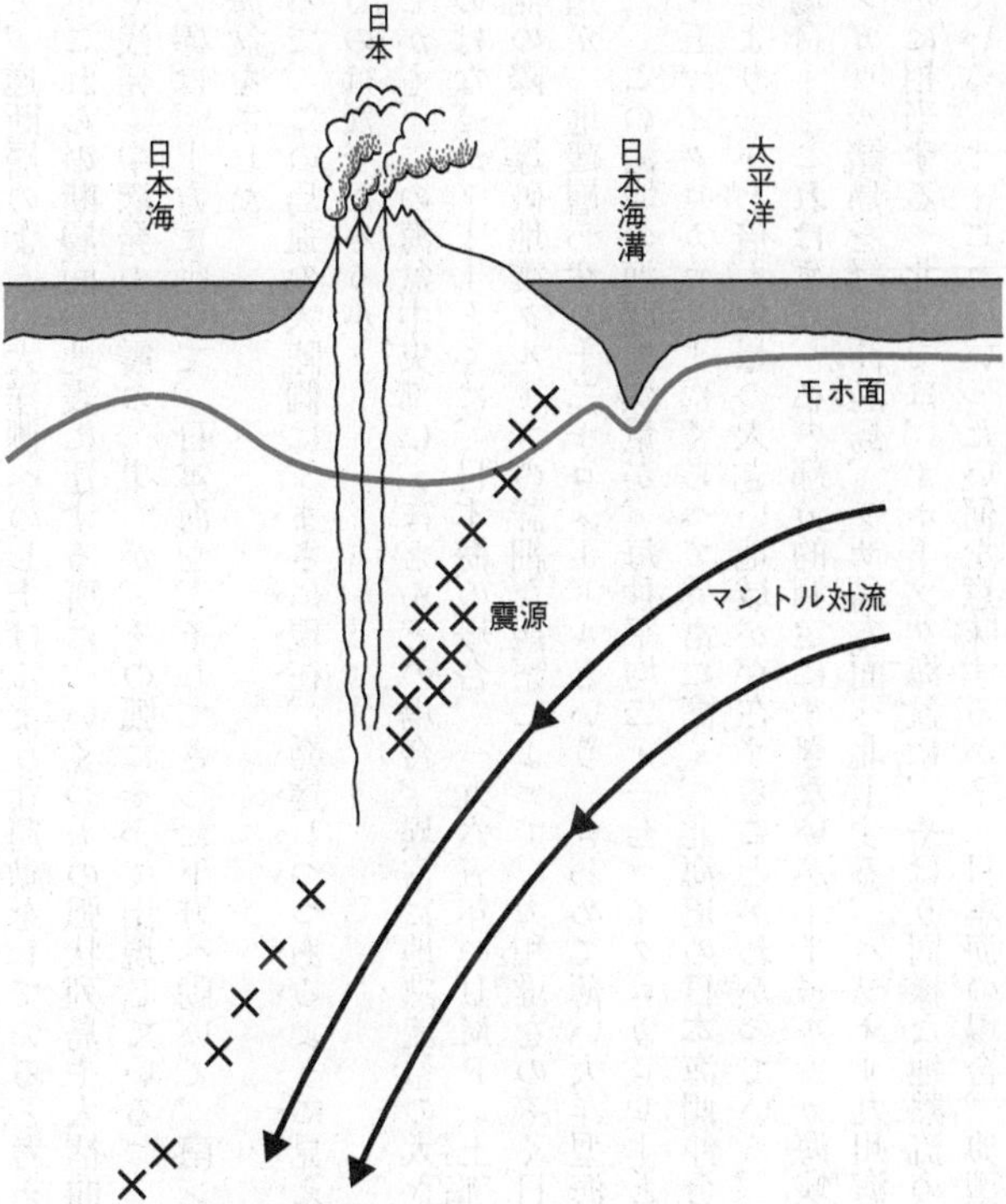

にそって、逆断層のように大洋側へのし上げるような運動をしていると考えられている。そして、これらの断層面が地表に達する所に、いくつもの弧状列島や大褶曲があらわれ、火山帯や浅発、中深発の地震の〝巣〟が、その弧にそって出現している」

博士の棒は、上方に動いて、日本海を、そしてさらに下方へ動いて、南シナ海とフィリピン海盆をさした。

「ところで、この島弧の大陸側に、まさに現在、発達しつつあるように見える、海盆が存在するのはなぜだろうか？

——しかも、この海盆中央部に、ほとんどの場合、異常に地熱流量の大きい地域が存在するのはなぜか？——とくに、日本海の場合、一九六五年のUMP（上部《アッパー》マントル計《プロジ》画《エクト》）観測の際、爆破地震グループの詳細な観察によって、大和堆《やまとたい》をのぞく日本海海底の地殻構造が、地殻層わずか十二キロメートルという、きわめて薄い大洋型海底であること、また、この海域の海底地熱量が、毎秒平均二・一七マイクロカロリーと、世界海底平均一・五マイクロカロリーにくらべて異常に高く、北海道の日本海側沖合いには、じつに平均より一・七倍も熱量の大きい地域が存在することがわかっている。フィリピン海盆の場合——これはまだ、私の部分的測定にすぎないが——モルッカ海峡から、パラオ・アンガウル諸島を経て沖鳥《おきのとり》島、ラサ島方面へ北上する、パラオ＝九州海嶺《リッジ》が、地熱流異常帯に相当する。北方では、オホーツク海盆に、やはり同様な地熱流の大きな所が存在している。——これはいったい何を意味するか？　日本海の場合、典型的に、その海底において、地下マントルの局所的上昇流が存在すると考えられる。しかも、このマントル上昇流が、海盆中央部海底において、大陸側より、太平洋側へむかって流れるマントル流を形成し、それが日本列島を、大きく太平洋側へおしやって、中央部で折り曲げさせたと考えられるのだ。それも、その成長ぶりは、地質学的年代から見れば、異常に速い。すなわち、古第三紀、今からわずか二千五百万年前には、日本列島ははるか北方、北緯四十度付近を中央部にして、沿海州に並行に、その形も現在のように弓なりに折れまがらず、ほとんど一直線にならんでいたのではないか、と考えられる。——それが、日本海の成長、つまり日本海底の表層部におけるマントル東南流により、大きく真南におしやられて、このため日本列島は、中部地方の大地溝帯《フォッサ・マグナ》を折れ目に、現在のように東北日本と西日本に折れまがってしまった。最近の観測では、日本列島は、現在なお年間一センチないし三センチというスピードで、南へむかっておしやられつつある。——その折れた裂け目に、富士火山帯が噴出した、と考えていいだろう。しからば海盆部において、なぜ、このような局所的なマントル上昇が起こるのか？——わかるかね？小野寺君」

「さあ——よくわかりませんが……」小野寺はいきなり問いかけられて、びっくりして口ごもった。「大洋側のマントル流が、大陸塊の下にもぐりこんだとき、そのもぐりこんだ場所の地下の深い所において、部分的にマントルをおしあげるからじゃありませんか？」

「そう——それはほとんど、わしの考えに一致する。水を容器にいれて熱した場合、温度の低い段階においては真ん中に上昇部があり、周辺に下降部があって、ゆるやかに対流するが、高温で沸騰《ふっとう》すると、いたる所に湧昇点ができる……」

「ちょっと……」と、片岡が手をあげた。「とすると、地球内のマントルは今や沸騰してるんですか？」

「いい質問だ……」田所博士は、ゆっくり片岡のほうをふりかえった。「たしかに——長期的に見れば、地球内部のマントル対流には、大きな変化があらわれている。だが、その問題は、あとから重要な意味をもってくるから、もう少しあとにまわしたい。——それ以前に、この日本海海底におけるマントルの局所的湧昇を説明できるパターンがある。前にもいったように、日本海の海底は大陸構造が陥没してできたのではなく、大洋底型の地殻が発達してできたものだが……このパターンについて、幸長、君は何か気がつかないか？」

幸長は、だまって首をふった。——彼には田所博士の抱いているイメージがおぼろげにわかりかけていた。だが、それをいう勇気はなかった。それをいいきるのは、やはり田所博士のような、野人的な学者でなければ——「地球上における、温度の違う流体団塊のふるまいがもっとはっきりわかっているのはどんな分野だ？」博士はさらにたたみかけるようにいった。——幸長の体内を衝撃が走った。そうか……やはり……。

「気象です……」と幸長はかすれた声で答えた。「しかし、先生……」

「よろしい。――しかし、気相と液相と固相ではちがうといいたいのだろうが、固体マントルでも、超長期的には、液体としてふるまう以上、そこに、相のちがいを越えて、同じようなパターンがあらわれてくると考えてもおかしくはあるまい。とすると、短い観測期間の間に十分観測し得るような、変化のスピードの速い現象である気団のふるまい――つまり、気象モデルを一つの類似として、マントルのふるまいの説明に応用してもいいはずだ。マントルが対流する以上、表層部マントルには、温度のちがうマントル団塊が分布し、これが超長期的には気団のごとくふるまっている、と考えては、いけないだろうか？」

みんなは、呆然《ぼうぜん》としてひげだらけの田所博士を見つめていた。

気団のふるまいと、マントル対流の相似性《アナロジー》――あのかろやかに流れ行き、とどまることを知らぬ大気の流動と、重く固い、大地の下の高熱の岩石の動きとの間に、似かよったところがあるなどと、いったい誰が想像し得るだろう？

「そのアナロジーの正当性の証明は、このさい省略する。――だが、いずれにしても、それがいずれも流体として現象してくるのだったら、そこに大ざっぱなアナロジーは、当然あらわれてくるはずだ。そこで、日本海における地熱流量の増大をもたらす、マントルの局所的湧昇を説明するのに、気象における、寒冷前線が、暖気団の下にもぐりこむパターンを使ってみよう……」

「なるほど……」邦枝が小さくつぶやいた。「少しわかってきたみたいだ」

博士は、黒板の上に水平に線を引き、その上に楕円《だえん》を長軸にそって半分に切ったような曲線を描いた。——その曲線の内側、右から左に矢印を描きこむ。

「これが寒冷前線の縦断画面だ。下の直線が地表、右側が冷たい気団だ。冷たい気団は、左側の暖かい空気の下にもぐりこんでいく。——暖かい気団は、上方におし上げられて冷やされ、その不連続線にそって雲が生じ、雨が降る。（第5図Ⓐ）温暖前線の場合は、逆に冷たい気団の上に、暖かい気団がのり上げていく。この場合、前線断面は、寒冷前線の場合のように急なカーブをもって地表に切れこまず、ゆるやかな坂のようになる。（第5図Ⓑ）——このこともおぼえておきたまえ」

「右が太平洋側からアジア大陸の下へもぐりこむ冷たいプレートとマントル塊、左が大陸下のマントルですね」（第5図Ⓓ）と小野寺はいった。

「そのとおり——大陸塊は、ほとんど花崗岩《かこうがん》からできていて、ここには地殻熱源となる放射性元素のほとんどが集まっている。つまり、大陸塊は、地殻がうすくてしかも放射性元素の含有量の少ない玄武岩質の大洋底部よりも、地下マントルに対する保温効果がはるかに大きいと考えねばならん。地殻の厚みも、ここでは平均三十キロメートルと大洋底の六倍も厚い。そのうえ大陸塊自体の内部で発熱しているから、温度勾配《こうばい》も小さい

……」

「そうすると——大陸縁辺部では、冷たいマントルにもぐりこまれるので、暖かいマントルの上昇が起こるわけですか？」と片岡は聞いた。

第5図　気団とマントル対流の相似性

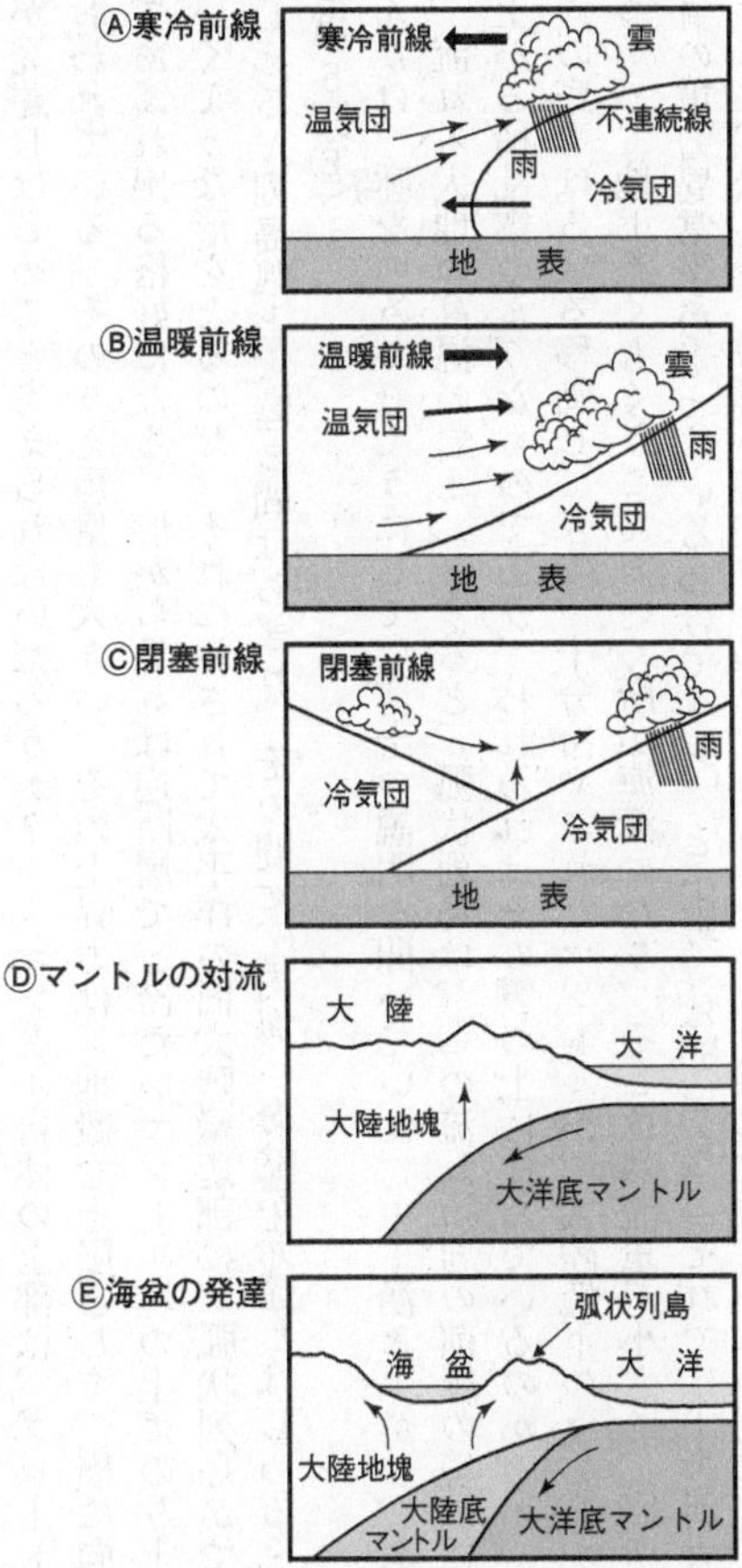

「まずそういったところだ。――それがちょうど、寒冷気団が、より暖かい気団に追いついて、閉塞《へいそく》前線を形成する（第5図Ⓒ）ような形になったとき、マントルの一部は、大洋底マントルと、大陸底マントルの交差点におしあげられるようになって、ここに、海盆が発達しはじめると考えられないだろうか？――マントル自体の上部は、プレートにおおわれている。そのうえ重量も大きい。その上昇力は、地殻を上限として、横に向かってあふれ出る格好になる。形から見れば逆断層で、冷たいマントル塊の上にのり上げていくような形をとるのだ。それにおされて太平洋の旧大陸縁辺部に、弧状列島ができはじめる。列島弧と大陸の間はちぎれ、その間に、内海、海盆が発達しはじめる……」（第5図Ⓔ）

みんなは、唾《つば》をのみこむようにして、博士の説明を聞いていた。――湧き上がり、あふれ、流れる大地の高温の岩！　とすると、弧状列島は、この流れる岩の前線の境目に湧き上がる積乱雲のようなものであり、われわれはその雲の上に住んでいるのか？

「大洋の底をはるばる移動してきて、十分冷やされたマントルが、大陸塊下のマントルにぶつかって地下深くもぐりこんでいく所が海溝になり、そこは熱流量が小さく、局所的に負の重力異常帯が走っているわけですね」と小野寺は聞いた。「それでは――新大陸沿岸には、ほとんど海溝らしいものがないのはどうしてでしょうか？」

「その点は――寒冷前線と温暖前線の断面を思い出してもらいたい。寒冷前線では、前線の垂直方向への切れこみが深い。温暖前線では、暖かい気団は、冷たい気団のゆるやかな斜面にのり上げていく。——南北新大陸は、太平洋の裏側、大西洋の中央部に南北に走る、大西洋中央海嶺《かいれい》を上昇部とするマントル流によって、西へおしやられる。だから大西洋側には、プエルト・リコ海溝や深いアルゼンチン海盆ができるが、太平洋岸にはできない。ただ、東南太平洋における、マントル上昇部と目される東南太平洋海嶺の前面には、同じように、マントル下降前線ができて、北部南米大陸のように、ペルー＝チリ海溝が形成されることになる」

田所博士は、チョークの粉をはらって、ちょっと図をふりかえると、一同のほうに向かって、大きく息を吸った。

「さて——」と、田所博士は、何かを決意するようにいった。

「これだけのことを知っておいてもらったうえで——私の話そうと思うのは、この日本列島近傍におけるマントル流の対流相急変の徴候のことである……」

風とうねりが出てきたらしく、〝よしの〟の船体は、ゆるやかに上下しはじめ、部屋がゆっくりと右へ、左へかしいだ。

話が切れてしまうと、船体のあちこちがギイギイきしむ音や、風がひょうひょうと鳴る音、波が舷側《げんそく》にくだける音などが、急にはっきりと部屋の中にひびいてきて、何となく気がめいるような雰囲気がしのびよってくる。

小野寺は首をかしげるようにして、ちょっと外の物音に聞きいった。——〝よしの〟は、時速十五ノットぐらいのスピードで西へむかって走っている。もうそろそろ伊豆沖へさしかかるころだろうか？――爆発の徴候があらわれたという、三宅島の人々はどうしたろう？〃たかつき〃の到着はまにあったろうか？

「田所先生……」今までずっとだまっていた中田が、ポツリといった。「はっきりおっしゃってください。――どんなことが起こるんです？――地震ですか？」

田所博士は、考えこむように宙を見つめていたが、ゆっくり首をふった。

「地震？――そう、地震も起こるだろう。たぶん、たくさんな。……だが――ふつうの地震なら、これまで日本でたくさん起こっているし、その性質もよくわかっている。一つの地震によって放出されるエネルギーの最大値は、地殻の性質によって、マグニチュード八・六―5×10^{24}エルグを越えることはない。一単位の地震体積は直径百五十キロメートル……日本で今まで記録された最大の地震は、一九三三年の三陸沖大地震のマグニチュード八・三だ。しかし――このことは、肝《きも》に銘じておいてもらわねばならんが――人類が、科学的に地震の研究観測をはじめてから、まだ百年もたっておらん。地球全体を科学的に調査しはじめてから、これまた一世紀あまり、本格的な、地球大規模の観測が行なわれはじめたのは、わずかに一九五〇年代以降だ……」

「とすると――人間が観測をはじめる以前には、M八・六以上の地震が、あったかもしれない、ということですか？」と幸長は聞いた。「しかし、この値は、地殻の性質から決まってくるはずですが……」

「それは何ともいえんな。――現世人類が生まれてからまだ数万年しかたっておらん。

過去何千万年から何億年の間に、どんな突拍子もないことが起こったか——経験的には誰も知らんのだ。そのうえ地殻変動の痕跡《こんせき》だって、まだ全世界くまなく調べられたわけじゃない。地球の自転軸が動くことや、地球磁極が四十万年周期で逆転してしまうことや、現在地磁気が減少の一途をたどり、あと二千年ぐらいで、地磁気がまったくなくなって、地上生物は宇宙線——とくに太陽のフレアから噴出する高エネルギーの荷電粒子の直接の被爆をうけるというようなことは、まったくここわずか十年そこそこの間に、地球の調査によってわかったのだ。——われわれは、まだ、この地球について、爪先でひっかいたぐらいのことしか知らんのだよ、幸長君。そのことは君もよく知っているはずだ。とくに——とくに、過去に起こったこと、現在の地球のことが、まだ完全にわかっていない以上……」

田所博士は、うわ言のようにしゃべりながら、スイッチボードをまさぐった。でために押したスイッチで、プロジェクターが切り替わった。何の変哲もない、地球の断面図が投影板にあらわれた。内核、核、マントル、地殻……それにいくつもの不連続面が、色わけして描きこまれている。博士は、呆《ほう》けたような眼つきで、その図を見つめていた。

船室が、グーッと大きくかたむき、どこかでドアが、バタンバタンと鳴っている。

「今まで起こったことさえ、あまり、はっきりわかっていない……」と田所博士は、ぼんやりした声でつぶやいた。「まして……これから、どんなことが起こるか。——ひょっとしたら、これから起こることは、この四十五億年の歴史をもつ、古びた地球にとってさえ、まったく新しい未経験のことかもしれんのだ……」

「どういうことでしょうか？」と小野寺は聞いた。「過去に、一回も起こったことのないようなことが、これから起こるというんですか？」

「ちょっと待ってください」と中田が口をはさんだ。「過去に一度も起こったことのないようなことが――はたして起こり得るんですか？」

「歴史というものは、そういうものだ――」と田所博士は、ふりかえっていった。「単なるくりかえしではない。まったく新しいパターンがあらわれる。――それは諸現象の進化相というやつだ。地球の立場にたって履歴を考えてみたまえ。――太陽系の中に、十個の惑星が生まれる。大きさはまちまちだが、成立の仕方はほとんど同じだろう。同じようなスタートをきり、その中の一つの星の中に、突然生命が生まれる。他の惑星の、どれも、その過去において経験していないことだ。生命発生以前の段階で、この十個の惑星を観察している意識があったとして、十個のうちの、どれに、生命が発生するかということは――生命発生以前において、生命というものがどんなものであるか、という知識をもたないとするならば――まったく予測できないはずだ」

「その予測できないことを、先生は予測なさろうとしているんですか？」と、邦枝が、ちょっとこんがらかったような顔をして聞いた。

「完全には予測できんが、可能性はある――」田所博士は、地球の断面図を見上げながらいった。「ただ――こういうことは、はっきりさせておかねばならん。われわれの、短い観測期間から得られた貧しく不完全な知識にもとづいて、これこれのことは、絶対に起こり得ないと断定することはできない、ということだ。これまでは、M八・六以上の地震は起こらなかったかもしれん。これまでの知識にもとづいた理論によるなら、それ以上の地震は、起こり得ない、と考えられるかもしれん。しかし――これから、過去において、一回も起こらなかったようなことが起こるかもしれない。たとえば――一単位地震体積あたり、5×10^{24}エルグのエネルギーの最大エネルギーをたくわえた地殻がいくつもならび、それが一斉にエネルギー放出をやったらどうなるか？　そんなことは絶対起こり得ないといいきれるか？――未来は絶対に完全にディテイルにいたるまでは、予測し得ない。たとえ過去、および現在の状態が、ラプラスの魔神のごとく、全部わかったにしてもだ……」

「先生――」と幸長は時計を見ながらいった。「まもなく食事の時間です。そろそろ本論にはいってください」

「よろしい――」と田所博士は、やっとわれにかえったように、うなずいた。「では――簡単に説明しよう。地球内部の、地震波に対しては固体と見なされるマントルが、実は長期的にはゆっくり対流しているものである、ということはわかったな。そして、日本海溝はその大マントル流に載った太平洋プレートの下降部にあたること、日本列島は、マントル流の前線――不連続線の上にのっかって、太平洋岸は、列島の下にもぐりこむプレートによって、下へひっぱりこまれ、大陸側からのマントル湧昇、日本海溝の拡大によって、大洋側プレートの上に押し上げられるような力をうけている、ということも……。この力によって、日本列島は過去数千万年の間に大陸からつよく南方へ押されて、南方へ約五、六百キロも移動し、第三紀のはじめごろから見ると、日本列島はその中央部から、約四十度近くも、折れ曲がってしまったと考えられる……」

博士の手がスイッチをまさぐり、日本列島の地図が浮かび上がった。

――漂う日本列島！

それは現在でも、年一センチないし二センチのスピードで、全体として南南東へ動いている。そしてそのすすむ正面から、年間四センチメートルの速度で、日本列島へむけてマントル移動が行なわれている。マントルの大波にさからってすすむ日本列島！　もし、博士のいうとおりだとすると、かつて、新生代第三紀はじめごろ、それは今のように東北部と南西部に、弓なりに折れ曲がっておらず、もっとまっすぐのびた形で、沿海州沿岸部にそっていた。――五千万年の間に、それは約五百キロから六百キロ、南方へ移動した。年一センチないし二センチの移動スピードなら、それだけの期間があれば優にそのくらいの距離を移動する。

大洋から大陸下にもぐりこむ冷たいマントル流にのり上げて、それは、しだいに積乱雲のように発達していったことだろう。そして――上部に逆にのし上げられることによって、マントル下降部は、しだいにおしやられ、それにつれて海溝が形成され、海溝はますます深まっていったろう。

そして日本列島の中央部には、もう一つ、フィリピン海盆中心の湧昇塊によって形成されつつあるマントル不連続線の前線弧が、南方から北方へかけてクロスする。——マリアナ＝小笠原弧だ。前線弧にそって、火山列島ができ、その地熱流の高い弓状線から、西へ約二百四、五十キロはなれた所を、前線弧と並行して、地下四百キロもの深い所で発生する、深発性震源帯が走っている。富士火山帯は日本列島中央部でとまっているが、深発性震源帯は、日本列島をよこぎってさらに日本海の下をウラジオストックまでのび、そこで東へほとんど九十度折れて、沿海州海岸にそってオホーツク海までのびている。

マリアナ＝小笠原火山弧と深発性地震帯との、地表における約二百四、五十キロのずれは、地下四百キロの震源帯との間に、地下に切れこむ約六十度前後の斜面を指定する。

——これは、東北日本の地下深部における震源分布斜面の角度とひとしいではないか！

とすれば——幸長は考えた。——同じ東北日本の中・浅発性震源帯の分布する、角度三十四度の斜面だけ、日本列島は、このプレートの上にのしあげていったと考えることも可能だ。現在、日本列島の火山帯は、沿海州を東北方へ走る深発性震源帯と五、六百キロもはなれてしまっているが、日本が南東方へ何百キロも漂移してしまう以前においては、やはり、地表における二百数十キロぐらいのずれ——いや、もっと接近して並行していたにちがいない。日本海のマントル湧昇に押されて南方移動した分だけ、この震源帯と火山帯の間の斜面はかたむき、地下深部のかたむきが限度にきたあと、表層部だけがもっと小さな角度までずれていった。——これが地表から百キロまでの浅い震源の分布する、俯角《ふかく》三十四度の斜面なのだろう……。

とすると――と、幸長は、身うちのひきしまるような思いを感じながら思った。――やはり、七月のはじめ、小笠原諸島へ「一夜にして沈んだ島」を調査に出かけたとき、田所博士から出された問題に対して、不用意に口走った答えは、正しかったのにちがいない。

大洋上の弧状列島は、進行しつつある造山運動か、あるいは大陸西進によって取り残されたそれか？――少なくとも、小笠原＝マリアナ弧に関しては、それは進展しつつあるといえる。フィリピン海盆中央部の、パラオ＝九州海嶺《かいれい》を中心として湧き上がるマントルにおされて、あの弧がさらに数千万年かけて東へすすんだ時……そこに巨大な列島がもり上がるかもしれない。それまでの間、あの部分におけるマントル対流のパターンが変わらないとするならば、だ。

マントル対流のパターンの変化――そこまで思いおよんだとき、幸長は、ハッとしてふたたび田所博士を注視した。――そうか！　それは……変化するのか？――急激に？――どれくらいの時間をかけて？

「ところで……」田所博士は、幸長の胸の中を見とおすような鋭い視線を、なげかけた。「ニューカッスル大学のランカーンが、古地磁気学の立場から大陸移動説を復活させたとき、アメリカを西へ移動させた大陸移動が、つい最近――わずか二億年前の中生代ジュラ紀から白亜紀の時代に突然はじまった、という奇妙な事実の説明として、どんな考え方をもってきたか——おぼえているか？　幸長君」

「おぼえています……」幸長は、のどがひりつくのを感じながらいった。「チャンドラセカールのモデルですね……」

「そのとおり——アメリカにいるインドの大天文学者チャンドラセカールが、おもしろい計算をした。もう一度この地球の断面図を見たまえ。地球の中心部、マントルの下には、卵の黄身のような形で、核《コア》があるね。現在この核《コア》の大きさは、地球の直径の半分以上、約七千キロの直径をもっている。しかし——この核《コア》は、地球誕生のころはもっと小さかったと考えられている。地球がそれ自体の重力でもって収縮し、内部の圧力と温度が上がっていくにつれ、しだいに発達し、大きくなっていった。ところで——核《コア》が大きくなるにつれ、その外側のマントルの対流の様相が変わってくる。最初は、たとえば南極で上昇して北極で下降するといった大きな渦だったのが、核《コア》の直径が大きくなってくるにつれ、その渦が、赤道から両極へ、といった具合に小さくなってくる。それも連続的に小さくなっていくのではなくて、核の大きさがある程度になると、突然渦がちりぢりに切れ、小さな新しい渦がたくさんできる、ということが、チャンドラセカールの計算によってたしかめられている……」

田所教授は、世界地図の大西洋をさして、子供に教えさとすような、ゆっくりとした口調でひとことひとことといった。

「今からざっと二億年前、それまでは、くっついていた南北アメリカと、ヨーロッパ・

アフリカが、突然東西にわかれはじめたのも——それまでの間は大陸が移動したという痕跡《こんせき》が地質学的にみとめられないのに、この時期になって一つにまとまっていた陸地が、突然いくつにも割れて、四方へ移動しはじめたのも、中生代までは、マントル対流の渦が大きくて、マントルの上に浮かぶ陸地を一カ所に集めるように動いていたのが、この時期になって、突然渦の様相が変わり、マントル内に小さな渦がいくつもできるようになったため、今度は陸地がいくつにも割れて、四方へ漂いはじめた、と解釈できる……」

田所博士の口調は、最初よりずっと低く、静かになっていた。

しかし、聞いている一同には、博士の話がいよいよ大詰めにきていることが、はっきり感じられた。——室内は寂《せき》として声なく、みんな息をつめるようにして、博士の口もとを見つめていた。博士の背後で、コンピューターのランプが休みなくまたたき、外ではびょうびょう鳴る風の音と、ザーッと波のくだける音がしだいにはげしくなってきている。

小野寺は、いつのまにか、手にじっとりと汗をにぎっているのに気がついた。——反射的に額をこすると、ここも脂汗でぬめぬめした。

——そうか……と、小野寺は思った。——そういうわけだったのか！

あの小笠原への航海ではじめて田所博士に会って以来、この憑《つ》かれたように、何かを追いもとめている、やや気違いじみた学者が、いったい何を追求していたのか、ということが、今ようやくわかりかけてきた。——博士のとりつかれたあるイメージが、しだいにその全貌《ぜんぼう》をあらわそうとしていた。小野寺にも、もうそれが何であるかほとんど理解できた。しかし、彼には最後の霧を自分ではらう勇気はなかった。体の芯《しん》が、かたく冷たくひきしまり、筋肉が硬直し、腋《わき》の下に汗がにじみ、彼は知らず知らずのうちに、今、すべての霧をはらってあらわれようとしているものに向かって身がまえていた。

くろぐろとした、何やら恐ろしいまでの巨大さを感じさせるそれにむかって……。

「さて……」と田所博士は溜息《ためいき》をつくように長い息を吐いて、低い声でいった。

「大陸移動がはじまって二億年。そして、おそらくその結果として、中生代と新生代の大きな時代を画するアルプス造山運動という大きな地殻変動の最盛期が終わってから六千万年。地球史上、未曾有《みぞう》のはげしい火山活動を伴ったといわれるグリーンタフ造山運動がいちおうの安定を見てから二千五百万年……。われわれはふたたび新たな大地殻変動期をむかえつつあるのではなかろうか？——さらに無気味なことは、この地球の四十六億年にわたる歴史のうち、地表状態をまったくぬりかえ、海上陸上の地形から、生物相にいたるまで、まったく一新してしまうような、巨大な地殻変動の起こる間隔は、始生代、古生代、中生代、新生代と時代がさがるにつれて、しだいに、ちぢまってきつつあると思われること、そして、変動と変動との間が短くなってきているばかりでなく、時代がさがるにつれて、その変動の規模は、しだいにはげしくなってきているように見える。——これにはマクロな地球変化の観察から異論もあるが……。そして単なる造山運動の規模だけでなく、気候変動、火成岩の形質、生物の進化相まで――生物の進化のスピードは、生命発生以来、その生物があらわれてきたときまでの時間の二乗に比例するとまでいわれているのだが――地球全体の歴史は、その中心部から地表まで、あとになるほど、変化のスピードが速まり、変動の振幅ははげしくなってきていると、私には思える。――地球の変貌《へんぼう》、地殻変動の歴史そのものの中に、単に過去にあった変動の周期的なくりかえしでない、〝進化〟の様相があらわれているのだ。そして……」

「日本列島近辺の地下マントルの対流にも、新しい変化の徴候が、あらわれているんですか？」片岡が、たまりかねたように、せきこんだ口調でいった。「教えてください。――いったい日本列島に何が起ころうとしてるんです？」

「このことは、もう一度肝に銘じておいてほしい。諸君！」田所博士は、テーブルを拳《こぶし》で、ドシン、となぐりつけた。

「われわれの直面する未来には、過去の歴史の延長からある程度類推できる部分もかなりある。しかし、未来の歴史の中には、単なる過去の歴史の延長によっては、決して類推できない未知の、暗黒の部分もあるのだ。――過去において、そんなことが一度も起こらなかったからといって、それが未来にも決して起こらないとは、誰がいい得よう！ましして、わずか数万年の現世人類の歴史の中で、われわれがどれほどの〝過去〟を体験してきたか？　わずか二世紀たらずの近代科学の探究の中で、われわれがどれほど〝人類以前の過去〟の歴史について知り得たか？――地球史を区切るといわれるいくつもの大造山運動についても、われわれ哺乳類《ほにゅうるい》の時代の新生代中新世——つい二千五百万年前に起こったグリーンタフ造山運動についてすら、われわれは、その地下に残る痕跡から、その変動のはげしさをおぼろげに描き出すことができるのみであり、それの最もはげしい時期に、どんなことが起こったか、直接体験したわけではない。〝過去の地殻大変動〟といっても、われわれは変動の死骸《しがい》を見るのみで、それが生きて、雄叫《おたけ》びをあげ、この地上を荒れくるっていた様子を知っているわけではないのだ。現代の災厄においてすらそうではないか？——地震による大被害、台風洪水による被害についても、それが起こってしまってから、はじめてわれわれは災厄のすさまじさを知らされる——このとおりなのだ。諸君。われわれは過去において起こった地殻の大変動の様相を、完全に知っているわけではない。しかも、知り得たことは、地質学的、地球史的な時空間スケールに投影された変動経過にすぎず、なま身の生物、十年から百年を単位とするなま身の人間の生活の体験スケールに投影されたものではない。——一九四四年に隆起をはじめた有名な北海道の昭和新山《しょうわしんざん》は、わずか一年余の間に三百メートルあまりも隆起し、その最も隆起スピードのはげしい時は、一日に一・五メートルにおよんだ。だが、人間にとって異常だったこの変化も、地質年代の中に投影すれば、おそらく発見もされないだろう。一八一五年の爆発に、死者五万六千名を出した史上最大のインドネシア、スンバワ島タンボウ火山、一八八三年の爆発で死者三万六千名を出し、その噴出火山灰が高度二万七千メートルの成層圏にのぼって全世界を三年にわたって蔽《おお》い、地球上の日射量が一

○パーセントも減って、世界的凶作冷害の原因となった有名なジャワ、クラカトア島火山、高温衝撃波と秒速百五十メートルの熱雲により、ほんの一瞬にしてサン・ピエールの町民二万八千名を殺した、西インド諸島マルチニック島モンペレー火山の一九〇二年の大爆発、そしてまた、われわれの記憶になまなましい、十万の死者を出した関東大震災――こういった人間にとっての大異変ともいうべき地殻変動も、地質年代のスケールの目盛りの中では、読み取りもできないほど微妙なものになってしまうだろう。してみれば――われわれは、有史以前の地殻変動の歴史にしても、ごくおぼろげにしか知らない。まして、われわれの現在有している地殻変動の歴史についての知識は、未来にかけて起こり得る、これまでの地殻変動とはまったくちがった、まったく新しい次元、まったく新しいタイプの地殻変動の出現を予測するには、きわめて不十分であるといわなければならない……」

「それなら……」中田が、じっと田所博士の顔を見つめながらいった。「先生は過去のデータの延長では予測できないことを、どうやって、予測しようとなさるのですか？」

「直観とイマジネーションだ……」田所博士ははげしい口調で、叫ぶようにいった。「中田君――確率過程に位相空間の概念をもちこんだ君にはわかるだろう。――人間の直観力とイマジネーションは、厳密な意味では科学の中にはうけいれられない。科学はまだこの二つを、〝方法〟として厳密にとりいれるところまで発展していないといってもいい。にもかかわらず、近代科学を、あるいは近代数学を、飛躍させてきたのは、じつにこの二つの力なのだ、ということが……。数学であれ、理論科学であれ、決して単に、知り得たかぎりのデータの演繹《えんえき》、帰納だけによって発展してきたのではない。逆に、わずかなデータから、それまで思いつかれもしなかった新しい関係と、パターンを発見する、人間の奔放なイマジネーション、雄大な構想力が、科学の基礎的認識を飛躍的に発展させてきた。――そこにはまちがいも山ほどあった。しかし、近代科学の基礎的認識を根底的に変えたようないくつかの理論においては、ほとんどの場合、まず、わずかな証拠から直観的にみちびかれたアイデアが、仮説が、先に発表され、それにもとづいて、検証はあとから行なわれているのだ。――メンデルの遺伝法則がそうだ。アインシュタインの相対性理論もしかり、プランクの量子論もしかり……。ダーウィンの進化論は、誰の眼にももっともに思われ、いくつもの傍証はあがりながら、まだ完全に科学的に〝証明〟できないでいる。理論展開のスケールが、超長期生物的時間にわたるものだからだ。しかも生物が進化するということは、まぎれもない事実である。――私は自己弁護しているつもりではない。しかし、科学者としての私が、ある場所にあまりに組織というものを無視しすぎ、あまりに強引で、見方によっては粗雑で、乱暴であるため、私の考えが、なかなかうけいれられないのはわかっているが、いくつかの徴候を芯《しん》にして、私の直観の中に描き出されているパターンは、そういうことが必ず起こり得るという科学的証明はできないにもかかわらず、なお私の中で、それが起こり得るという感じは、ますます強まっている。――くりかえしていう。それはひょっとしたら、地球の長い地殻変動の歴史の中で、これまで一度も起こったことのないことかもしれない。あるいは起こったのかもしれないが、それが起こったという証拠は、われわれの文明がこれまでにかき集めることのできたデータからは、まだ出てこないだけかもしれない。だが――過去に一度も起こったことのないことでも、未来には起こり得ないとはいえない！　地球史は、今、まったく新しい次元に足を踏みいれつつあるのかもしれない。新生代第四紀の地殻変動は、過去のいかなる変動の歴史の中にも書かれていない、新しいページをめくりつつあるのかもしれないのだ。この、われわれの踏みしめる大地の下、地下数十キロメートルの底にひそむ、マントルの動きから！」

田所博士は、ドン！と部屋の床をふみならした。――みんなは、その音に思わずビクッとした。

「その徴候は、今までわれわれの集めてきたデータの中にぼんやり姿をあらわしつつあるように思える。――この徴候を、過去のいかなる変動の前駆現象とつきあわしても、対応は見つからないだろう。わしが、さんざんそれをやってきたのだ。やったあげく、わしは、いっさいを白紙にもどし、そのおたがいひどく次元のかけはなれたバラバラな徴候の、さだかならぬ点をつないで、そこにどんな図形が描けるかやってみた。――次元のとびはなれた徴候を、いくつもの仮説でおぎなってみた。日本列島が、日本海海底のマントル塊の局所的湧昇によって、太平洋側へ押されている、というのも、まだ、わし自身の仮説にすぎない。マントル対流のパターンの理解に、気象現象のパターンをあてはめてみたのも、わしの中間仮説にすぎない。それが完全に正しいという証明は、まだできていない。いくつかの数値に欠落があるからだ。——しかし、そういった数々の仮説も、結局は、あのいくつもの奇妙な徴候をつなぎあわせる補助線を得るためにすぎない。——日本海溝大陸斜面にそっていた、負の重力異常帯の急速な東方移動、それにともなう磁気異常帯および地熱流量異常帯の移動、日本海溝底最深線の東方移動の徴候、大陸斜面の一部の急速な陥没——それにともなう、一時間に十数メートルものスピードの、島の沈降……」

「質問があります……」と邦枝がいった。「そんな大変動が、どうして津波をひき起こさないのですか？」

「急激な変動といっても、それはまだ今のところ、地震などとちがって衝撃的なものではない。一時間数十センチから十数メートルの、それもきわめてなめらかな動きだからだ」と博士はいった。「水中で、静かに動けば、表面には波がたたない。——それと同じ理屈だ。地殻に、これほどの弾性があったとは信じられないくらいだが、しかし、事実、これらの変動は、なめらかに、しかし、間断なくつづいている。——潮汐計《ちようせき》の大きなパターンを調べれば、この変動は見いだされる。……まだわし以外の誰も見つけていないが、そして、この、まだきめこまかい、海底地形観測網をもっていないわれわれ日本人にとって、ほとんど気づかれないほどなめらかに進行しつつあるのが、このまったく新しいタイプの地殻変動現象の、これまでにない特徴かもしれん。しかし——」

田所博士は、ちょっと唇をかんで、日本列島の模型に見入った。――そのまま、博士はだまりこんでしまった。重苦しい一分がすぎ、やがて二分がすぎようとした。

「田所先生……」若い片岡が、たまりかねたようにかすれた声でいった。「それでどうなるんです？――日本列島付近の地下でマントル対流相に急激な変動が起こって……それでいったいどうなるんですか？」

「ああ……」田所博士は、夢からさめたように顔をあげた。

「いや――今、マントル対流相が、なぜこんなに急激に変わりつつあるか、考えていたんだ。……固体と見なされるマントルが、どうしてこんなに急激に変化しつつあるか――」

「それは――先生がさっきからおっしゃっていた、核《コア》の発達による、対流相の、急激な不連続的変化のためでしょう」と幸長はいった。「マントル対流渦が、今までよりさらにいっそうこまかくわかれた……はっきりいって、太平洋側マントルのどこかで――おそらく地下数百キロメートルの付近で、マントル塊が、こまかく割れた……あるいは、割れようとしているのかもしれない」

「それはわかる。……だが、それがどうしてこんなに急激に起こるのか、わからん」

「おそらくマントル内物質の不均等により、熱流の不整合面がいくつもでき、そこに熱の蓄積が起こって、ある程度までくると、その部分のマントルの粘性が急激にさがるためではありませんか？」と幸長はいった。「私もよくわかりません。――しかし、温度・圧力の関係から見て、核の成長によって深部マントルの温度があがり、一部が液相の外核の中にとけこんでいったとき、その上面の圧力が、一時期急激にさがると同時に、それまでの上部マントルの蓄熱面が、圧力の下降にともなう融点降下で、とけないまでも急激に粘性がさがり、対流塊がそこから割れるようにずれるのかもしれません。——あるいは、それだけではないかもしれませんが……」

「いずれにせよ、日本列島の太平洋側にあったマントル塊は、現在各所において急速にちぢみつつあるように見える……」博士は、立体地図を投影した、ブロック・スクリーンを、コツコツとたたきながらいった。「これは、地球全般にわたる新しいタイプの地殻変動相の前ぶれかもしれない。あるいは、この地域だけに起こった、特殊なケースかもしれない。——しかしながら、これだけははっきりいえる。日本列島太平洋岸における地底マントル対流相の、この急激な変化は——現在までわかったところでは、まだ、きわめて局所的であり、急激といっても、その変化しつつある質量の総量は、日本列島に構造的影響をおよぼしている地下表層マントルの総質量にくらべれば、ほんのわずかであるが——しかしながら、なお、現在のようなスピードと、方向を持続しつづけるとした場合、その変化量の累積値がある点に達したとき、現在のマントル＝地殻構造の力学的バランスが一挙にくずれ、日本列島全体に、破滅的影響をあたえることは十分考えられる……」

「というと……どういうことになりますか？」小野寺は口の中が、からからにかわくのを感じながら、かすれた声で聞いた。「日本列島は――どうなりますか？」

「わからん。――だが、このことを考えてみる必要がある。日本列島全体は、毎年一センチ以上のスピードで、南東方へ移動するほどの圧力を、日本海側からうけている。この力だけではなく、日本列島全体の重量バランスの移動や、地下各所の温度圧力の不均衡などをくわえて、日本列島の地下に、一年間たくわえられるエネルギーは、これまでのところでは、2.5×10^{24}エルグを越えないと考えられていた。これは、日本全体で、一年間に放出される地震のエネルギーにひとしい。日本列島は、その中にたくわえられるエネルギーを、地震の形で放出することによってバランスをたもっているのだ。しかし――ここにたくわえられるエネルギーが、ほとんど、日本海側からくる圧縮力であるとするならば……つまり、太平洋側のマントル塊にむかって、日本列島が押しつけられ、逆断層の形でのり上げているとするならば……もし太平洋側で、この圧力をささえているマントル塊の対流相が急激に変わり、太平洋側から力の圧が、急に減少したら……」

小野寺は、凍りついたように、たった一つのイメージを凝視していた。――日本列島を太平洋側からささえているつっかえ棒がにわかにはずれる……としたら……。

「どのくらいの規模の変動を予想しておられますか？」と、中田は冷静な声で聞いた。

「わからん！」田所博士は、たたきつけるようにどなった。――いらいらと拳《こぶし》をにぎったり放したりしながら、博士はボードの前を歩きまわりはじめた。「それが――想像もつかんから、われわれはこうやって、身を粉にして調べているのだ。今のところまだ、その規模は想像もつかないというほかない。それがいつ起こるかということもはっきりわからん。しかし、――われわれの科学がその異変を完全に予測できるまで、異変のほうが待ってくれるわけでないことはたしかだ。だが、これだけははっきりいえる。これまで日本列島全体で、年間にたくわえられ、また放出されてきた地震の総エネルギーの上限をはるかに超えるエネルギーが放出されるだろう。――火山爆発においてすら、その一回の最大エネルギーは10の27乗エルグを記録しているのだ。おそらく、日本列島全体で放出されるエネルギーの総量は、優に10の30乗エルグを越えるのではないかと思う。――むろん、これだけのエネルギーが、大地震のように、一ヵ所から放出されるわけではあるまい。また、時間的に一斉に放出されるともかぎらない。ただ、今までの地震とは、よほどちがった様相で――たとえば、マグニチュード八・五とか六とかいったクラスの地震が、各地方に並列的に、次から次へと起こる、ということも考えられるだろう。そんなことは、これまであり得なかったことだ。だが、これからは、そういったことが起こり得る。――しかし地震は、要するに付随現象にすぎない。これから起こり得る――かもしれない異変は、おそらくもっと、――もっと巨大な規模の現象だ。おそらく、地表に大惨禍をもたらすであろう連続大地震は、その現象の、一部のあらわれにすぎない、とわしは思う……」

「どういうことですか？――そのもっと巨大な規模の現象というのは？」邦枝がせきこんで聞いた。

「最悪の場合……」田所博士は、ごくりと唾《つば》をのみこんだ。「――これは、地震の被害の大小にはかかわらずだ。……最悪の場合――日本列島の大部分は、海面下に沈む……」

凍りついたような沈黙が、部屋の中におちてきた。

風は相変わらずひゅうひゅう鳴り、波ははげしく舷側《げんそく》をたたき、部屋のあちこちがきしみ、船はかなりがぶりはじめていたにもかかわらず、その沈黙の中で、針一本おちても、飛び上がりそうな、息もできないような空気が、部屋の中を満たしていた。――小野寺は眼の隅で、コンピューターと連結された通信機器類が、何かしきりに赤い受信ランプをまたたかせ、室内で応答するものがないため、自分で記録をはじめるのを見ていた。しかし彼をふくめて、室内の誰一人、それに反応をしめそうとするものはなかった。――テレックスがカタカタと鳴り、図形《パターン》受信用のファクシミリが、ジイジイパチパチとスパークの音をひびかせはじめたが、みんなは椅子に腰かけたまま、動かなかった。

船室が、また一方にグーッと傾いた。誰かの手もとから、鉛筆がカタンと床にころげ落ち、乾いた小さな音をたてながら部屋の隅へころがっていった。――大きなうねりにのり上げたのかと思っていたら、部屋の傾きは、そのままもとへもどらなかった。むしろ、いっそう強くなり、傾いた方向に体がつよく押しつけられつづけた。

おや？――と小野寺は思った。

――方向転換している。取り舵《かじ》いっぱい……急回転だ。目標点に近づいたのかな？――

――反射的に小野寺は時計を見上げた。目標点到達予定時刻には、まだ一時間半以上もある。船はまだ取り舵をいっぱいにとりつづけ、急カーブしつつある。いっぱい……まだいっぱい……これは百八十度回転だ。——何かあったのかな？

やがて、部屋が急にもとにもどった。部屋の一方に押しつけるような力が、みんな体内から消え失せ、一同はちょっと気をゆるめて、顔を見あわせた。——〝よしの〟は、回頭したあと、ちっともスピードをゆるめず、なお走りつづけている。波の音、風の音、部屋の上下、ゆるやかなピッチングとローリング……。

突然廊下に急ぎ足の足音が聞こえた。戸口に近づくと思うや、ドアがはげしくノックされた。——室内の誰かが、返事をしたが、小野寺はそれが誰だか気がつかなかった。ドアがあいて、陽やけした、若い士官がはいってきて、敬礼した。頬が緊張し、手に持った紙がかすかにふるえている。

「今、横須賀の艦隊司令部から、訓電がはいりました……」と士官は紙片を見ながら、少しどもり気味にいった。「関東地方に、大規模な地震が起こりました。——震源地は東京湾の沖合、三十キロの地点、マグニチュード八・五……東京湾、相模湾沿岸一帯は津波におそわれ、東京都内は、震度六ないし七の烈震または激震により、かなりな被害が発生した模様です。——本艦は、海上自衛隊本部の命令により、救助のためコースを変更して東京湾にむかいます……」

第四章　日本列島

1

それが起こったのは、山崎が原宿のビルの六階にある「D－1計画本部」を出ようとしている時だった。

時刻は午後五時をちょっとすぎたくらいだった。――六時に晴海埠頭《ふとう》に、海上自衛隊の高速ヘリが着き、それに乗って遠州灘《えんしゅうなだ》へ向かいつつある〝よしの〟に飛ぶ予定だった。

女子事務員を五時きっかりに帰してしまって、事務所の中は、会計の安川と山崎と二人きりだった。――内閣官房との連絡を終えた山崎は、書類をまとめてアタッシェケースにつめこみ、それから電話を愛人の所へいれた。――二十八歳になる、肥り肉《じし》の、ホステスあがりの服飾デザイナーである。山崎は、その女が新宿《しんじゅく》のバーにつとめている時から関係をもっていた。

ホステスをやめてからも、寝坊の習慣のぬけないその女は、いつもこの時間なら、マンションにいるはずだった。――だが、電話をかけても相手が出なかった。しばらく会っていないので、今度の仕事から帰ってきたら、逢引《あいび》きしようと思ったのだが、いくらかけなおしても出ないので、彼はいらいらした。

——ひょっとすると、パトロンとどこかへ出かけたのかもしれない。

「時間は？——大丈夫ですか？」と安川は、時計を見ながらいった。「そろそろラッシュで車が混みますよ」

「大丈夫。高速道路で汐留《しおどめ》までとばせばいいんだから」

そういって、山崎はしぶしぶ電話を切った。——それから大きな伸びをすると、ケースをかかえあげた。

「さて、——行ってくるか。今夜は波の上だ」

「大変ですね」と安川は、計算機のキイをたたきながらお座なりな調子でいった。「ぼくも、今夜は徹夜ですよ」

「あんたも体に気をつけろよ」山崎は帽子をかぶりながらいった。「若いのに、体をこわしちゃつまらんからな。——車は埠頭の駐車場においとくから、明日でもタクシーで取りにいってくれ。スペアのキイは、おれの引出しにはいっている」

そういいながら、山崎は、窓に近よって、ちょっと道路の車の混み方を見おろした。めっきり日が短くなり、東京の空の上には、すでに暮色がせまっていた。西の空は血のような夕焼けで、中天から東にかけては、鉛色の雲が重苦しくたれこめ、いやにむしむしした天気だった。——しかし、その鉛色の空の下にまたたきはじめたネオンや水銀灯の明かりの中には、はっきりと秋の気配がにじみはじめていた。

千二百万人の人口を擁するこの大都会は、その日の二度目のラッシュをむかえようとしていた。

何十万、何百万という人々が、オフィスから、工場から、商店舗から、一斉に吐き出されて、駅へ、街路へ、盛り場へ、ターミナルへと向かい、何十万台という自動車――トラック、バス、タクシー、乗用車が、一斉に動きはじめていた。――事務所のすぐ前方に見える原宿駅のプラットホームにも人があふれはじめ、表参道《おもてさんどう》のほうでは走る車の、赤いテールランプが折り重なりはじめていた。

連日のハードワークの疲れと、女に連絡できなかった心のしこりから、山崎は、窓外の景色を見ながらフッと息をついた。

その時、代々木の森から、あちこちに点在する木立ちから、何か黒いものが、空にむかって胡麻《ごま》粒をまいたように、ワラワラと立ちのぼった。――鳩が、雀が、鴉《からす》が……鳥たちが突然一斉に狂ったように飛びたったのだった。

「……!?」

山崎は、なんとなく声にならない驚きの声を発した。――何万羽という鳥が、一斉に空に飛びたつと同時に、もう夕闇の色にひたされた東のほうの鉛色の雲から、いく条もの電光が、くりかえしくりかえし、地上にむかって走った。

――東の空が、バーッ！　バーッ！　と、幕のように光る。

「おい、安さん……」山崎は、窓の外に眼を見すえたまま思わず背後にむかって上ずった声で叫んだ。「来てみろ！——ありゃ何だ？」

どこからほとばしったのかわからない。——しかし、とにかく東のほうの、それも街じゅうから、地面が裂けたように白い光の柱が雲に向かって走った。一本ではなく、前後に距離をおき、遠くはなれて、二本、三本と、光の柱がはためいた。その一つの中から、はじき出されたように、やや赤っぽくかがやく光の球が、弧を描いて飛び上がり、地面へ向かって落ちかけた。

「なんです？」と安川は、机の前から腰を浮かした。

ドン！

と、下からつき上げるような、すごい衝撃がおそってきたのはその瞬間だった。

おや、と思うひまもなく、巨人のハンマーで、下から上にむかってたたきのめされるような衝撃が、ドン！　ドン！　ドン！　ドン！　と、つづけさまに、つき上げてきた。——机の上の、湯呑《ゆの》みやインク壜《びん》が、そのたびに宙におどりあがり、画鋲《がびょう》をいれた箱が弧を描いて飛び上がって、ザーッと床に鋲をぶちまけた。

「地震だ！」と山崎はいって、とっさに時計を見た。「こりゃあ……いつもより、ずっと大きいぞ！」

縦ゆれ——「初期微動」が、こんなに大きいとすると……と、山崎は最近ではすっかり身についてしまった地震の用語を使って考えた。……震源は近い。それに大きいぞ——。

上下動がいったんしずまったあと、次の本格的な横ゆれ——主要動がやってくるまでの間、わずかに時間がある。上下動を起こすP波——疎密波が地殻をつたわるスピードは、横ゆれを起こすS波のスピードよりずっと速いからだ。そして、地上破壊力はあとからくる横波のほうがはるかに大きい。震源地が近ければ近いほど、最初の上下動と、次にやってくる横ゆれとの間の時間間隔は短くなる。

つき上げるようなはげしい震動が、ちょっとおさまったとき、山崎はとっさに考えた。

——この間を利用して、階下へ逃げるべきか？

だが、逃げるひまはなかった。——ドロドロというような、大砲の一斉射撃のような地鳴りが遠くでとどろきわたったと思うと、ゴーッ！　と建物全体が鳴りながら、ものすごい横ゆれがはじまった。山崎は足をすくわれるように壁にたたきつけられ、ゆりかえしで床へ投げ出された。掌《てのひら》に、さっきぶちまけられた鋲が二、三本つき刺さった。あわてて膝をつこうとしたが、立ち上がるどころか、四《よ》つん這《ば》いにさえなれなかった。床は気違いじみたスピードで左右にゆれ、また床にころがされた。

「山崎さん！」若い安川の上ずった声がした。

「机の下だ！」と山崎はどなった。「机の下にかくれろ！」

ドーン！　と音をたてて重い書架が倒れかかってきた。天井と壁にひびがはいって、セメントの破片が土埃《つちぼこり》といっしょにザアッと降ってきた。——山崎は、頭をおさえて、やっとデスクの一つの下に這いこみながら、頑丈なサッシュにはめこまれた窓ガラスが、バーン、バーンと裂けて、宙へ飛んで行くのを、呆《あき》れたように見つめていた。——電灯は一瞬にして消え、灰色の空に、スパークが幕のように折り重なって光った。

横ゆれは、いったん少しゆるくなり、またすぐ猛烈な勢いではじまった。——卓上電子計算機が、コードを後にひきながら、飛んできて、山崎のすぐ横の壁にガシャッとぶつかった。今度のゆれは、第一回のよりもっとすごいみたいだった。建物全体が、グワーッ、というような音をたててむちゃくちゃにゆれて、天井から、ドシン！　ドシン！とセメント塊が降ってきた。山崎は、床の一方がグウッと持ち上がるのを感じた。

倒れるかな？——と、彼は、わりと冷静に考えていた。——七階建ての六階にいて、建物が倒れたら、まず助からん。コンクリート塊といっしょに、大地にたたきつけられ……。

ダダダダダーッ！

というような音をたてて、窓枠はまだゆれていた。山崎は、今度は窓枠が窓からはずれて、ゆっくり外へ飛び出して行くのを見つめた。——死ぬのかな……と、彼は頭の隅で冷たく考えた。これで死ぬのだとしたら、おれの人生って、何とつまらんものだったろう。

あたりをみたしていた轟音《ごうおん》は、しだいにおさまっていった。床は七度近く傾き、うす暗い部屋の中は、土埃で濛々《もうもう》だった。——机の下から這い出そうとすると、何かが前をふさいでいた。——おちた天井の一部が、机の上におおいかぶさっていた。

窓からのほの明かりで見まわす室内は、一瞬の間に惨澹《さんたん》たる有様になっていた。——たちこめる埃の中に、壁はひび割れ天井は裂け、どこから飛んできたのかわからないコンクリート塊がいくつもころがり、書棚やロッカーはすべてひっくりかえり、机はひしゃげ、ほんのさっきまでそこにあった「部屋」としての秩序はあっというまに消え失せて、落盤のあった洞窟《どうくつ》の中のような、荒々しい無秩序がそこに出現していた。今の今まで、落ちついた色の塗装や、幾何《きか》学的な文様や平面といったインテリアの背後にかくされていた「もの」が、突如としてその無骨で、荒々しい顔をむき出しにした。

割れたばかりのコンクリートの鋭く、なまなましい、埃くさい臭気が、ツンと鼻をさす。

「安川……」山崎は、かすれた声でいった。「大丈夫か？」

「ええ……」とかぼそい声がした。「何かで頭をうったけど——大丈夫です」

また、部屋がゆさ、ゆさ、ゆさとゆれた。今どきになって、はずれかかっていた棚が、ドーン！　と音をたてて落っこちてきた。

「どうします？」安川は、子供のように怯《おび》えきった声でいった。「どうしたらいいんですか？」

外で、パンパン、ポンポンというような破裂音がひびいた。そのたびに窓の外がカッと赤茶色にかがやいた。今になってようやく、人々の叫びとも悲鳴ともつかぬものが遠くから聞こえはじめ、埃の臭気にまじって、きなくさいもののこげるにおいがした。——

―山崎は本能的に危険を感じた。

「とにかく、おりるんだ」と、山崎はいった。「ゆりかえしがまだくるかもしれん。ここにいちゃ危ない」

「エレベーターはだめでしょう？――階段は大丈夫ですか？」

「わからん。もしドアがあいていたら、外の非常梯子《はしご》のほうがいい」

机の下に頭をつっこんだ姿勢で、その腰のところにも何か重いものの角がギュッとくいこんでいた。身をかがめるようにして、山崎はやっとのことで、あとじさりに机の下から這い出した。袖《そで》の付け根が、何かにひっかかってビリッ！と音をたてた。

「出られるか？」と、彼はかすれた声で安川に聞いた。

「すみません。――この……ロッカーをどけてください」

スチールロッカーは、ドアがあいて、妙にねじれたような格好で、安川のもぐりこんだ机と壁の間にはまりこんでいた。机をひいてロッカーを持ち上げてやると、安川はやっと机の下から這い出した。ほの明かりの中で、切れた額から流れ出る血が顔半分を赤々と染めていた。

「血を……」と、山崎はハンカチをひっぱり出していった。

「大丈夫です……」安川は、手の甲で額をぬぐっていった。「それより、出られますか？」

「出たほうがいい」山崎は、ともすれば埃でズルッとすべりそうな、傾いた床に足をふんばりながら、ドアのほうをさした。「ゆりかえしがくると、このビルは危ないぞ」

「鉄筋ビルが、こんなに傾くなんて……」と安川は信じられないような調子でいった。

「手を抜いたのかな？」

「地すべりでもしたのかもしれん」

窓の外が赤くなった。――そんなことはしていられない、と思いながら、山崎は思わず体をのばして外を見た。乗用車が追突して、火を噴いていた。三重に衝突した真ん中にはさまれたタクシーのプロパンに火がはいったらしく、はげしい爆発音がして、グワッと朱色の炎がうずまいた。

「階段はだめです……」安川は上ずった声でいった。

「天井が落ちています。――階段の一部もこわれちゃってるみたいです」

階段からのこげくさいにおいは、いよいよ強くなってきた。山崎は一階にキチンふうのレストランがあったことを思い出した。――使っている油に火がはいったら……。

「非常階段だ」と山崎はどなった。

非常階段のドアは、短い廊下のつき当たりにあった。無住の部屋のガラスがくだけちり、足もとでジャリジャリ音をたてた。天井と壁に大きなひび割れが走っているのを、うす明かりの中で見ながら、山崎は何となくひやりとした。

非常階段の、鉄製の防火ドアは、果たしてすこしひんまがり、ひっかかってなかなかあかなかった。山崎は思いきって体当たりをくわした。二度目の体当たりでやっとドアがあき、あやうく外へとび出すところを、安川が悲鳴に似た叫び声をあげて上着の裾をつかんだ。ドアがあくと、鼻先に、うす白い煙と熱気がむっとせまってきた。隣りの、木造モルタル塗り三階建てのビルの、一階の喫茶店から火が出かけており、窓からメラッと最初の炎がのぞいた。外のうす暗がりには、人の駆けまわる足音と、上ずった叫び、悲鳴が満ちていた。眼前の原宿駅で、国電が脱線し、ひんまがった線路づたいに度を失った人が右往左往していた。消防車のサイレンの音が鳴りひびき、あちこちに黒い煙が上がりはじめている。

「早く！」と山崎は叫んで、鉄製の非常階段を駆けおりはじめた。足もとで鉄板がいらだたしく鳴り、すぐあとから安川の足音がつづいた。ビル全体が傾いているため、傾斜した非常梯子は、へたをするとつんのめってすべりおちそうになった。五階へ、四階へ、と、もどかしいぐるぐるまわりをつづけながらおりて行き、やっと三階までできた時、また天と地がゴウッとうなりはじめた。

「危ない！」と安川がキンキン声で叫んだ。「気をつけて、山崎さん！」

足をとられて、あおむけにひっくりかえり、腰をしたたか打って、そのままずるずるっと階段をすべりおちた山崎は、踊り場でやっととまり、立ち上がろうとしたが、打ち鳴らされる大銅鑼《どら》のようにはげしく震動する鉄板に足をとられて果たさず、やっと手すりにつかまった。天地が渦まき吼《ほ》えたけるようなゆりかえしだった。数メートルをへだてた眼前で、隣りの木造モルタル建てが、まるでカードの城のようにもろくついえさった。瓦《かわら》とも、トタンの破片ともつかぬものが、シュッと音をたてて頬をかすめ、火の粉がバーッとふき上げてきた。暗灰色の鳴動する大気の中で、さらに耳を聾《ろう》さんばかりの騒音をたてて、非常階段がふるえていた。コンクリートの壁面にとめられた何百枚という鉄板が、ダダダーッとちぎれんばかりに震動するのだ。

「安川！」山崎はのどいっぱいにわめいた。「つかまってろよ、安川！」

それは、安川にいいきかせたのか、自分にいいきかせたのか、自分でもわからなかった。山崎は、夢中でニューマチックハンマーのようにふるえるパイプの手すりにつかまっていた。そのくせ、頭の隅は妙に冷静で、まさかこの非常階段が、はずれたりしないだろうと思って、壁を見上げたりしていた。眼下の道路がばっくり割れ、上下数十センチもくいちがっているのを、彼は信じられないような思いで見おろしていた。亀裂はまっすぐ国電の線路へむけて走り、レールはグニャリとひん曲げられていた。——ガスの臭気がし、ガス管の割れ目に火の粉がはいったのか、鼓膜をぶったたくような轟音とともに青白い火が地中からふき出し、鋳鉄製の重いマンホールの蓋《ふた》が、紙か何かのように高々と空中に舞い上がるのを山崎はポカンと口をあけて眼で追った。——昭和三十年代初期に建てられた煙突のようなビルは、地盤の傾斜にともなって、徐々にその傾きを増していった。

この灯ともしごろ、千葉、茨城《いばらき》県南部から東京、横浜方面をおそった地震は、まさにラッシュのピークがはじまろうとしたときに起こったため、人的被害は、東京駅、丸の内、有楽町《ゆうらくちょう》、神田《かんだ》、両国《りょうごく》、上野《うえの》、池袋《いけぶくろ》、新宿といったターミナルに、まっ先に起こった。路上にあふれる人々は、突然おそいかかった、立っていられないほどのすさまじい震動に、瞬間的にパニック状態になり、その頭上に、ビルの窓からはがれた何万枚というガラス板が、化粧レンガや広告塔が、雨のように降りそそいだのである。――駅の構内にあふれた人々は、プラットホームからこぼれ、そこへ数十秒間隔ではいってくる国電がつっこみ、急ブレーキに後の車両が追突し、さらに路上では、ハンドルをとられたタクシーの群れが、相互に団子衝突をやり、その何割かは歩道にむかってのし上げてきた。

地下鉄は、一瞬にして停電し、暗黒の地下では、すさまじい震動におびえる人々の泣き声や叫び声が、ひびいた。そこへ、どこかの河川の底が抜けたのか、どっと泥水があふれこんできた。あらゆるターミナルに蜘蛛《くも》の巣のようにひろがった地下街の火災発生が、化学建材の「毒ガス」とパニックで、まさに「地獄」と化した。八重洲口前で、銀座四丁目で、日比谷《ひびや》の交差点で、新宿、渋谷《しぶや》、池袋、上野、両国で――こんな予期しない所で、車の衝突とともに、ガソリン引火による火の手があがり、これがプロパン車の爆発を誘発した。

高速道路をすっとばしていた車は、まず、いくつもの地下道の合流点で、ハンドルをとりそこなって柱にぶつかるもの、追越し途中で接触するものがあいついだ。地下道はたちまち火と黒煙の吹きぬける煙突となり、急ブレーキをかけるとすぐそのあとから、後継車が七、八十キロのスピードでつっこむ、といった玉突き事故が起こった。

高架の上でも同じことだった。ハンドルを切りそこなって、低い中央分離帯をとびこえ、対向車と正面衝突するもの、カーブで、側壁へぶつかるもの、ジェットコースターコースのように、急カーブと上下の坂が組みあわさっている西神田付近では、上下動の初期に空中へ飛び上がった車さえあった。――そして、河川を埋めたてた上につくった部分の数ヵ所で、高架道路の橋脚はもろくも傾き、道路はひん曲がって、何百台もの自動車を、砂をこぼすように地上にぶちまけた。――洩《も》れたガソリンの上に、団子衝突の火花がとび、たちまち引火する。東京の空からは、火と車の雨が降ったのである。

そして――これは、まったく前々から予測されていたように、江東区を筆頭に、台東区、中央区、品川区、大田《おおた》区の海岸よりの人家密集地帯、文京《ぶんきょう》、新宿、渋谷等の住宅地帯、江戸川《えどがわ》、墨田《すみだ》区の中小工場地帯の一部に、まったく瞬時にして火の手があがった。大正十二年の関東大震災は昼食時、そして今回は夕食の仕度にかかりはじめたときの、各家庭の火の気が原因だった。江東区では、いくつかの橋がおち、また地盤沈下のはげしい海抜マイナス地帯のため、堤防が各所でやぶれ、地盤変動でふくれ上がった水が道路にあふれ、それにつれて材木が流れこみ、たちまち人々の退路をふさいだ。火の手はここだけで数十ヵ所も上がり、水の一部に油が載って流れ、それに火がついた。いたる所に使われたプラスチック、そしてこの地帯に密集している零細な化学樹脂加工工場が火事のために加熱されて吐き出す各種の毒ガス――塩素、青酸ガス、フォスゲン、一酸化炭素などが、火の中を逃げようとする人々をばたばたとたおした。のちの調査によれば、これらの地区だけで、約四十万人の人々が、ほとんど瞬時に死んだのだった。

災厄は、晴海から品川、大森へかけての港湾部でも起こった。大森海岸で、石油貯蔵タンクのいくつかが、地盤亀裂によって破壊され、そこへスパークが飛んで引火した。羽田に着陸寸前であった国際線のジェット機が滑走中転倒し、火災を起こした。港湾部では、接岸中の船舶が岸壁にぶつかり、芝浦《しばうら》の倉庫地帯で火災が起こった。――そして、そのあとに、おそろしい、まっ黒な津波がおそってきた。

震災というものの常として、これらのことが、広い東京のあちこちできわめて短い時間の間に一斉に起こったのである。――比較的もとのままだったのは千代田《ちよだ》区、渋谷区、代々木界隈《かいわい》、港《みなと》区の一部、それにやや都心をはなれた地域だけだった。何百万という人々が、一斉にターミナルや盛り場にあふれる時刻、それをねらってタクシーや乗用車が密集してくる時刻だったので、被害はいっそう深刻だった。坂が多く、せまい裏通りが多い東京中央部では、道に塀の一部か電柱の一本が倒れかかればたちまち車が立ち往《ま》生する。広い道路では、車が何重にも衝突し、とくに交差点での衝突が致命的な交通麻痺《ひ》を起こした。立体交差の下の道路上に、上から何台もの車が落ちてきて、そのうちの一つ二つは、例外なく火を吹いた。

今や道路上は、いたる所で火の海になりかけていた。狼狽《ろうばい》した人々は、大勢が車のエンジンをかけっぱなしで逃げ出し、それが引火の原因になった。

地震――それは、突然大地の底からおそいかかり、一挙に下のほうから心臓をつかむ冷たい恐怖であり、一瞬にして人々の理性も思考力も麻痺させてしまう。恐怖の衝撃が、ただやみくもで盲滅法な反射だけをひき起こし、この瞬間、誰一人として冷静でいられない。――そして、この全部の人々が、一斉に理性を失う数秒間の間に、多くの決定的なことが起こり、災厄は増幅されるコースに乗り入れてしまうのだ。

まして戦後の三十余年間、日本の、とくに大都会の人々は、巨大な災害に対して、瞬間的に身を処するマナー――戦後までに、大火や地震や水害などの数百年間を通じて形成されてきた「災害文化」ともいうべきものをきれいに失ってしまっていた。まさかの時、自分を救けること以外に、一人ひとりが自分の手もとで、災害拡大の可能性を小さな芽のうちにつみとるために何をしなければならないか、という実際的知識と、「市民の義務」の意識を、ほとんどの人が持っていなかった。――とりわけこの数百万の「通勤流入民」をかかえている東京では……。そしてまた一方、生き馬の眼をぬく活気と、快楽追求のあざとい欲望の錯綜《さくそう》によって膨張をつづけてきたこの大都会では、「突然の大災厄」に対する防護措置とデザインが、あれほどくり返し叫ばれながら、ほとんどの分野で未完成のままだったのである。

郊外の住宅密集地でも、夕餉《ゆうげ》の火によって一斉に火災が起こり、ターミナル、盛り場では、一瞬にして群衆のパニックが起こった。――その上へ、建築物の破片が、看板が、うなりをたてて飛ぶガラス板やトタン板が、そしてある場所では数階建ての建物自体が、轟音《ごうおん》をたてて落ちかかっていた。群衆は悲鳴をあげて、ビルの中へ、かくれようとした。しかし、その人波は、暗黒になって一部火災を起こした地下道から、またゆれ動くビルの上階から、外へ逃げ出そうとした人波とぶつかりあい、たちまち阿鼻叫喚《あびきようかん》の有様となり、悲鳴と怒号と、逆上した殴り合いのうち、何百人の人々が圧死した。——火に巻かれた下町では、人々が運び出し、放棄した家財道具がまた火の手をひろめ、火熱を恐れて悪臭をはなつどぶや川にとびこんだ人々は、あとからあとからとびこむ人々や、倒れかかる建物によって次々に溺死《できし》した。火災は折りからの夕風にあおられ、さらに火災自体が巻き起こす旋風にのって、炎々と天をこがし、下町一帯を焼きつくそうとしていた。

震災発生と同時に、都下の全消防署には、非常出動の指令がくだった。——しかし、比較的被害の少ない地帯ではすみやかに動けるのに、被害の大きな地帯では、路上で火をふく自動車や、倒壊家屋にさえぎられて動けないという事態が生じ、都心部に無数に発生した火災の現場へ駆けつけることのできた消防車は、ごくわずかだった。しかも駆けつけたところで、河川はほとんど埋めたてられていて水源がなく、水道管破裂や全体停電のため、きかなくなった消火栓がやたらに多かった。——そのうえ、消火作業は、眼を血走らせて逃げてくる群衆や、車によってさえぎられ、困難をきわめた。逃げようとして気の狂ったように走ってきた自動車が群衆の中へつっこみ、何人もの人々をひき殺して電柱に衝突した。運転していた人間は、たちまち怒り狂った群衆にひきずり出され、なぐられ、踏みにじられ、血みどろの肉塊と化してしまう。

「だめです……」ホースをにぎっていた消防隊員が、駆けもどってきてまっ青になって叫ぶ。「この勢いじゃ、とてもふせぎきれません」

小隊長も、蠟《ろう》のような顔をして、指揮車の電話をとり上げる。

「ダイナマイト、まだか？　何している？——群衆にとりまかれて車が動けない？　かついで持ってこい！　早く！」

大地がまたゆりかえす。——さっきにくらべれば、ずっとわずかなのに、興奮し、動転し、過敏になった群衆は、絶叫してドーッと逃げまどう。

「みなさん、危険です。退避してください。すみやかに竹橋《たけばし》方面へ避難してください」と放水車のスピーカーがわんわん鳴る。「今から、延焼防止のため、ダイナマイトによる建物破壊を行ないます。退避してください」

破壊消防班がやっと到着し、ダイナマイトをかかえて、火の粉の降る中へとびこんでいった。目標は橋の向こうの、大きな木造二階建ての倉庫と、鉄骨モルタルの工場で、倉庫の軒にはもう火がうつりかけている。

「橋にもしかけろ」と、小隊長はかすれた声でいう。

「まだ逃げてきますが……」隊員の一人がふりかえっていう。

「いいからしかけるんだ……」小隊長は低い声でいう。

「上からの指令だ」

ホースを持った連中が橋をわたって退避してきた。消防車は後退し、隊員は車のかげにかくれる。――ドウン！　と腹にひびくような音がして、倉庫が灰色の煙の中にくずれおちていった。


壁や天井の一部がおちて、埃《ほこり》と砂だらけになった首相官邸に、国家公安委員長と厚生大臣が、死人のような顔色ではいってきた。首相は通産大臣と防衛庁長官と一緒にいた。

「神田、新宿方面で、群衆と機動隊の衝突が起こっている……」と厚生大臣がいった。

「手が足りないのはわかっているが、機動隊はまずかったんじゃないですか？」

「このさいそんなことをいっていられない」と、通産大臣はいった。

「機動隊の一部は、自衛隊と交替させる」と防衛庁長官はいった。「今、都知事と防災委員会から要請があった。第一師団の施設大隊と輸送大隊はもう出動しているんだ。――普通科連隊も参加するが、丸腰だ……」

「危険じゃないですか？」と公安委員長は眉《まゆ》をひそめた。

「群衆は相当なパニック状態だ」

「かまわん。――同胞の救出に行くのだ。まさかの場合のまちがいを起こすようなものを持って行くくらいなら、甘んじて同胞のために死ね、骨はひろってやる、というた……」一徹ものらしい防衛庁長官は、ちょっと眼をしばたたいた。「あんたは治安出動をいうとったが、わしはあくまで反対だ。いつでも切り替えられるようにはしておくが、このさい、最後まで、災害派遣の線にとどめる。習志野《ならしの》の第一空挺団《くうていだん》も、霞ヶ浦《かすみがうら》のヘリ部隊も、あくまで災害救出の目的で出動させた……」

「だが、さっき警察庁長官に聞いた話では、だいぶ不穏な情勢も出ている、というが……」公安委員長は、首相の顔を見た。「この官邸も、自衛隊に守られていたようだね」

「門の内側、庭内だけです」と、秘書がいった。「外は警官にまかせています」

「私も最後まで、治安出動には反対だ。その点、防衛庁長官に同調する」と首相はいった。「まさかの時には、退避すればいい。——裏庭に航空自衛隊のヘリが降りている」

「都内もさることながら、千葉や横浜方面はどうなるんだね?」厚生大臣は気がかりそうに聞いた。「津波で、えらいことになったという話だが……」

ゴーッ、とまた大地の底がうなった。部屋がゆさ、ゆさとゆれ、どこかでまたザーッと砂か何かのこぼれる音がする。

「まだ正確な情報ははいっていないらしいが、相当ひどいものらしい……」首相は時計を見ながらいう。「京葉《けいよう》地帯から三浦半島一帯にかけて海岸地帯はほとんど全滅ということだ。外房《そとぼう》は大したことはなかったというが、とにかくあちらのほうは、海上自衛隊が救援にあたっている」

窓の外はまっ暗で、ところどころ、火災が夜空を焦がしていた。——人の走りまわる音、車のエンジンの響き、門の外の誰何《すいか》と制止の怒声、鳴りわたるサイレンの音、夜の底から聞こえてくる幽鬼の叫びのような、悲鳴とも喚声ともつかないような大ぜいの人声が、風の具合で近づいたり遠ざかったりしている。

「議員たちがすこし集まり出している」と、通産大臣が受話器に耳をおしあてながら、ふりかえっていう。「大蔵大臣の消息は？——無事か？　何時ごろまでにこられる？——現場にヘリをまわしたか？　緊急閣議を、あと三、四十分以内にはじめたいんだ」——秘書官がはいってきて、小声で、野党第一党の党首が他の野党の領袖《りょうしゅう》二名といっしょに面会に来たことを告げる。

「まずいな」と厚生大臣は眉をひそめた。「閣議前だのに……」

「すぐ行く」と首相はいった。「このさい、何のかのといっておられん」

官邸の通信室から、係員が一人駆けてきた。——インクのあともなまなましい電文をわたす。首相はそれを見て、ちょっと眉をひそめる。

「ふん……」と首相はうめいた。「だが——今、こっちはそれどころじゃない」

首相は秘書に電文をわたしていった。

「総理府長官がきたら、すぐ見せろ。——保管しておいてもらえ」

一台の消防車か救急車が、怪鳥《けちょう》のようなサイレンを鳴らしながら、官邸のすぐ横を、三宅坂《みやけざか》のほうへ向かって走っていった。それを聞きながら首相は、野党党首たちの待つ部屋へと足早に出て行った。

夜がおちてくるとともに、地震はなお無気味な鳴動をくりかえしつつもしだいにおさまっていったが、災厄はほとんどの明かりの消えた闇の中に、なおひろがりつつあった。

地震とともに、都内百数十ヵ所に発生した火災は、消し手もないまましだいにひろがり、暗くなるにつれて、あかあかと夜空をこがし、まるで四方が火にとりまかれているような恐怖感をあたえるのだった。——海岸地帯の重油タンクや石油タンク、それに化学材料タンクや倉庫にはいった火は、紅蓮《ぐれん》の炎とともに天を摩《ま》す黒煙を吐き、風が変わるとその熱気は、はるかに芝や日比谷へんでも感じられるほどだった。人々は熱気をおそれて東へ逃げた。すでに皇居前には何万人という人々が集まり、なお続々と怯《おび》えた人たちが集まってきた。

常夜灯は全部消え、救急車の投光器だけが唯一の明かりだった。丸の内のビルのいくつかは、自家発電に切り替えていたが、それも数えるほどだった。地震の衝撃は、自家発電装置の一部を破壊するほど大きかったのである。——芝公園、代々木方面の森や広場にも、人々は恐怖で顔をこわばらせ、あとからあとから集まってきた。最初は通勤客が、つづいてほんの身のまわりの品を持った焼け出された人たちが……。

国鉄も私鉄もまだ動いていなかった。地下鉄の一部は火災を起こし、あるいは浸水し、道路はいたる所で、火災や、倒壊家屋や、燃える車によってふさがっており、高速道路は閉鎖されたままだった。西神田、芝浦付近で高架の橋桁《はしげた》がひん曲がってしまい、そうでない所も、あちこちで道路の底が抜けていて、高速道路はまるで使いものにならなかった。のみならず、高架の上のあちこちで燃えつづける車が、アスファルトをとかしてしまい、ガードレールを熱で飴《あめ》のように曲げては火だるまになっておちてくるし、トンネル部分の中からは、眼もあけていられないような黒煙と炎が吹き出し、その上の道路のアスファルトが煮えたぎって流れはじめていた。地下暗渠《あんきょ》に満ちたガスは、なお時折りマンホールの蓋《ふた》をはね上げ、破壊した水道管から奔騰する水は、火とぶつかって濛々《もうもう》と湯気をたてた。

気がついたとき、山崎は、神宮の森の中を、片足をひきずりながら歩いていた。左足をひどくくじいたらしく、歩くたびに踝《くるぶし》に疼痛《とうつう》が走ったが、それさえたった今まで気がつかなかった。傍を見たが、安川の姿はなかった。かわりにぜいぜい息を切らせながら、あるいはすすり泣きながら、せかせかと歩いている人影が、前にも後ろにも、両横にもいた。誰かが木の下闇を、大声でわめきながら走った。木立ちの向こう、背後のほうが赤くなり、鮮烈な木の香りにまじって、もののこげる臭気がした。表参道の方角で火災が起こったらしい。

どうやって助かったのか――と山崎は痛む足をひきずりながらぼんやり思った。――あのビルは、たしかあの時倒れたような気がする。地割れで傾いたビルが、ゆっくり、スローモーション映画のように、道路にむかってのしかかっていくのを、彼は非常階段の踊り場につかまったまま、夢見心地でながめていた。自分の体が、非常階段ごと、ビルといっしょにゆっくり地面へたたきつけられていくのを……それから？――跳ね飛ばされ、何かがいやというほど背中をうち、眼から火花がとび、ツンときなくさいにおいや、鼻をさす土埃《つちぼこり》のにおい……まりのようにポンポンはずむ体、誰かののど笛を切るような絶叫……それから？

急に体の張りがぬけ、全身がズキズキ痛み出した。顔をぬるぬるしたものが流れるのが感じられた。眼はまっ白に埃をかぶり、上着の腕の付け根が、剃刀《かみそり》で切ったようにスパッと切れ、その下のワイシャツも下シャツも切れ、むき出しの腕から流れ出した血がこびりついている。ズボンの左は、膝《ひざ》から下がズタズタで、脛《すね》はすり傷だらけだった。彼は全身の痛みに思わずうめいた。突然、今さらのように心臓がはげしくうちはじめ、それはしだいに急になって、耳がガンガン鳴りはじめた。

山崎は木立ちを抜けると、立っていられなくなって、思わず膝をついた。汗がどっと吹き出し、息が荒くなり、全身を駆けめぐる疼痛の中で、意識がぐるぐるまわりはじめた。――わあんと高まった耳鳴りが、しだいにおさまると、その向こうから興奮した人々の声がさざ波のように聞こえてきた。深呼吸を二つ三つすると、やっと頭がはっきりしてきた。外苑の森の中には、すでに何千とも何万とも知れぬ人々が集まっていた。常夜灯が消えた暗闇の中に、群衆の頭が黒々とゆれ動き、時折り樹木ごしにさしこむ、どこかの火災の明かりが、その恐怖に歪《ゆが》んだ夜をうすあかく照らし出した。

「下町は全滅だ！」と誰かが叫んだ。「赤坂も、渋谷も……青山の住宅街も危ないぞ」

「東京湾が火の海だってよ」と、これはささやくように早口でしゃべりながら、山崎のすぐそばを通りすぎた。

「築地《つきじ》から品川一帯……銀座も全滅だって……」

山崎は、痛む足をいたわりながら立ち上がった。――祖師谷《そしがや》の団地にいる家族のことが、ふいに心配になってきた。くたびれた愚痴《ぐち》っぽい妻、髪の毛を当世風に女のように長くしたにきび面の長男、これだけは、両親のどちらにも似ず、ひどくきっぱりと美しい顔だちの、それだけに年ごろが近づくにつれ、妙に気がもめる中三の長女、軽い小児《しように》麻痺《まひ》のため、やや脳の発育のおくれた次女……。

「ちょっとうかがいますが……」と山崎は通りすがりの顔もわからない人物に声をかけた。「電車はまだ動いていませんか？」

「電車だって？」その男は、ひどくつっけんどんな口調で吐きすてるようにいった。「線路があっちこっちで、飴みたいにひん曲がってるんだ。地割れと地すべりだよ。――復旧どころじゃないだろうよ。渋谷でさ――渋谷を出たところで……満員の国電が、走ってる最中、高架の上で脱線して――死体も何も、まだほったらかしのままだよ。おれはたった今、見てきたんだ」

「高速道路はひどいよ！」誰かがかん高い、泣くような声でいった。「霞《かすみ》が関《せき》の所……ひどいよ。トンネルの中で……」

「警察は何をしているんだ？」と、別の誰かがどなった。

「どこにいるんだ？　ふだんあんなにうろうろしているお巡りは……」

木立ちの向こうに、ギラリとヘッドライトが光った。――わけのわからない喚声が、わっと上がった。

「とまれ！」と誰かが叫んだ。「おーい、とまってくれ！」

車はスピードをあげて群衆の中をつっきろうとしたが、たちまち群衆に押しとどめられた。――タクシーだった。人々は車をかこんでめいめい大声でわめいた。

「世田《せた》谷《がや》まで乗せてくれ！――金はいくらでも出す」という声もあれば、

「大宮《おおみや》のほうはどうでした？　燃えてますか？」と必死にたずねる声もあった。

「だめですよ。火事と倒れた家でどこも走れやしませんよ」と、外へひっぱり出された運転手は、泣きそうな声で叫んでいた。「車を無茶しないでください。会社の車ですから。……火の中をやっとここまで持ってきたんですよ」

「けが人を乗せてってくれ！」と別の声がいった。「大勢いるんだ。骨折したのや、ひどい焼傷《やけど》のや……出血多量のもいる」

「救護班が体育館のほうに来てるっていうぞ」と誰かが遠くから叫んだ。「自衛隊が出動しているらしい」

「ラジオを聞かせろ！」と二、三人が車の中にとびこんだ。

「もっとボリュウムをあげてくれ！」と、まわりから叫びがあがった。「おれたちにも聞かせてくれ！」

ＮＨＫがはいった。アナウンサーの興奮した声が、わんわん割れてひびいた。――東海道新幹線、中央線、信越線、東北本線不通……旧東海道線は熱海以西折り返し運転、被害は千葉県、茨城県、東京都、栃木《とちぎ》県、埼玉《さいたま》県、神奈川《かながわ》県東部、群馬《ぐんま》県南部など、関東一円におよび……東京湾一帯は津波のため大損害……京葉臨海工業地帯では、火災とともに、埋立地の大面積が地すべり状に水浸し……。津波による被害は、神奈川県相模湾沿岸、伊豆半島東部沿岸一帯にもおよび……。

「都内の被害はどうなんだ？」誰かがいらいらしたように叫んだ。

「政府は宝田《たからだ》国家公安委員長出席のもとに、緊急臨時閣議をひらき、都内をはじめ、各府県に発生した被害状況の報告をうけるとともに、今夜六時二十分、東京都の要請を待たずして、非常災害対策本部の発足をとりきめました」とアナウンサーはしゃべった。

「東京都知事は、もっか行方不明のため、宇野《うの》副知事が代わって緊急措置をとっておりますが、都庁は職員がほとんど帰ったところであり、また付近の路上火災のため、庁内の緊急避難に追われ、都庁の機能はもっかのところ麻痺《まひ》状態の模様であります。首都圏防災会議は、臨時に自治省内で招集されました。……次のニュース、防衛庁は都下練馬《ねりま》の陸上自衛隊第一師団、霞ヶ浦の第一空挺《くうてい》団、また海上自衛隊第一艦隊、第四航空群に災害救助出動を命じました。陸上自衛隊東部方面総監部は、群馬県の第十二師団の投入も考慮中の模様です。——治安出動は、もっかのところ考えられていないということですが、現在都内中心部付近において、避難民の間に混乱が起こっており、東京都公安委員会は政府に対して治安出動を要請したとつたえられ、防衛庁の見解では情勢の推移によっては、災害出動が治安出動に切りかえられることもあり得るとされています。……ただ今はいりましたニュース——消息筋の伝えるところによりますと、政府は、首都圏の重要性、また今回の地震による被害の甚大さ、現在なお拡大しつつある事態の重大さにもとづき、戦後初の、非常事態宣言の公布を、もっか閣議において検討している、ということです。なお、衆参両院とも、総理の要請により、議員緊急召集が行なわれましたが、現在国会成立のための定足数の半数にもみたない状態であります。——つづいて都内各地の被害状況がはいっております……」

聞き耳をたてようとしたとき、向こうのほうからわっと歓声があがった。——大きな爆音がいくつもつづき、木の間がくれにギラッと光るヘッドライトがこちらへ曲がってきた。ヘッドライトは木立ちの群衆を照らし出し、すぐそこでとまった。三台のトラックがとまり、中からカーキ色の服を着てヘルメットをかぶった兵士がばらばらと飛びおりた。

「みなさん、陸上自衛隊の救護班です」とスピーカーがどなった。「みなさんの中に、急を要するけが人はいませんか？——ただちに処置をとります。歩ける人は、代々木の屋内体育館、屋内プール、あるいは渋谷のNHKへ行ってください。臨時救護所にあてられています。どうか落ちついて、秩序ある行動をとってください。地震はおさまりました。火災に対しても、処置がとられつつあります。——鉄道の復旧は、まだ見こみが立ちませんが、都下方面へ通ずる幹線道路は、自衛隊の施設大隊がもっか開通につとめています。まもなく幹線道路が通行可能になるでしょう」

「運んでくれないのか？」と、誰かがどなった。「三鷹《みたか》なんだ。——家族が心配だ」

「代々木スポーツセンター方面に、輸送班がまもなく到着します。——スポーツセンターへ行ってください。みなさん。——ただし、大勢の人が押しかけていますから、どうか冷静に、落ちついてください……。スポーツセンターには、各地区の被害状況、交通回復状況のニュースがはいっているはずです。飲み物などもできるだけ用意してあります。……冷静に、順序よく、スポーツセンターにむかってください。隊員が誘導します」

投光器がついた。群衆の中に、かすかなどよめきが起こった。明かりがこれほどなつかしく、たのもしく思えたことはなかった。山崎は投光器の照りかえしの中に、しゃべっている隊長の顔を見た。まだ三十前らしい。陽やけした精悍《せいかん》な顔に、それでもこの時代の青年らしい、妙に子供っぽい初々《ういうい》しさを頬に残している将校だ。——頭上に、バラバラと、やかましいヘリコプターの音が聞こえた。第一空挺団のバートル型輸送ヘリらしかった。そのころから暗い空に風が吹きはじめていた。ヘリの飛行は危険だな、と、山崎は背後に赤々と燃える火災をふりかえった。

たちのぼる黒煙が空をおおい、それに炎が毒々しく照りはえている。石油タンクが爆発するらしい、ドウン、ドウン、というひびきが空をゆすりつづける。

ふと、山崎は、一つの記憶を呼び起こした。——戦争の時……東京大空襲……あのころ彼はまだ、十代の後半だった。品川で焼け出されたその夜、彼の母と幼い弟は死に……ふいにあのころの、降りしきる焼夷弾《しょういだん》と燃えさかる火を見ながら、防空壕《ぼうくうごう》にもはいらずつっ立っていた時の、かたい投げやりな気分がよみがえってきた。——どうなとなれ、という、一種ふてくされた気分が……。空襲のころとちがって、疎開もしていなければ、「戦争」という、長期にわたる異常事態がうみ出した、災厄をうけいれる物心両面の態勢もできていない。あの当時からくらべれば、東京は一種異様な、怪物的大都会にふくれ上がってしまった。被害はものすごく出るだろう。東京湾に流れ出した重油に火がついたら、なまなかなことではすむまい。そのうえ、災害がおさまったあとでも、この巨大な、あまりに何もかも集中しすぎた首都の機能麻痺は当分つづくだろうし、不穏な情勢は、むしろあとへゆくほどたかまるだろう。

被害について――それが戦後の長い混乱の蓄積であり、今さら急にはどうしようもない原因にもとづくものとはいえ――政府は、野党、国民大衆双方から、はげしく責任を追及されるだろう。ひょっとしたら、倒閣運動まで起こるかもしれない。不穏の情勢は、国内全般にひろがり……。

まずいな――と、山崎は痛む足をひきずって、動きはじめた群衆について歩き出しながら思った。――もし、内閣がこのあと倒れたら……。

投光器の中に、白いものや黒いものがヒラヒラと舞っていた。ふと空を見上げると、暗灰色の空の中に、さらに無数の黒い点が、風に乗って千万の蝙蝠《こうもり》のように空をひらめきながら、吹きとばされていた。

「灰が降り出した……」と横の初老の男がつぶやいた。

「早く行かないと……例によって、雨が降り出しますぜ。――大火のあとは、必ず一雨くるんだ。そうでしょう？——大空襲の時だってそうだった……」

これはまずいぞ……。ポツリ、とほんとうにおちはじめた雨の雫《しずく》を頬にうけながら、山崎は、かたくなった心の隅で考えた。——まったくまずい。もし、今の内閣が倒れたら……あの「D計画」はいったい、どういうことになるんだ？

ポツ、ポツとおちはじめた雨の雫は、にわかにしげくなりはじめた。人々は怯《おび》えたように走りはじめた。

「危ない！　走らないでください！——危険です、押しあわないでください！」

整理中の若い隊員が声をからして叫んだが、群衆はもう、ドウーッというような音を砂利道にひびかせて、走りはじめていた。——雨脚がみるみるうちにあたりに立ちこめ出した。灰をふくんだ、黒い雨だ。白いシャツの上に点々とうす黒いしみをつくる、あの黒い雨だ。

これはまずい——走りはじめた群衆をわきによってよけながら、山崎は眼前の光景と、心の中の気がかりとの双方に向かってつぶやいていた。——いったいこれからどうなるんだ？

2

暗黒の破壊された大都会の上に、はげしく黒い雨が降りはじめた。

都内数百ヵ所で起こった火災のほとんどは、この雨で消えはじめたが、百ヵ所以上は手がつけられない有様で、雨の中でもまだ、ごうごうと炎を巻いて燃えつづけた。雨まじりに吹きはじめた大風が、炎をあおりたてたが、雨のため、類焼の恐れは減りはじめた。

ただ、何万トンと備蓄された原油、重油、化学薬品が流出炎上しはじめた東京湾沿岸は、雨など途中で蒸発するほどの勢いで炎をふきあげていた。このあたりは、高熱と、酸素欠乏と、毒煙による無人地帯になりつつあった。――火炎発生のあとおそってきた高さ八ないし十メートルの大津波が、水とともに、このあたり一帯に燃えさかる可燃物をまきちらしていったのだ。――晴海は江東についで、死者、行方不明者の多い所だった。そして芝浦、品川、大井《おおい》、大森、川崎《かわさき》市といった沿岸下町地帯は、火と水の災害により、ほとんど全滅といっていい状態だった。晴海、芝浦、品川の埠頭《ふとう》に集積された膨大な貨物に火がはいり、津波で押し上げられた貨物船や、火がはいったタンカーが、築地のあたりまで押し流され、転倒した。首都高速一号線の海岸沿いの橋脚が、ほとんど壊滅したのも、こういった津波に流された浮遊物の直撃をくらったからである。江東の石炭埠頭と夢《ゆめ》の島《しま》にも火がはいった。――この二ヵ所は、その後長期にわたってくすぶりつづけ、こののち東京都海岸部の災害復旧に、たいへんな足手まといになった。

津波は、東京湾を文字どおり「直撃」していた。――房総半島の館山《たてやま》、三浦半島の三《み》崎《さき》、浦賀《うらが》にのしかかり、富津《ふっつ》岬を途中からもぎとり、富津市を大半洗い流し、折りからの満潮にのって、横浜、川崎、千葉の各市、そして東京湾正面の船橋《ふなばし》市、浦安《うらやす》町、江戸川、江東、中央、港、品川、大田の各区にのし上げた。葛西《かさい》、砂町《すなまち》、小松川《こまつがわ》などのゼロメートル地帯はこの大波にたちまち呑《の》みこまれ、荒川放水路は逆流して、その衝撃は千住《せんじゅ》火力発電所を水びたしにしたほどだった。

この「第二次関東大地震」ほど、不幸な条件の重なった例も少ないといわれているが、夕刻ラッシュ時、炊飯時に起こったうえ、その時刻がちょうど満潮時にあたっており、しかも午後から、かなり強い南風が吹いていた。月齢三・五、大潮でないのはまだしもだったが、それでも、その日の明け方の築地の満潮水位は、プラス二・二メートルを記録していた。

津波による大打撃は、東京地区の心臓、動脈ともいうべき地帯を壊滅させていた。東京電力の豊洲《とよす》東京火力、品川第一、第二火力、川崎市の川崎火力、潮田《うしおだ》、鶴見《つるみ》火力、それに石油、ガス、造船、製鉄などの各工場、各埠頭、倉庫、道路、鉄道、空港など——津波は防波堤をやすやすと乗りこえ、まだサンドポンプで泥土を注いでいた埋立地を洗い、泥水の壁となって、これら海岸沿いの平坦《へいたん》な地帯におそいかかった。羽田空港では、スパークや、着地失敗によって火災が発生したところへ、津波がおそいかかり、滑走路や格納庫を一なめにし、地上機材が多数損害をうけた。折りから夕刻で国内線ラッシュ時をむかえ、用をすませて地方へ帰る客や出むかえ客でターミナルビルはごったがえしており、そこへ地震につづいて、津波がおそいかかってきたのだ。高速道路とモノレールの瞬時の破壊、橋の崩壊によって、この地区が孤立してしまったところへ、隣接の石油工場で起こった石油火事が、津波に乗ってまきちらされ、燃料貯蔵庫付近が危険になってきた。——幸いにも開設まもない成田空港の被害が比較的少なかったので、一部はそちらへ向かわせたが、国際線はクローズし、旅客機は大阪へ、またソウル、台北《タイペイ》、マニラ、香港にひきかえしはじめた。

伊豆沖から回頭して東京湾へむかった〝よしの〟は、午後十一時すぎ、浦賀水道を通過した。すでに三浦半島沖から、遠く相模湾沿岸や浦賀の火災が望見されたが、浦賀水道にはいると、早くも何ともいえない異臭が、潮風に乗ってはこばれてきた。観音崎《かんのん》を通過するあたりから、それまでぱらついていた雨が、にわかに沛然《はいぜん》と甲板をたたきはじめ、視界はまったく悪くなった。しかし、ガスにとざされた底に、地獄の業火のような赤黒い炎が北の空を染めているのがブリッジから見えた。

「東京が燃えている……」と、小野寺の傍で、片岡がつぶやいた。「川崎も千葉もだ……」

「三時間ほど前、津波がおそったらしい」小野寺は艦橋の張出しの上で、ゴムの雨合羽《あまガッパ》のフードをひきよせながらいった。「夕方だったから、えらい被害だろう」

〝よしの〟は速力を七、八ノットに落として進んでいた。——雨の中に汽笛がひびいた。川崎か横浜あたりでＬＮＧ（液化天然ガス）か都市ガスのタンクが爆発したらしく、火炎がパッとたちのぼり、ドウンと腹にひびくような音がした。

「ひどいにおいだな」中田が雨にぬれた鼻をひくつかせて、眉《まゆ》をひそめた。「いったん横須賀へはいるらしい。――横須賀の街もめちゃくちゃらしいが、あまり北上すると、有毒ガスと、重油火災と、津波の残骸《ざんがい》で危険だというんだ」

暗い水面をのぞきこむと、いつのまにか、まわりはいろんな漂流物でいっぱいだった。箱、たたみ、ドラム缶、木材、何かの破片……そして、死骸《しがい》らしいもの……。

「左舷《さげん》前方漂流物！」と、艦首の見張りがどなった。

〝よしの〟はサーチライトをつけると、艦首推進機《バウスラスター》をゴウッと鳴らして急回頭した。――九分どおり沈んで、わずかに船腹を水面に出した数千トンクラスの漂流船が、左舷をグゥッと通りすぎた。

雨と闇の向こうに、かすかに叫びが聞こえた。

「右舷前方――漂流者！」

とまた見張りが雨の中から叫んだ。

「後進《ゴースターン》！」

と艦長は運転士に低くいって、艦内通話器のスイッチをいれた。

「右舷救命艇おろせ。漂流者をたすける」

サーチライトがギラリとまわって、右舷前方の海面を照らした。――濁った水をたたく雨脚が光るばかりで何も見えない。ガラガラッと救命艇のおろされる音がひびく。

「前方に、かなり漂流船がいるようです」レーダーをのぞいていた航海士がいった。「津波でやられた漁船や団平船《だんべいぶね》でしょう。——まもなく第二海堡《かいほ》通過です」

「救命艇が帰ってきます……」

と、艦橋の張出しから水兵が叫んだ。

「どうしたあ。……見つけたかあ?」

と舷側《げんそく》で誰かが叫んだ。

「見つけた……」とモーターランチから、声がかえってきた。

「だけど……気が狂ってる……」

「田所先生……」雨合羽もつけずにのっそりと背後に立った田所博士をふりかえって、小野寺はいった。「京浜、京葉地帯はかなりやられてるようです。東京の海岸地帯は……全滅らしいですね」

「序の口だ……」田所博士は、ひげだらけの顔を雨にうたせながらつぶやいた。「これは……まだ、序の口なんだ……」

「家の連中——どうしたかな……」と片岡はぽつんといった。「田町《たまち》の家は……」

「そうだ。山崎と安川はどうしたろう?」幸長はいった。

「無事に逃げたかな……」

破壊と火災と津波と、そしてどす黒い雨の一夜が明けた。——雨は晴れ上がったが、あとには惨澹《さんたん》たる都市の残骸がのこされていた。海岸地帯の火災はまだつづき、黒煙は巨大な竜蛇のように、海上低くのびていた。

総理府へ赴くべく、田所博士と幸長といっしょに、横須賀をヘリで飛びたった小野寺は、窓から食いいるように眼下の惨状を見おろしていた。――横浜、川崎、そして都内には、まだあちこち焼けのこりのうす煙が上がっていた。地震のすぎたあと、巻雲の浮かぶ晴れわたった青空の下に、うそのように静かに、この巨大な、日本の総人口の二〇パーセント近くの集中する地帯はひろがっていた。燃えつづける海岸地帯をのぞけば、ちょっと見ると、ビルや塔がまだあちこちに残り、いつもと変わらぬ光景のように錯覚するのだが、身をのり出せば、一瞬の大災害の、巨大な、むごたらしい爪痕《つめあと》が、一面に見てとれるのだった。

密集した家屋の半壊、倒壊が延々とつづき、そのあちこちに、黒ずんだ醜いしみのように焼け跡がひろがっていた。道路や高速道路のあちこちに、焼けただれた自動車の残骸が、まわりに黒い煤《すす》跡をしみつかせながら、いくつもいくつもころがっている……。トンネルの所は、壁面がまっ黒に焼けただれ、アスファルトはとけて、黒光りする塊になり、中からまだうすい煙を吐いていた。東名高速が、足柄《あしがら》付近に生じた断層のため、不通になったことは昨夜のニュースでわかっていた。

大きな工場の建物は、まだそのまま残っているものが多かった。だが、石油コンビナートは、精留塔やパイプラインの一部は残っているものも、多くが焼けただれ、あるいは爆発でふきとばされ、そのうえ津波のあとで水びたしになっている所も多かった。とんでもなく離れた民家の屋根などに、艀《バージ》がのり上げておしつぶしていた。――路上を見ると、すでにかなりの人が動いていた。倒れた電柱や瓦礫《がれき》をのりこえて、都や自衛隊の給水車が、かしぎながらのこった住宅地帯にはいりこみ、バケツを持った人たちの、長い列ができていた。

羽田のA滑走路上に、焼けたDC8の残骸があった。滑走路の海側は、海水にひたされている。――燃料タンクの火災はもう消しとめたらしいが、空港の機能回復には、長い期間がかかりそうだ。羽田をすぎると、胸をしめつけられそうな光景がひろがった。平和島《へいわじま》、大森、さらにその沖合の埋立地は、一面の泥海に変わってにぶく光っていた。モノレールや高速道路の橋脚に、中型貨物船や艀がぶつかり、高速道路は、橋桁《はしげた》がアスファルトを載せたまま何枚もはずれている。橋桁の所には、埋立地にはいっていたらしいダンプや、トラックターミナルから押し流されたトラックがひっかかっていた。モノレールが一列車、宙ぶらりんのような格好でレールの途中にとまっている。あれに乗っていた乗客はどうしたのだろう?――と小野寺は、ぼんやり考えた。

浜離宮《はまりきゅう》には、海水と重油が流れこみ、ぶすぶすと煙をあげていた。――そのあたりから、ひび割れがはいったり、少し傾いたりしながらまだ形をたもっている倉庫やビルが見えはじめた。高層ホテルや貿易センタービル、そして東京タワー、霞が関ビルなども……。

「千代田区はかなり残っている……」

声をはずませながら小野寺はいった。

「第二京浜は、車が走っているぞ！」

秋晴れの空の下、東京はもう動きはじめていた。――ブルドーザーが、すでに何台も倒壊家屋の片づけをはじめ、大型トラックが、おそらく救援物資を積んで、周辺からはいりこんでくる。ようやく「足」を得て家路につく人々を満載した自衛隊のトラックやバスも、逆方向へ走って行く。――日本人は、やっぱり災害なれしているみたいだな、と、小野寺はなんとなく目頭があつくなるのを感じながら、胸の中でつぶやいた。――幕末に日本へ来て、江戸の大火を目撃したドイツ人がおどろいて記録している。家を焼かれた人々が、ちっとも悲嘆にくれず、明るい顔をして、まだ煙がくすぶっているのに、もう元気のいい再建の槌音《つちおと》が聞こえる、と……。

だが――今度の災害の規模はあまりにも大きすぎる。災害に対する一時の「伝統的」反射も、この災害の全貌《ぜんぼう》がはっきりしてきたら、そして、そのあとに発生してくる膨大な問題の処理に直面したら……はたしてどこまでつづくだろうか。それに……なお、ひょっとしたら、このうえに……。

「政府が中間発表を行なっている……」と、ラジオを聞いていた幸長がいった。「死者、推定二百万人以上……被害総額は、十兆円を越える見こみ……」

「あれは？」

高層ビルの窓から、時折りキラキラとかがやくものが落ちて行くのを見つけて、小野寺はつぶやいた。

「窓ガラスだ。――地震の終わったあとでも、何かのはずみで、ああやってはずれて落ちて行く……」田所博士は正面を見たままいった。「ペルーの大地震の時も、あのガラスで、首を切られたりして、地震が終わってだいぶたってからでも、よく人が死んだ……」

小野寺たちの乗ったヘリコプターが高度をさげてゆく下を、安川は重い脚をひきずりながら歩いていた。――顔半面に流れた血がかたまり、服はボロボロになり、ズボンは裂け、顔やむき出しの腕が煤だらけだった。何かが落ちてきて、強くうった頭がズキズキ痛んだ。

前夜、原宿のビルからどうにか抜け出したあと、山崎をさがすつもりだったのか、大勢の人々が叫びながら走ってくるのにさからって、まっ暗な街をやみくもに歩いた。倒れた電柱か何かに、つまずいてころんだところを大勢の人にふまれ……気がついたときには、表参道を逆にたどったのか、青山墓地にいた。たくさんの墓石がものの見事にひっくりかえった中で、大ぜいの家族連れの人たちが、ゆりかえしがくるたびに、怯《おび》えた叫びをあげていた。――そこで彼は気分が悪くなり、気を失った。雨にうたれて眼をあけたときは、まわりにはほとんど人がいなかった。誰も彼のことに気をつかってくれなかったらしい。

雨の中を、彼はふるえながら歩き出した。

「寒いな……」と、安川は一人でぼんやりつぶやいた。「とても寒いや……」

何かの建物の軒下にはいって、安川は泣き出した。

「けがしたの？」と、すぐ横で若い女の声がした。――ライターがポッととともった。

「どこまで帰るの？」

「わからないんだ……」と安川はいった。「気分が悪いんだよ」

「青山通りのほうに、救護班が来てるわ」ライターの火が消えて、声が遠のいた。「診てもらったほうがいいわよ」

その言葉を思い出したのは、次に目ざめたときだった。もう明るくなっていたが、体じゅうが熱っぽく、とても気分がわるかった。青山通り？――とぼんやり思いながら、彼は歩き出した。――青山通りって、いったい、どこだろう？

青山通りを歩きつづけ、赤坂まで来てしまったのに、彼は自分がどこにいるのかわからなかった。一ッ木《ひとつぎ》通りは全焼し、溜池《ためいけ》附近は、倒壊家屋や倒れた電柱、落下したネオン、そして地下鉄入口で死んだ人たちで、悪夢のような光景になっていたが、彼にはそれがただ、ぼんやりともの悲しくうつっただけだった。――ここはどこだ？　なぜ、おれはこんな所にいるんだ？　どこへ行けばいいんだ？

いったい……おれは誰だ？

「もういいや……」ふらふら歩きながら、安川は口に出してつぶやいた。「もうどうなったっていい。……何もしたくない……」

3

災厄の夜の翌日から、すぐ復旧の仕事がはじまった。——だが、被害状況が徐々に判明してくるにつれ、関係者はしだいに腹の底の冷えるような思いを味わいはじめた。

死者、行方不明者は、東京都内だけで約百五十万、ほとんどが下町地帯の毒ガス、火災、ラッシュ時のターミナルにおけるパニック、それに交通事故で死んだ人々だった。それに津波の被害の大きかった千葉、神奈川、静岡県東部から、茨城、埼玉をふくめた被害をあわせると、死者、行方不明者は、優に二百五十万に達するだろうといわれていた。——日本の総人口の二・三パーセントが、一瞬にして死んだのだ。

大正十二年九月の関東大震災当時の東京都の人口が約二百二十数万に対し、死者十万人。当時にくらべて、都内人口は約五倍にふくれ上がっていたが、旧二十三区の昼間人口密度は、大正期からは想像できないものになっていただろう。とりわけ、千代田区の昼間人口は夜間人口の約六倍、中央区は四倍にふくれ上がっていた。そこへもってきて、自動車、可燃物の集中度は、大正期とはくらべものにならない。——第一次関東大震災の時にくらべて大きくちがっていた点は、大正大震災の時は比較的無事だった、新宿、池袋、渋谷などにも火災が発生したことで、これはこういった地区の戦後の発展、過密ぶりを考えれば当然のことだった。

大正大震災にくらべて、もう一つ著しくちがうことは、津波の被害が大きかったことである。前回の時は、ちょうど干潮時にあたり、津波の押し寄せてきた正面にあたる相模湾沿岸一帯は、地震により一挙に一メートルから一・二メートルもの隆起が起こったため、伊豆半島東部、館山市、相浜《あいはま》、伊豆大島北岸、三浦半島突端といった所をのぞいて、それほど大きな被害がなかったのだが、今回は、満潮、南風の悪条件が重なり、しかも震源地が東京湾口正面だったので、津波はもろに東京湾内へ押しよせて来た。――震源地は、東経百三十九度三十五分、北緯三十四度五十五分、深度九十キロメートルで、房総半島洲崎《すさき》の西南西沖合約二十キロメートル、まさに浦賀水道を一直線に見とおす位置にある。前回の関東大震災時の震源地は相模湾北西隅、初島《はつしま》沖付近であったため、そこを中心にまき起こった津波は、三浦半島にさえぎられ、東京湾内に浸入してこなかったと考えられる。

だが、今度はまともだった。海中に放出されたエネルギーは、速いスピードでせまい湾口に突入し、浅くなった湾内で、場所によっては十五メートルもの高波を現出させた。大正大震災の時も、測量によると相模湾底で二百～三百メートルもの昇降があったとされたが、今回は大島の北東二十キロメートル付近の海底が南北に数キロにわたり、百メートル以上隆起し、そのすぐ東側が、断層上に五十メートルも沈降したことがたしかめられた。

伊豆半島の伊東以南の東岸は、前回とは逆に五十センチ〜一メートル隆起した。房総南部、三浦半島、神奈川県南部は前回どおり一メートル近い隆起、そして六郷《ろくごう》川断層をはさんで北側の東京都全体、つまり旧市内から西へ、八王子《はちおうじ》、山梨《やまなし》へと向かう、細長く東西にのびた地帯一帯が、四、五十センチ、海岸部では一メートル近く沈下した。この東京都全体と山梨をあわせた、山岳部をふくむ一帯は、大正大震災の時も沈下した地帯だった。つまり、相模湾沿岸、多摩《たま》丘陵が上昇したのに、すぐその北側の武蔵野《むさしの》台地は沈下したのだ。そのため、六郷川にかかる多くの橋梁《きょうりょう》はひん曲がり、東名高速は、六郷川と町田《まちだ》の間で、大亀裂を生じ、東海道新幹線も、場所によって線路が上下に七十センチも浮いてしまい、当分使用できなかった。――自動停止装置がはたらいたが、櫛《くし》の歯をひくように走っている高速列車に、脱線、転覆、追突事故が合計六列車起こり、即死者は千名を越えた。

都内三百七十万世帯のうち、約四分の一が住む所を失った。家屋の倒壊、半壊、焼失、流失は都内だけで約九十万戸、一都三県で百四十万戸におよび、都内で百九十万人、一都三県で三百万人近くが街頭にほうり出されたのである。――それでも大正大震災の時は、二百三十万人の人口に対して百五十万人、七割近い人が焼け出されたのにくらべればまだいい。当時の家屋の損害七十七万戸（うち焼失四十四万戸）にくらべれば、耐震耐火建築がすすんだので、人口が五倍強になっているのに、この程度ですんだのだ、という議論もあったが、現実問題として、都内で二百万人に近い、家のない人々を、どう処置するかは、大問題だった。

とりわけすさまじいのは、大正大震災の時ももっとも被害の大きかった、江東、深川《ふかがわ》地区だった。——大正の時も、旧市内の死者六万人のうちじつに六割以上の三万八千人が、あの有名な本所被服廠《ほんじょひふくしょう》で焼死体となっていた。全死者のうちの約四割だった。そして、今度も無気味なほどきっちり、都内の死者の四割が、このせまい地区で死んだ。規模は十倍になって……それに、江戸川区、千葉県浦安、船橋をくわえれば、その死者の数は優に五割を越す。火災、毒ガス、津波——そして逃げる人々の退路を断つ破壊消防……。

被害総額は、かるく十数兆円を越えた。——その年のGNPの約一〇パーセント、国家予算のほぼ半額にあたる富が、瞬時にして消えたのだ。五十万の事業場のうちの四分の一が壊滅した。——全国の四〇パーセント近くの能力をもつ石油精製設備、鉄鋼、造船、電力その他の被害も大きかった。東京都内だけで、工業生産は全国比約一七パーセント、京浜、京葉をあわせると二割以上を出荷していたのだが、その生産設備の六〇パーセント以上が大被害をうけた。日本全体としては、その生産力の一割以上を失った。全国石油備蓄の約一〇パーセント、二百五十万キロリットルが烏有《うゆう》に帰した。——復興は、どんなに早くても、五年ないし六年、災害処理だけで一年半はかかるだろう、といわれていた。

着のみ着のままで、他県へ地方へと移動しはじめる人々の大群があらわれはじめた。東海道・新東海道線をのぞく幹線鉄道の復旧は、一日から二日かかったが、どの列車も危険なほど満員だった。——おまけに、知人、親戚《しんせき》の安否を気づかって、あるいは弥次《やじ》馬《うま》気分で、地方から東京へ押しかける人々が、たいへんな数にのぼり、ついに二日目、国鉄は、全国的に東京方面行きの切符発売を大幅に制限した。道路は車でごったがえし、これも検問所をつくって東京立ち入りを制限しはじめた。滑稽《こっけい》なことに、口実をつくって都内にはいろうとする無責任な弥次馬と、それを阻止した警官、鉄道職員との間に、大乱闘が起こった。それをまた、そそっかしい新聞が、「警備横暴」といって非難した。

——「大衆社会」というのは、全体的に「統制」をきらい、統制側も弱腰で「緊急事態」に対する心がまえのない、抑制のきかない社会だった。ふつうの時はいいが、いったん社会全体が危機におちいると、いたるところに、贅沢《ぜいたく》で、わがままで、傲慢《ごうまん》になった人々によって、混乱と無秩序がひき起こされる。

それでも被災地の中心部においては、人々はきわめて冷静だった。——一つは、一瞬の間に降りかかった大災害が一過したあと、ぽかんと憑《つ》きものがおちたようになり、妙に平静な気分になってしまったからだった。そして、ここでは、戦中戦後の災厄と窮乏の社会を知っている「災厄世代」が、鎮静の役割を果たしていた。災害規模については、ニュースがくりかえしつたえていたが、自分の身辺と、その災害規模の大きさとの間のつながりを見いだせず、熱心に知りたがるくせに、ニュースを聞けば聞くほど無表情になるのだった。——幸いなことに地震時の大雨のあと秋晴れがつづいており、倒壊をまぬがれた郊外の団地の人々は、毎日外へ出て、黒煙のまだたちのぼりつづける都心部の空を、ぼんやりながめるのだった。

その都心部は、嘘のような静けさだった。地下鉄は一部をのぞいて、ほとんど焼けただれ、また水びたしになっており、その水の中に何万という死体がゆっくり腐りはじめていた。環状線は神田、お茶《ちゃ》の水《みず》付近をはじめ、数ヵ所が切断、高速道路を走る車は一台もなく、まだコンクリート塊や看板の散乱している道路上は、トラック、ダンプ、バスのほかは、ガソリン、プロパンの入手が困難なため、乗用車の姿もまばらで、人々は妙につきつめた表情で歩いていた。

それは、ついこの間まで世界一目まぐるしく混乱していたこの世界一人口の多い大都会の上に、突如出現した巨大な「休日」のようだった。街路をぼんやりながめていると、時折り風もないのに、やや傾いたビルから、看板や、窓ガラスがふいに夢のようにゆっくりと落下し、音もなく地上にはずむのが見られた。建物ののこっている地域でも、傾いて、ちょっとしたことで倒壊の危険のある建物が無数にあり、縄を張って立入り禁止にしている所もあったが、人々が半壊家屋に帰ってきて、金品をとり出すのをとどめることはできなかった。——そんなところへ何回かの余震が起こり、とくに三日後、今度は内陸北多摩付近を震源とする、マグニチュード六・一の地震——この「ゆりもどし」によって、多摩丘陵は平均二十センチほど沈み、武蔵野台地は逆に二十五センチほど上昇するという、上昇下降の「回復」が起こったのである――が起こったときは、あやういバランスをとっていた何百戸かが倒壊し、また何十人かの「死傷者」をくわえたのだった。

国会は、非常召集されてから四十二時間後に、やっと定足数に達した。休会中で帰郷していた代議士たちが足をうばわれ、とくに何本かの大動脈が断ちきられ、羽田空港が無期限閉鎖中、成田は国際線の便数を制限してなお能力ぎりぎりという状態だったため、どうにもならなかったのだ。――都内にいた代議士の中には、死亡したり、行方不明になったりしたものもいた。東京都知事は重傷を負って絶対安静のため、副知事が代行していた。

非常事態宣言下に、災害救助法の発動とともに、その範囲を大幅に越える対策をたてるため、国会に与野党合同の「第二次関東大震災災害対策特別委員会」がおかれ、都と被害県と、首都圏整備委とで、あらたに「首都圏緊急復興会議」が組織された。特別委は国会に、治安、物資供給、物価統制、都内立入り制限に関して三カ月の期限つき特別権限を要求していれられた。自衛隊は、災害出動には異例の、二個師団という大規模なものが投入され、特科大隊以外にも、人海戦術で路面交通重点の復旧作業が行なわれた。

虚脱した平穏さの中に、徐々に「日常」がもどってくるとともに、この巨大な都市の破壊されたメカニズムの膨大さが、しだいに姿をあらわしてきた。首都圏内にまだ八百万人近く残留している人々のうえに――そのうち四分の一が住む所を失っていた――

「物資不足」が、じわじわとのしかかってきた。

旧二十三区内で断水が復旧せず、タンク車給水にたよっているのは一週間後でまだ二百ヵ所以上にのぼった。百万人を越える怪我人に対し、病院施設と薬品が不足しきっていた。津波と火災によって、海岸地帯の大容量火力発電所に七〇パーセントを越える大被害をこうむった東京電力は、地域外送電にたよりながら、災厄後一週間目まで、重要施設の緊急重点送電だけをつづけ、都内の四五パーセント、とりわけ都心部は七五パーセントが、一日のわずか三時間の夜間送電という形になった。都心部残存区域の四〇パーセントは、三日の間、完全停電がつづいた。

夜になると、都心部には、巨大な暗黒が訪れた。——電灯がついているのは公共施設や一部のビルばかりで、あとは工事用の明かり、トラックなどのライトが点々と闇の中に見えるだけだった。とりわけ、銀座、新宿、赤坂辺の、べっとりした暗さは、ついこの間までの、あの五彩のネオンと車の洪水が悪夢のように思えるほどだった。——ビルは点々とのこっていた。だが、地震と同時に出火し、混乱の中で丸焼けになった西銀座一帯の惨状は、まったく眼を蔽《おお》うばかりだった。

「銀座のバー街も、これでもうだめでしょうな……」

と、パトロール中の警官が、暗い焼けただれた並木《なみき》通りを歩きながら、ぽつりといった。

「そうでもないかもしれん……」と年配の警官は、下をむいて歩きながらつぶやいた。

「また、二、三年もすれば復活するんじゃないかな。……人間というのはしぶといもんだよ。そしてまた、同じような危険な建築物を建てはじめる。のどもとすぎれば熱さを忘れるってやつさ」

「このあたり一帯で、ずいぶんホステスが死んだそうですな――」若い警官は、道に落ちているネオンの焼けこげた残骸《ざんがい》をまたぎながらいった。「あわててとび出して、車にひかれたり、踏みつぶされたり……建物の中に閉じこめられたみたいになって、蒸し焼きにされたのもずいぶんいるらしい。――かわいそうに……若い、きれいな娘たちがね……」

「こう入口がせまくて、上ったり下ったり入り組んでいちゃ、無理もないな……」と年配の警官は、看板と電柱でふさがれた地下の入口に懐中電灯をあてながらいった。

「なにか――においますね……」と若い警官は鼻を鳴らした。「死体がまだだいぶん、のこっていますね……」

「ここだけじゃなくて、もうだいぶあちこちで腐敗がはじまっているらしいんだが……遺棄死体がどれだけあるか、数もわからんらしい」年配の警官はまた歩きはじめた。「それでも、夏場へ向かってるんじゃなくて、幸いだったよ。これが六、七月ごろだったら――必ず伝染病が大発生している。……ただでさえ、怪我人で病院がいっぱいなのに……」

「それでも世の中、わりと平静ですね……」

「今はまだ虚脱状態だからな。――でも、それを脱すると……もうそろそろ、いろんな社会不安が発生するころだ。住む所がないし、生活をどう立てなおしていいか、なかなかめどがつかんし――たしかに、日本はたいへんゆたかな国だったにはちがいないが、国も社会も個人も、みんな目いっぱいの生活をやっていたからな。みんな――とくに子供や年寄りや怪我人をかかえた家族たちが、じりじりしはじめている。そのうち、不安と不満が爆発しそうになる。そうなると、ばかなことをいって、煽《あお》るやつが出てくる。――関東大震災の時も、例の朝鮮人暴動のデマが流れはじめたのは、震災の翌日の午後くらいからで、半月くらいもつづき、千人以上の朝鮮人が、民衆が自発的に組織した自警団に殺された……」

「そういえば、昨日新宿と渋谷で、若いのが三人も殺されたそうですね――」若い警官が、暗がりで眉《まゆ》をひそめるのがわかった。「二人は学生で――ばかなやつが、ヘルメットに旗なんか立てて、今こそ解放区をとか、都市ゲリラがどうのって、アジったらしいんです。もう一人はヒッピーで、傾いたビルを見て、かっこいい、とか何とかいったというので……どちらもそこらへんにいた群衆に袋だたきにあって、めちゃくちゃにされたそうです。――死体を見てきたやつが吐きそうにしてました。それにしても、ばかな……こんな、みんな、気が立っているのをやっとおさえている時に、ばかなことをしたもんですね」

「若い連中は、知らないんだな。――社会も家庭も、そういうことをちっとも教えてやらないんだ。……かわいそうに……。気をつけないと、今度という今度は、若い連中はもっと市民に殺されるぞ。日ごろ、我慢したり、表面で支持するようなかっこいいことをいっていたのが、こういう事態のもとでは、急に憎悪《ぞうお》を噴出させるもんだ。――人間の中の、攻撃本能というのが……とりわけ〝日ごろ生意気な、大きな顔をしている連中〟に向かって吹き出すことが十分考えられる」

「そういう時、ヒットラーみたいなのが出てきたら、いいところまで行きますね」

若い警官が、ひどく無邪気な調子でいったので、年配の警官は、つれの顔をふりかえった。

「うん……まあな……」と、年配の警官は、考えこむようにいった。「たしかに――警戒しなきゃならんのは、むしろ右のほうかもしれんな……。日本には、ヒットラーは出ないかもしれんが――しかし、暴力の脅迫で押しまくると、かなりなところまで行くだろうな。前の関東大震災の時出された〝治安維持法〟は、そういった意味で、さんざん悪用されたからな……」

若い警官は、懐中電灯を前方にふりむけた。

「誰かいます……」

二十メートルほど前方の、軽量鉄骨だけ残して焼けおちた小ビルの前で、一人の男が、小さなカバンをかかえてじっとうずくまっていた。

「もしもし……」と若い警官は近よりながら声をかけた。

「どうしたんですか？――このあたりは、まだいろんなものが落ちてきますし、夜は危険です……」

よれよれの、垢《あか》じみた服を着た初老の男は、しゃがみこんで動かなかった。品のある、都会人らしい顔だちだったが、半白の髪はばさばさに乱れ、白い頬には涙が一面に光っていた。

「うっちゃっといてください……」と、肩にかけられた手をうちはらうようにして、男は涙声でいった。「ここは――私の家で、店です。そして、女房と娘が、この下にいるんです……」

「奥さん……」若い警官は、ちょっと絶句した。「でも、お店が焼けたって、わかりませんよ。逃げられて、どこかへ避難されたかもしれない。ここらへんだったら、日比谷公園の中に、たずね人センターが臨時にできていますから……」

「いえ死んだんです。――私は山梨から、やっとのことで、今日の夕方ここへたどりついた。明るいうち見たら……柱や、焼け土の重なった奥に……女房の着物と足が見えました。女房が、かばうようにしている下にちょっと見えたのが、娘の体でしょう。娘は十六で……心臓と脚が悪くて……ほとんど寝たきりだった……」

男は顔をおおって泣き出した。両手も、服の前も、煤《すす》と焼土でどろどろに汚れ、両手から流れた血が、こびりついていた。――一人で焼けた木や鉄骨をどけようとしたらしかった。

「私は……この店を……やっと……だけど、もう、何もかもなくしちまった……」初老の男はしゃくり上げながら、とぎれとぎれにいった。「あなたたち——どうせ女房と娘の体をとり出すのを手つだってくれないなら……うっちゃっといてください。私は……ずっと一晩じゅうここにいます。……あんな所で、女房と娘と二人だけ……ほうっておくのはかわいそうです……」

「さあ……」と年配の警官は、はじめて声をかけた。「さっきもいったように、このあたりはまっ暗で、いろいろ物騒ですからね——。立ってください。今夜泊まる所がなかったら、どこかさがしてあげます……。あなたまで、病気にでもなったらどうします」

泣いている男の腕をつかむと、警官はなだめるように立ち上がらせた。

「家族を失った人は大勢います。——私も錦糸町《きんしちょう》で妻子を失いました。おふくろもです……」と年配の警官はいった。「この前の戦争の時は、空襲で、おやじと兄貴が死にましてね。だけどくよくよしてもはじまらんですわ。こういう時は、みんながしっかりしないと……」

「おや？」若い警官は、暗い、星のない空を見上げた。「降り出したようですよ」

ポツリ、ポツリと細い雨が降り出し、風も出てきたようだった。——どこかで、何かがはでな音を立てて路面に落ち、そのひびきが人気《ひとけ》のない路上に反響した。

「ほら、あのとおりです。——ちょっとした風やゆりかえしで、倒れたり、落ちたりする……」

年配の警官は、えん、えん、と子供のように泣く男の腕をとって歩かせながら、自分につぶやくようにいった。

「これから、寒さに向かうのに――大変だな……」

築地の中央市場と芝浦、品川付近の冷凍倉庫が壊滅状態になったため、都内の生鮮食品供給は、半身麻痺《まひ》状態だった。港湾機能が破壊され、海上は重油をはじめ、浮遊物が多くて、まだ危険が大きかったので、域外からの輸送の大部分は、当分陸路にたよらざるを得なかったが、それがまた幹線鉄道や高速道路の途中が使用不可能な所が多く、旧鉄道や旧道をフルに利用せざるを得なかった。おかげで旧道は、「二十四時間停滞」がつづいた。しかしながら限度のあるトラック輸送は、石油の価格高騰に足をひっぱられた。

政府と都は、ただちに、緊急物価統制令を出したが、政府と都条例と両方で行なわれたにもかかわらず、缶詰、調味料、米穀、パン、医薬品、建材などの末端価格は、全国で「瞬間的」といっていい上昇ぶりをしめし、地方業者の思惑と、今さらながら買い溜《だ》めに狂奔する消費者――それもほとんど被害のなかった連中――のため、次々に品物が姿を消しはじめるとともに、ついに一部では「闇値」が復活しはじめた。

関西方面は、前年の「関西大地震」の痛手から、まだ完全にたちなおっておらず、物資供給地としては期待できなかった。それに、緊急の国内調達は、他地方にまで大きな影響を及ぼし、日ごろでさえ慢性的上昇をつづけてきた物価は、全国的に急高騰しはじめ、一時的に麻痺状態に陥った中央の金融、決済機能が、恐慌とまではいかないまでも、金融不安、信用不安の情勢をかもし出し、今は誰の眼にもはっきりと、悪性インフレーションが姿をあらわしはじめた。とりわけ、大銀行本行のコンピューターの記録がだめになったという噂が、あやうくパニックを起こしかけた。幸いにもたっぷりあった外貨で、政府は生鮮食品、建設資材をはじめとして、各種物資の、緊急重点輸入を行なったり、国内向けにも金融特別措置や、広範な特別信用保証を次々にうち出したが、一度暴走しはじめたインフレ傾向は、収拾するのに、どうしても最低二、三年かかりそうだった。おまけに財界、産業界は、次々にうち出される緊急措置令の中に「統制経済」の徴候をかぎつけて警戒気味だった。

「それでも、現在の日本の生産力と、全国のストックから見て、終戦直後にくらべれば、はるかにましだ」

と、大蔵大臣がいった、というので、物議をかもしたりした。

不動産登記変更の緊急凍結が行なわれたが、それでもハイエナのような悪質業者や、「政治レベル」で動く一部大資本の、廃墟《はいきょ》に対する、猛烈な思惑合戦がはじまっていた。「不法占拠」や「仮建築」が、なかには復興工事をよそおって出現し、それには国際資本まで介入の噂が流れた。――「首都移転」の噂が、今度こそかなりな真実味をおびて流布《るふ》しはじめ、ただでさえ高騰気味だった周辺諸県の地価が一挙に上がりはじめた。たとえば、山梨、群馬、栃木、長野の諸県の一部では、地価が一挙に三倍から五倍になったのである。

4

小野寺と幸長と中田の三人は、新聞社のテントや、テレビ局の中継車でごったがえす国会議事堂の前庭を抜け、警備中の警官に通行許可証を見せて正門を出ると、大蔵省のほうへ向かってぶらぶら歩いていった。永田町、霞が関の国政中枢部は、一部の古い建物にひびがはいったり、道路の一部が陥没したりしているほかは、ほとんど被害をうけていないように見えた。大内山《おおうちやま》の緑も澄みきった秋空の下に、おだやかな陽の光をあびている。千代田区の被害は、有楽町界隈《かいわい》と神田一帯に集中していた。

議事堂前の高みから東を見ると、夢の島の方角にまだ黒煙がたちのぼっているのをのぞいて、日比谷、丸の内から、大手町《おおてまち》方面へかけて、ビルのスカイラインは、震災前とほとんど変わらないように見えた。――ただ、よく見ると、ビルの窓のところどころに、黒くうつろに穴があいている。板ガラスのたいへんな品不足で、窓の修理のできていないビルが多かった。グレー・ペーンや、強化ガラスをふんだんに使った近代ビルの周辺は、「頭上危険、注意」の札がたち、臨時に木やトタンで、歩道の上を蔽っている所もあったが、それでも時折り気まぐれに窓からはずれて、木の葉のようにひらひら舞いながら落ちてくる大きなガラスの破片に、けがをするものが絶えなかった。——いろんなものの値段が上がった中には、ずいぶんおかしなものもふくまれていたが、グラスファイバー製のヘルメットもその一つだった。一般の人たちも、頭上にのこる危険をおそれて、外出にはヘルメットをかぶるのが当たり前になっていた。

「まるで、東京都民総建設労働者だな……」と中田は黄色や、白や、赤や、色とりどりのヘルメットが右往左往するのを見て、吹きだした。「何だか妙な感じだな。——一昔前、ヘルメットといえば、ゲバ学生のシンボルだったのに……」

「ところで、どうする?」と小野寺は、「全面閉鎖中」の札をかけた霞が関インターチェンジの前で、たちどまって、あとの二人をふりかえった。「総理府へ寄ってみるか?

——山崎が帰っているかもしれない」

「行っても、D計画の本部としての機能は果たしてないんじゃないかな……」幸長は沈んだ声でいった。「官庁はどこも今度の震災対策でてんやわんやだ……」

「とにかくちょっと寄ってみよう——」と中田はいった。「〝よしの〟から連絡がはいっているかもしれない」

右へ折れて総理府のほうへむかうと、ちょうど溜池の方角から、山崎が歩いてくるのに出会った。——小柄な山崎は、わずかの間にすっかりふけこんだ感じになっていた。頬がこけ、眼のまわりに隈《くま》ができ、不精ひげがのび、顔には鉛色の疲労が浮かんでいる。カッターの襟は垢《あか》でよごれ、ネクタイはよれよれだ。

「ああ……」と、山崎は三人を、力のない、どろんとした眼で見た。「田所先生は？」

「国会でまだ粘っている」と小野寺は答えた。「いくら粘ったって、秘書官さえつかまらないんだ。首相に会おうったって、ここ当分は無理だ、といっても、どうしてもきかないんだ」

「これでもう、おれたちは十日近くも日参だ……」と中田は肩をすくめた。

「ところで——安川君は見つかりましたか？」

山崎は、三人を等分に見まわして、わずかに首をうなずかせた。

「どこで？」小野寺はせきこんでたずねた。「無事だったのか？」

「偶然、市ヶ谷《いちがや》の自衛隊に寄ったら、医療班にいたよ。……けがは軽いが、当分使いものにならんだろう……」山崎は頭を指さした。「これだよ。——記憶喪失だ。ショックというより、何かで頭を強くうったらしい」

「連れて来てやればいいのに！」と小野寺はいった。

「だめだ。——記憶だけじゃなく、本当に少しいかれちまったらしい。……先方に、身元をはっきり伝えておいたから、いずれ親族に連絡がつくだろう。いくらわれわれの仲間だからって……連れて来たら、足手まといになるだけだ。考えてもみろよ。今、どこの病院でも、怪我人と半狂乱でいっぱいになっている。自衛隊の医療班に面倒みてもらっていりゃ、幸福さ」

それもそうだ——と小野寺は暗い気持ちで、安川の子供のような頰を思い出しながら考えた。――病院、医療施設は、どこもパンク寸前で、一流ホテルの特等室まで病人を収容している。緊急手術が都内でできなくて、ヘリコプターで重症患者を、近県の病院へはこんだりしている。

「中へはいろうか？」と、中田はいった。「疲れてるようだな……」

「そりゃそうだ。国電市ヶ谷駅からここまで歩いてきたんだから……」山崎は、ほこりだらけ、傷だらけの靴をがっかりしたようにながめた。「それに、経堂《きょうどう》から新宿経由の電車の混みようったら……なにしろ、地下鉄はまだ路線の三〇パーセントしか回復してないし、都内で走っているタクシーは七千台以下だっていうんだろう。それもたいていどこかの買い切りで……市ヶ谷からここまで相乗りで一人いくらだと思う？　四千円だとさ！」

「都内国鉄の復旧率は、どのくらいなんだろう？」と幸長はつぶやいた。「もう、震災後二週間になろうとしているのに……」

「今のところ、まだ七〇パーセントぐらいじゃないですか……」と小野寺はいった。

「お茶の水から水道橋《すいどうばし》へかけての被害が大きくて――それに京浜線ですね」

「こうなると、都電をはずしちまったのが悔やまれるな……」と山崎は苦笑した。「人間てのは勝手なもんだな。今さらいってもはじまらんが……しかし、路面電車ってのは、強い乗り物だったな」

総理府の中は、いろんな人たちが右往左往し、廊下を走り、ごったがえしていた。―

―その間をぬって、「D計画」用に特別にもらっている小部屋へ向かいながら、中田は聞いた。

「〝老人〟に連絡はついたか？」

「やっとね……」と山崎はぼそぼそといった。「箱根にいるそうだ。地震の時も、そちらにいたとかで――ゆうべ、〝老人〟の部下が、経堂の自宅まで訪ねてきた。今、邦枝が〝老人〟の所へ行ってる」

「それはうまい！――田所さんも、じかに首相に会うより、〝老人〟からいわせたほうがいい……」

「どっちにしたってD計画は当分開店休業だろう？」部屋のドアに手をかけて山崎はふりかえった。「このてんやわんやだ。――当分つづくぜ。それがおさまってからでなきゃ、どうにもなるまい。第一――例のことにしたって、そう急に起こるってわけじゃないだろう？　四年、五年――あるいはもっと先のことなんだろう？」

「なんともいえん……」中田は平静な声でいった。「〝たかつき〟でやった調査から、うんとあらっぽく推計してみると、最悪の場合、ミニマムDイコール2という数字が出た」

「2だって？」山崎は、口をぽかんとひらいた。「そんな――本当か？」

「いったろう。精密なものじゃないし、最悪の場合の、最小値だ」

「だがしかし……」山崎は、ざらざらした眼つきで三人を見まわした。「信じられんな。

——おれだって、少しは勉強したが……今度の震災で、かなりのエネルギーが放出された。ということは——ここ当分大丈夫ということだと思うんだが……ちがいますか？幸長先生……」

「その話は中でしょう」と小野寺はいった。

総理の直接の指示で確保されている「D計画」の、隠密《おんみつ》の連絡室は、粗末なデスクと椅子、鍵《かぎ》のかかる書棚とロッカー、それに、古ぼけたソファとテーブルセットがあるだけで、四、五人はいれば一杯という小さな部屋だった。ドアの外には、室名の表示はしていない。もう二人、連絡員が補充されるはずになっていたが、のびのびになっており、時たま長官秘書が、別の部屋に通ずるドアからはいってくるだけで、ほとんど来客はなかった。D計画要員も、幸長と安川をのぞいては、ほとんど、この部屋を訪れることはなかった。——しかし、原宿の事務所が使用不能になった今、重要文書類のコピーのあるこの部屋だけが、今、D計画の足がかりだった。

「直通電話を臨時に持って行かれちまったんで、不便でしょうがない……」と山崎はデスクの上を顎《あご》でさした。「てんやわんやでお茶も飲めない。——水でも飲むか？」

「いいよ——」と中田は笑った。「それより、箱根の〝老人〟に、何とか連絡をとることを考えてくれ。何なら直接押しかける方法を……」

「車なんか、手にはいらんぜ。ガソリン節約でひどいもんだ。電話だって、まだようやく六〇パーセント復旧しただけだからな」デスクの前にどっかり腰をおろして、山崎は疲れきったようなあくびをした。「ゆうべ、隣りに泥棒がはいってな……」

「寝不足か……」小野寺も、つりこまれてあくびをした。「こっちもくたくただ……」

「そのうえ……おれの所に、親戚《しんせき》と知人が二家族も転がりこんで来ている——。小さいのが夜中に怯《おび》えて泣いて……よほどこわかったんだろうな。……ろくに寝られやしない……」

小野寺は、顔をこすっている山崎の、一まわり小さくなったような体をじっと見つめた。——そこには、長い間、公安畑を歩いてきた、ある意味で敏腕な官僚の面影はなく、中年から初老に足を踏みいれた、くたびれた所帯持ちの姿があった。——所帯持ちというのは、悲しくも我慢強いものだな、と、小野寺はほろにがく思った。おれなんか——身軽なもんだ。だが、日本人の成人の男子の大部分は……彼のように、芯のくたびれきった、我慢強い「所帯持ち」なのだ。精一杯はたらき、妻子を養い、子供を小学校から大学へやり、せまい家に住み、扶養責任のため自分の欲望をきりつめ、生きるため、社会と協調するためにつらい忍耐をし……。

「片岡の家族は、全滅だろう……」と中田は、ポツリといった。「田町だからな」

山崎は、ふと顔をこする手をとめて、

「煙草を持ってないかね？」といった。

小野寺は、だまってポケットからロングピースの袋をとり出した。——山崎は一服吸いつけて、ふかぶかと溜息《ためいき》のように煙を吐き出した。

「やっぱり、今度の地震は、たいへんなことだな……」と、山崎は眉《まゆ》をひそめていった。

「日本にとっちゃ、かなりな打撃だな――」

「そりゃそうだ」と中田はいった。「しかし――」

「おれには、何だか信じられなくなってきた……」山崎は窓の外を見ながらいった。

「なあ――いったい、あれは本当にくるのかね？　この地震の被害の大きさだけでも、おれには悪夢のように思えるんだ。それが――いったい本当かね？――この地震の……何百倍もの規模の変動がくる、なんてことは……。おれには、今度の地震でかえって信じられなくなってきた。――そんな……少し頭のぼけた老人と、気ちがいじみた学者の、妄想じゃないんだろうか……」

「みんな、そう思うだろうな……」と中田はいった。「学者だってな。……だが、ぼくは、むしろしだいに確信を深めた。――これは、今度の地震と性質がちがう。今まで観察されなかったような、新型の地殻変動だ。地震も起こるだろうが……本当の変化は、その地震の起こる層の、もう一つ下側で起こるんだ」

「信じられん……」山崎はぼんやりくりかえした。「本当ですか？　幸長先生――」

幸長は、顔をこわばらせて、かすかにうなずいただけだった。

「それで……じゃ……どうするんだ？　日本人は……一億からいて……工場や、家や……

……」

「おれの想像では、最悪の場合大部分死ぬな」と中田はいった。「なぜなら――ほとんどの人間が、そんなこと信じられないだろうからだ。半信半疑で、まず本当に起こるかどうか、たしかめようとする。もし、幸いにも、大したことがなければいい。――そのかわり、おれたちは世論の袋だたきにあい、あらゆる方面から嘲笑《ちょうしょう》と罵言《ばげん》をあび……妄想狂や、大山師とののしられ――社会的に葬られ、場合によっては、虚言を唱えて人心を動揺させ、いいかげんなことで国費を乱費したといって告発されるだろう。政治家だって、何人か連座するだろうし、その覚悟でやるやつもいるだろうが――だが、政治家はもっと身の処し方がうまいだろうし、連座するやつは、ちゃんと骨をひろってもらう約束をとりつけたうえで、〝犠牲〟の役を買って出るだろう。だが、おれたちは――何の背景もない。おれたちは、いちばん、贖罪山羊《スケープ・ゴート》にされやすいだろうな。――リンチで殺されるかもしれん。だが、もし、本当に起こったら……半信半疑の、ああだこうだの議論の間に、事態はだんだん手おくれになり、おくれればおくれるほど、大ぜいの人間が死ぬだろうな」

「あんたは、ニヒリストだな……」と山崎は小さな声でいった。

「どうして？――ぼくは、楽観主義者《オプチミスト》さ。もし、幸いにも、まだわれわれがほとんど知らない平衡作用でも働いて、それが起こらないか、あるいは、起こっても大したことがなかった場合は、世論の袋だたきでも、国外逃亡でも何でもうけ入れるさ。この日本という社会と国民に〝おめでとう〟でもいってね。だが、もし起こったとしたなら……あらかじめ、その線ですすめておくことは、被害を一パーセントでも二パーセントでも少なくすることに役に立つだろう、と思っているだけだ。一パーセントとしたって大きいぜ。このいとしい日本人が百万人も助かるんだ。——こちらの予想が当たったって、英雄なんかにゃなれやしないよ。予想が当たれば——地獄だぜ。地獄で予言的中をいばったって、何の意味がある」

「おれには妻子がいる……」と山崎は煙草をもみ消しながら、かすれた声でいった。

「あんたらはどう思うかしらんが……家族のことを思うとな……。いずれ、誰かが何とかしてくれると思うが……。先に外国へ逃がしといてやれるといいんだが——今の段階じゃそれもな……」

山崎は、電話機をとり上げ、交換が出るのを長いこと待って、ある番号を告げた。

「箱根が出るまで、三十分はかかるそうだ……」電話機をおいて、山崎はふりかえった。

「だが、本当に信じられんな……。本当に……起こるのかな……」

「今、考えられるだけのモデルをつくって検討しているから、もうちょっと詰められるだろう」と幸長はいった。「それにもっとデータが集まれば、もう少し……」

「しかし、正確に、いつ起こるかなんてことは、絶対に予言できないぜ。本当に起こるかどうか、起こるとすれば、どんな様相で、どのくらいのスケールで起こり、どんなことになるか。——そんなことはいくらデータを集めたって、絶対に正確に予言できない。起こる確率というものは、もう少し詰められるだろうがね。だが、ぼくは——カンで、起こるほうに賭《か》けた。賭けに負けりゃそれまでさ」

「あんたのカンは、当たるほうか？」

「半分より少しいいなあ。──ただ、いつも賭ける額が大きいんで、はずれたときはひどい目にあう」

うすく笑って山崎は立ち上がった。

「国会から田所先生を呼んできたほうがいいだろう。──車は何とか手配するよ。誰かをだまして、むしってきてやる。……ガソリンの割り当てもなしにな」山崎はドアをあけ、出て行くときにつぶやいた。「へたをすると、懲戒免職になるかもしれんな」

「中田さんは──独身ですか？」

小野寺は、小さな声で聞いた。

「いや、結婚してますよ。子供はいないけど……」

「奥さんのこと、気になりませんか？」

「ああ──今、一人でヨーロッパへ行ってます。遊びに……」中田はふいに大声で笑い出した。「つまらんことを、思い出させないでください。ふいにセックスをしたくなってきた。だいぶ長いことご無沙汰《ぶさた》だから……」

「別居してらっしゃるわけではないんですね……」

「どうして？──のろけるわけじゃありませんが、これでも愛しあってるつもりですよ。今でも、大あつあつで……」中田は肩をすくめてみせた。「ただ、女房の実家は学者で金持ちでしてね。私も、女房ほどじゃないが、生活の苦労はせずに育ちました。だから

——損な役まわりでもあまり心配せずにひきうけられるんでしょうね。また、ひきうけるべきだと信じています」

「なるほど……」と小野寺はいった。「やっぱりあなたは、本当のニヒリストかもしれないな」

「そうかもしれん……」と中田はあっさりうなずいた。

「時々自分が、本当に、日本や日本人や……そもそも人間を愛しているかどうかうたがわしくなるんだ。だが、愛するということと、救うということは別のことでしょう。愛してなくたって、今度の場合、日本人を救うことになるなら、がんばれるだけ、がんばってみるつもりです。……たとえ自分が死んだってかまわんから」

箱根へ行く道路は、どのルートも何らかの損傷をうけており、いちばんひどい所は、道路を斜めに横ぎって断層が走って、数十センチも食いちがってしまっていた。そのため道路はひどく混んで、平均時速十数キロしか出せず、箱根へ着いたのは真夜中をまわっていた。

箱根そのものの損害も、相当なものだった。塔之沢《とうのさわ》付近では、旅館や民家の半壊もあり、一部では停電がつづいていた。それでも、旅館、キャンプ場は、神奈川、東京からの避難民でごったがえしていた。周回道路は、ところどころが崖《がけ》くずれで、通行不能や片側通行になっている。——そのうえ、大涌谷《おおわくだに》の噴気が地震のあと、突然とまってしまい、かわりに強羅《ごうら》付近で噴気がはげしくなり、地面が割れたり、パイプが飛んだりして、地下の鳴動も聞こえ出し、人々は不安におののいていた。

姥子《うばこ》から湖尻峠《こじり》へ抜ける途中に、目だたない私道が杉木立ちの中へ折れこんでいる。九十九折《つづら》りの急坂をのぼって行くと、柴垣《しばがき》をめぐらしたひっそりとした平屋があらわれた。――冠木門《かぶきもん》の横手に車をとめ、インターフォンで案内を乞《こ》うと、木の扉が中から遠隔操作であいた。

わざと落ち葉をかかないらしい、やや荒れ気味の庭先に織部灯籠《とうろう》が倒れっぱなしになり、笠《かさ》が苔《こけ》の上を擦《す》った跡がついていて、このあたりもかなりゆれたことをしめしていた。

老人は、奥まった十畳の部屋の掘炬燵《ほりごたつ》に足をいれ、一人ぽつねんとすわっていた。――紫色の綸子《りんず》を背もたれに貼った座椅子に、結城紬《ゆうきつむぎ》の上から焦茶《こげ》の縞《しま》の綿入れ袖無《そでな》しを着て、首に白リンネルの襟巻をふかぶかと巻き、背をまるめてちょこなんとすわっている姿は、いかにも小さく、ひからびた感じだった。うすく閉じられた眼蓋《まぶた》の上に、白い眉《まゆ》がかぶさり、老人はうつらうつらと居眠りをしているように見えた。――田所博士をくわえて、一行五人が障子際に膝《ひざ》をついても、まるで気がつかないように、頭をこくりとさせたきりだった。

「さすがに、箱根は冷えますな」

と、田所博士だけが、例によって傍若無人な大声をあげながら、ずかずかと座敷へはいりこんだ。——爪先《つまさき》でだぶついた、脂っぽい靴下が、畳にぺたぺた音をたてた。

年にしては地味すぎるぐらいの秩父《ちちぶ》銘仙を、裾《すそ》短かにきりっと着つけた娘が、一同を大きな炬燵のまわりへ招じ入れた。——うるさいくらいに濃い髪を後ろにひっつめ、白粉《おしろい》気の全然ない顔に、眼が大きい。大柄で、唇がひきしまっているので負けん気そうに見えるが、何かの拍子に笑うと、えくぼと片八重歯が対《つい》になってのぞいて、いっぺんにあどけない表情になる。

「少しやられましたな……」

と、田所博士は、老人の背後の、床の上をのび上がるようにしてのぞいた。——時代がかった、北山《きたやま》杉の床柱の上のほうで、砂摺《すなず》りの壁になまなましいひび割れが走り、床《とこ》縁《べり》の黒柿の上に、砂がこぼれている。

床にかけられた南画の山水に見入っていた幸長が、ポツリといった。

「田能村直入《たのむらちょくにゅう》——ですか？」

「よく見えるな……」老人はかすかな声で笑った。「だが、偽《ぎ》じゃ。——よくできているだろう。南画は好きかな？　鉄斎《てっさい》はどうだ？」

「いえ、あんまり……」と幸長は口ごもった。

「そうか——わしもあまり好きではない。この年になると、ああいう絵はうるさくてな……」

娘が白い足袋先を美しくそらせて、茶をはこんできた。

──あの歩きぶりは、仕舞いをやっているな、と、幸長は思った。一同の前にくばられた茶碗《ちゃわん》の中には、茶ではなく、何か茶色がかった植物を一ひら、湯の底に沈めた飲物がはいっていた。

──蘭の花だ、と、一口ふくんで小野寺は思った。

たちのぼる湯気のむこうに、彼は、床の間の孟宗竹《もうそうちく》の花器に活《い》けてある吾亦紅《われもこう》の濃い赤をぼんやり見つめていた。

「それで……」と老人はかるくしわぶきながらいった。「どうなりますかな？　田所さん……」

「ええ……」田所博士は、体を乗り出した。

「東京の話はもうよろしいよ。ずいぶんあちこちから聞かされたから……」

「もちろんです」田所博士は、蘭の花の湯をぐいと飲みほした。「私の結論は──あらかじめお伝えしたとおりです。これから先は……もっと正確なことを知るために、ぜひ大規模な調査を行なわなければなりませんし、多くの科学者の協力を得なければなりませんが……それをどういう具合にやるか、です。そして、そのプランを……政府にどう話すかです」

老人は、しわだらけの枯れ枝のような手で楽焼きの湯呑《ゆの》みをかこうように持って、中の湯をゆすっていた。落ちくぼんだ眼窩《がんか》の奥にかくれて、その眼はどこを見ているのかわからなかった。湯のゆれを、子供のように無心にのぞきこんでいるようにも見え、また、放心するほど深く考えこんでいるようにも見えた。——言葉がとだえると、外の暗い木立ちがざわざわと鳴っているのが聞こえた。さらにそのむこうで、山全体が、低く、かすかに、唸《うな》るように鳴っていた。

「ここから先は……」ふいに中田がつぶやくようにいった。

「今のままでは、どうしようもありません。——今のままの人数とやり方で、つづけろというなら、つづけられます。……そして、どうせ、その日が近づけば、いろんな人たちが、気がつきはじめるでしょう。そして、いろんな警告が出るでしょうが……そんなことが起こるとは、誰もなかなか信じないでしょう。しかし、——そいつはくる時はくるでしょうね……」

老人は、まだ茶碗をゆすっていた。——かすかなしわぶきが、そのしわをたたんだのどから聞こえた。みんな、老人の茶碗の動きをじっと眼で追っていた。と——老人の手がとまり、ことりと茶碗が音をたてておかれた。

しわだらけの手が、かすかにふるえながら、台の下のどこかを探った。この家のずっと奥で、音に聞こえない、かすかな空気の振動が起こった。

「田所さん……」老人は顔をあげて、かるく首をしゃくった。「あの一輪ざしの花、見ましたかな?」

田所博士は眼をあげた。床柱をはさんで、床の反対側が違い棚になっており、その奥の柱に瓢箪《ひょうたん》の一輪ざしがかかっていて、小さな、真紅の花が、濃緑の葉を二、三枚そえて、ひっそり開いている。

「侘助《わびすけ》――ですな……」と、田所博士はつぶやいた。

「そうじゃ。――この秋に……一株全部が狂い咲きしていた。田所さん……このところ、どうも日本の自然は、あちこちで狂いはじめているようじゃ。学者が見たら、大したことはないかもしれん。しかし……わしには……百年も、この自然といっしょに暮らしてきたものにとっては、日本の自然が――草や、木や、鳥や虫や魚が……何かに怯《おび》えて、度を失っているように感じられてしょうがない……」

廊下をしずかに渡ってきた足音が、障子の外にとまった。

「お呼びでございますか？」と、声がした。

「花枝《はなえ》……」と老人はいった。「障子をあけなさい。ガラス戸もあけるのだ。いっぱいに……」

「でも――」と娘は眼を見開いた。「冷えてまいりましたけど……」

「かまわん。あけなさい……」

娘は音をたてて ガラス戸をくり、障子をあけはなった。――大きな掘炬燵以外、火の気のない十畳の部屋に、箱根の秋の夜の冷気がどっとなだれこんできた。虫の音がかそけく聞こえ、まっ黒な杉木立ちが、ざわざわ鳴っている。

その庭先から、木立ちを通して、芦ノ湖が眼下に見わたせた。――十七夜の月が、今、中天にかかり、すごいばかりに冴《さ》えかえった光が、湖面のさざ波に砕けている。箱根外輪山の山嶺《さんれい》が黒々と屏風《びょうぶ》のように連なり、その頂きは月光にぬれていた。

「田所さん……」老人の、びっくりするほど力のある声が、その凄絶《せいぜつ》ともいうべき光景に見とれている一同の背後からひびいた。「いいですか。よく見てくだされ。――この、日本の山や湖を、よく見てくだされ。ごらんのとおり、日本は大きい。西南より東北へかけて、二千七百キロにわたり、大小の島々、三千メートル以上の山々をつらねて国土面積三十七万平方キロ、この上に世界第三位の国民総生産をあげる一億一千万の人々が住んでおる。――この日本が……この巨大な島が、本当に沈むと、今でも思っていなさるか？　ごく近い将来、急激に沈没してしまうようなことが起こり得ると、本当に、今でも信じていなさるか？」

「私は――」と田所博士は深い溜息《ためいき》をつくようにいった。「そう信じています。――今回の調査で、ますますその確信を深めました……」

小野寺は、かすかに胴ぶるいした。

それは、あながち、しんしんと肌にしみこむ、夜気のせいばかりでもなかった。――わずかに欠けた月の光にぬれている山々や、満々と暗い水をたたえ、月影を千万の銀波に散らしている湖を前にして、何か異様の感にうたれたからだった。

本当に……この巨大な山々、森や湖や、都市や人を載せた、この巨大な島が、わずかの間に沈むのか？

「よろしい……」と老人の声がした。「それを聞きたかった……。花枝、もういいからしめなさい」

雲一つない中天に痛いばかりに冴えわたる月を見上げていた小野寺は、ふと、眉をひそめた。――澄みわたった大気を通してながめる月の鮮やかな輪郭が、突然、かげろうのように二重になってゆらいだように思ったからだった。気がつくと、今までとぎれとぎれに鳴いていた虫の音がぴたりととまった。風の音、木立ちのざわめきさえ、死んだように静まりかえった。

そんな中で、突然暗い木立ちの間から、夜鴉《よがらす》の叫びが鋭く聞こえた。一羽でなく、あちこちの森の中で、夜目の見えない鳥たちが一斉に不安に怯えた声をあげはじめた。ずっと下で、横手で、湖の対岸で、犬がはげしくほえはじめ、雄鶏《おんどり》の叫びさえそれにまじった。

「来ますぞ……」

と田所博士はつぶやいた。

その語尾の消えぬうちに、眼前にひろがる木立ちと山が、ゴウッ、と唸りはじめた。――瓦《かわら》が鳴り、みしみしぎしぎしと、柱や鴨居がきしみはじめ、やがてドウッと家全体が鳴りはじめると、電灯がふっと消えた。建具がダダッと鳴り、壁から砂がざらざらおちる音、からりと何かが畳にころがる軽い音がした。娘が怯えたように小さく叫んだ。

「大丈夫――沈下した箱根、丹沢《たんざわ》山塊が、またちょっと浮き上がってバランスをとろうとしている余震です。大したことはない……」闇の中で、田所博士の落ちついた声がした。「――私のいっている地殻変動は、こういった地震と同じ性質のものではないのです。もちろん――大地震や噴火もともなうだろうが……」

気がついてみると、地震はやんでおり、電灯の消えた座敷の暗がりの中に、一同はしんとすわって、何事もなかったように皓々《こうこう》と冴えわたる月の光に照らされた静かな芦ノ湖の夜景をながめているのだった。月はいよいよ高く、その青白い光は、畳一枚ほど座敷にさしこんでいた。

「中田君……じゃったな。さっき何かいっておった若い人……」と背後の暗がりから老人の声がした。

「はあ……」と中田が答えた。

「あんたは――この次の段階に、どういうことが必要か、だいたいの見通しは持っておるか？」

「腹案はあります」中田は冷静な声でいった。「まだ完全ではありませんが……だいたいの筋道はたててみました」

「よろしい。それを早急にまとめてみてくれ。――明日、わしは首相に電話し、会ってみようと思う。それから明日、誰か、京都へ発《た》ってほしい。……二人で行け。京都に、福原《ふくはら》という学者がおる。まだ若いが――書いたものを読むとしっかりした、本当の学者だ。その男に、わしの手紙を持って行き、状況を説明して協力をもとめるのじゃ。――口上は、明日、教える。彼にも重要なことを考えてもらわねばならん。どうも東京の学者というのは昔からどれもこれも、今日風《こんにちふう》で、長期にわたる大きな問題をつきつめて考えるということは不得手じゃからな。……そういうことは、京都の学者にかぎる……」

「福原……」と幸長はつぶやいた。「比較文明史をやっている人ですね。――前からのお知り合いですか？」

「面識はない――」と老人は、またかすかにしわぶきながらいった。「が、一、二度手紙のやりとりをしたことはある。――わかってくれるはずじゃ……」

奥の襖《ふすま》の境目に灯がうつった。――違い棚の横手の襖があき、娘が、古風な雪洞《ぼんぼり》に火をいれてはいって来た。

「あら……」と、娘は、眉《まゆ》をひそめた。「侘助が……」

雪洞の黄ばんだ明かりが投《あか》げかける光の輪の中に、柱から落ちてころがった小型の椿の花が、一点、血のように紅く、浮き上がった。

翌朝――。

小野寺は、朝どこかの連絡先から帰ってきた邦枝といっしょに、老人の手紙をたずさえて京都へむかった。新幹線は、まだ静岡以西折り返し運転で、それも安全上、静岡から新大阪まで、三時間以上かけていた。――旧東海道線もふくめて、列車は超満員で、グリーン車の通路にまで人がすわりこんでいた。

すし詰めの通路に立ってゆられながら、天竜川を通過するとき、小野寺はふと、複雑な感慨におそわれた。——一年前、彼はその付近の「新新幹線」の測量ちがいを調べに行く一人の友人と、偶然東京駅の八重洲口の水飲み場で会った。

その時小野寺は、最初の「海溝探検」にでかけるところだった。今思えば、それがすべての発端だった。

その後友人——郷は、天竜川上流で命を絶った。——共通の友人である新聞記者は、社会部記者らしい感覚で、ひょっとしたら、工事不正や失敗のもみ消しに殺されたのではないか、とかんぐったが、やはりあれは自殺だった。というよりは、一種の事故死だった。あとから死んだ郷のノートが発見され、それと小野寺が小笠原へ行っていた留守中に配達され、書留だったため、他の郵便とちがって長らく手元にとどかなかった手紙の、短い文面とを重ねあわせてみると、そのことがはっきりとわかった。あの友人は……綿密な計算と卓抜なモデルでもって、おどろくべき事態の一端をさぐりあてた。彼は驚愕《きょうがく》と、そんなことをいい出したら変人あつかいされるばかりだ、という当惑とに板ばさみになり——とりわけ、彼の「モデル」によれば、「新新幹線工事不能」という結論を出さねばならない責任感にうちひしがれ、極度の不眠、神経過労、興奮状態で、上流の危険な地点にむかい——ふつうの状態なら起こさないような事故を起こして死んだのだ。

やつは、あの時、そのほんの片隅を、嗅《か》ぎつけたんだ……と小野寺は思った。——だが、それでモデルをつくり、それを拡大してみると……あまりに途方もないものの巨大な姿が浮かび上がってきたので、ついにそれ以上考えることに堪えられなくなってしまったのだ。カントールが「集合」を考えつめて自殺し、テューリングが「万能テューリング機械」の理論的可能性を証明して自殺したように……人間には、「堪えがたい論理的帰結」というやつがある。はりつめた知性の糸が、ついにふっつり音たてて切れるようなことがある……。

友人の冥福《めいふく》を祈ろうとして、ふとそれが自殺か他殺かということを、記者の友人たちと議論をした京都へ、今自分がむかいつつあることを思い出し、彼はめまいを感じた。

——そうだ、あの時、加茂川べりの「床《ゆか》」の上で……突然あの「京都大地震」におそわれ……それから、故意に失踪《しっそう》し……それから……あれから、どのくらい時間がたったろう。あの時は、日本が将来そんなことになること、そして自分がこんな仕事に巻きこまれることになろうとは思ってもみなかった。だがしかし、今は……。彼は、日本の運命に関する極秘事項を知る数少ない人間の一人であり……そして危機感と「秘密」の重みにおしひしがれている……。なんてことだ！　と、小野寺は顔ににじむ汗をぬぐいながら、胸の奥で叫んだ。まったく——なんてことだ！

京都市内は、去年の「京都大地震」の被害から、ほとんどたちなおっていた。しかし、祇園、先斗町など、京都の粋といわれた色街や、倒壊焼失した下町密集地帯の荒廃ぶりは、おおうべくもなかった。

京都北部の、その学者の自宅に到着したとき、学者は、前日から少し体の具合がわるいといって家にひきこもっていた。

紬《つむぎ》の羽織で、応接間にあらわれたその学者は、五十歳を越えているというのに、髪も黒々として、年齢がわからないような、童顔だった。――老人の親書を、何度も読んで首をかしげ、小野寺と邦枝の説明をこもごも聞きながら、唇をとがらせるようにして首をひねり、ただ一言、

「えらいこっちゃな……」

とつぶやいただけで、すうっと応接間から出ていった。

そのまま三十分たっても一時間たっても、学者の姿はあらわれなかった。――しびれを切らせて、そっと女中に様子を聞くと、

「先生は今、二階でおやすみになっていはります」

という返事がかえってきた。

「なんだ……京都の学者なんて、人をばかにしている……」と邦枝は、低い声でぶつぶつぼやいた。「大の男が二人、関東からわざわざ出向いて重大な用件をつたえたのに、〝えらいこっちゃな〟だけで、寝てしまうとは何事だ……」

（下巻につづく）

❶ 鳥島付近で無人島が消失
❷ ベヨネーズ列岩噴火
❸ 伊豆半島天城山、伊豆大島三原山が噴火
❹ 浅間山噴火
❺ 京都大地震
❻ 三陸津波、根室津波
❼ 第二次関東大震災

【上巻で発生した主な地殻変動】

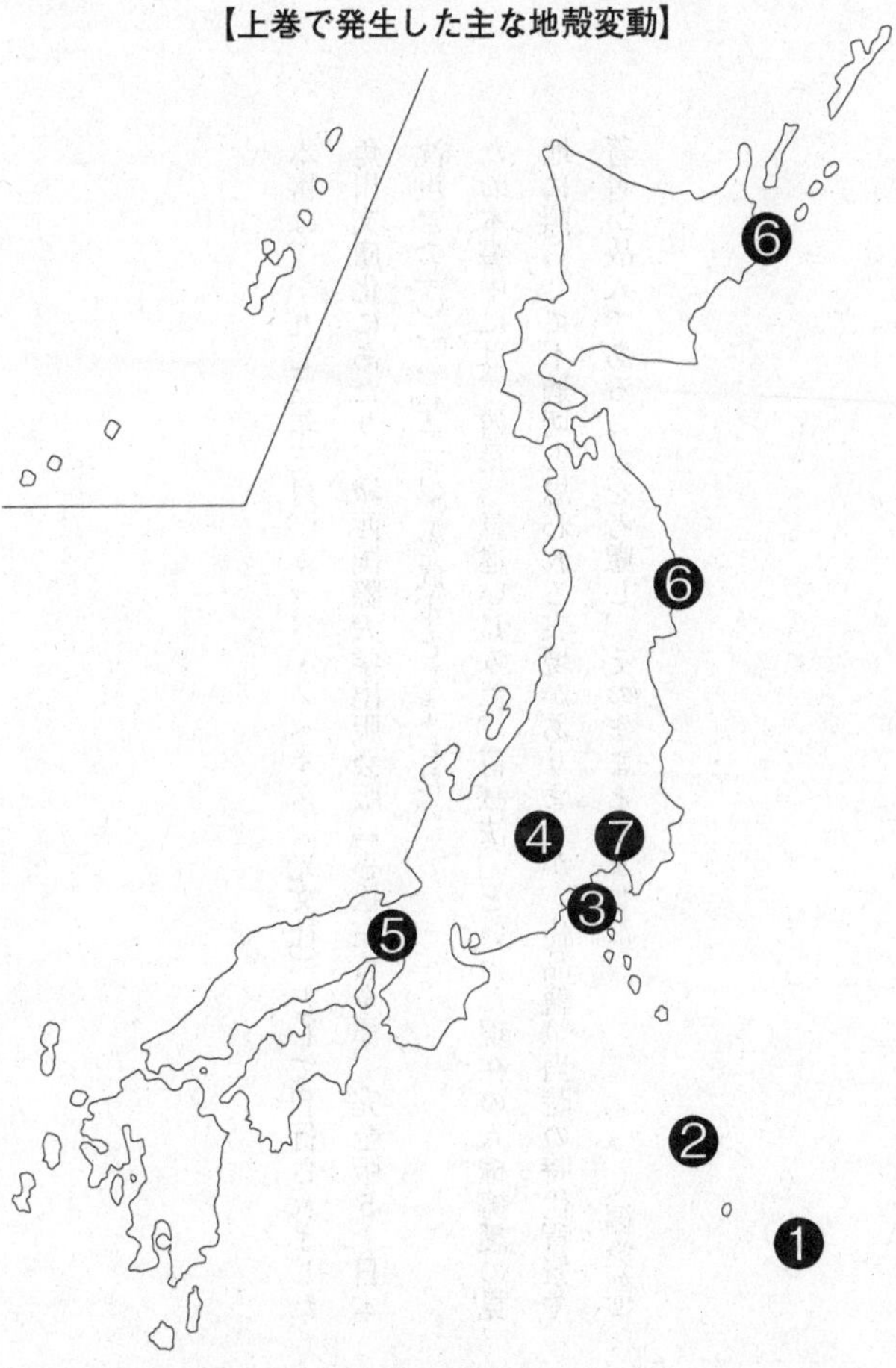

本書は、一九七三年三月、カッパ・ノベルス（光文社）として刊行されました。

角川文庫化にあたり、城西国際大学出版会版『小松左京全集　完全版5　日本沈没』（二〇一一年二月）を底本としました。

なお本書中には、酋長、気違いじみた、盲滅法、といった現在の人権擁護の見地に照らして不適切と思われる表現がありますが、作品執筆当時の時代背景や、著者が故人であることを考慮し、そのままとしました。

（編集部）

日本《にほん》沈没《ちんぼつ》(上)

小松左京《こまつさきょう》

令和2年 4月25日　初版発行
令和6年 11月25日　14版発行

発行者●山下直久

発行●株式会社KADOKAWA
〒102-8177　東京都千代田区富士見2-13-3
電話　0570-002-301(ナビダイヤル)

角川文庫 22123

印刷所●株式会社KADOKAWA
製本所●株式会社KADOKAWA

表紙画●和田三造

●お問い合わせ
https://www.kadokawa.co.jp/(「お問い合わせ」へお進みください)
※内容によっては、お答えできない場合があります。
※サポートは日本国内のみとさせていただきます。
※Japanese text only

ISBN 978-4-04-109118-0　C0193

角川文庫発刊に際して

角川源義

第二次世界大戦の敗北は、軍事力の敗北であった以上に、私たちの若い文化力の敗退であった。私たちの文化が戦争に対して如何に無力であり、単なるあだ花に過ぎなかったかを、私たちは身を以て体験し痛感した。西洋近代文化の摂取にとって、明治以後八十年の歳月は決して短かすぎたとは言えない。にもかかわらず、近代文化の伝統を確立し、自由な批判と柔軟な良識に富む文化層として自らを形成することに私たちは失敗して来た。そしてこれは、各層への文化の普及滲透を任務とする出版人の責任でもあった。

一九四五年以来、私たちは再び振出しに戻り、第一歩から踏み出すことを余儀なくされた。これは大きな不幸ではあるが、反面、これまでの混沌・未熟・歪曲の中にあった我が国の文化に秩序と確たる基礎を齎らすためには絶好の機会でもある。角川書店は、このような祖国の文化的危機にあたり、微力をも顧みず再建の礎石たるべき抱負と決意とをもって出発したが、ここに創立以来の念願を果すべく角川文庫を発刊する。これまで刊行されたあらゆる全集叢書文庫類の長所と短所とを検討し、古今東西の不朽の典籍を、良心的編集のもとに、廉価に、そして書架にふさわしい美本として、多くのひとびとに提供しようとする。しかし私たちは徒らに百科全書的な知識のジレッタントを作ることを目的とせず、あくまで祖国の文化に秩序と再建への道を示し、この文庫を角川書店の栄ある事業として、今後永久に継続発展せしめ、学芸と教養との殿堂として大成せんことを期したい。多くの読書子の愛情ある忠言と支持とによって、この希望と抱負とを完遂せしめられんことを願う。

一九四九年五月三日

角川文庫ベストセラー

角川文庫ベストセラー

赤川次郎ベストセレクション⑤
プロメテウスの乙女
赤川次郎

近未来、急速に軍国主義化する日本。少女だけで構成される武装組織『プロメテウス』は猛威をふるっていた。戒厳令下、反対勢力から、体内に爆弾を埋めた3人の女性テロリストが首相の許に放たれた……。

不思議の扉
時をかける恋
編／大森　望

不思議な味わいの作品を集めたアンソロジー。ひとたび眠るといつ目覚めるかわからない彼女との一瞬の再会を待つ恋……梶尾真治、恩田陸、乙一、貴子潤一郎、太宰治、ジャック・フィニィの傑作短編を収録。

不思議の扉
時間がいっぱい
編／大森　望

同じ時間が何度も繰り返すとしたら？　時間を超えて追いかけてくる女がいたら？　筒井康隆、大槻ケンヂ、牧野修、谷川流、星新一、大井三重子、フィッツジェラルド描く、時間にまつわる奇想天外な物語！

不思議の扉
午後の教室
編／大森　望

学校には不思議な話がつまっています。湊かなえ、古橋秀之、森見登美彦、有川浩、小松左京、平山夢明、ジョー・ヒル、芥川龍之介……人気作家たちの書籍初収録作や不朽の名作を含む短編小説集！

謎の放課後
学校のミステリー
編／大森　望

いつもの放課後にも、年に一度の学園祭にも、仲間と過ごす部活にも。学生たちの日常には、いろんな謎があふれてる。はやみねかおる、東川篤哉、米澤穂信、初野晴、恒川光太郎が描く名作短編を収録。

角川文庫ベストセラー

日本以外全部沈没
パニック短篇集

筒井康隆

地球の大変動で日本列島を除くすべての陸地が水没！　日本に殺到した世界の政治家、ハリウッドスターなどが日本人に媚びて生き残ろうとするが。時代を超越した筒井康隆の「危険」が我々を襲う。

ビアンカ・オーバースタディ

筒井康隆

ウニの生殖の研究をする超絶美少女・ビアンカ北町。彼女の放課後《オーバースタディ》は、ちょっと危険な生物学の実験研究にのめりこむ、生物研究部員。そんな彼女の前に突然、「未来人」が現れて――！

農協月へ行く

筒井康隆

ご一行様の旅行代金は一人頭六千万円、月を目指して宇宙船ではどんちゃん騒ぎ、着いた月では異星人とコンタクトしてしまい、国際問題に……!?　シニカルな笑いが炸裂する標題作など短篇七篇を収録。

幻想の未来

筒井康隆

放射能と炭疽熱で破壊された大都会。極限状況で出逢った二人は、子をもうけたが。進化しきった人間の未来、生きていくために必要な要素とは何か。表題作含む、切れ味鋭い短篇全一〇編を収録。

ウィークエンド・シャッフル

筒井康隆

硫黄島の回顧談が白熱した銀座のクラブは戦場と化し（『蝶』の硫黄島」）。子供が誘拐され、主人が行方不明になった家に入った泥棒が、主人の役を演じ始め……（「ウィークエンド・シャッフル」）。全13篇。

角川文庫ベストセラー

きまぐれ星のメモ　星新一

日本にショート・ショートを定着させた星新一が、10年間に書き綴った100編余りのエッセイを収録。創作過程のこと、子供の頃の思い出――。簡潔な文章でひねりの効いた内容が語られる名エッセイ集。

きまぐれロボット　星新一

お金持ちのエヌ氏は、博士が自慢するロボットを買い入れた。オールマイティだが、時々あばれたり逃げたりする。ひどいロボットを買わされたと怒ったエヌ氏は、博士に文句を言ったが……。

ちぐはぐな部品　星新一

脳を残して全て人工の身体となったムント氏。ある日、外に出ると、そこは動くものが何ひとつない世界だった（「凍った時間」）。SFからミステリ、時代物まで、バラエティ豊かなショートショート集。

きまぐれ博物誌　星新一

新鮮なアイディアを得るには？　プロットの技術を身に付けるコツとは――。「SFの短編の書き方」を始め、ショート・ショートの神様・星新一の発想法が垣間見える名エッセイ集が待望の復刊。

宇宙の声　星新一

あこがれの宇宙基地に連れてこられたミノルとハルコ。〝電波幽霊〟の正体をつきとめるため、キダ隊員とロボットのプーボと訪れるのは不思議な惑星の数々。広い宇宙の大冒険。傑作SFジュブナイル作品！

角川文庫ベストセラー

角川文庫ベストセラー

人面瘡
金田一耕助ファイル6
横溝正史

「わたしは、妹を二度殺しました」。金田一耕助が夜半遭遇した夢遊病の女性が、奇怪な遺書を残して自殺を企てた。妹の呪いによって、彼女の腋の下には人面瘡が現れたというのだが……表題他、四編収録。

夜歩く
金田一耕助ファイル7
横溝正史

古神家の令嬢八千代に舞い込んだ「我、近く汝のもとに赴きて結婚せん」という奇妙な手紙と佝僂の写真は陰惨な殺人事件の発端であった。卓抜なトリックで推理小説の限界に挑んだ力作。

迷路荘の惨劇
金田一耕助ファイル8
横溝正史

複雑怪奇な設計のために迷路荘と呼ばれる豪邸を建てた明治の元勲古館伯爵の孫が何者かに殺された。事件解明に乗り出した金田一耕助。二十年前に起きた因縁の血の惨劇とは？

女王蜂
金田一耕助ファイル9
横溝正史

絶世の美女、源頼朝の後裔と称する大道寺智子が伊豆沖の小島……月琴島から、東京の父のもとにひきとられた十八歳の誕生日以来、男達が次々と殺される！開かずの間の秘密とは……？

幽霊男
金田一耕助ファイル10
横溝正史

湯を真っ赤に染めて死んでいる全裸の女。ブームに乗って大いに繁盛する、いかがわしいヌードクラブの三人の女が次々に惨殺された。それも金田一耕助や等々力警部の眼前で――！

角川文庫海外作品

ダークタワー Ⅰ
ガンスリンガー
スティーヴン・キング
風間賢二＝訳

すべてが奇妙に歪み、変転する世界。この世ならぬ異境で、最後の拳銃使いローランドは、宿敵である黒衣の男を追いつづけていた。途中で不思議な少年ジェイクと出会い、ともに旅を続けるのだが……。

ダークタワー Ⅱ
運命の三人 (上)(下)
スティーヴン・キング
風間賢二＝訳

〈暗黒の塔〉を目指し、孤独な旅を続けるローランド。浜辺に辿りついた彼は、夜ごと出現する異形の化け物に、拳銃使いには欠かせない右手の二本の指を食いちぎられる。そんな時、砂浜に奇妙なドアが出現した。

ダークタワー Ⅲ
荒地 (上)(下)
スティーヴン・キング
風間賢二＝訳

〈旅の仲間〉であるエディとスザンナを得たローランド。2人にガンスリンガーとしての教えを叩きこみながら、〈暗黒の塔〉への旅は続く。だが、見殺しにしたジェイク少年の面影がローランドを苦しめる……。

ダークタワー Ⅳ
魔道師と水晶球 (上)(下)
スティーヴン・キング
風間賢二＝訳

超高速で疾駆する列車内に閉じ込められたローランドたち。高度な知性を持つが、今や狂気に駆られた〈ブレイン〉との謎かけ合戦に勝たなければ命はない。絶体絶命の中、エディが繰り出した意外な手とは……?

ダークタワー Ⅳ-½
鍵穴を吹き抜ける風
スティーヴン・キング
風間賢二＝訳

15歳で最年少のガンスリンガーとなったローランドは、デバリアの町で起きた連続惨殺事件の調査に赴く。そこで父親を亡くし怯えるビル少年と出会った彼は、母から読み聞かされたお伽噺を聞かせる……。